DISPARUES

Du même auteur
chez Sonatine Éditions

Avant d'aller dormir, traduit de l'anglais par Sophie Aslanides, 2011.
Une autre vie, traduit de l'anglais par Sophie Aslanides, 2015.

S. J. Watson

DISPARUES

Traduit de l'anglais
par Sophie Aslanides

SONATINE ÉDITIONS

Directeurs de collection : Arnaud Hofmarcher
et Marie Misandeau
Coordination éditoriale : Élisabeth Privat

Titre original : *Final Cut*
Éditeur original : Doubleday

Sonatine Éditions
32, rue Washington
75008 Paris
lisezsonatine.com

Ouvrage réalisé par Cursives à Paris

ISBN 978-2-35584-368-6
N° d'édition : 368 – Dépôt légal : avril 2021

Pour Anna, Archie, Neil et Olivia

et

en souvenir d'Anzel Britz (1979-2020)

Ma vie s'acheva deux fois avant sa fin –
Reste à voir
Si l'immortalité me dévoilera
Un troisième événement.
Emily Dickinson

AVANT

Elle court sur la lande, aussi fort, aussi vite qu'elle peut. Un croissant de vieille lune la toise ; quelque part derrière elle, au loin, les lumières du village luisent d'un jaune anémique. Mais elle garde le regard fixé droit devant elle. Elle ne voit rien d'autre que la route, elle n'entend que le sifflement de sa respiration sèche et le croassement des mouettes qui plongent en piqué. Pas le moindre bruit laissant supposer qu'elle est poursuivie, pas un cri, pas un aboiement de chien. Elle est en sécurité, se dit-elle. Elle peut s'apaiser, cesser de courir, marcher. C'est fini.

Elle continue à courir malgré tout. Elle repousse ses limites, ses jambes accélèrent la cadence, son élan l'emporte jusqu'à ce qu'elle se retrouve sur le point de tomber tête la première, comme une marionnette dont on aurait sectionné les fils. Une voiture passe comme un éclair sur l'horizon, et c'est là que ça arrive. Son corps s'engourdit, on dirait qu'elle a atterri dans de la ouate. Ses bras et ses jambes brassent l'air devant elle, mais ils ne lui appartiennent plus, ils bougent indépendamment de sa volonté, elle n'a aucun contrôle. C'est comme si elle regardait par le mauvais bout d'un télescope.

Elle essaye d'aspirer de l'oxygène, de revenir à la réalité en clignant plusieurs fois les yeux, mais il est trop tard. Son corps s'est rebellé. Lorsqu'elle tente de ralentir, elle découvre qu'elle n'y parvient pas.

C'est alors que son pied heurte quelque chose. Elle ressent seulement une douleur abstraite, sourde, similaire à la fraise du dentiste après la piqûre anesthésiante, néanmoins elle trébuche au ralenti comme dans une profonde flaque de boue. Ses mains se projettent vers l'avant et elle touche le sol glacé ; sous le choc, l'air est expulsé de ses poumons, écrasés tels de vulgaires sachets en papier.

Elle ne bouge pas. Elle pourrait se reposer, se dit-elle ; pour toujours, si nécessaire. Elle se voit de loin, comme si elle figurait dans un documentaire. Elle est couchée là, dans le noir, les yeux ouverts, les lèvres bleues. On la trouvera demain matin, congelée. Cela ne serait pas si mal.

Mais... non. Elle ne va pas mourir ici, pas comme ça. L'énergie lui revient, une décharge d'adrénaline, et elle se remet debout à grand-peine. Elle marche doucement, un pied après l'autre, puis recommence, encore et encore, jusqu'à ce qu'enfin elle parvienne au carrefour, qu'elle examine d'un regard fiévreux. Elle tremble, même si elle n'éprouve pas de peur. Elle ne ressent rien. Elle pose son sac à dos par terre, puis tend le bras, le pouce dressé.

L'heure est matinale et il n'y a pas beaucoup de monde sur la route. Quelques rares voitures passent. Finalement l'une d'elles s'arrête. Le conducteur baisse sa vitre. C'est un homme, bien sûr, mais pas question de faire la fine bouche.

« Tu vas où, ma belle ? »

Elle ne sait pas comment lui répondre, elle ne s'est pas projetée aussi loin que ça. Elle imagine Bluff House se dressant juste devant elle, se découpant sur fond de ciel clair, immense, lugubre, une seule lumière allumée dans une chambre à l'étage. Elle ne pourra jamais y retourner.

« Alors... ? »

Elle secoue la tête ; elle sait où elle veut aller, en définitive, mais elle ignore comment y arriver, et il faut qu'elle choisisse une destination avant qu'il se lasse.

« N'importe où, dit-elle avant d'ouvrir la portière pour monter. N'importe où. Juste... loin. »

1

*Site de l'*Evening Standard, *14 mars 2011*

En bref >

MYSTÉRIEUSE INCONNUE TROUVÉE SUR LA PLAGE DE DEAL
Oliver Johnson | 0 commentaires

Les autorités s'interrogent sur une mystérieuse jeune fille qui a été amenée à l'hôpital la semaine dernière après avoir été découverte inconsciente sur la plage de Deal, dans le Kent, par un promeneur.

L'adolescente, d'identité inconnue, dont on estime qu'elle a entre quinze et dix-huit ans, était trempée et a été conduite au Queen Elizabeth The Queen Mother Hospital à Margate, où on a constaté une hypothermie. Lorsqu'elle est revenue à elle, elle était incapable de communiquer son nom, son adresse, son lieu de naissance et elle affirme ignorer totalement comment elle s'est retrouvée dans cette petite ville côtière.
Elle est extrêmement angoissée, terrifiée devant les visages nouveaux, et fait preuve de réticence à parler. Les médecins n'ont repéré aucune blessure et, selon la police, rien ne suggère une piste criminelle.
Elle restera à l'hôpital jusqu'à ce que l'équipe médicale ait décidé si son état exige d'autres soins. Selon nos informations, la police envisage de lancer un appel à témoins si son état ne s'améliore pas.

Elle mesure un mètre soixante-dix, est en surpoids, a des cheveux bruns qui lui arrivent à l'épaule. Lorsqu'elle a été trouvée, elle portait un blouson noir, un débardeur blanc et un jean.

AUJOURD'HUI

2

Je ne dois pas m'endormir. Je le sais, c'est évident. On en connaît tous, des histoires de ce genre. Où des gens qui sont prisonniers finissent par ne plus essayer de s'enfuir. Ils cèdent à l'épuisement et ferment les yeux. Le corps lâche. Ils meurent.

Mais comment faire pour rester éveillée ? Voilà la question qui me tourne dans la tête et m'obsède.

Je venais d'atteindre le sommet de la colline quand je l'ai vu. Le truc mort en travers de la route, sans couleur identifiable et totalement immobile, et à l'instant même où je relevais sa présence, je sus que je n'avais aucune chance de l'éviter. Il était trop tard, je ne pouvais plus qu'enfoncer la pédale de frein et croiser les doigts.

La voiture est partie en dérapage. Je me voyais comme un observateur extérieur, quelqu'un qui filmait l'incident pour la postérité. Je me demandai si je m'en sortirais. J'imaginai le véhicule pivotant lentement, suivant une courbe gracieuse avant de s'écraser contre un mur de pierre dans un craquement sinistre. Je voyais le capot plié en accordéon, puis un moment d'immobilité parfaite et de silence pur avant qu'une boule de feu illumine la scène.

Je commence à brûler. Ma chair rouge est dévorée dans la fournaise, puis de douces ténèbres fraîches m'enveloppent. Lorsqu'on trouvera mon corps, il sera tout tordu, méconnaissable. Il leur faudra chercher qui je suis à partir d'indices – mon dossier dentaire, peut-être, le numéro de châssis de la voiture –, mais même à ce moment-là, ils se demanderont qui informer. Il n'y a personne, en fait. Un colocataire que je connais à peine. Un ex-petit ami qui probablement s'en fichera.

Et Dan, j'imagine, qui manifestera un intérêt purement professionnel. Si les journalistes viennent l'interroger, il leur dira que c'est tellement dommage. Une véritable tragédie. Une belle carrière devant elle, quelqu'un avec qui on adorait travailler, son prochain film s'annonçait comme vraiment prometteur, elle aura été emportée bien trop jeune. Bla-bla-bla.

Quelque chose comme ça, en tout cas. Ils écriront le papier et le colleront en page 7, tant que rien de plus palpitant n'apparaîtra. Je ne mérite pas mieux.

Mais ça ne s'est pas produit ainsi, évidemment. La voiture pivota d'un quart de tour et fit une embardée pour aller échouer dans un fossé peu profond au bord de la route. La ceinture me cisailla l'épaule et le tableau de bord avança d'un coup sec, puis mes dents s'entrechoquèrent douloureusement quand ma tête heurta le volant. Dehors, tout devint noir et, l'espace d'une seconde ou deux, j'entendis un curieux sifflement strident dans une oreille. Lorsque j'ouvris les yeux, je voyais double. Merde, me dis-je, il ne manquerait plus qu'une commotion cérébrale.

Mais quelques instants plus tard, ma vision s'éclaircit et je retrouvai mes esprits. Les phares étaient morts, et bien que le moteur ait accepté de démarrer au bout d'un moment, il émit un drôle de grincement accompagné d'une odeur piquante de caoutchouc brûlé. Les roues tournèrent dans le vide.

Je renonçai et coupai le contact. Le silence envahit tout; la lande m'avala tout entière. L'habitacle devint exigu et étouffant, je devais me forcer à respirer.

Pourquoi ici ? L'agglomération la plus proche était à des kilomètres derrière moi; la prochaine, ma destination, se trouvait à des kilomètres devant moi. Je n'avais pas vu passer la moindre voiture depuis au moins une demi-heure et j'étais certaine qu'il n'y avait pas de réseau mobile.

J'essayai de voir les choses du bon côté. J'étais indemne. Haletante, mais vivante. Mes doigts agrippés au volant saignaient abondamment ; ma peau me brûlait à cause du froid. Il fallait que je fasse quelque chose. Je ne pouvais pas parcourir la distance à pied, mais je ne pouvais pas non plus rester éternellement assise dans ma voiture. Et l'obstacle qui m'avait envoyée dans le décor était toujours là.

Je m'emparai instinctivement de ma caméra, posée sur le siège passager ; j'étais venue pour faire un film, après tout. Je pris mentalement mon élan, puis j'ouvris la portière. L'air extérieur était putride, sentait la décomposition. Mon estomac fit la culbute, mais je réussis à déglutir. J'ai connu des odeurs au moins aussi affreuses, si ce n'est plus. Par exemple, quand j'ai fait mon premier film, *Black Winter*. Dans la rue, je dormais dans les ordures, je vivais dans la puanteur de nourriture pourrissante, de blessures ouvertes et d'abcès purulents, de vêtements portés depuis si longtemps qu'ils formaient un amalgame avec la chair en putréfaction qu'ils étaient censés protéger. À côté, il ne pesait pas lourd, cet animal mort dont le sang tachait la neige pâle.

Néanmoins, je me dépêchai. Je mis en route la caméra et commençai à filmer. Je me calmai instantanément. J'avais un but, désormais. Un curieux détachement s'installa, une impression à laquelle je suis habituée, que j'ai remarquée pour la première fois alors que je vivais dans la rue avec les filles que je filmais pour *Black Winter*. Je deviens passive et invisible. Je peux me rapprocher et m'éloigner, recadrer si nécessaire, mais mes décisions sont artistiques, créatives. Je me contente de filmer, je ne fais pas partie de l'histoire. Je ne suis même pas présente.

C'était un mouton, dont la toison sale formait de gros paquets. Quelque chose de noir, de gélatineux tachait son arrière-train – du sang, forcément, bien que, dans la lumière blafarde, on eût dit du pétrole. Je m'accroupis pour le cadrer avec la ligne fine de l'horizon au second plan, les étoiles au-dessus. Sous cet angle, je vis que son cou était tordu, sa tête devenue noire. De ses lèvres fendues s'écoulait un liquide rose qui salissait le verglas ; ses yeux étaient des billes luisantes. En frissonnant, je balayai en panoramique le corps de la créature jusqu'à la source de l'affreuse puanteur : une entaille dans son flanc, d'où s'échappaient ses viscères, noirs et fumants. Il devait être déjà mort lorsque je l'avais heurté, mais je me demandai vaguement si c'était moi qui l'avais éventré, moi qui lui avais infligé cette horrible et ultime indignité.

Je continuai à filmer, mais mes défenses se fissuraient. Je me retrouvais à nouveau au cœur de la tourmente. Ma voiture était accidentée, la route couverte de verglas, et je savais que bientôt elle risquait de devenir impraticable. Mes mains étaient engourdies, mes oreilles, bouchées, et j'étais là à contempler un cadavre, un truc mort, sanguinolent, dégoûtant. Seule. Je coupai ma caméra. J'avais besoin d'aide, je le savais, mais vers qui pouvais-je me tourner ?

Je ne réfléchis pas. Je laissai mes bagages dans la voiture. La marche était bien plus difficile qu'il n'y paraissait. La neige n'était pas profonde, mais sous la couche la plus récente, le verglas était déjà épais et je faillis tomber deux fois en seulement quelques mètres.

« Merde », marmonnai-je à mi-voix, puis une seconde plus tard, ma cheville se tordit, la douleur me remonta dans le pied comme un liquide bouillant et je trébuchai une fois de plus, cette fois pour atterrir dans la neige mouillée. Je compris immédiatement que je n'avais pas de fracture, mais je sus aussi que je devais m'avouer vaincue. J'allais devoir attendre sans bouger. Je retournai en clopinant vers la voiture.

Tout cela a eu lieu il y a une heure, peut-être deux. Difficile à dire. La température a encore chuté ; ma respiration forme dans l'air un nuage qui se dissout aussitôt. La voiture semble rétrécir, m'enserrer davantage, mais il fait trop froid pour baisser la vitre. Je lève les yeux vers les étoiles. Je cherche Bételgeuse, la ceinture d'Orion, la fougueuse Vénus. Je fais des serments. Si je me sors de ce mauvais pas, je fais demi-tour et je rentre directement à Londres. Merde à la chaîne, merde à Dan, merde au film.

Mais je n'ai pas la moindre idée de l'instance avec qui je négocie. Pas Dieu. Même s'il existe, il m'a abandonnée il y a des années. Et de toute manière, aucune réponse ne vient, seulement le hurlement creux, spectral, du vent sur la lande. La neige tombe en silence, elle ne fond plus sur le pare-brise. Je commence à claquer des dents. Une voiture apparaît dans le rétroviseur, mais elle ne s'arrête pas ; je l'ai probablement imaginée. Je me demande à quoi je ressemblerai quand on me trouvera. Les lèvres congelées, de la glace dans les cheveux, le visage couvert de morve gelée, mais serrant toujours ma caméra contre moi comme si c'était la seule chose qui importait. Elle est morte pour son art, diront-ils. Ha, ha, ha. Ma tête tombe vers l'avant tandis que je commence à m'enfoncer dans le noir, un néant obscur et moelleux.

Je me reprends à temps. Non. Je n'ai pas surmonté tout ce que j'ai surmonté, accompli tout ce que j'ai accompli pour mourir ici. Et dans tous les cas, nous ne sommes pas dans une zone de guerre, ni dans les grands espaces de l'Alaska où il fait moins quarante degrés. Nous sommes dans le nord de l'Angleterre. Pas loin d'ici, il y a des adolescents qui font la queue devant des boîtes de nuit, les filles ne portant pas grand-chose de plus que leur maquillage, une jupe courte, des talons et un petit haut au-dessus du nombril. Les garçons ont plus de chance avec leur tee-shirt et leur jean, mais pas beaucoup plus. Je les imagine très bien, j'ai peut-être même fait partie de leur bande, autrefois, frissonnant non pas à cause de la température, mais de l'excitation de la soirée qui s'annonçait. Impatiente de boire et de danser, de rire et de retrouver les jeux de lumière, l'odeur écœurante de la neige carbonique et le contact chaud d'une chair étrangère. Cigarettes, vodka. Pilules et poudre.

Non. Je ne vais pas mourir de froid. Il faut seulement que je reste éveillée, c'est tout. Je m'enfonce les ongles dans les paumes, tellement fort que je me dis que je vais me blesser jusqu'au sang, et là, dans le rétroviseur, je vois la lumière.

Au début, je me crois victime de mon imagination à nouveau, mais quand je regarde par-dessus mon épaule, je constate que j'avais raison. Des phares sont apparus au sommet de la colline. Le salut. Pendant une seconde, je m'interroge : mon marchandage a-t-il fonctionné ? Tandis que le véhicule se rapproche, je me rabroue – arrête tes conneries. C'est une coïncidence, rien de plus.

La voiture avance prudemment sur la route sournoise, mais sans ralentir. Presque trop tard, je me rends compte que mon propre véhicule est plongé dans la pénombre, à moitié sorti de la route et facile à manquer. Il faut que je bouge. Que je sorte. Ce serait une sacrée ironie si la personne qui conduit avait elle aussi un accident et se retrouvait à déraper sur la même trajectoire, pour finir dans le même fossé. Il faut que je lui fasse signe de ralentir.

Après avoir récupéré mon téléphone sur le tableau de bord, j'ouvre la portière. Le froid me donne un coup de fouet et je réussis à ne pas trébucher. J'agite l'écran éclairé du portable en criant ; cette fois, j'ai de la chance. La voiture ralentit et finit par s'arrêter ; puis une grande silhouette apparaît. Je pense instantanément aux femmes que j'ai filmées dans les rues, aux mystérieux véhicules qui s'arrêtaient à côté d'elles dans le noir, aux ombres énigmatiques à l'intérieur qui parfois voulaient leur faire du mal.

Alors qu'il approche, je me dis : qu'il essaye.

« Ça va ? »

Sa voix est étouffée par le vent, mais amicale. Même si je ne parviens pas à distinguer son visage, mes épaules s'affaissent tant je suis soulagée.

« Je viens de… pas tout à fait, non. » Je claque des dents ; d'un geste, je montre ma voiture accidentée. « Vous pouvez me donner un coup de main ? »

Il s'avance et sa carrure se découpe sur le faisceau de ses phares.

« En panne ? »

Il a environ trente ans, je dirais ; il est grand – très grand, plus d'un mètre quatre-vingt-cinq – et élancé. Il porte des lunettes carrées à monture épaisse et son visage est long, anguleux. Son sourire, certes chaleureux, semble un peu circonspect. Il est bâti comme Aidan – l'ami que j'avais dans le temps, avant – et il a la même gaucherie. Je me souviens d'Aidan qui me faisait tellement rire et je commence à me détendre. Il paraît fort innocent, bien que je sache comme tout le monde à quel point l'apparence peut être trompeuse. Ces premiers mois à Londres m'ont appris cela, à défaut d'autre chose.

« Je suis sortie de la route, dis-je. Il y a un mouton… »

Il jette un coup d'œil vers l'endroit où l'animal gît, au milieu du bitume, une forme noire sur le verglas tout juste visible dans la pénombre.

« Vous l'avez heurté ? »

Je jette un coup d'œil par-dessus mon épaule. La tête du mouton est tordue et tournée dans notre direction. Elle me regarde. M'accuse. *C'est toi qui as fait cela*, semble-t-elle dire.

« Non. Il était déjà mort. Je ne l'ai pas vu. »

Est-ce qu'il me croit ? Je ne sais pas trop, mais il me tend la main.

« Vous voulez que je vous aide ? Je m'appelle Gavin. »

3

Il me faut un moment pour me rappeler. Gavin. Mon assistante Jess cherchait quelqu'un sur place qui pourrait mettre des affiches dans la salle communale pour lancer le projet ; il dirigeait le cinéclub et a proposé son aide. Nous avons au moins un intérêt commun.

« Alex. »

Pas la moindre indication que mon nom lui est familier ; peut-être que Jess n'a pas explicitement parlé de moi.

« Je devrais aller jeter un œil. À... »

Il esquisse un geste vers le cadavre du mouton, apparemment réticent à le nommer.

« Merci. »

Nous nous approchons ensemble et, lampe torche à la main, il s'accroupit à côté du cadavre de l'animal.

« Il a été frappé de plein fouet, dit-il, le visage tressaillant d'embarras ; ça s'est probablement passé très vite. »

J'examine le mouton. Une flaque de sang noir s'agrandit près de son arrière-train et tache la neige.

« On ne peut pas le laisser là. »

Ses épaules se voûtent. « Je ne crois pas, non. »

Il soupire. Nous nous penchons tous les deux et chacun attrape deux pattes, puis ensemble nous tirons. L'animal est lourd, mais il glisse assez aisément sur la glace. Les viscères s'étalent sur la neige et dégagent une véritable puanteur. Je retiens ma respiration et jette un coup d'œil en direction du visage sombre de Gavin, qui fait comme moi, mais le tout nous prend peu de temps. Nous faisons basculer le cadavre dans le fossé.

« Bon, fait-il en se redressant. Dans quel état est votre voiture ? »

Je dois enjamber les boyaux de l'animal. Je me demande ce que cet homme pense de moi. Que je suis une incapable qui attend simplement qu'on vienne à son secours, sans la moindre connaissance du véhicule auquel elle a confié sa vie ? Je scrute son visage, mais je ne lis rien de tel. Seulement de la bonne volonté.

« On ne va pas y arriver. Il faut que j'appelle un dépanneur. Dès que j'aurai du réseau. Ça va aller. »

Il secoue la tête. « Écoutez, je connais quelqu'un qui va vous aider.

– Il pourra la réparer ?

– Ou la remorquer. Il a un Range Rover. »

Un Range Rover ? Je pense au véhicule que j'ai cru apercevoir plus tôt. J'étais éblouie par la lumière des phares ; le conducteur était indistinct et j'ignore même de quelle marque était la voiture. Quelque chose de gros, un genre de quatre-quatre.

« Il ne serait pas passé ici ? Votre ami ? Il y a environ une demi-heure ? »

Gavin rit. « Non, je viens de le quitter. Pourquoi ?

– Une autre voiture est passée. Elle m'a donné l'impression de vouloir s'arrêter, puis elle a accéléré à nouveau.

– Vous êtes sûre ?

– Oui, mais cela n'a pas d'importance. »

Pendant une seconde, je m'attends à ce qu'il me pose d'autres questions, mais il semble se raviser.

« Vous alliez où ?

– À Blackwood Bay. »

Il sourit. « Montez. Je vous dépose. »

Il roule dans un silence presque total, en prenant moult précautions dans la neige. Je me demande à quel genre de type j'ai affaire, je cherche des indices. La voiture est impeccable et n'est pas encombrée de tout le fourbi dont la mienne est pleine ; la seule preuve qu'il ne s'agit pas d'une voiture neuve est le paquet de bâtons de réglisse dans le porte-gobelet entre nos sièges. Mon estomac gargouille.

« C'est une chance que vous ayez pris cette route », dis-je, surtout pour meubler le silence.

Il sourit. Je regarde, en direction de Blackwood Bay, les constellations sont bien visibles dans le ciel. Il y a un éclair au loin, le phare de Crag Head qui perce à intervalles réguliers les nuages bas. J'étais plus près que je ne le croyais. À nouveau, je me dis que venir en hiver était une idiotie. Non pas que j'aie eu tellement le choix. Au bout d'une minute ou deux, il accélère un peu. Dans le faisceau des phares, tout à coup, un éclat qui troue la nuit, un œil fugace, mais il disparaît quand nous passons. Un autre mouton ? Un lapin ? Un chevreuil ? Impossible d'évaluer sa taille ; je ne me rends pas compte de la profondeur. Gavin monte le chauffage.

« Vous avez moins froid ? »

Je le rassure, ça va, et je lui demande d'où il vient. « Pas de Blackwood Bay, n'est-ce pas ? »

Il a l'air surpris. « Qu'est-ce qui vous fait dire ça ?

– Votre accent. Ou plutôt, votre absence d'accent.

– Ah oui..., fait-il un peu penaud. Mes parents sont de Merseyside. Mais nous nous sommes installés dans le Sud. À Londres.

– Et maintenant, vous êtes ici.

– Oui, j'avais envie de bouger. Je travaillais dans la City et j'en ai eu assez. Les transports... la pression... vous savez ce que c'est. »

Je. Pas *nous*. Je reste silencieuse. J'ai déjà repéré qu'il ne porte pas d'alliance, même si je ne sais pas trop pourquoi j'ai pris la peine de regarder ce détail. Par habitude, peut-être.

« Vous êtes là depuis combien de temps ?

– Oh... presque un an, maintenant. »

Il ponctue sa phrase d'un petit sifflement, comme s'il était surpris que cela fasse aussi longtemps, comme s'il était venu pour une quinzaine de jours et qu'il était resté bloqué.

« Et vous aimez bien ? »

Ça va. Il s'arrange pour être occupé.

« Et vous ? D'où venez-vous ? » demande-t-il.

Je reste dans le vague. « Londres. Vous n'êtes pas marié ? »

Il rit. « Non ! »

Il ralentit pour prendre un virage serré. « Mais à l'origine, vous n'êtes pas de Londres, n'est-ce pas ? »

Donc, il a repéré mon accent, lui aussi. Pas étonnant. Il a beau être très atténué, certaines choses ne changeront jamais. Je suis parfois tentée d'utiliser *aye* au lieu de *yes*. La manière dont je prononce la fin de *nasty* ; idem pour *right*, qu'il m'arrive de prononcer *raight*. Mais comme je n'ai utilisé aucun de ces mots, pour ce que je m'en souviens, il a dû deviner à d'autres indices, plus subtils.

« Près de Leeds, lui dis-je.

– Ah, d'accord. Vous venez pour visiter la région ? »

Maintenant que je suis confrontée à la question, je ne sais pas trop comment répondre. Je voulais éviter de me faire repérer. Après tout, je n'ai jamais vraiment décidé de venir ici. Mais nous ne vivons pas dans un monde idéal et je ne peux pas rester cachée jusqu'à la fin de mes jours.

« En quelque sorte. Je suis ici pour travailler sur un film. »

Il rit. « Je me disais bien que vous aviez peut-être quelque chose à voir avec ça ! Alors, vous faites quoi, dans ce projet ?

– Oh, je donne un coup de main, c'est tout. »

Il continue à rouler sans un mot. Une minute plus tard, il tousse.

« Et quel est le sujet du film ? » Il marque une pause. « Zoe ? »

Je suis un peu suffoquée en l'entendant mentionner la fille disparue, mais il ne remarque rien.

« Pas exactement.

– Mais vous êtes au courant ? Et pour Daisy ? »

Je lui confirme que je suis au courant. Je pense à toutes les recherches que j'ai faites, aux conversations que j'ai eues avec Dan. Je sais trop de choses, en réalité.

« Le film porte plutôt sur la vie du village, dis-je d'un ton léger.

– Alors, pourquoi ici, si ça n'a pas de rapport avec les filles ?

– Aucune raison particulière. Il vous faudrait demander au producteur, j'imagine. C'est lui qui prend toutes les décisions ; je fais le travail, c'est tout. »

Il rit, pourtant je perçois une infime trace de déception. Je me souviens quand Jess m'a parlé de lui. Un type adorable, a-t-elle dit ; mais il pose beaucoup de questions.

Je repense à la manière dont ce projet a commencé. J'avais rencontré Dan au festival à Amsterdam et il m'avait dit qu'il adorait *Black Winter*, cependant il pensait que mon deuxième film – *Adam, Alive* – était « méritoire, mais pas le genre de choses que vous devriez faire ». Je l'avais admiré pour sa franchise ; il était probablement le seul qui s'était exprimé avec autant d'honnêteté. Il me demanda si j'avais quelque chose en route.

« J'ai quelques projets », lui répondis-je, alors que c'était faux. Il me donna sa carte et, quelques mois plus tard, je m'invitai dans son bureau. Meubles en laqué blanc et cloisons en verre, sièges ergonomiques et *chai latte*. Ses récompenses accrochées au mur derrière lui me faisaient de l'œil et je repensai à la soirée où on m'avait décerné la mienne. Je m'étais acheté un nouveau tailleur – pantalon noir, veste blanche – et je me sentais bien. Malgré tout, lorsqu'on en arriva au prix du Public, je ne m'attendais pas du tout à ce qu'il me soit attribué. L'annonce me parvint comme à travers un épais brouillard et je perçus tous les regards rivés sur moi. Je me levai, me sentant tout à coup un peu ivre et regrettant les talons que j'avais achetés sur un coup de tête. J'avançai avec précaution jusqu'au podium et, la bouche sèche, prononçai quelques mots avant de me frayer un chemin jusqu'à ma place au milieu des sourires et des applaudissements. En même temps, je pensai à toutes les filles que j'avais filmées et mises dans mon documentaire. Elles n'étaient qu'à quelques kilomètres de là, du moins celles qui avaient survécu. Elles arpentaient les mêmes rues, toujours grelottantes, mais leur monde et le mien étaient désormais à des années-lumière. Je sentis le champagne commencer à remonter ; je passai sans m'arrêter devant ma place et réussis à atteindre la sortie avant de tout vomir sur le trottoir. Personne ne me surprit, mais cette pensée ne m'apporta pas le moindre réconfort et, pliée en deux par le dégoût, je me dis qu'au moins j'avais la décence de me sentir coupable. Je me promis de retourner là-bas, de retrouver les filles que j'avais filmées, de leur donner l'argent que je venais de gagner.

« Alex ? »

Je levai les yeux. Dan attendait que je parle. « Eh bien, j'ai pensé... faisons un film sur la vie ordinaire. La communauté. La mortalité. Le changement. Aujourd'hui, quel est le sens du mot "communauté" ? Les gens ont plus de chances de la trouver en ligne qu'auprès de leurs voisins, ou tout au moins, c'est la croyance courante. Mais est-ce bien le cas, une fois qu'on sort de la ville ? On pourrait regarder de près un petit village d'Angleterre. Par exemple, un village dont la population baisse. Voir à quoi ressemble vraiment la vie là-bas. »

Il hocha la tête. Il était sur le point de répondre, mais tout à coup, son regard se posa sur mon bras. Ma manche était légèrement remontée ; ma cicatrice était visible. Je me tétanisai, soutins son regard, résistant à l'envie pressante de lui raconter l'histoire, avant de joindre les mains sagement sous la table. Il bougea un peu sur son siège.

« C'est très différent de *Black Winter.* Et je ne vois pas ce qui en ferait une œuvre unique.

– Eh bien, on pourrait imaginer quelque chose relevant du documentaire d'observation, autofilmé par les sujets avec leur portable, leur appareil photo numérique, leur iPad, ce qu'ils veulent. De cette manière, on aurait les perspectives individuelles des gens – tout le monde pourrait contribuer.

– Un genre de croisement entre *Three Salons* et *Life in a Day* ?

– Exactement. »

Il sourit et je me demandai si sa question était en réalité un test. Même si c'était un classique, *Three Salons at the Seaside* était sorti en 1994, ou pas loin, donc bien avant mon époque, et ce documentaire sur les femmes du Nord qui se font faire des shampoings et des mises en plis était, *a priori*, aux antipodes de mes intérêts.

Sauf quand on me connaissait. Et c'était son cas. Il savait que j'avais passé mes examens de fin d'études secondaires tard, avant d'obtenir un diplôme en réalisation et photographie. Il savait que j'étais venue à ce métier avec la passion de quelqu'un qui a enfin trouvé sa voie après une longue errance, quelqu'un qui a eu le cran d'aller vendre son premier film à l'un des conférenciers invités de sa propre initiative, sans être embarrassée par son accent du Nord et ses vêtements miteux.

« Le plus important, poursuivis-je, ce serait que le film trouve tout seul ses histoires. Ensuite, tout ce qu'il me resterait à faire, c'est les amplifier. J'ai pensé que si je créais un site web, les gens pourraient y déposer leurs contributions, de façon anonyme…

– Tu vas te retrouver avec des *dick pics.* »

Je le dévisageai. Si seulement il savait tout ce que j'avais vu au cours de mon existence. Si seulement il avait la moindre idée du nombre de petites bites ratatinées que j'avais croisées dans ma vie, de l'absence d'effet que me ferait la vue de quelques autres.

« Tu crois que ça m'inquiète ? Bref, j'aurai un accès administrateur. De cette manière, je pourrai parcourir les contributions et effacer toutes celles qui clairement ne sont pas bonnes. Et toutes celles que je ne suis pas certaine d'utiliser, je pourrai les ranger dans un dossier privé, les extraire de l'espace public. Les autres resteront en accès libre. Il faudrait que les gens s'inscrivent, mais une fois que ce serait fait, ils pourraient regarder ce que tout le monde poste.

– Ça pourrait être intéressant. Est-ce que tu as réfléchi au consentement ?

– Oui. Il y a plusieurs options. Nous pourrions l'inclure dans les termes et conditions d'utilisation, pour commencer. Quand les gens se connectent pour la première fois, tu vois ?

– Dès qu'ils cliqueront sur quelque chose…

– Exactement. »

Il acquiesça d'un signe de tête. Tous ces détails, nous pourrions les régler plus tard, en même temps qu'on s'assurerait que le chargement des contributions soit extrêmement facile. Je savais qu'il fallait que ce soit aussi simple qu'un clic.

« Et le lieu ?

– Je ne sais pas encore. Je pourrais faire des recherches… des repérages. »

Voilà où j'ai commis une erreur. J'aurais dû faire mes recherches d'abord, trouver un endroit, le lui apporter sur un coussin en soie avec un joli ruban autour. Je n'aurais pas atterri à Blackwood Bay.

Mais à ce moment-là, je ne le savais pas.

« Je crois qu'il y a vraiment quelque chose à faire, là. Un truc nouveau, intéressant.

– Je sais que tu adores ton boulot, dit-il après une pause.

– Et… ?

– C'est juste que… Je pense qu'il faut une dimension supplémentaire.

– Une dimension supplémentaire ?

– Oui. Tu devrais trouver un lieu où il y a déjà une histoire. Rien de spectaculaire, juste un sujet, quelque chose dont les gens peuvent parler. »

J'hésitai. J'étais fauchée, je vivais en colocation, je prenais des boulots dans des bars, des restaurants quand j'en avais l'occasion, je m'essayais parfois au journalisme, bien que les piges ne rapportent pratiquement rien. Je n'avais pas de fortune familiale dans laquelle puiser, personne à qui m'adresser pour mendier quelques sous.

« OK », fis-je.

Il sourit et me promit de passer quelques coups de fil.

Quelques semaines plus tard, il m'invitait à revenir le voir. « Je viens d'avoir une réponse d'Anna, à Channel Four », dit-il tandis que je m'asseyais.

L'espoir s'infiltra comme un shoot de speed dans mes veines.

« Et... ? »

Il sourit. « Félicitations.

– Ils marchent ?

– Ils offrent trois mille livres. Ils voudraient juste avoir un aperçu. Quelques minutes. Maximum dix. »

Un aperçu pour leur donner une idée de ce que je voulais faire. Ensuite, ils décideraient s'ils voulaient en faire une série, un documentaire unique, ou s'ils abandonnaient complètement le projet.

Trois mille livres... Ce n'était pas beaucoup.

« Ils te donnent jusqu'à la fin de l'année et Anna veut connaître le site du tournage dès que possible. » Il marqua une pause. « Un verre ? Pour fêter ça ? »

L'espace d'une seconde, je fus tentée, mais qui savait comment ça pouvait finir ? Et j'avais promis à mon petit ami de rentrer tôt ; je ne pouvais pas le décevoir. À nouveau.

« Je suis désolée, mais faut que j'y aille », répondis-je en rassemblant mes affaires.

Était-il contrarié ? Impossible de savoir. Il me raccompagna à la porte.

« Il va falloir que tu leur en mettes plein la vue, Alex. Mais je sais que tu en es capable. Tu l'as fait une fois, tu peux recommencer. Et n'oublie pas, ajouta-t-il. Il te faut une histoire.

– J'en trouverai une », répondis-je.

J'étais obligée. Mon deuxième film avait fait un flop, malheureusement. Celui-ci était ma dernière chance.

4

Ma dernière chance. La voiture débouche d'un virage et j'aperçois la mer, un groupe de lumières au loin nichées au bord de l'eau.

Blackwood Bay. Minuscule, coincé dans le vallon entre les collines ; au-delà, les falaises et la côte, infinie, enveloppée dans les ténèbres. Le clair de lune reflété par la neige sur les toits paraît blanc. Le paysage est beau mais traître ; il est aisé d'imaginer la contrebande qui se pratiquait dans ce lieu, les activités clandestines dans la nuit sale. Mon corps se tend sur son siège, comme s'il se préparait à ouvrir la portière et à sauter en marche pour tenter sa chance dans la nature hostile.

Je n'avais à aucun moment prévu de venir ici. Jamais la liste des lieux possibles pour mon film n'avait comporté Blackwood Bay. Je savais exactement le genre d'endroit que je recherchais. Un endroit qui avait ce quelque chose d'indéfinissable, comme l'impression qu'on a quand on visite un nouvel appartement et qu'on se sent chez soi. Ou quand on rencontre quelqu'un dans un bar, un regard échangé de loin, pas grand-chose, mais dès les premières phrases, on a la certitude qu'il se passe quelque chose, qu'on va baiser. Je suis allée voir plusieurs lieux différents, mais aucun ne m'a emportée. Et un jour, une carte est arrivée au bureau de Dan, et tout a changé.

Quand il m'a appelée chez moi, j'étais en train d'examiner un site dans l'Oxfordshire qui semblait n'avoir guère d'atouts. Il alla droit au but.

« Je n'en ai jamais entendu parler, mais si tu es sûre, je le suis aussi. »

J'avais appris que c'était typique de Dan, d'entamer le dialogue comme si nous étions déjà au beau milieu d'une conversation. Il avait certainement mis son téléphone sur haut-parleur et devait taper un e-mail tout en discutant et en opinant devant un stagiaire porteur d'un message urgent venant d'un autre réalisateur aux abois.

« Pardon ?

– La carte postale.

– Quelle carte postale, Dan ?

– Blackwood Bay. »

Je crus que j'avais mal entendu.

« Quoi ? »

Il répéta, les syllabes produisant de sinistres échos dans l'écouteur, et cette fois, plus de doute possible.

« Blackwood Bay... ? Et alors ? »

Ma voix tressaillait juste un peu.

« Cette carte, c'est pas toi qui l'as envoyée ? Bizarre. » Ce dernier mot était probablement assorti d'un haussement d'épaules et Dan ne répondait pas à ma question. « Bref, tu connais ?

– Mais de quoi est-ce que tu parles ? dis-je, sans réussir à cacher ma nervosité.

– J'ai reçu une carte postale, poursuivit-il sans tenir compte de mon intervention. La photo d'un port. Blackwood Bay. Le message écrit au dos est : *On pourrait le faire ici.* J'ai pensé que ça venait de toi. »

Mes mains tremblantes portèrent ma tasse de café à ma bouche. Il était trop chaud et ma gorge commença à me brûler.

« Non.

– Ça n'a pas d'importance. »

Si, ça en a, me dis-je. *C'est capital.* Je sentis la panique monter et me forçai à compter mes respirations. « Personne d'autre n'est au courant de ce projet, si ?

– Eh bien, Channel Four, forcément.

– Mais ils ne sont pas du genre à envoyer des cartes postales.

– C'est vrai, mais peut-être que ça vient de quelqu'un à qui ils ont demandé de faire des repérages. Bref. Blackwood Bay. Tu connais ? »

J'envisageai de mentir, de lui dire que je n'en avais jamais entendu parler.

« Ouais. J'y ai passé un peu de temps quand j'étais gosse. Pas de quoi être impressionnée, en toute honnêteté.

– Mais c'est une possibilité ?

– Non, je ne crois pas.

– Pourquoi ? C'est si nul que ça ?

– C'est juste que... c'est loin. Si l'un de nous finit par devoir y aller.

– La chaîne tient à ce que le tournage ait lieu dans le Nord. Alors...

– Tu ne me l'avais pas dit.

– Je suis pratiquement sûr de l'avoir fait. Pour compenser l'omniprésence du Sud dans les productions, apparemment.

– C'est tout petit. Peut-être *trop* petit. Je ne sais pas combien nous aurons de personnes qui nous fourniront des vidéos, dans une localité de cette taille. C'est juste que... c'est pas le bon endroit. D'accord ? »

Je crus l'entendre soupirer. L'espace d'une seconde, je craignis qu'il propose qu'on arrête là, qu'on essaye autre chose ou qu'on rende l'argent à Channel Four avec nos excuses et les lambeaux de ma carrière.

« Tu as toujours la carte postale ? demandai-je.

– Pourquoi ?

– Garde-la », dis-je, mon ordinateur déjà ouvert, une fenêtre Google prête.

Je tapai « Blackwood Bay ». Si Dan s'apprêtait à discuter, il me faudrait une bonne raison de refuser de filmer là-bas. Je voulais lire les pages que Dan lirait. Je voulais être prête.

Je parcourus rapidement les articles au fur et à mesure que je les ouvrais. Au premier abord, je fus soulagée : il y avait surtout des informations banales, ordinaires. Des restaurants qui avaient définitivement fermé leurs portes ; le plus joli village du Yorkshire pour la troisième année consécutive, même si cet article datait de plusieurs années ; une campagne contre la suppression du service de sauvetage en mer qui semblait être au bord de la faillite. Je commençai à espérer, puis je vis l'article. Une adolescente disparue – une fille appelée Daisy : plus aucun doute désormais sur son suicide.

Dan ne risquait pas de passer à côté. Il allait forcément s'en emparer pour en faire mon histoire.

« Il faut qu'on parle, dis-je. J'arrive. »

J'allai voir Dan ce même après-midi. La carte postale était posée sur son bureau ; c'était une photo de Blackwood Bay prise du haut des falaises. Elle était délavée, comme si elle était restée longtemps au soleil. Je l'attrapai, mais ne ressentis rien.

Je la retournai. Ces cinq mots à l'encre noire : *On pourrait le faire ici.* Le cachet de la poste était brouillé, illisible.

Il me tendit une tasse de café. « Bizarre, hein ?

– T'es sûr que ça ne vient pas de quelqu'un du bureau ? »

Il inclina la tête. « Eh bien, j'ai posé la question. Personne n'a avoué. Mais.... » Je savais quelle question allait suivre. « Pourquoi ça t'importe autant ? »

Je ne pouvais pas répondre à cette question. De toute façon, il était évident qu'il s'en fichait complètement.

« Tu es certaine que ça ne serait pas un bon site ? reprit-il. J'ai regardé. Le village n'est pas minuscule, sa population est faible et déclinante. Ça a l'air proche de ce que tu cherchais. Assez petit pour qu'il y ait une communauté, mais à mon avis, assez grand pour que tu aies plein de gens qui déposent des vidéos. » Il tourna son écran vers moi et se mit à faire défiler les résultats de sa recherche sur Google Images. « C'est plutôt joli. Regarde. »

Je jetai un coup d'œil. Une photo de la rue principale. Slate Road. Une journée ensoleillée, au milieu de l'été. Les ombres se découpaient, la rue en pente paraissait vertigineuse, les maisons, les cafés et les boutiques de souvenirs étaient mignons. Pittoresques. Je me penchai et feignis d'être intéressée. Une vue du village entier prise des falaises au-dessus, le phare au loin, une photo prise de la plage de galets, la cale de lancement se dessinant au premier plan.

« Ça donnerait de bonnes images. Mais tu le sais, puisque tu y es déjà allée.

– Sauf qu'on sera en hiver. C'est plus difficile.

– Mais ce n'est pas comme si c'était toi qui filmais, si ? Je croyais que c'était tout l'intérêt du projet. Et le mauvais temps pourrait créer une atmosphère. »

Il fit apparaître un autre cliché. Une rue pavée, trop étroite pour les voitures. Des jardinières suspendues, des vitraux au plomb.

« Il n'y a pas beaucoup de véhicules, apparemment. Les pentes sont trop raides. Et le plus important, c'est qu'il y a une histoire. »

Je me levai. Je ne voulais pas qu'il poursuive. « Je vais y réfléchir. »

Il pencha la tête. J'avais répondu d'un ton sec. Son regard me transperça.

« Tu sais qu'une fille a disparu là-bas ? »

J'hésitai, mais il était inutile de faire semblant. Je pensai à Daisy.

« Il y a des années. Et c'était un suicide. Qu'est-ce que... ?

– Non. Je parle d'un truc plus récent. Et il n'est pas question de suicide. » Il ouvrit une nouvelle fenêtre. « Regarde. »

L'article était paru sur le site web du *Malby Messenger*. « Indice fourni par une caméra de surveillance : les recherches actives se poursuivent pour retrouver Zoe Pearson, l'adolescente disparue », au-dessus d'une photo floue extraite d'une bande vidéo. Elle montrait une jeune fille en veste noire, ses cheveux bruns attachés, ses traits pixellisés indistincts. La légende précisait qu'elle avait été repérée à un arrêt de bus à Meadowhall. Je détournai les yeux, essayant de me concentrer sur autre chose, mais ma vision était déformée.

Il ouvrit une meilleure photo, la même fille, maintenant face caméra, les cheveux défaits, presque souriante, mais pas tout à fait.

« Elle a disparu près de Blackwood Bay. Il y a environ trois ans et demi. »

Je secouai la tête. *Non*, avais-je envie de m'écrier. *Ce n'est pas possible. Je l'aurais su.*

Mais était-ce vrai ? J'évitais cet endroit depuis tellement longtemps qu'il aurait pu s'y passer n'importe quoi.

Dan leva les yeux. « Qu'est-ce que tu disais ? Un suicide ? »

Merde. Je ne pouvais plus reculer.

« Une fille qui s'appelait Daisy. Elle s'est tuée. »

Il ouvrit une nouvelle fenêtre et entra les termes de sa recherche. « Daisy Willis. Il y a dix ans. » Il s'adossa, pensif. « D'abord elle, puis Zoe Pearson. »

Il sourit largement, comme s'il venait de gagner le gros lot. Une partie de moi en conçut du mépris.

« Tu ne trouves pas ça étrange ? Deux filles qui disparaissent ? »

Je m'entendis répondre.

« Daisy, c'était un suicide. Ça a été confirmé. »

Il parcourut l'article.

« Mais on n'a pas trouvé de corps. Je veux dire...

– C'était un suicide.

– Bref, dit-il en se reportant une fois de plus à l'écran. Elle a sauté de la falaise. Et a disparu. Et sept ans plus tard, cette Zoe Machin disparaît aussi. La voilà, ton histoire. »

Il me regarda droit dans les yeux et, pendant une seconde, il eut exactement l'air du connard content de lui et bouffi d'orgueil pour qui je le prenais autrefois.

« J'ai toute confiance en toi, Alex. Mais ça pourrait ne pas être le cas de tout le monde...

– Ce qui signifie quoi, exactement ? » J'avais essayé de garder une voix calme, sans émotion. En vain.

Il secoua la tête, comme si j'étais une enfant, comme si je le décevais. Puis il m'asséna le coup de poignard qui m'acheva.

« Je leur ai dit que tu trouverais un endroit avec une histoire, un truc irrésolu, de la tension. Ils ne t'auraient pas donné l'argent autrement. »

Je ne pouvais pas me permettre que le projet capote, et de toute façon, la photo de Zoe devait être munie de crochets invisibles : elle se cramponna, devint une obsession. Quand je fermais les yeux, je voyais aussi Daisy, la fille morte. Elle m'interpellait, me disait que j'étais la seule qui pouvait l'aider. Et oui, je l'admets, chaque fois que je repensais à cette scène, je ressentais un minuscule élan de fierté, comme du métal brûlant. Peut-être étais-je celle qui pouvait l'aider à trouver la paix. Le matin suivant, j'appelai Dan.

« J'ai décidé. Ce sera Blackwood Bay. »

Il était ravi ; nous passâmes les deux semaines suivantes à prendre les dispositions, à monter le site web et à courir dans tous les sens. Jess trouva quelqu'un sur place pour nous aider – Gavin, le responsable du cinéclub là-bas – et elle s'y rendit début octobre. Ils organisèrent une réunion dans la salle communale juste avant la séance de cinéma du jour. Elle expliqua le projet, raconta qu'il s'agissait de faire le portrait de la vie dans une petite ville, tout en légèreté. Il n'était pas question de règlements de comptes.

Les vidéos commencèrent à arriver. Lentement au départ, au compte-gouttes, et ensuite, quand les gens constatèrent que leurs amis et voisins avaient filmé des choses, d'autres s'ajoutèrent. Pour la plupart, c'étaient des images du quotidien – des enfants qui jouaient, des adultes qui cuisinaient, une fête dans un jardin. Il y avait beaucoup d'animaux domestiques, de vues des falaises. Quelques *dick pics* aussi, mais je les supprimais. Des scènes dans le pub, un petit costaud qui poussait un bateau dans la mer. Toutes ces images feraient une bonne contextualisation. Rien sur Daisy ni Zoe, aucune mention, et tandis que j'oscillais entre soulagement et déception, Dan décida qu'il fallait prendre le taureau par les cornes. Il ne manqua pas de souligner qu'Anna, qui tenait les cordons de la bourse, était de son avis.

« Il n'y a qu'une solution. Tu vas devoir y aller et voir ce que tu peux déterrer, OK ? »

Me voici donc assise dans une voiture en route vers Blackwood Bay ; un endroit où je n'ai jamais voulu aller, pour fouiller une histoire que je n'ai jamais voulu creuser. Et pourtant, bizarrement, ça m'est égal. Peut-être que le film n'en sera que meilleur, finalement.

Gavin est toujours en train de parler. Je reviens dans la conversation.

« Où allez-vous loger ?

– Dans une petite maison, sur Hope Lane.

– Oh, chez Monica ? Charmant. Mais je ne peux pas vous conduire jusque-là. La pente est trop raide.

– Je sais, dis-je, trop vite, avant de me rappeler que je ne suis pas censée connaître les lieux. Monica m'a avertie. Si vous me déposez en haut, je descendrai à pied.

– OK. »

Nous continuons à rouler. À mesure que nous approchons, l'atmosphère devient plus lourde, suffocante. Je lutte tout en observant Gavin, mais il ne se rend compte de rien, il a l'air parfaitement à son aise. Il entre dans le parking et coupe le moteur.

Je contemple les ténèbres. Autour des réverbères, un halo de lumière. Les rues sont désertes : pas le moindre signe de vie, pas même un chien ou un renard en train de fouiller les poubelles. Je sors de la voiture et rassemble mes affaires ; j'ai l'impression d'être sur le point de m'enfoncer dans le passé. Je vois les contrebandiers, leurs cirés trempés, luisants, soulever des tonneaux de rhum ou de tabac, se diriger vers les tunnels oubliés qui, raconte-t-on, relient les caves en un vaste réseau souterrain. D'après la légende, il était autrefois possible d'acheminer des denrées de contrebande depuis le niveau de la mer jusqu'en haut des falaises sans que jamais elles voient la lumière du jour, et quand je jette un œil aujourd'hui, je me surprends à y croire.

« Ça va ?

– Oui. »

Mes yeux s'habituent de plus en plus à la pénombre. Quelques lumières sont allumées dans les maisons en contrebas, mais elles sont rares.

« Je vais vous donner un coup de main pour vos bagages. »

L'espace d'un instant, je me dis qu'il va m'inviter à boire un verre ou à dîner, et peut-être que ça me plairait. Il a l'air gentil et ce serait bien d'avoir un ami ici.

Nous sortons de la voiture. Je regarde vers le nord, vers la péninsule herbeuse qui s'enfonce dans la mer en devenant un promontoire rocheux. On ne voit pas grand-chose dans la nuit, mais il y a une lumière allumée dans la grande demeure au loin, tout au bord.

« C'est quoi, cette lumière ?

– Les Rocks. » Il marque une pause. « Bluff House. »

Les mots rebondissent en écho. Cela fait si longtemps, j'avais même oublié qu'il y avait une maison là-bas. On dirait que mon esprit l'avait effacée.

« Bluff House ? »

Il me regarde comme s'il s'apprêtait à dire autre chose, puis il sourit d'un air gêné. « Allons-y. »

Je prends mes sacs et nous commençons à descendre. Nous cessons de parler, le silence est enveloppant, inhibant ; même le bruit de nos pas est amorti par la neige, réduit à un doux crissement. Rien n'est exactement comme dans mon souvenir ; c'est comme si je voyais tout à travers un filtre, un prisme déformant. La rue semble plus étroite à mesure que nous avançons, et tandis qu'elle devient aussi de plus en plus raide, je remarque la présence d'une main courante rouillée. Je l'attrape et je continue à descendre.

Je sais que la mer est là-bas, devant, en contrebas, il règne cette odeur familière, de pétrole et d'algues, salée et sulfureuse. Nous passons devant des maisonnettes plongées dans le noir et des cafés déserts, des boutiques aux volets baissés. Ici et là, des ruelles et des sentiers commencent à apparaître, partant de la voie principale à des angles improbables, mais ils ne sont pas éclairés et s'enfoncent dans des poches noir d'encre. Je me demande si quelqu'un est tapi, en train de m'épier, et je suis contente de ne pas être seule.

J'ai la trouille, c'est tout. D'être ici, à des kilomètres de chez moi. Coincée sans voiture, sans amis. À penser à Daisy et à Zoe ; l'une morte, l'autre disparue. J'observe Gavin et je m'interroge : est-ce qu'il serait possible que ce soit lui qui ait envoyé la carte postale à Dan ? Mais comment pouvait-il savoir que nous cherchions un lieu ? Comment quelqu'un pouvait-il être au courant ?

Soudain, Gavin s'arrête.

« Bon, eh bien, je suis presque arrivé. » Il désigne une ruelle un peu plus bas sur Slate Road. « Vous savez où vous allez ?

– Oui, merci. J'ai regardé sur le plan. »

Il me passe le sac qu'il porte.

« Je vous donnerai des nouvelles. Enfin… de votre voiture.

– Merci. »

Il marque une pause, juste quelques instants.

« Eh bien, ravi d'avoir fait votre connaissance, dit-il. À bientôt. »

Je lui réponds que je l'espère, mais il ne bouge pas. Il reste là, mal à l'aise. Il a autre chose à ajouter.

« Bon, eh bien… au revoir. »

Je m'apprête à m'en aller quand il m'interpelle.

« Daisy…, fait-il, et je me fige.

– Quoi ?

– C'est juste que… » Il baisse la voix. « Ce serait bien que vous le sachiez. Il y a des gens ici qui pensent que ce n'était pas un suicide. Et la disparition de Zoe. Certaines personnes croient que les deux événements sont liés.

– Qui ?

– Je l'ignore. Des gens.

– Mais...

– Je n'en sais pas plus. » Il jette un coup d'œil par-dessus son épaule. « Il faut que j'y aille. »

Il se détourne rapidement et, d'un pas décidé, disparaît dans la nuit. J'inspire avec peine. Je regrette encore plus d'être venue ici, mais impossible de faire demi-tour. J'ai un film à faire, un délai à respecter ; je dois avancer. Je lève les yeux vers les Rocks, vers Bluff House et les falaises, puis je me remets en route, la tête baissée. Je continue, en direction des barques retournées et des casiers à homards rouillés. Je continue, vers le pub du Ship Aground – le Bateau échoué – et, plus loin, vers la cale de lancement, pensant aux filles disparues tandis que je descends, que je m'enfonce de plus en plus profondément dans Blackwood Bay.

AVANT

5

Dossier médical

NOM : inconnu
NUMÉRO DE PATIENT : 87498565K
DATE DE NAISSANCE : inconnue
ADRESSE : inconnue

DATE DU RAPPORT : 28 mars 2011

La patiente est une jeune femme d'âge inconnu, se situant probablement entre quinze et dix-huit ans, qui a été transférée à la clinique des troubles de la mémoire en mars 2011. Elle était précédemment prise en charge au service des urgences du Queen Elizabeth The Queen Mother Hospital (QEH) à Margate, dans le Kent, en hypothermie et souffrant d'une probable blessure à la tête quand elle a été admise, après avoir été découverte inconsciente à Deal. À son arrivée, elle n'avait sur elle aucun document d'identité, et pour toute possession un téléphone portable. Il a été rapporté qu'en reprenant connaissance elle a manifesté de la confusion, prétendant n'avoir aucun souvenir du moindre élément autobiographique, y compris son nom, sa date de naissance, son adresse, etc. À la suite des soins administrés au QEH, la patiente a montré une agitation extrême lorsqu'elle a été interrogée sur sa vie avant qu'on la trouve. Elle nous a ensuite été adressée pour un bilan d'hospitalisation et la mise en place d'un traitement.
Lors de son arrivée ici, la patiente était extrêmement effrayée, confuse et réticente, bien qu'alerte et assez docile. Les rapports de

l'hôpital indiquaient que sa blessure à la tête était sans gravité et n'avait pas entraîné de lésions cérébrales suffisamment graves pour expliquer ses symptômes. Elle a prétendu que même si elle pouvait se rappeler des détails fragmentaires d'événements pendant l'année précédant son hospitalisation, elle ne retrouvait ni son nom ni d'autres détails biographiques notables, si ce n'est qu'elle avait l'impression d'avoir vécu dans le nord de l'Angleterre, ce qui était cohérent avec son accent, et qu'elle pensait que, pendant les jours ou semaines précédant son hospitalisation, elle vivait à Londres dans des conditions difficiles. Aucune autre information sur sa vie d'avant n'était accessible. Elle ne parvenait pas à se rappeler comment elle avait fait le voyage jusqu'à Deal, quel moyen de transport elle avait utilisé, ni comment elle l'avait financé. Elle a nié avoir fait du stop, prétendant qu'elle «ne ferait jamais une chose pareille». Elle a reconnu être démoralisée et avoir peu d'appétit. Elle dort mal et se réveille très tôt. Elle ne fait pas mention d'idées suicidaires.

À l'examen

L'examen a révélé une jeune femme propre, en léger surpoids, même si on note des indices d'une mauvaise alimentation dans les temps récents; peu de contacts visuels. Ses facultés de jugement et de perception sont intactes. La patiente était agitée pendant l'examen; elle s'oriente correctement dans le temps et l'espace, mais pas sur le plan personnel. Elle est dépressive. Elle présente des symptômes suggérant des troubles de déréalisation et de dépersonnalisation, mais aucun trouble de la pensée n'a été décelé. Le rappel immédiat et la mémoire à court terme sont intacts. Ses souvenirs sont en grande partie cohérents depuis son hospitalisation et très fragmentaires pour la période précédant l'hospitalisation.

Même si les données sont incomplètes aujourd'hui, à cause des failles dans la mémoire de la patiente, l'examen n'a révélé aucun symptôme suggérant une crise, un trouble bipolaire, un épisode maniaque, une schizophrénie, de l'angoisse ou tout autre trouble

organique. Bien qu'elle nie avoir abusé de substances psychoactives, les signes physiques suggèrent la possibilité d'une récente prise de drogue en intraveineuse.
L'historique médical, psychiatrique, familial et personnel est partiel, étant donné la nature même du tableau symptomatique de la patiente.
On ne note rien de particulier à l'examen physique. Les tests en laboratoire n'ont rien révélé d'anormal. Le bilan neurologique est normal. L'électrocardiogramme ne montre aucun dysfonctionnement et il n'y a aucun signe d'épilepsie.
Le DES a cependant été effectué pour évaluer la fréquence des symptômes dissociatifs, à cause de l'absence de mémoire à long terme et de la détresse de la patiente, et les résultats devraient être interprétés avec prudence. Néanmoins, ils n'excluent certainement pas un trouble dissociatif.

Conclusions et plan de traitement
Le diagnostic de travail est actuellement une fugue dissociative avec amnésie dissociative. La patiente va entreprendre une psychothérapie pendant son hospitalisation et a été rassurée sur le fait que, dans ce type de trouble, les symptômes se résolvent souvent spontanément. Bien que sa sortie ne soit pas imminente, nous avons une inquiétude concernant son hébergement, et la patiente a accepté que son dossier soit transféré aux services sociaux et autres organismes. Elle ne parvient pas à retrouver le code d'accès à quatre chiffres pour débloquer son téléphone portable et (même si c'est frustrant) n'a pas encore accepté que nous demandions à la police d'enquêter, mais elle nous assure (et je suis optimiste) qu'elle le fera un jour.

Rapport préparé mais non signé par :
Dr Laure Olsen, docteur en médecine, diplômée du Royal College of Paediatrics and Child Health

AUJOURD'HUI

6

Hope Cottage, ainsi que trois ou quatre autres constructions aux façades de pierre presque identiques, se trouve derrière une petite place pavée au charme désuet en bas de Slate Road, accessible seulement par une étroite ruelle en L, et si près de la mer que j'ai son goût iodé sur la langue. L'endroit est parfait, rustique mais confortable, il contient tout ce dont j'ai besoin. Un abri protégé où je peux me réfugier.

Au rez-de-chaussée, la cuisine et le salon, dans lequel un canapé moelleux et un fauteuil assorti complètent un tapis en jonc de mer. Un téléviseur trône dans un coin, un miroir rond est accroché sur la gauche et à l'opposé, près de la porte, se trouve un baromètre dont l'aiguille oscille en permanence entre *Pluie* et *Tempête*. À l'étage, une chambre à coucher et une salle de bains. Tout est de bon goût : des camaïeux de beige et de gris avec des coussins aux couleurs contrastées, des couvertures supplémentaires posées sur le lit, au mur des cadres avec des scènes pittoresques en noir et blanc très travaillées. D'autres clichés décorent l'escalier, dont quelques-uns semblent être des photos de famille. Une femme – Monica en personne, j'imagine – apparaît sur plusieurs d'entre elles. Sur l'une, elle est assise devant une toile de fond de photographe, légèrement tournée vers l'objectif, souriante, et sur une autre, elle est près de la cale avec un groupe d'enfants ; deux filles se tiennent un peu à l'écart, sur le côté. Les meilleures amies du monde.

Je me verse du café et je le bois sans accompagnement. Il est amer, mais dès que je l'ai fini, j'en prends un autre. Je suis là depuis deux jours maintenant et je ne dors pas bien. Le village est presque exactement comme dans mon souvenir, pourtant il est aussi un peu différent, comme quand on croise une personne qu'on connaît portant d'autres vêtements. Mais il y a plus de monde que je ne l'aurais cru. Je vois les gens entrer et sortir des magasins, monter sur la colline, se détendre sur les bancs près de l'eau. On ne peut pas dire que ce soit animé, encore moins fréquenté, mais l'endroit ne paraît pas aussi triste et désert que je l'avais craint. Le nombre de vidéos postées est également une agréable surprise et j'ai même repéré quelques personnes en train de filmer. Tout va bien se passer. Forcément.

Je repense aux images d'hier : un type qui se réveille, sa femme qui lui donne une carte et lui souhaite un bon anniversaire. Une fille qui court sur la plage, de toutes ses forces ; elle finit par trébucher et tomber. Une vieille dame dans une maison de retraite. Des filles qui mangent des *fish and chips* au bord de l'eau. Une séquence était particulièrement intéressante, même si elle est presque certainement impossible à utiliser. Une adolescente près de la cale à côté du Ship Aground dans la faible lumière de l'après-midi, le regard perdu dans les vagues. Elle se cramponne à la main courante, et entreprend de passer lentement par-dessus. Elle s'accroche, puis, d'un geste ample très théâtral, se laisse tomber de l'autre côté. C'est comme si elle se jetait dans l'eau, et aussitôt je pense à Daisy. Je pourrais presque croire que c'est elle, bien que Daisy n'ait pas pu sauter du même endroit car il n'y a pas assez de hauteur. Mais que fait cette fille ? Je continue à regarder et elle réapparaît, remonte la cale en courant et en riant aux éclats. Le plan se rapproche et elle sourit comme pour dire : *Alors, tu as réussi à me prendre ? J'ai fait comme il faut ?* et je me rends compte que ce n'était qu'un jeu, pour se moquer.

Je repense à Daisy et à Zoe. À part Gavin, personne n'a mentionné leurs noms, mais j'ai fouillé sur le web. J'ai fait des recherches plus approfondies sur Daisy. Ça s'est passé peu de temps avant Noël ; elle a sauté, au petit matin, il y a presque dix ans. Chez elle, dans la caravane où elle vivait, ses vêtements étaient encore là et tout était resté comme elle l'avait laissé. Quelques jours plus tard, une de ses baskets a échoué sur la plage un peu plus loin sur la côte, suivie de peu par ce qui restait de son blouson. Le fait que son corps n'ait jamais été retrouvé explique qu'elle soit encore répertoriée comme personne disparue, mais il y a peu de doutes sur l'issue. Personne ne soupçonne un tiers d'être impliqué.

L'histoire de Zoe Pearson est différente. Elle s'est volatilisée à la fin du printemps, il y a plus de trois ans et demi. Elle était là un jour, et plus le lendemain. Son lit était vide, ses parents se sont dit qu'elle était sortie en douce pour retrouver un petit ami, mais elle n'est jamais revenue. Une fugue, voilà tout ; personne n'a parlé de suicide, personne ne croit qu'elle ait été enlevée. Alors pourquoi, d'après Gavin du moins, « certaines personnes » pensent-elles que les deux affaires sont liées ?

Je finis mon café et vais chercher mon manteau et ma caméra. Ce n'est pas en restant enfermée ici que je le découvrirai.

En sortant de l'étroite ruelle, je retrouve Slate Road. Le village est plus ou moins désert. Un homme seul est assis à côté de la cale de lancement et, un peu plus loin, un groupe de filles occupe l'un des bancs à côté du pub. Pour fumer, je suppose, même si je ne suis pas assez près pour le voir. Il n'y a personne d'autre. Je filme la scène pendant quelques instants, puis je descends. Quelques images des mouettes qui tournoient et plongent au-dessus des casiers à homards, dont les cordes mêlées d'algues claquent dans le vent. Je filme le Ship Aground – ou le Ship, comme je sais qu'on l'appelle par ici –, les magasins de souvenirs, une librairie que je découvre au fond d'une ruelle. Je filme le phare et je décide de revenir à la tombée de la nuit. Après le pub, la côte décrit une courbe brusque vers le promontoire qui fait saillie sur l'eau – et que Gavin a appelé les Rocks –, et sur le cap se dresse la maison noire. Bluff House. Je la filme aussi, puis je décide de monter le sentier raide vers le parking.

J'évite les plaques de verglas, me servant des marches quand je peux et m'arrêtant de temps en temps pour retrouver mon souffle et filmer la vue. Je balaie l'horizon, je prends les arbres au loin qui se plient dans le vent. L'air semble limpide ici, plus facile à inspirer. Je tourne à gauche, je passe devant le parking et la salle communale. Il y a un magasin sur la droite, ainsi qu'un bureau de poste accolé à une épicerie coopérative solidaire. Les deux vendent des cartes postales, leurs sélections sont presque identiques, et je les examine pour voir quelle enseigne propose celle qui a été envoyée à Dan. Je suis sûre maintenant qu'elle a été postée à Blackwood Bay, et même si je me vois bien découvrir la clé du mystère, cette fois-ci je n'ai pas de chance. Les photos sont des vues du village et des environs, des photos du pub qui remontent à des siècles, mais aucune ne correspond. Il va falloir que je continue à chercher.

De l'autre côté de la rue se trouve le parc ; je pousse le portillon et j'entre. Il est tout petit, rien de plus qu'une aire de jeux en réalité, quelques balançoires et un tapecul, un minuscule kiosque à musique au milieu, mais d'ici on a une vue imprenable sur le village et la baie. Au loin trône Bluff House, silencieuse, immobile. Bizarrement, je me sens attirée vers elle, liée à elle, même d'ici. La fascination qu'elle exerce est puissante, un trou noir au bord de l'eau, qui aspire tout, même la lumière. J'éprouve soudain la certitude que c'est de là que Daisy a sauté.

À regret, je quitte l'habitation du regard. Tout juste visible de la baie, à une certaine distance, s'étend la prochaine agglomération. Malby. Une métropole, en comparaison. Avec des propriétés, des maisons récentes aux pelouses bien entretenues, des voitures très chères garées devant. Les écoles sont là-bas, comme les supermarchés, les fast-foods, ainsi qu'un tout petit cinéma et une seule boîte de nuit. Mais cela pourrait aussi bien se trouver à un million de kilomètres.

Je décide de m'offrir une boisson chaude avant de retourner à Hope Cottage. À mi-chemin de ma descente sur Slate Road, je sais que je trouverai un café et je prends cette direction. La porte émet un cliquetis quand j'entre. Un boui-boui rétro : des nappes en plastique, des bols contenant des sucres emballés dans du papier, au menu œufs sur le plat et frites, le thé servi dans une tasse ébréchée. Les tables libres sont nombreuses. Un minuscule arbre de Noël clignote sur le comptoir au fond, l'extrémité de chaque branche ornée de fibres optiques kitsch à souhait ; je commande du café à une femme qui se tient derrière le bar, avec un tablier immaculé et des lunettes sales. Elle doit avoir une petite quarantaine d'années, me dis-je ; elle a coupé court ses cheveux prématurément gris, dans un style garçonne très étudié.

Je viens de m'asseoir avec ma boisson quand la porte s'ouvre en cliquetant et un homme entre, en veste imperméable. Il est petit – à peine plus grand que moi – et costaud. Pas rasé ; ses cheveux longs semblent habilement décoiffés. Il commande un petit pain au bacon et nos regards sont sur le point de se croiser lorsqu'il se tourne pour choisir une table, mais il passe à côté de moi pour aller saluer un type qui est assis dans un coin. Il s'installe et ouvre un magazine, qu'il feuillette en attendant d'être servi. Il me paraît familier, mais de manière indistincte, et je n'arrive pas à l'identifier. L'ai-je vu dans une des vidéos ? En tout cas, il y a quelque chose de magnétique chez lui ; même s'il n'est pas particulièrement séduisant, il dégage quelque chose qui attire l'œil. Je retourne à ma tasse, mais trop tard. Il m'a surprise en train de le regarder.

« Belle journée », fait-il, et je relève la tête. Il sourit, mais ses yeux sont étranges ; l'un est plus foncé que l'autre et bizarrement perçant. Il pose son magazine. « Vous visitez le coin ? »

Je lui réponds par l'affirmative. « C'est assez calme, on dirait. »

Il rit.

« C'est toujours vachement calme, maintenant.

– Vraiment ?

– Ouaip. Vous logez ici ? »

Je jette un coup d'œil par la fenêtre en direction d'un groupe de filles qui passent en gloussant. Je ne sais pas pourquoi j'affiche cette nonchalance ; c'est juste que ça me paraît être la chose à faire.

« Oui. Dans le village. »

Il marque une pause. « Vous avez quelque chose à voir avec le film ? »

Avant que j'aie le temps de répondre, une ombre se déplace et j'observe la rue une fois de plus. Un type seul passe devant le café et, l'espace d'une seconde, je crois qu'il suit les filles hilares que j'ai aperçues quelques secondes auparavant, mais je me reprends, c'est de la paranoïa, je ne fais que projeter ma propre expérience du temps de mes premiers mois à Londres.

« C'est juste que j'ai vu votre caméra. »

Je l'ai posée sur la table devant moi, à côté des sucres. Je souris.

« Vous m'avez prise sur le fait.

– C'est que je suis un vrai Sherlock Holmes, dit-il en souriant à son tour. À propos, je m'occupe de votre voiture...

– Ah oui ? Vous êtes un ami de Gavin ?

– Ouaip. » Il se penche et me tend la main. « Bryan. J'aurai fini dans quelques jours. Suspension à refaire. » Il désigne la chaise en face de la mienne. « Je peux me joindre à vous ?

– Bien sûr. Moi, c'est Alex. »

Il se rapproche et s'installe. À cette distance, je perçois son après-rasage, suave et épicé, auquel se mêle autre chose aussi. Une légère odeur de cuir, peut-être. Quelque chose de noir, de sale. Il pose son magazine sur la table – *Sea Angler* – et je me souviens où je l'ai vu. Un des articles que j'avais survolés couvrait la campagne – finalement vouée à l'échec – visant à préserver le service de sauvetage en mer, et il apparaissait sur une des photos, portant un ciré jaune et distribuant des prospectus.

« Comment ça va ?

– Pardon ? »

Il rit. « Le film.

– Oh… OK. Ce n'est que le début.

– Alors, qu'est-ce que les gens filment ?

– Toutes sortes de choses », dis-je. Je repense aux vidéos postées hier. La fille simulant un suicide. Des adolescents en train de manger des sandwichs sur un des bancs à côté du pub. « Tout est en ligne. Allez y faire un tour.

– Peut-être bien. C'est chouette, comme projet. Ce serait bien que le reste du monde sache enfin qu'on existe. » Il jette un coup d'œil en direction de la femme qui se trouve au comptoir, bien qu'elle paraisse délibérément absorbée par l'essuyage du plan de travail en attendant que le plat de son client soit prêt. Il baisse la voix. « La vie est dure, vous savez. C'est vraiment calme. Votre projet va peut-être bien donner la pêche aux gens. » Il marque une courte pause. « Enfin, c'est ce que nous espérons tous.

– Eh bien, je tâcherai de m'en souvenir », dis-je. J'hésite. Les mots de Dan résonnent dans ma tête. *Vois ce que tu peux découvrir, OK ?* « Je suppose que vous voulez que votre village fasse la une pour de bonnes raisons ? »

Ses yeux se plissent, un tout petit peu. « Pardon ? »

Je prends un morceau de sucre dans le bol. « Je dis ça comme ça. Cette fille qui est morte, Daisy, c'est ça ?

– C'est exact.

– Ça a dû être pénible. Un petit village comme celui-ci… Vous étiez dans le coin, à l'époque ?

– Ouais. Mais j'habite pas dans le village. Je suis du côté de Malby.

– Vous ne la connaissiez pas, alors ?

– Pas vraiment. Un peu.

– Blackwood Bay n'est pas bien grand. »

Il boit une gorgée. Je me demande jusqu'où je peux aller.

« On a dit que c'était un suicide…

– Eh bien, si c'est ce qu'on a dit, j'imagine que c'est vrai.

– Mais pourquoi ?

– Qui sait ? C'était une ado. Un souci avec son petit ami ?

– On va rarement jusqu'à se suicider pour ça. »

Il sourit tristement et je me surprends à me demander s'il a des enfants. Il y a quelque chose chez lui qui me fait penser que non, même si je n'arrive pas à préciser exactement quoi. Son visage est empreint d'une espèce de mélancolie, de vide, derrière son charme. On dirait qu'il est encombré par le poids d'occasions perdues et de mauvais choix.

« C'est ce qu'ont prétendu quelques personnes à l'époque, avance-t-il avec prudence. Mais la vérité, c'est qu'elle était pas très aidée, avec sa famille. Sa mère était seule. La boisson. La drogue. Vous saviez qu'elles habitaient dans une caravane ? »

Je hoche la tête. La femme derrière le comptoir tripote la radio en faisant semblant de ne pas nous écouter. Je me penche en avant et je baisse la voix.

« Il y a eu une autre fille, aussi. Zoe, Zoe Pearson... »

Il hésite. Je me demande si je ne suis pas allée trop loin. Après tout, pourquoi devrait-il me faire confiance ?

« Ouais... Mais ça, c'était différent. Elle s'est enfuie. Enfin, c'est tout ce que je sais. » Il pose sa tasse sur la table. « C'est ça, le vrai sujet de votre film ? »

Il paraît déçu, méfiant, et je secoue la tête. « Non, c'est juste que... ça m'intéresse, j'imagine. Deux filles du même village...

– Rien à voir, en fait, insiste-t-il. Une s'est enfuie, l'autre a sauté de la falaise. »

Je le vois hésiter à me parler, mais je dois avoir trouvé le ton juste, parce qu'il poursuit : « Et il y avait son amie, bien sûr. Elle a disparu à peu près au même moment, ça doit faire presque dix ans. » L'atmosphère se fige. « Y a des gens qui disent qu'il s'est passé quelque chose. Une brouille, un truc comme ça. Mais qui sait ? »

Le silence s'installe. Le morceau de sucre que je tripotais éclate entre mes doigts et je nettoie la table avec le tranchant de ma main, avant de regarder dehors le ciel qui s'assombrit.

« Est-ce que la mère de Daisy est encore là ? »

Il secoue la tête. « Ça a été le coup de grâce pour elle, d'après ce qu'on m'a dit. Elle était déjà mal en point à cause de l'alcool et le choc l'a plus ou moins achevée.

– Est-ce que, dans le coin, il reste quelqu'un qui les connaissait ? Daisy et son amie ? Quelqu'un qui pourrait savoir ce qui s'est passé entre elles ? »

Il réfléchit quelques instants. « Monica, peut-être.

– Monica, ma propriétaire ?

– Vous habitez à Hope Cottage ? »

Je hoche la tête. On lui apporte son déjeuner, emballé dans du papier sulfurisé, ainsi qu'un café. Il remercie la serveuse.

« Essayez de lui parler, si vous tenez absolument à aller farfouiller dans cette histoire, mais comme j'ai dit, d'une certaine façon, ça devait arriver. On ne peut pas avoir la vie qu'elle menait sans en payer le prix.

– La vie qu'elle menait… ? »

Il sourit tristement. « Elle était parfois vraiment déchaînée. Bref, faut que j'y aille. » Il rassemble ses affaires avec un clin d'œil jovial. « À bientôt, j'espère. »

7

Je m'assois devant mon ordinateur. J'ai convaincu Monica de passer un moment avec moi tout à l'heure, mais j'ai encore le temps de travailler un peu. Une vidéo d'un homme âgé en train de caresser son chien a été postée ; une autre d'une femme en train de préparer un gâteau pendant qu'à côté d'elle un bébé gazouille joyeusement dans une chaise haute. Je démarre à grand-peine l'antiquité qui me sert d'ordinateur et un grincement bref monte de ses entrailles. J'ai utilisé cet ordinateur pour faire mon premier film et, tout en sachant que c'est sentimental et ridicule, j'aurais l'impression d'être Samson qui tout à coup se coupe les cheveux si je l'abandonnais maintenant.

J'attends que l'engin s'échauffe, puis j'appuie sur *Marche*. La vidéo suivante s'ouvre sur un écran noir et du bruit, des cris qui semblent inarticulés, puis la caméra se stabilise, montrant d'abord un mur jauni, et une femme apparaît devant le mur. Elle est en surpoids, elle porte un cardigan, ses cheveux sont attachés en une queue-de-cheval serrée. Elle est déchaînée contre la personne qui tient la caméra.

« Non ! Il n'en est pas question ! »

La réponse arrive de tout près. Provenant de derrière la caméra.

« C'est pas juste !

– Juste ? Je vais te montrer ce qui est juste, moi, espèce de petite… Et qu'est-ce que tu fous avec ça ?

– Avec quoi ?

– Ton portable, Ellie !

– Rien.

– Range-moi ça ! »

Pas de réponse. La femme lance un regard du côté droit, où un homme en jean et chemise est appuyé contre le chambranle d'une porte ; il assiste à la dispute, sans aucune intention de s'en mêler, apparemment.

« Tu vas lui dire quelque chose ? l'interpelle la femme. Ou juste rester planté là ? »

Il hausse les épaules, pitoyable.

« Chris ! Mais putain ! »

Il se tourne vers la personne qui tient la caméra. « Ellie... Obéis à ta mère.

– Mais c'est pas juste !

– Tu étais prévenue. Plus de cours de danse tant que tu ne progresses pas à l'école.

– Mais... ! »

Il lève les mains. « Ça suffit. Monte dans ta chambre. Et éteins-moi cette saleté de truc. »

La caméra fait un écart quand la personne qui la tient – Ellie – part d'un mouvement brusque sur la gauche. Grâce à un miroir sur le mur près de son père, j'aperçois son reflet sur une ou deux images. J'appuie sur *Retour* puis *Arrêt*. Elle paraît jeune. Treize ou quatorze ans, le teint clair et de jolis cheveux roux qui encadrent un visage innocent, couvert de taches de rousseur.

J'hésite. Dois-je la mettre en accès public ? Cette vidéo a été filmée dans la colère, et sans doute postée dans un accès de fureur, de révolte contre l'impuissance qu'on ressent quand on est adolescente. Mais elle le regrettera peut-être par la suite. Elle se rendra peut-être compte qu'elle ne voulait pas que son film soit vu par quelqu'un d'autre, et certainement pas par tout le village. Au réveil demain matin, elle risque de s'inquiéter que son conflit avec ses parents s'envenime encore quand ils découvriront ce qu'elle a fait.

Je déplace la vidéo dans le dossier appelé *Privé*, puis je monte l'escalier. Il faut que je me prépare et que je réfléchisse à la manière dont je peux gagner Monica à ma cause.

Nous avons convenu de nous retrouver au bout de la ruelle et elle me salue d'un joyeux « Bonjour ! » quand elle me voit déboucher de sous le porche. Elle me tend la main ; des joncs en plastique s'entrechoquent autour de son poignet.

« Ravie de vous rencontrer enfin !

– Moi aussi ! »

Elle a l'air plus jeune que sur sa photo, la trentaine peut-être. Seulement quelques années de plus que moi. Elle est plus corpulente, cela dit. Ses cheveux sont longs et aujourd'hui, ils sont attachés avec un bandana jaune clair. Elle porte un jean bleu délavé et une veste imperméable violette. J'aperçois dans son encolure un pull tricoté d'un jaune vif et, autour de son cou, un collier en plastique de perles bleues grosses comme des billes. Ses yeux brillent et elle dégage une étrange nervosité un peu maladive ; elle a des airs de mère Nature hippie, du genre à faire son propre muesli et à n'acheter que du bio et des produits équitables. Ou d'institutrice, gentille mais un peu égarée.

« Vous êtes installée ? Tout va bien ? »

Je lui dis que tout est parfait.

« J'ai laissé plein de documentation. Dans la pochette. »

Elle veut parler de celle qui se trouve sur la table basse dans le salon. Je l'ai feuilletée le premier soir. Elle est bourrée de prospectus, des choses à voir, des endroits à visiter. La plupart sont obsolètes.

« Et j'habite juste à côté.

– Ah, d'accord. Je ne savais pas. »

Elle me jette un coup d'œil, visiblement curieuse. A-t-elle senti le malaise dans ma voix ?

« Ça doit être pratique, pour vous.

– Oui, reconnaît-elle. Mais ne vous inquiétez pas. Je ne vous dérangerai pas. » Elle me tapote le bras. « Et si on allait prendre une boisson chaude ? Je vous emmène chez Liz. »

J'accepte et nous commençons à monter le raidillon. Une fois que nous atteignons le café – celui dans lequel j'ai fait la connaissance de Bryan hier –, nous nous asseyons près de la vitre et Monica s'empare d'une carte plastifiée.

« Du thé ? »

La femme d'hier s'approche de nous – Monica la présente : Liz – et aujourd'hui, elle m'offre un sourire timide en prenant notre commande, sans aller jusqu'à croiser mon regard. Même si elle n'est pas franchement hostile, son attitude me laisse penser qu'elle a compris qui j'étais et qu'elle n'aime pas ça. Tant pis, me dis-je. Qu'elle désapprouve. Tout le monde n'a pas besoin d'être impliqué pour que le projet aboutisse ; peu importe si quelques vieux aigris railleurs préfèrent s'abstenir.

« Autre chose ? »

Je dis non et elle s'éloigne. Monica se penche vers moi.

« Alors, il y avait quelque chose dont vous vouliez me parler ? »

J'hésite, mais je pense au documentaire. Il faut que je séduise la chaîne pour qu'elle morde à l'hameçon. J'ai bien réussi à obtenir des filles de *Black Winter* qu'elles se confient, alors je dois savoir faire.

« Daisy... », dis-je.

Elle se rétracte, très légèrement, puis semble retrouver son sang-froid. « Daisy Willis ? C'est la raison pour laquelle vous êtes ici ?

– Il s'agit seulement d'un arrière-plan pour le film. Je m'intéresse à l'effet que l'événement a eu sur la communauté. Vous la connaissiez ? »

Elle est sur le point de répondre quand la porte s'ouvre et un groupe de filles entre. Des adolescentes, de quinze ou seize ans, je dirais, encore en uniforme. Elles se racontent des histoires, elles rigolent ; leur frénésie crée de l'énergie dans la salle. L'une est plus grande que les autres, visiblement la cheffe de la bande ; elle mène la conversation, ses mimiques s'intensifient quand elles parlent de quelqu'un qui à l'évidence ne se trouve pas avec elles.

« Qu'est-ce qui vous fait penser que je la connaissais ? »

Je jette un coup d'œil du côté des filles. Je pense à Daisy. Est-ce qu'elle aurait pu leur ressembler ?

« Oh, c'est juste quelque chose que Bryan a dit. »

Elle semble se détendre un peu.

« Oh, vous avez parlé à Bryan. Eh bien, oui, c'est vrai. Tout le monde connaît tout le monde ici, vous savez. »

« Vous voulez bien que je vous pose quelques questions ? »

Ses lèvres décrivent une moue qui n'est pas totalement encourageante.

« Je pensais que le film était censé être léger. N'était-ce pas ce que votre amie avait dit ? *Pas question de règlements de comptes*, si je me souviens bien. »

Mon amie. Elle veut dire Jess, mon assistante, bien sûr. Monica était certainement présente à la réunion. Je renchéris aussi chaleureusement que je peux.

« Oui. Et croyez-moi, ce n'est pas du tout l'idée. »

Avant qu'elle puisse répondre, Liz arrive avec le thé. Elle pose une théière ébréchée sur la table et nous donne à chacune une tasse et une soucoupe dépareillées, puis une fois qu'elle a échangé quelques mots avec Monica, elle s'en va. Je me souviens que Gavin a dit que la mort de Daisy n'était pas un suicide pour tout le monde.

Je reprends. « J'essaye juste de comprendre ce qui s'est passé. »

Elle ne réagit pas tout de suite. Son visage trahit brièvement son embarras. Au bout d'une seconde, elle jette un coup d'œil du côté de l'endroit où se tient Liz, qui nous observe, puis vers les filles qui sont entrées après nous. Elle baisse la voix. « On va fumer ? »

Nous sortons dans le froid. Elle allume la cigarette qu'elle a coincée entre ses doigts jaunis avant de me tendre le paquet. Je suis tentée, mais je résiste. Il n'est pas question que je retombe là-dedans, pas après tout ce temps. Elle souffle la fumée bleutée par le nez.

« Qu'est-ce que vous avez entendu dire ?

– Juste que certaines personnes ne sont pas vraiment sûres qu'elle se soit suicidée.

– Ah bon ? » Elle prend une profonde inspiration et baisse la voix. « Écoutez, tout ce que je peux vous dire, c'est qu'elle était une âme perdue. D'après ce que j'ai su, elle avait des problèmes avec son petit ami. Les trucs habituels, vous voyez le genre. »

Une âme perdue ? Des problèmes de petit ami ? Mon ex apparaît devant mes yeux. Je le revois en train de me dire qu'il en a assez. La faute à mon travail. J'étais froide. C'était terminé. J'ai été contrariée, oui. Beaucoup plus que je ne l'ai montré. Il était le premier homme en qui j'avais eu confiance. J'ai pleuré. J'ai juré que je ne retomberais jamais amoureuse. J'ai même failli regarder un navet à la télévision avec ma coloc – c'est dire. Mais je ne me suis pas jetée sur la bouteille. Je n'ai pas sauté d'une falaise.

« Monica, on ne fait pas ça juste parce qu'on s'est fait larguer !

– Certaines personnes le font. » Elle hésite. « Écoutez, je ne suis pas très au courant. Peut-être que c'était plus sérieux.

– Ah bon ?

– Qui sait ? » Elle éteint sa cigarette à moitié fumée sur le mur. « Vous savez, ça a été dur, à l'époque. Pas de corps, tout ça. Les gens n'ont pas envie qu'on fouille dans cet épisode qui appartient au passé. Ils veulent oublier. C'est tout. Et à mon avis, vous feriez mieux d'oublier, vous aussi. C'est pas comme si le fait de savoir pourquoi elle a sauté pouvait la ramener, hein ?

– Bien sûr que non. Mais…

– Alors, quel intérêt ? »

La vérité, ai-je envie de dire. Voilà l'intérêt. La vérité. Et c'est ce que je fais pour gagner ma vie, mon fonds de commerce. Soudain, je pense à *Black Winter*. Est-ce que la vérité a aidé ces filles ?

« Écoutez, reprend Monica d'une voix plus douce. Vous aurez beau chercher à donner une autre image de nous, nous sommes juste des gens ordinaires, vous voyez ? On s'occupe de nos affaires, comme tout le monde. Vous ne vous en rendez peut-être pas compte, mais mes moyens de subsistance dépendent des touristes qui viennent ici, maintenant. Comme la plupart des gens.

Nous ne pouvons pas nous permettre que ce film décourage les vacanciers de venir. Vous comprenez ? »

Pendant quelques instants, ses dernières phrases résonnent comme une menace, mais elle sourit.

« Bien sûr, dis-je. Mais je ne suis pas en train de tourner un film publicitaire sur le village, du genre : *Venez à Blackwood Bay et tous vos rêves deviendront réalité.* »

Elle piétine son mégot avec sa botte. « J'ai regardé les vidéos. »

J'hésite. Je n'ai pas besoin de son approbation, mais je ne peux pas me retenir.

« Et... ?

– Tout le monde les a regardées. Nous... Nous voulons juste que notre village soit connu pour autre chose que ça.

– Je comprends. »

Elle sourit tristement. « Daisy se sentait seule. Voilà ce que je pense.

– On m'a dit qu'elle avait une amie ? Qu'est-ce qui lui est arrivé ?

– Elle s'est enfuie. Je ne me souviens plus où. »

Les rafales de vent balaient la colline, et même si je le sens d'une manière seulement très abstraite, à distance, je frissonne.

« Qui était-elle ? »

Mes paroles sonnent faux, elles sortent déformées, comme si ma langue était contrôlée par quelqu'un d'autre, mais elle ne remarque rien.

« Une fille originaire de Malby, plutôt. Elles allaient ensemble à l'école, mais, comme je l'ai dit, elle a fait une fugue. Selon certaines rumeurs, elle a réapparu à Londres, mais je n'en sais pas plus. »

Non, ai-je envie de dire. *Non. Ce n'était pas ça. Elles se connaissaient à peine.* Peut-être que Monica confond. Peut-être qu'elle se trompe de personne. Peut-être qu'une autre fille a disparu à cette époque.

Impossible. Je serais au courant. Forcément, non ?

« Alors, trois filles ont disparu ? dis-je, consciente que je donne l'impression d'être idiote. Daisy, Zoe et cette amie ?

– Daisy n'a pas disparu. Elle s'est tuée. Et son amie a été aperçue quelque part, à ce qu'on dit. Mais, oui, vous avez raison.

– Cette amie... », dis-je, et c'est comme si mon œsophage se bouchait. Je suis obligée de pousser les mots pour qu'ils sortent de l'épaisse vase dans laquelle ils sont englués. « Quand est-ce qu'elle s'est enfuie ?

– Je ne me souviens pas exactement. Au moment où Daisy est morte, en gros. Pourquoi ? »

J'ai l'impression d'être cramponnée à la paroi d'une falaise, sur le point de tomber.

« Comment s'appelait-elle ?

– Sadie », fait-elle, et même si je suppose que j'aurais dû m'y attendre, me préparer, le nom résonne en moi comme un coup de tonnerre. Il rebondit tel un cri dans une pièce plongée dans la pénombre et menace de me faire perdre l'équilibre.

« Elle s'appelait Sadie. »

AVANT

8

Tous ces jours passés à l'hôpital à Londres se superposent et se confondent, mais je me rappelle bien celui où je découvris qui j'étais, celui où je naquis à nouveau. Le jour où je devins Alex.

Je fus réveillée tôt par une lumière pâle qui filtrait à travers les minces rideaux bleus et j'essayai de comprendre où je me trouvais. La chambre sentait le désodorisant bon marché et me fournissait peu d'informations ; une commode avec un téléviseur posé dessus à côté d'un vase de fleurs, un miroir sur le mur en face, une table de chevet avec une lampe et un verre vide. L'espace d'une seconde, je crus que j'étais dans un hôtel, d'une minute à l'autre j'allais entendre la chasse d'eau, un type allait réapparaître et me dire de ficher le camp ; puis je me souvins. Je me trouvais à l'hôpital, d'où je n'avais pas bougé depuis qu'on m'y avait amenée après m'avoir trouvée dans le Kent.

Je vis le Dr Olsen après le petit déjeuner. Notre rencontre eut lieu dans le foyer ; cette pièce était plus confortable, dit-elle. Comme si nous allions seulement avoir une conversation légère, bavarder comme de vieilles amies. Je savais que la vraie raison était que je détestais son bureau : il était trop petit, je m'y sentais à l'étroit, prête à suffoquer, et chaque fois que j'y pénétrais, je me mettais à transpirer. Nous nous assîmes sur les chaises tachées et elle approcha la sienne de la mienne. Ce jour-là, elle portait une robe et de chouettes bottes en cuir, alors que le temps se réchauffait.

« Comment ça va ? » dit-elle avec son accent à peine perceptible.

Je haussai les épaules, puis je me souvins que je devais parler, moi aussi. J'aimais bien le Dr Olsen ; elle n'avait jamais rien fait qui me fasse souffrir.

« Bien. »

Elle sourit.

« Bien ?

– Oui.

– Vous voulez développer ?

– Pas vraiment. »

Elle attendit. Le silence s'alourdit jusqu'à ce que, finalement, je me sente obligée de le rompre.

« Il n'y a pas grand-chose à dire.

– Toujours rien ? »

Je secouai la tête. Le Dr Olsen pensait que la mémoire musculaire pourrait bien se réveiller un jour, et tout à coup, comme ça, je commencerais à me rappeler des gestes, peut-être même le code de mon portable, mais jusqu'à maintenant, ça ne fonctionnait pas.

« Et rien ne vous est revenu ? »

Quelques petites choses, me dis-je. Je me rappelais un autocar. À côté de moi, un homme énorme mangeait des chips au fromage et à l'oignon et a descendu une bouteille de Coca avant de roter, projetant son haleine dégueulasse sur moi. Un joli gamin avec une masse de boucles en tire-bouchon s'est fait disputer par sa mère.

Mais ces souvenirs m'appartenaient, ils étaient tout ce que j'avais. Était-ce le voyage que j'avais dû faire jusqu'à Deal, ou un autre qui datait d'avant ?

« Non.

– Vous êtes sûre ? »

Je hochai vigoureusement la tête.

« Oui. »

Elle eut l'air déçue, mais elle essaya de le cacher. J'étais désolée de ne pas être à la hauteur de ses espoirs, mais je ne pouvais rien faire d'autre. Au bout de dix minutes, elle m'annonça qu'elle devait partir.

« Au fait, dit-elle en se levant. Je voulais vous demander quelque chose. » Elle sortit son portable. C'était un nouvel iPhone, le dernier modèle. « Vous vous y connaissez mieux que moi, je suppose. Je souhaiterais filmer mon petit-fils, sauf que je n'arrive pas à comprendre comment faire. Il y a moyen de faire des vidéos, apparemment, mais... »

Elle haussa les épaules, impuissante. Je tendis la main et elle me donna l'appareil ; sans réfléchir, j'essayai de le déverrouiller.

« Quel est le code ? demandai-je.

Elle me regardait d'un air bizarre, les yeux fixés sur mes mains.

« Vous venez de taper 1317. Je veux que vous essayiez de rentrer ce code sur votre propre téléphone. OK ? »

Après un long regard au portable, je le lui rendis. Elle m'avait eue par la ruse, et j'éprouvai aussitôt un ressentiment brûlant. Mais en même temps, peut-être que ça allait marcher.

Allongée sur le lit, en train de fixer le plafond ; mon portable ouvert pesait lourd dans ma main. Je n'avais trouvé qu'un seul numéro en mémoire. Cela paraissait simple. Si je voulais découvrir à qui il appartenait, tout ce que j'avais à faire, c'était l'appeler. Alors, pourquoi n'arrivais-je pas à le faire ?

C'était ridicule. Je me redressai et composai le numéro. J'attendis que la communication s'établisse, et lorsque ce fut le cas, le silence parut durer une éternité.

« Allô ? »

Il y eut une pause, puis une voix mielleuse, douce comme du velours, avec un très léger accent que je ne parvins pas identifier précisément.

« Allô ? fit la voix un peu incrédule. Sadie ? »

Le nom fit le même effet qu'une épingle plantée dans un ballon et je le reconnus instantanément – c'était le mien. Il n'y avait aucun doute ; je le saisis comme un filin lancé au-dessus de l'abysse, un code secret qui peut-être me permettrait de sortir du cachot humide et moisi dans lequel j'étais enfermée. Les souvenirs déferlèrent dans une avalanche qui faillit me submerger. Je me rappelai Blackwood Bay, je me rappelai avoir fait du stop jusqu'à Sheffield, avoir passé quelques nuits là-bas avant de continuer jusqu'à Londres. Je me souvins aussi que j'étais en danger, que je ne devais rien dire à personne, même pas mon nom. Mais j'ignorais pourquoi.

« Sadie ? » redit la voix.

Peut-être que cette personne savait pourquoi. Son numéro était le seul qui se trouvait en mémoire dans mon téléphone, après tout.

« Qui est à l'appareil ? dis-je.

– Quoi ? »

Fébrile, je répétai la question. « Qui est à l'appareil ? Je ne... »

La communication s'interrompit. « Merde », marmonnai-je avant de rappeler immédiatement, espérant qu'il ne s'agissait que d'une coupure. Je n'eus personne, ni la deuxième fois que j'essayai, ni la troisième. Je finis par renoncer. Je ne pouvais rien faire de plus.

Le Dr Olsen frappa à ma porte peu de temps après.

« Alors ?

– C'était le bon code de déverrouillage. »

Elle sourit, mais elle voyait à mon visage que les nouvelles étaient mauvaises.

« Et... ? »

Je me rappelai mon intime conviction que je ne devais en parler à personne.

« Il n'y avait qu'un seul numéro en mémoire, dis-je avec un soupir. La personne a raccroché. »

Elle s'assit sur le lit à côté de moi. J'avais l'impression qu'elle voulait entourer mes épaules de son bras, mais elle s'abstint. Peut-être qu'elle n'avait pas le droit de le faire.

« Est-ce qu'elle a dit quelque chose ? »

En regardant son visage plein d'espoir, je compris qu'on y était, à la découverte capitale qu'elle attendait depuis qu'elle avait commencé à travailler sur mon cas. Tout ce temps passé à me demander si j'avais déjà fait des choses sans pouvoir m'en souvenir ensuite (« Ça arrive à tout le monde, non ? » avais-je dit), ou si j'avais déjà trouvé chez moi un objet que je ne me rappelais pas avoir acheté (« Quel chez-moi ? »), ou si j'avais déjà eu l'impression que mon corps ne m'appartenait pas ou qu'il était animé par quelqu'un d'autre. Après avoir passé en revue toutes ces situations, elle m'avait dit qu'à son avis j'avais vécu ce qui s'appelait une fugue dissociative, qui pouvait être causée par des tas de choses ; il était évident que ma vie n'avait pas été facile ces derniers temps, mais généralement, l'état du patient s'améliorait tout seul.

Et c'était ça, la grande découverte qu'elle espérait ? À nouveau, j'eus le sentiment que je devais lui donner quelque chose, sinon elle ne cesserait jamais de m'interroger.

« Juste mon nom, dis-je.

– C'est très bien !

– Mon prénom.

– Ah..., dit-elle, un peu plus hésitante, un peu plus déçue. Et... ? »

Il fallait que je réfléchisse vite. Je ne pouvais pas lui donner mon vrai nom ; elle avait déjà parlé d'un appel à la télévision, de nouveaux contacts avec la presse nationale. Un nom remonta inopinément à la surface de ma mémoire.

« Alex. Je m'appelle Alex.

– Alex ? »

Je hochai la tête.

« Eh bien, c'est quelque chose, dit-elle. Quelque chose d'important ! Votre nom... Nous pouvons rappeler la personne. Vous voulez que je le fasse ? Je pourrai expliquer...

– Non. Je réessaierai. Plus tard. »

Elle hésita.

« Promettez-le-moi », fit-elle, méfiante.

Je tins parole. Chaque jour pendant une semaine; et chaque jour elle me posa la question et je lui dis la vérité. Personne ne décrocha plus jamais, et le huitième jour, il n'y eut même plus de sonnerie. À ce moment-là, elle donna le numéro à la police, mais ils répondirent qu'il n'était pas répertorié, probablement un portable prépayé. Le Dr Olsen me rassura, plein de choses me reviendraient, maintenant que j'avais mon nom.

« Nous avons un autre sujet à discuter, dit-elle. Je ne veux pas que vous vous inquiétiez, mais il faut que nous envisagions de vous passer bientôt en consultations externes. Vous ne pouvez pas rester éternellement ici. Vous avez un endroit où aller ? »

Elle savait que non. Elle m'avait déjà adressée à une femme qui avait dit qu'elle trouverait une solution, même si je ne croyais pas la chose possible.

Je secouai la tête. Elle passa son bras sur mes épaules et, pour une fois, je ne tressaillis pas.

« Ne vous faites pas de souci, ma chère Alex. Je ne vous abandonnerai pas. Tout va bien se passer. Je vous le promets. »

AUJOURD'HUI

9

Monica et moi finissons notre thé, puis je retourne à Hope Cottage. Je sais que je ne ressemble plus du tout à ce que j'étais autrefois, mais quand même, je suis ébranlée. J'ai perdu les kilos que j'avais en trop, qui étaient nombreux. Je me teins les cheveux en noir – ainsi que mes sourcils, trop fournis, que j'épile désormais consciencieusement – et je les coupe court. Grâce à une intervention laser, je n'ai plus besoin des lunettes sans lesquelles je ne sortais jamais de la maison. L'écart entre mes dents s'est comblé naturellement et j'ai complété par un traitement d'orthodontie et un blanchiment ; j'ai aussi investi une partie de l'argent que j'avais gagné avec *Black Winter* pour me faire recoller les oreilles, réduire le nez et redessiner la mâchoire avec des produits volumateurs.

Mais il y a également d'autres différences, qui sont plus importantes. Tout a changé lorsque je suis devenue Alex, lorsque je suis sortie de la rue et que j'ai eu un travail, lorsque j'ai commencé à me mettre sérieusement au cinéma. Tout. Les vêtements que je porte, ma manière de me tenir et de parler, ma démarche, mon assurance. Ma propre mère aurait du mal à me reconnaître, même si je ne suis pas prête à tenter l'aventure. Mais les gens qui me connaissaient autrefois... ? Une vague ressemblance, penseraient-ils peut-être, comme si Sadie et moi étions sœurs, par exemple. Mais pas plus que cela, j'en suis certaine, ou alors je ne me serais jamais autant approchée de Malby. Je n'aurais jamais laissé Dan me harceler pour que je retourne à Blackwood Bay. Je n'aurais jamais parlé à Monica.

J'attrape mon verre d'eau. Mon ordinateur est posé sur la table, le navigateur déjà lancé. Google est ouvert et prêt à fonctionner. Je repense à ce que Monica a dit. Que mon départ a peut-être été la goutte d'eau qui a fait déborder le vase pour Daisy. Mais elle a tort. Sa mémoire la trahit ou elle commet une erreur. Daisy et moi n'étions pas amies ; je la connaissais à peine. Je ne suis même pas certaine que je la reconnaîtrais si elle apparaissait devant moi maintenant. Sauf que cela ne risque pas d'arriver, forcément. Alors, ça ne peut pas être ma faute si elle a décidé de sauter. Si ?

Et que voulait-elle dire à propos de la rumeur selon laquelle j'avais refait surface ? Est-il possible qu'elle soit vraie ? Je tape mon nom et j'appuie sur *Rechercher*. La machine mouline pendant quelques instants, puis une liste de résultats se déroule sur l'écran. Je ne figure pas sur la première page, ni sur la deuxième. J'essaye à nouveau. Cette fois, j'ajoute Blackwood Bay.

Et me voici, tout en haut. *Une adolescente disparaît*. Ma main reste suspendue au-dessus du pavé tactile. Je peux cliquer sur le lien, fouiller plus avant, lire ce qu'ils disaient de moi, trouver s'ils ont relié ma disparition à la mort de Daisy, ou je peux refermer la fenêtre et me focaliser sur ce que je veux faire dans ce documentaire. J'hésite encore quelques instants. Qui sait ce que je vais découvrir ? Où cette recherche va-t-elle me mener ? J'ai passé tout ce temps à ne pas regarder. Je devrais me concentrer sur le film, pas sur moi.

Mais... et si les deux choses étaient liées ? Je clique.

L'article est extrait de la presse locale. Il ne m'apprend rien que je ne sache déjà. J'ai disparu, tout simplement. J'ai quitté la maison un jour – notre maison près de Malby ; d'après ma mère, j'allais voir une amie. Et je ne suis jamais revenue.

Je clique sur deux ou trois liens, espérant tomber sur d'autres articles, mais bien qu'il y en ait une poignée, l'histoire semble avoir rapidement cessé de susciter l'intérêt. Quand je les ai tous parcourus, il est clair qu'ils exposent tous les mêmes faits et rarement des détails nouveaux. J'avais été vue en train de faire du stop avec un sac. Les informations sont sommaires, comment pourraient-ils savoir que j'ai d'abord atterri à Sheffield, puis à Londres, et ensuite, qui sait ce qui m'est arrivé là-bas et comment j'ai fini inconsciente sur une plage à Deal ? Quand même, je m'attendais à plus que ça.

Je choisis le lien suivant. Dans cet article, il y a une brève interview de ma mère ; ce comportement est totalement étranger à son caractère, dit-elle, sa fille ne s'enfuirait jamais. Elle me supplie de prendre contact avec elle. Quel que soit le problème, nous le résoudrons ensemble. Oui, me dis-je. Comme tu as résolu tout le reste : en prenant le parti de ton nouveau petit ami et en me répétant que c'était ainsi, que cela me plaise ou non, secoue-toi ou casse-toi.

Il n'y a qu'une seule photo de moi, la même dans la plupart des articles. Elle est en noir et blanc, prise à l'école et coupée au niveau du cou. Heureusement. Je ne la regarde que brièvement – on me reconnaît à peine. La fille que j'étais autrefois avait un de ces visages génériques, ordinaires, qui peuvent correspondre à peu près à n'importe qui. Seul l'écart entre mes dents de devant est remarquable. Mes cheveux sont châtains, couleur café au lait, soigneusement coincés derrière mes oreilles, et même si mes yeux brillent, ma peau marbrée est couverte de marques d'acné, mon visage est bouffi, mon menton mal dessiné. Ronde, disaient-ils de moi quand ils voulaient être gentils. Ce qui n'arrivait pas souvent.

Je referme la fenêtre, soudain honteuse. Qu'est-ce que j'ai fait ? Pourquoi certaines personnes pensent-elles que je suis liée à la mort de Daisy ? La vérité est que je ne me souviens pas ; je sais qu'il a dû se passer quelque chose de terrible, quelque chose qui m'a fait fuir jusqu'à Londres et jurer de ne jamais revenir, de ne jamais plus utiliser mon vrai nom, mais malgré mes efforts, je ne parviens pas à m'en rappeler.

J'ouvre Google à nouveau et, cette fois, je tape « Daisy Willis ». D'autres articles de presse, même si désormais c'est de la vieille histoire ; les détails sont encore plus rares, toute l'affaire est ponctuée d'incertitudes. On parle d'une lettre de suicide, un élément qui m'avait échappé avant, mais de rien d'autre. Rien me concernant, donc pas une information ne suggère qu'elle et moi étions proches, ou que ma fuite a eu quelque chose à voir avec sa mort.

Néanmoins, il y a quelque chose, j'en suis sûre. Un souvenir affleure, comme un bout de bois flotté, juste sous la surface mais hors de portée, saisissant un éclair de lumière avant de couler à nouveau. Je creuse plus profondément, je tente une recherche d'image, et tout à coup, ça me revient. Daisy et moi sur la cale de lancement avec un groupe de gamins. Quelqu'un qui prend une photo.

Je la trouve à mi-chemin dans l'escalier. Je l'avais remarquée le soir de mon arrivée, sans percevoir son importance. Monica avec les enfants, deux filles décalées sur le côté, ignorant le photographe. Elles ont des airs de conspiratrices ; elles mijotent quelque chose. Je tends la main et j'effleure le verre froid, laissant une marque grasse. Je m'approche encore, même si je n'en ai guère besoin. Maintenant que je l'examine de près, c'est évident, et je chuchote leurs noms tout bas.

Daisy. Sadie. Daisy. Moi.

C'est donc vrai. Nous étions plus proches que je ne le pensais. Je me détourne de la photo et je redescends. Je me rappelle Gavin me disant que certaines personnes croient que la disparition de Zoe est liée à celle de Daisy. Zoe est une pièce du puzzle, aussi, même si elle a disparu des années plus tard. J'en suis certaine.

Je prends mon téléphone. Il décroche à la troisième sonnerie.

« Gavin ? »

Il me faut quelques instants pour me rendre compte qu'il n'a pas reconnu ma voix. Mes épaules tombent. Et alors ? À quoi m'attendais-je ?

« C'est Alex. Nous nous sommes rencontrés l'autre…

– Oh, bonjour ! Comment ça va ? Tout va bien ? »

J'ignore sa question. « Écoutez. J'ai réfléchi à ce que vous avez dit, sur le suicide de Daisy et la disparition de Zoe Pearson.

– Ah oui ?

– Eh bien, je me demandais juste s'il y avait autre chose que vous pouviez me dire.

– Vous allez creuser cette affaire !

– Juste comme arrière-plan pour le film... Est-ce qu'il y a des gens à qui je pourrais parler ? Savez-vous si Zoe avait des amis qui pourraient encore être dans le coin ?

– Eh bien, finit-il par dire. J'ai entendu dire qu'elle avait un petit ami, mais c'était fini entre eux. Et je crois savoir qu'elle passait pas mal de temps avec Sophie Steadman. Vous pourriez essayer de la contacter. »

Je griffonne le nom dans mon carnet.

« Et où est-ce que je peux la trouver ?

– Elle travaille au salon de tatouage. Ink & Steel. » Il marque une courte pause. « Vous voulez que je vienne ? »

J'y réfléchis pendant quelques secondes, mais ce sera plus simple si j'y vais seule.

« Non. Ça ira, merci. »

10

Les mots *Ink & Steel* deviennent brusquement nets lorsque la caméra fait la mise au point, des lettres d'or tarabiscotées sur un fond en bois noir qui commence à s'écailler. Je balaie lentement en panoramique ; des stores occultent l'intérieur de la boutique et, dans la vitrine, quelqu'un a disposé des bougies, un crâne doré, un catalogue ouvert présentant des dessins de tatouages. Une affichette à côté de l'entrée propose des piercings, entre autres choses. *Renseignements à l'intérieur*, lis-je.

Je continue à filmer une minute supplémentaire, puis j'entre. L'avant du salon a été aménagé en salle d'attente et il y a déjà une jeune femme, assise dans l'un des fauteuils en rotin autour de la table basse. Elle lève les yeux à mon arrivée, mais nous n'échangeons qu'un bref regard, puis elle retourne à son portable. On entend des voix étouffées provenant de derrière le paravent.

L'endroit est décoré de centaines de dessins de tatouages. Des fleurs, des vignes vierges, des épines d'où goutte du sang. Une partie du mur est occupée par des papillons et des anges, et sur une autre, des serpents, des oiseaux, un revolver, des crânes. Au-dessus de la porte, je vois une photo du dos d'un homme, sur lequel un dragon crache du feu. Il est magnifique, tout en somptueuses nuances de bleu, rouge, jaune, ses serres et ses dents acérées, les écailles sur sa peau rendues dans les moindres détails. Je me demande ce que le tatouage donne en vrai, quand il est luisant de sueur et qu'il bouge au rythme des contractions des muscles sous la peau.

Je suis allée me faire tatouer, un jour. Peut-être était-ce ici. Bien qu'il fût vague, c'est l'un des souvenirs qui m'est revenu. J'y étais allée avec une amie, mais à la dernière minute, je me suis dégonflée, j'ai eu peur de la douleur ou peut-être de la colère de ma mère. C'était du temps où nous nous entendions encore bien, elle et moi.

Ma main se pose sur mon bras tandis que je sens une aiguille imaginaire me piquer. Quel tatouage me ferais-je faire maintenant, si je retentais l'expérience ? Quelque chose de personnel, peut-être. Quelque chose dont la pertinence serait connue de moi seule. Un vers tiré d'un poème ou d'une chanson ? Ou peut-être vaudrait-il mieux choisir quelque chose de beau, de décoratif, qui soit dénué de sens.

Mais je ne pourrais pas en avoir un à cet endroit-là. Pas avec les cicatrices qui ont fait de mon avant-bras un champ de bataille depuis que j'ai été gravement brûlée, il y a des années. J'étais au foyer, je versais de la soupe à la tomate chaude, mais la casserole était plus lourde que je ne le croyais, et en la cognant sur le rebord de la cuisinière, j'ai renversé tout le contenu sur moi. La douleur a été indescriptible ; la chair ébouillantée formait des cloques, comme si on m'écorchait vive. Parfois la peau est encore sensible à cet endroit-là, encore à vif, comme si cela s'était passé hier à peine, mais la plupart du temps, c'est le contraire. Quand j'appuie, je ne sens rien, la seule douleur est dans ma mémoire, mais je ne pourrais pas y planter une aiguille pour m'injecter de l'encre. Pas tout de suite.

Je regarde avec envie la fille en face de moi, sa peau parfaite. Elle est jeune, dix-huit ans, je dirais, pas plus. Elle porte un tee-shirt sous un blouson, un jean, un bonnet en laine. Elle me semble familière, elle doit apparaître dans une vidéo, j'imagine. Je me penche en avant et m'éclaircis la voix.

« Hem, est-ce que je peux me permettre une question ? Vous allez vous faire faire un tatouage ? »

Elle lève les yeux vers moi. Elle est perplexe, comme si je parlais un charabia incompréhensible.

« Quel motif avez-vous choisi ? »

Elle reprend son téléphone en haussant les épaules, sans un mot.

« C'est juste que... je suis là pour travailler sur le film.

– Je ne suis pas..., dit-elle en tressaillant au son de sa propre voix. Je ne peux pas... »

Je lâche un rire forcé. « Ne vous inquiétez pas ! Je ne vous oblige à rien ! »

Elle se détend, un peu, mais la circonspection demeure. Ses yeux brillent, rivés sur les dessins épinglés sur le mur derrière moi.

« Je suis désolée si je...

– Laissez-moi tranquille. »

Je suis sur le point de présenter mes excuses, quand la porte derrière moi s'ouvre. Une femme aux cheveux bruns apparaît. Sophie, j'imagine. Elle est plus jeune que ce à quoi je m'attendais ; pas beaucoup plus âgée que sa cliente. J'aperçois un évier, un fauteuil en cuir, des étagères couvertes de flacons en plastique.

« Kat ? Tu es prête ? »

La fille se lève. L'espace d'une seconde, son regard se voile.

« Excusez-moi, dis-je à Sophie. Est-ce que je peux vous parler brièvement quand vous aurez fini ? »

Elle me détaille des pieds à la tête. « Si vous voulez. » Puis elle se tourne vers Kat. « Viens. »

La fille ressort au bout d'une demi-heure. Elle me lance un coup d'œil seulement une fois qu'elle est dehors, en traversant la rue. Je suis surprise par l'absence d'expression de son visage. Elle doit bien ressentir quelque chose, même si ce n'est que du soulagement, non ? En l'occurrence, elle donne l'impression d'être irritée, comme si elle l'avait fait pour quelqu'un d'autre. Elle prend un portable dans sa poche – pas l'iPhone qu'elle avait en main précédemment – et le colle contre son oreille. Elle écoute attentivement, puis hoche la tête sans rien dire avant de le ranger et de disparaître au bout de la rue.

Sophie entre quelques instants plus tard.

« Vous êtes toujours là, constate-t-elle. Venez par ici, il faut que je range. »

Je la suis dans l'arrière-boutique. Je vois les machines, les aiguilles dans leur étui, les bocaux remplis de boules de coton, les plateaux couverts de rasoirs jetables. Je suis tendue ; j'ai la poitrine oppressée.

« S'agit-il de Zoe ? »

Je ne m'étais pas préparée à ce qu'elle se montre si directe. J'ai l'impression d'entrer dans l'arène.

« En partie. Qu'est-ce qui vous fait dire ça ?

– Pour quelle autre raison seriez-vous venue ? J'imagine que c'est le vrai sujet de votre film. »

Son ton est narquois, condescendant. Je ne réagis pas.

« Est-ce que Kat va bien ? »

Elle détourne les yeux. Elle se tourne vers l'une des machines et se met à la démonter. « Très bien. Alors... ?

– Zoe était votre amie ? »

Elle me regarde sans ciller. Je soutiens son regard. Aucune de nous ne dit un mot. Il y a des voix à l'extérieur, quelqu'un marche dans la rue. Je sais exactement ce qu'elle pense. Moi, avec ma diction snob et mes jolis vêtements. Qu'est-ce que j'en ai à faire, de Blackwood Bay ? De Daisy et de Zoe ? Si elle savait...

« Le sujet du film, c'est elle, alors ? Ou Daisy ? »

Je secoue la tête. Je me demande si elle l'a connue, elle aussi, mais ensuite je me rends compte qu'elle est probablement trop jeune.

« Non, il n'y a pas de sujet précis.

– Ah bon. »

Je refais une tentative.

« Zoe était votre amie ? »

Elle poursuit son nettoyage. Ses gestes sont méthodiques et précis. « Oui, c'était mon amie. Ça vous va ? »

L'air entre nous crépite.

« À votre avis, qu'est-ce qui lui est arrivé ?

– Aucune idée. Il faudrait lui demander.

– Je ne peux pas. »

Elle ne dit rien. Je me souviens de l'article disant que Zoe avait été repérée par une caméra de surveillance de Meadowhall.

« Vous pensez qu'elle est en vie ?

– Comment je le saurais ? »

Elle est trop sur la défensive. Il y a quelque chose qui cloche.

« Elle était heureuse ici ? »

Son rire est cassant. « Vous le seriez, vous ?

– Cet endroit ne paraît pas si mal que ça.

– Ah bon ? »

J'ignore son sarcasme.

« Écoutez, j'essaye juste de découvrir ce qui s'est passé. Peut-être que je peux apporter mon aide. Est-ce qu'elle vous a dit quelque chose avant de s'en aller ? »

Elle soupire, puis se tourne vers moi. « Zoe ne collait pas au moule. Elle était jolie. Intelligente aussi. Tirez les conclusions vous-même.

– Alors, elle se faisait malmener ? »

Malgré elle, elle a envie de parler. « Ce n'était rien, au départ. Juste des petites provocations, vous voyez le genre. Mais ensuite, ils ont commencé à envoyer à tout le monde des photos sur Snapchat.

– Quel genre de photos ?

– Zoe sous la douche, et... eh bien... »

J'imagine très bien. Le mot « GROSSE », brandi comme une arme. Le mot « SALOPE ». Pire.

« Elle ne l'a dit à personne ? Même pas à ses parents ?

– Ils ne se parlaient plus vraiment, à ce moment-là. Elle sortait beaucoup et rentrait tard. Elle picolait. Ils disaient que ça affectait son travail à l'école.

– C'était vrai ?

– Comme je l'ai dit, elle était intelligente. Ses parents souhaitaient qu'elle aille à l'université.

– Et elle ?

– Je crois qu'elle ne savait pas ce qu'elle voulait. »

Elle jette son chewing-gum à la poubelle. La manche de son tee-shirt remonte à ce moment-là et je remarque son bras. À moitié caché par une rose tatouée, il y a un hématome violet de la forme d'un pouce. Je m'oblige à ne pas demander ce qui l'a provoqué.

« Est-ce qu'elle se droguait ? »

Elle rit. « Qu'est-ce que vous en pensez ? Vous avez vu la vidéo. Tout le monde se drogue. Il n'y a pas grand-chose d'autre à faire.

– Quelle vidéo ? »

Elle pousse un soupir théâtral. « Kat et Ellie. En train de manger des chips. Vous êtes aveugle ? »

Je résiste à l'envie de mordre à l'appât, de lui dire que je ne suis pas née de la dernière pluie et qu'il faut qu'elle fasse attention à ne pas trop me contrarier. Je me contente de sourire un peu. Je me souviens du bout de film dont elle parle. Je le regarderai plus tard. « Est-ce qu'elle avait un petit ami ?

– Où est le rapport ?

– J'ai entendu dire que c'était le cas. Qu'ils avaient rompu.

– Peut-être, mais elle était très bizarre sur le sujet. Pendant une éternité, elle a même refusé de me dire qu'il y avait quelqu'un. Chaque fois que je lui proposais qu'on aille quelque part, elle me disait qu'elle était occupée. »

Elle a l'air blessée. Je me demande si elle se sent coupable. Son amie s'est enfuie et elle n'a aucune idée de la raison. Peut-être qu'elle et moi, nous ne sommes pas si différentes.

« Une idée de son identité, à cet ami ? »

Son regard se porte sur l'extérieur, dans la direction des Rocks. « Quelqu'un m'a dit qu'il l'avait vue là-haut.

– Quoi ? Dans cette grande maison ancienne ? »

Elle acquiesce.

« Qui habite là-bas ? »

Le silence envahit la pièce. On dirait que Sophie et moi nous trouvons au fond d'un puits. Je vois le ciel au-dessus de nous, mais les parois sont lisses et poisseuses de vase.

« David. »

David ? Le mot est froid, il me semble tomber dans une eau glacée, mais quand j'essaye de me rappeler pourquoi, rien ne vient.

« Seul ? »

Elle rit, comme si ma question était ridicule.

« Ouais. Il vit seul.

– Qu'est-ce qu'il y a de si drôle ?

– Allez le voir. Vous comprendrez. »

J'irai peut-être bien.

« Comment il est ? »

Elle fait un mouvement gêné. « Vieux.

– Vieux comment ?

– Plus vieux que Zoe, disons-le comme ça. Et il est bizarre.

– Comment ça, bizarre ?

– On ne le voit jamais. Et quand on l'aperçoit, il tient toujours des jumelles. Il va se planter sur la plage la nuit. Toujours tout seul. » Elle s'interrompt. « Et l'endroit d'où Daisy a "sauté" était tout près de sa maison. »

L'ironie de son ton fait crépiter l'air dans la pièce. J'entends même les guillemets autour du mot.

« Que voulez-vous dire ?

– Écoutez, je ne sais rien. On raconte que Daisy n'était pas du genre à se suicider. Mais elle l'a fait. Et je sais que Zoe n'était pas du genre à s'enfuir. Mais elle l'a fait. »

Avant que j'aie le temps de comprendre ce que je suis en train de faire, je pose la question.

« Et l'autre fille ? Sadie ?

– Sadie ? » dit-elle. Elle me regarde droit dans les yeux, et pendant une seconde, c'est comme si elle voyait à travers moi, à travers les dents réalignées et les yeux opérés au laser, la chirurgie esthétique, les kilos perdus et les cheveux teints, c'est comme si elle voyait ce que j'étais. Sadie la godiche. « Personne ne parle vraiment d'elle. On a prétendu qu'on l'avait retrouvée, mais qu'elle ne voulait pas revenir. Et je suppose qu'avec la mort de Daisy, elle est un peu passée au second plan.

– Mais... »

Je suis interrompue par le cliquetis d'une porte au fond de la boutique. Quelqu'un entre et lance un « Sophie ? » pressant.

« Il faut que j'y aille, dit-elle à mi-voix. Comme j'ai dit, pour certaines personnes, Daisy s'est tuée. Mais d'autres n'y croient pas. D'après elles, on l'a poussée. Vous pouvez le mettre dans votre petit film, si vous voulez. Mais ne dites pas que c'est moi qui vous en ai parlé. »

11

Je trouve la vidéo. Le banc au bas de Slate Road, entre la cale de lancement et le Ship, au bord de l'eau. Deux filles sont assises, chacune tient un paquet de chips. On aperçoit les falaises, juste au-dessus de l'épaule de la plus grande. L'autre a l'air plus jeune ; elle a les cheveux roux, et un sac à dos rose sale est posé à ses pieds. La caméra zoome avec l'instabilité typique d'un appareil portable. Nous sommes tout près maintenant. La rouquine dévore ses chips nerveusement, les savourant à peine, alors que l'autre est plus mesurée et mâche entre deux bouffées de cigarette.

Je me rapproche de mon écran. Je reconnais non seulement Kat, mais aussi la plus petite des deux ; elle a posté une vidéo, celle où elle se dispute avec ses parents. Ellie. Maintenant que je revois les images, je me rends compte qu'elles ignorent ce qui se passe. La personne qui filme a dû se cacher – peut-être dans la ruelle entre l'office de tourisme et le pub – pour les observer.

Et les écouter. On les entend parler, même si la qualité du son est médiocre et qu'il n'y a pas assez de contexte pour reconstituer un sens. On entend : *Ça va... autres...* On voit la plus grande souffler sa fumée avant de tendre la cigarette à son amie. Celle-ci secoue la tête, on entend : *Non* et *Je ne veux pas* et *Parce que, c'est comme ça.* La plus grande ne se laisse pas décourager. *Essaye. T'es obligée,* et ensuite, même si on est un peu loin, je constate que ce n'est pas une cigarette, mais un joint. L'autre résiste, son petit visage aux traits tirés est effrayé, mais son amie persévère. *Allez, vas-y,* dit-elle, et finalement la rouquine prend le joint, le porte à ses lèvres et inhale. *Garde la fumée*, conseille Kat ; la petite essaye, elle est prise d'une quinte de toux et lui rend le joint.

C'est la fin de la vidéo. J'ai presque envie de sourire. De l'herbe ? C'est tout ? C'était tellement pire, à mon époque. Je repense à ce que Sophie m'a raconté sur Zoe et son petit ami. Peut-être que c'était pire du temps de Zoe aussi. Peut-être qu'elle s'est retrouvée embarquée dans un truc qu'elle ne pouvait pas gérer.

Mes doigts restent en suspens au-dessus de la souris. Est-ce que je dois ranger cette vidéo dans les documents privés ? Je me rappelle ce que j'ai appris à la fac – on ne peut pas se permettre d'avoir trop de scrupules si on veut faire un bon film – et je décide que non. Il est trop tard, de toute manière. Elle a déjà été vue, je n'y peux plus rien, et de toute façon, j'ai autre chose en tête. Sophie m'a dit que Daisy avait sauté depuis les Rocks, d'un endroit tout près de Bluff House. Il est temps d'aller y faire un tour, de filmer quelques séquences que je pourrai utiliser pour le documentaire. Peut-être que ça réveillera des souvenirs chez quelqu'un, qui sera incité à parler de ce qui s'est passé, et que ça ramènera son histoire au premier plan.

L'air glacial me gifle, coupant comme un éclat de verre. Le seul son est celui des vagues qui martèlent les rochers en dessous, le cri lugubre des mouettes. Il fait nuit ; le ciel encore rouge est piqueté d'étoiles. Il est impossible d'imaginer autre chose que le vide.

Baissant la tête, je me force à continuer, mais c'est comme si je pataugeais dans une mare de pétrole. Mes oreilles me brûlent. Derrière moi, Blackwood Bay paraît glauque ; même la chaude lueur du Ship est étrangement tamisée. Devant moi, le sentier monte vers l'ombre menaçante de Bluff House, au-delà de laquelle il n'y a rien que la mer et les falaises noires et escarpées.

Soudain, je ne veux plus être ici. Je ne veux pas faire ce que je suis en train de faire. Malgré tout je sors mon portable et filme pendant une minute la vaste étendue d'eau insondable, mouchetée de minuscules lumières provenant de petits bateaux par douzaines. Je pense aux villageois qui vont regarder la vidéo, je les imagine se demander qui l'a faite, et pourquoi. J'appuie sur le bouton pour la mettre en ligne avant d'avoir le temps de changer d'avis. Qu'ils s'interrogent.

Daisy devait s'être postée précisément ici, il y a près de dix ans, pour contempler la même étendue noire. Qu'est-ce qui l'a incitée à se rapprocher du bord, à faire un pas en avant ? Qu'est-ce qui lui a fait choisir l'oubli ? Est-il possible qu'elle n'ait pas sauté du tout, qu'elle ait été poussée, jetée dans l'eau comme une brassée de chiffons ?

Ou peut-être y a-t-il une autre explication : ce n'était la faute de personne. Elle courait, elle était poursuivie. Elle a pu perdre pied sur l'herbe mouillée, glisser et tomber de la falaise. Un accident, en quelque sorte.

J'essaye d'imaginer où elle se trouve maintenant, ce qui reste d'elle après tout ce temps. Les courants ici sont imprévisibles ; ils peuvent vous emporter vers le large en un instant. On décourage ceux qui voudraient nager depuis la plage. Son blouson s'est échoué sur la grève à mi-chemin de Malby, mais pas le moindre signe d'elle. Presque comme si elle avait coulé à pic, ou était déjà morte lors de sa chute.

J'installe ma caméra sur son trépied et je lève les yeux vers Bluff House, qui se découpe dans la nuit. Elle est plus sinistre, de près. Deux étages à l'abandon, avec un toit en pente à bardeaux. Une lumière allumée en haut, mais à part ça, la demeure est plongée dans une pénombre délibérée et triste.

Qui choisirait d'habiter ici, dans cet endroit éloigné de tout ? Malgré sa taille – Bluff House doit comporter trois ou quatre chambres au moins –, il est difficile d'imaginer qu'elle puisse héberger un être vivant.

Je définis le cadrage, la maison sur la gauche, et je mets en marche la caméra. Le vent chuchote dans les hautes herbes. *Sadie,*

Sadie. On dirait un avertissement. Je prends une profonde inspiration et je me place exprès dans le champ. J'avance jusqu'à la grande demeure, du côté qui se trouve face à la falaise. Un petit portail, un chemin qui traverse la pelouse, des pots en terre cuite, dont le contenu est mort depuis longtemps, à peine visibles dans le clair de lune froid et humide. La porte est fermée ; il y a un vitrail au milieu, qui reflète et déforme la lumière, orange, vert, rouge.

Là, de près, j'éprouve un frisson, cet endroit m'est familier – et si je m'étais déjà trouvée ici dans le passé, bien que j'ignore quand ? Les rares souvenirs que j'ai sont flous ; c'est comme si j'étais trop près de la télévision. Les pixels sont là, mais l'image qu'ils forment n'est pas perceptible.

Je lève la tête vers les fenêtres. Une lumière est allumée quelque part au fond et tout l'édifice frémit. Je frappe à la porte et le coup sourd se répercute en écho à l'intérieur.

Pas de réponse. « David ? dis-je en collant mon visage sur le vitrail. Vous êtes là ? »

Rien. J'attends, puis je recommence. Je cogne si fort cette fois que la porte vibre dans l'encadrement et ébranle le clapet de la boîte aux lettres.

Maintenant, j'entends un bruit. Un bruit bizarre, on dirait qu'il résonne depuis les profondeurs de la maison. Une lumière s'allume dans le couloir ; puis à travers la vitre jaunâtre, je vois approcher une silhouette, la tête baissée, trouble, spectrale. C'est seulement quand il est juste devant moi, quand la seule chose qui nous sépare est la porte, qu'il lève les yeux. Ses traits sont indistincts, déformés par le panneau de verre. Il fait coulisser le verrou et entrouvre de quelques centimètres la porte, retenue par une chaîne.

« Oui ? » Sa voix est fluette.

« Vous êtes David ?

– Qu'est-ce que tu veux ? »

Je ne le distingue pas bien. La lumière du couloir l'éclaire de dos ; le porche est plongé dans la pénombre. Il est grand et mince, son corps est osseux et ses mouvements sont malhabiles. J'essaye de garder une voix neutre.

« Bonsoir. J'espère que vous ne m'en voulez pas de vous déranger. »

Je tends la main, mais il n'esquisse pas le moindre geste pour la prendre et je suis soulagée. Je refuse qu'il me touche. Son attention semble focalisée sur un point situé dans mon dos, un peu plus loin.

« Je m'appelle Alex. Je suis juste...

– Je sais qui tu es. »

Il se penche vers moi. Son visage étroit attrape la lueur de la lune. Son teint est cireux ; il a l'air décoloré, surexposé. Il me fiche la trouille et je lutte contre mon envie de m'enfuir en courant, de toutes mes forces, le plus vite possible, pour mettre des kilomètres entre lui et moi.

« Pour quelle raison es-tu là ? »

Pour découvrir la vérité sur Daisy, me dis-je. *Sur Zoe.*

Je laisse retomber mon bras et il tressaille ; ses yeux bougent très vite, avec une intensité fiévreuse, même s'il évite de me regarder directement. Il observe mon cou, ma joue, le côté de ma tête ; tout sauf mes yeux. Il me dévisage sans ciller. Dans la semi-pénombre, je remarque un endroit sous son menton où le rasoir n'est pas passé, une minuscule cicatrice au-dessus de sa lèvre. Il semble terriblement impatient de s'enfuir, alors même qu'il se trouve dans sa propre maison et que c'est moi qui suis l'intruse.

« Je voulais juste vous demander quelque chose à propos de...

– Pourquoi revenir à Blackwood Bay ? »

J'ouvre la bouche, mais les mots restent coincés dans ma gorge. Rien n'en sort.

« Il faut partir. »

Sa voix tremble. Il a l'air bizarre. Effrayé. Ivre, peut-être.

« Quoi ?

– Ce n'est pas un endroit sûr pour toi ici. Tu n'aurais pas dû. »

Il parle d'une voix retenue, menaçante. Je me penche, un tout petit peu, bien que mon corps résiste. « Je voudrais juste vous parler.

– Non. Tu n'aurais jamais dû... »

Je crie : « Attendez ! » Il s'apprête à fermer la porte et je suis désespérée ; l'occasion de lui parler sera bientôt perdue. « Vous connaissiez Zoe Pearson.

– Non. Non. Je n'aurais jamais... pas après ce qui s'est passé.

– Qu'est-ce qui s'est passé ? »

Il ne dit rien.

« Parlez-moi. » Je jette un œil du côté du bord de la falaise. « Daisy a sauté de là, n'est-ce pas ? »

Il secoue la tête. Il a l'air hagard.

« David ! S'il vous plaît ! Allez-vous m'aider ?

– Je ne peux pas ! Je ne peux pas ! Laisse-moi tranquille. »

Il lâche la porte et elle se referme avec un claquement sec. La maison frissonne. Je scrute l'intérieur à travers la vitre, mais tout ce que je réussis à voir, c'est sa silhouette, l'arrière de sa tête.

Je me penche tout près. Je sais que mes paroles ne seront pas enregistrées par la caméra, mais je ne suis pas sûre que ce soit important. Mes priorités ont changé. J'ai besoin d'apprendre ce qui est arrivé à Daisy, mon amie, et à Zoe.

« Dites-moi ce qui est arrivé aux filles, David.

– Tu devrais savoir. Toi, mieux que personne. »

Je ne réagis pas. J'en suis incapable. Que veut-il dire ? La lumière s'éteint et la maison redevient silencieuse.

Je m'éloigne et reviens près de ma caméra. Ce n'est pas possible. Il ne peut pas m'avoir reconnue. Pas dans la semi-pénombre, pas si moi, je ne l'ai pas reconnu. Il ne peut pas être *la seule* personne à Blackwood Bay à savoir que je suis Sadie Davies.

Mais j'y pense, tout à coup. Et s'il y en avait d'autres ? Et si je me leurrais sur le fait que personne ne sait qui je suis ? Je me retourne vers la maison et je distingue quelque chose, une silhouette à moitié cachée dans les ténèbres. C'est David, je crois, et à nouveau j'ai envie de m'enfuir en courant. Mais je comprends tout à coup que je me trompe. Ce n'est pas David du tout, c'est une fille. Elle est là, elle me regarde. Je fais un pas dans sa direction, seulement mes pieds sont soudain très lourds, empêtrés dans la vase. Je ne sais pas ce qui me prend, je l'énonce presque à haute voix. *Daisy ?* Mais le mot reste coincé dans ma gorge, et lorsque je lève les yeux à nouveau, il n'y a personne, rien du tout. L'endroit est désert ; soudain, là-bas, derrière la maison, reflétant le clair de lune comme une plaque d'acier, je la vois.

Une caravane.

AVANT

12

DE : Alexandra Young
DATE : 22 juin 2011 17:06
RE : Pas d'objet
À : Dr Laure Olsen <olsen.laure@gstt.nhs.uk>

Bonjour docteur Olsen

Je sais que vous m'avez demandé de vous écrire quand je serais installée, mais je n'ai pas pu le faire avant. Il n'y a qu'un seul ordinateur ici et nous devons le partager tous, et de toute manière, l'Internet ne marche pas la moitié du temps.
Je suis toujours au foyer St Leonard. C'est pas mal. Mais bruyant. Il y a une fille à trois portes de chez moi qui a un bébé qui n'arrête pas de pleurer, mais ce n'est pas trop grave. Il est mignon, ça me dérange pas trop, du coup. On n'est pas vraiment copines, mais elle me laisse le prendre de temps en temps et une fois, elle m'a demandé de le garder.
Je me suis fait un ami. Il s'appelle Aidan. Sa chambre est cinq portes plus loin, mais de l'autre côté du couloir. Il est arrivé ici il y a environ trois semaines, j'étais là depuis une quinzaine de jours. Il me fait rire, je l'aime vraiment bien. Il dit que la seule chose qu'il veut dans la vie, c'est rencontrer un homme gentil et s'installer avec lui ! C'est dommage qu'il soit homo. Son père l'a fichu dehors quand il l'a découvert parce qu'Aidan en parlait dans son journal (je sais que vous avez dit que je devrais penser à en commencer un, mais je l'ai pas encore fait, désolée ! Par contre, j'ai commencé à filmer des choses avec mon portable, juste pour ne pas les oublier) et il est venu à Londres.

Il a dormi dans un sauna pendant quelques jours jusqu'à ce qu'il rencontre quelqu'un qui le ramène chez lui. Il ne veut pas me raconter ce qui s'est passé après, mais il a atterri ici. Il est gentil avec moi. On partage des cigarettes et des trucs. On s'est promis qu'on serait amis pour la vie, quoi qu'il arrive. Il a dit qu'au début il a cru que j'étais homo aussi parce que, d'après lui, je me renferme quand il y a des hommes autour, comme si je voulais être invisible.
Il essaye de m'aider à me souvenir de ce qui s'est passé avant que j'atterrisse à l'hôpital, mais il n'y a pas grand-chose qui m'est revenu. Je crois que j'ai dormi parfois dans des bus de nuit et sur des bancs. Aidan m'a raconté qu'un jour il avait volé le sac à main de quelqu'un juste pour se faire arrêter et pouvoir passer la nuit dans une cellule ; je n'ai jamais fait ça, il me semble. Et de toute façon, ça n'a pas marché. Je crois que j'avais une amie ici, avant de m'enfuir à Deal, mais c'est juste une impression, je ne me souviens pas du tout d'elle. J'aimerais bien, pourtant. Peut-être que je lui ai confié qui j'étais, avant de perdre la mémoire à Deal. Si je pouvais me rappeler qui elle est et lui parler, ça pourrait aider, vous ne croyez pas ?
Et j'essaye de me souvenir d'avant, aussi, mais c'est comme si je n'avais que des impressions vagues, rien de spécifique, et le plus souvent, je n'arrive pas à savoir si c'est un rêve ou pas. Parfois ça me fait peur, comme si je ne contrôlais pas mon corps, comme s'il n'était pas vraiment le mien. Je me rappelle que j'aimais bien l'école, et je réussissais assez bien. Je me souviens de ma mère, et qu'on s'entendait bien jusqu'à ce qu'elle rencontre quelqu'un. Je ne sais pas exactement ce qui a changé. Je me rappelle seulement que je n'étais plus heureuse comme avant son arrivée. Je suppose que c'était pas longtemps avant que je m'enfuie, mais j'ai l'impression bizarre qu'il s'est passé quelque chose de vraiment terrible juste avant que je me sauve de la maison. Je ne sais pas quoi.
Bon, faut que j'y aille. Il y a la queue pour utiliser l'ordinateur ! J'espère que vous allez bien aussi.

Alex

AUJOURD'HUI

13

Une fille, allongée sur le ventre sur un canapé, son épaule dénudée. Une main gantée apparaît et se met à lisser la peau. Il me faut un moment pour comprendre où nous sommes, ce que je regarde. C'est Kat. Elle a dû caler son portable sur le comptoir, ou peut-être que c'est Sophie qui a filmé pour elle. L'aiguille entre dans le champ.

« Ça fait la même sensation qu'une égratignure, explique Sophie. Essaye de bouger le moins possible. »

Kat répond d'accord. Son visage est crispé, ses sourcils froncés. La machine se met à bourdonner.

« Tu es sûre que c'est ce que tu veux ? »

Elle ne dit rien. Elle se mord la lèvre. Sophie travaille lentement, essuie toutes les cinq secondes. L'encre coule, s'injecte sous la peau. Le sang monte à la surface et Sophie l'essuie. Il en coule encore.

Quand c'est fini, Sophie s'écarte. Là, sur le haut du bras de Kat, à l'encre noire, un cercle parfait. Qui ressemble à un O ou à une alliance.

« Et voilà », dit Sophie, et Kat se lève.

Elle est presque complètement hors champ, c'est dommage. Son corps se tourne.

« Tu peux couper la caméra, maintenant. »

Quelques instants plus tard, l'écran devient noir.

Je me sens un peu vaseuse. Je n'ai pas mangé grand-chose et mon sommeil a été agité. Dans la cuisine, je me coupe un morceau de fromage, que j'avale, puis un autre. Je pense à la caravane sur le terrain de David et je me demande si elle est là par hasard, sans avoir le moindre rapport avec Daisy ; est-ce qu'il mentait quand il a dit qu'il ne connaissait pas Zoe ? Je suis en colère. Une étrange fureur diffuse m'anime, comme si je cherchais une raison de m'énerver. Je n'arrive pas à comprendre ce qui me contrarie. Est-ce le documentaire ? Je n'ai plus beaucoup de temps et il s'éloigne de plus en plus de mon projet initial. Peut-être est-ce la faute de Dan, qui a repris mon idée de départ et a tenu à ce qu'il y ait une histoire. Je ne voulais pas faire un film sur le suicide de Daisy, je ne voulais pas m'impliquer dans la disparition de Zoe. Et je ne veux pas m'inquiéter pour Kat et Ellie.

Au moins, quand je tournais *Black Winter*, j'étais près de la maison ; je pouvais rentrer chez moi si la situation devenait trop délicate, dormir dans mon lit. Mais ici ? Je suis coincée ; il n'y a pas d'équipe de tournage, pas de cameraman ni de preneur de son. Je n'ai même pas ma voiture. Mais je ne peux pas abandonner. Ce serait dire adieu à ma carrière ; il ne me resterait rien.

Je retourne à mon ordinateur et lance la vidéo que j'ai faite hier soir. Les images sont floues, mais lentement, la mise au point s'affine. La caravane se trouve derrière la maison sur les Rocks, tout juste visible dans la pénombre, mais elle est bien là, massive, imposante.

C'est une coïncidence, me dis-je à nouveau. Daisy vivait dans une caravane, David en a une dans son jardin. Cela ne signifie pas qu'ils étaient liés.

Mais j'essaye de tromper qui, là ? J'ouvre une nouvelle fenêtre Google et je consulte les articles de presse. Je ne sais pas à quoi je m'attends – une adresse, peut-être la confirmation que la caravane de Daisy était encore garée sur le terrain près de la mer quand elle a sauté –, mais je fouille à nouveau. Cette fois, mon regard s'arrête sur une photographie de la mère de Daisy, prise plusieurs mois après la mort de sa fille. Elle est assise à la table de la cuisine, tenant une photo encadrée de Daisy. Elle a l'air écrasée de chagrin, et malade.

Je l'ai déjà vue, je le sais. Mais où ? Je parcours les vidéos, une par une, jusqu'à trouver ce que je cherche. Un sol couvert de moquette, d'une vague couleur marron, genre chocolat. Des tableaux de bouquets de fleurs accrochés aux murs, une cage contenant deux perruches, un tableau blanc avec les mots : *Le résident du jour : John R. Bon anniversaire !*

La caméra balaie la salle, vers la gauche, d'un mouvement saccadé. Un salon d'angle désert derrière des baies vitrées. Au loin, des arbres.

Nous suivons le couloir et arrivons dans une pièce violemment éclairée. Deux fauteuils ont été rapprochés. Dans l'un, une femme ; elle est minuscule, ses cheveux blancs sont peignés en arrière et, en dessous, on voit son crâne. Elle regarde la personne qui se trouve dans l'autre fauteuil. Un homme, la quarantaine, peut-être un peu moins. Son fils ? Son petit-fils ?

La femme sourit ; son visage est celui d'un enfant excité. L'homme lui parle, même si on n'entend pas ce qu'il dit. Ses lèvres bougent à peine. La scène est triste, mais étrangement belle aussi. Derrière elle, une autre résidente en survêtement gris regarde vers la caméra, les yeux vides, sans expression. Je suis certaine de ne pas me tromper, sans avoir à vérifier.

C'est la mère de Daisy.

14

D'après Google, il n'y a qu'une maison de retraite dans le coin, Holbrooke House. Je commande un taxi. En parcourant la lande, j'ai l'impression de remonter à la surface prendre une goulée d'air et je me rends compte que, depuis mon arrivée, je suis comme dans une chambre hermétiquement fermée, je retiens mon souffle dans l'attente angoissée de la prochaine bouffée d'oxygène. Je frissonne lorsque nous passons devant l'endroit où ma voiture a fini dans le fossé et je revois le regard mort, vide, du mouton. Je m'attends presque à le retrouver encore là, mais il ne demeure aucun signe qu'il se soit passé quelque chose. Le paysage est une désolation, des kilomètres de terre déserte dans la lumière froide et humide de l'après-midi.

Nous traversons un village encore plus petit que Blackwood Bay – à peine trois ou quatre maisons et un pub qui a l'air fermé – et, un peu après, nous croisons une voie étroite qui conduit à une église. La route continue à sinuer jusqu'à ce que nous tournions pour nous engager dans une allée éclairée qui s'incurve devant un grand bâtiment de briques rouges. Je ne m'attendais pas à une architecture aussi moderne. Au-dessus de la porte principale, un panneau : « HOLBROOKE HOUSE, RÉSIDENCE D'ACCUEIL ». Nous nous garons sur le parking et je défais ma ceinture, soudain angoissée, avant de sortir de la voiture.

Les portes s'ouvrent dans un soupir. Je me présente à la femme qui se trouve à la réception. Elle me dévisage avec insistance – je suis contente d'avoir glissé ma caméra dans mon sac – et me demande si elle peut m'aider.

« Oui », dis-je avec un grand sourire.

Elle a une mèche rose dans les cheveux, un anneau dans le nez.

« Je suis venue rendre visite à Geraldine Willis.

– Ah, d'accord. Et comment connaissez-vous Geraldine ? »

Je la regarde droit dans les yeux. « C'est ma tante. »

Sa tête se penche dans une mimique visiblement suspicieuse, mais je soutiens son regard. « J'ai longtemps vécu à l'étranger. »

Elle hésite quelques instants, puis pousse un registre vers moi et me demande de signer.

« Comment va-t-elle aujourd'hui ?

– Comme d'habitude. »

Ça ne me renseigne pas beaucoup. Je m'applique à sourire tristement. « Vous devez bien la connaître. Elle est ici depuis... combien d'années maintenant ? »

Elle hausse les épaules, manifestement peu intéressée. « Au moins six. Je suis arrivée il y a six ans et elle était déjà là. »

Je la remercie ; elle me montre la direction de l'étage, par l'escalier.

Je marque une pause sur le palier. L'air est épais, envahissant comme de la fumée et beaucoup trop chaud ; je me mets à transpirer. Un peu plus loin, dans le long couloir, il y a le poste des infirmières, très éclairé, où est assise une femme vêtue d'une blouse vert clair, et au bout, une pièce dont les parois sont en verre, quelques fauteuils, la lueur tremblotante d'un téléviseur.

« Je cherche Geraldine, dis-je.

– Au milieu du couloir. Si elle n'est pas dans sa chambre, essayez le salon. »

Je me dirige vers la lumière. Une vieille dame s'approche de moi en poussant un déambulateur et en traînant les pieds ; sa peau est parcheminée et couverte de taches, ses cheveux sont d'un orange violent. Un peu plus loin, je trouve la chambre de Geraldine. Son nom est écrit sur la porte, à côté d'une photo plastifiée. Sur le seuil, je marque une pause ; je veux me préparer.

Je repense à ce que Bryan m'a dit sur l'alcool et la drogue. Je sais ce que ces substances peuvent avoir comme effet ; je l'ai constaté dans la rue. Des addictions qui provoquent chez les gens des difficultés de mémoire, des problèmes moteurs, qui tuent même, dans certains cas. Des gens qui savent à peine qui ils sont, des gens qui ne seront plus jamais indépendants.

Je rassemble mes forces et j'entre. Assise dans un fauteuil, voûtée, Geraldine porte un survêtement trop grand de plusieurs tailles et a les yeux rivés sur la télévision qui est fixée au mur. Elle paraît presque irréelle, mais je la reconnais et l'émotion me fait trembler. Ce n'est que maintenant que je me demande pourquoi j'ai cru comprendre en écoutant Bryan qu'elle était décédée.

« Geraldine ? »

Elle ne détourne pas les yeux de l'écran et j'énonce son nom à nouveau. Cette fois, elle bouge la tête, ses gestes sont lents et manquent de coordination. J'observe un léger tremblement, on dirait que ses articulations sont en train de se démantibuler, qu'elle risque à tout moment de tomber en morceaux comme une poupée aux attaches fragiles.

« C'est toi ? » fait-elle.

Je fais un pas de plus pour m'approcher d'elle. Je doute qu'elle me reconnaisse, surtout elle, mais je ne peux pas en être sûre.

« Geraldine ? »

La télécommande est posée sur l'accoudoir de son fauteuil et elle s'en empare de ses mains tremblantes. De près, elle paraît bien plus âgée qu'elle ne l'est en réalité ; son visage est anguleux, ses cheveux défaits sont en bataille. Elle semble évidée, grignotée de l'intérieur. Ses yeux sont d'une couleur triste, gris-vert, mais quand elle se tourne vers moi, ils pétillent un instant, comme si une étincelle avait jailli, comme si une connexion s'était faite.

« Qu'est-ce qu'il y a, chérie ? » dit-elle. De ses yeux vides à nouveau, elle regarde derrière moi, dans mon dos. « C'est l'heure ? »

Il y a un pichet posé sur la table. Je remplis un gobelet et, d'une main peu assurée, je le donne à Geraldine. Je n'aurais pas dû venir ici, je ne devrais pas la déranger ainsi. Il faut que je batte en retraite. Il faut que je retourne dans un lieu sûr.

Je sors ma caméra. Au début, je crois qu'elle ne l'a pas remarquée, mais ensuite, ses yeux pivotent vers mon appareil. « Qu'est-ce que c'est ? Tu vas faire une photo de moi ?

– Ça vous ennuie ? »

Elle répond seulement par un haussement d'épaules peu explicite, alors j'appuie sur *Enregistrer* et je pose la caméra sur la commode.

« Je m'appelle Alex. »

Le gobelet vacille quand elle le porte à ses lèvres, mais lorsque je me penche pour l'aider, elle me repousse d'un geste. Elle renverse seulement très peu d'eau, puis me rend le gobelet.

« Je t'ai vue, tu sais. » Elle désigne vaguement la fenêtre. « Je te regardais. C'est ton bonhomme ? »

Est-ce qu'elle parle du chauffeur de taxi ? Il est en bas, sur le parking. Je me demande ce que Geraldine voit, les liens qu'elle fait. Comment elle remplit les vides qui demeurent.

Je pense à mes propres béances. J'arrive à reconstituer à peu près les grandes lignes de mon histoire, mais tellement de souvenirs me semblent empruntés à un tiers, et tellement d'autres sont totalement absents. D'une certaine façon, c'est peut-être une aubaine ; en gardant quelques espaces vides, on se protège.

« Tu mérites quelqu'un de gentil. »

Elle attend que je fasse un commentaire.

« Il est bien », dis-je, tout en me sentant coupable. Il me semble injuste de mentir, de la faire marcher, mais j'essaye de créer du lien. C'est mon boulot.

« Tant mieux.

– Geraldine ? » dis-je à mi-voix.

À nouveau, cet éclair de lucidité, qui se dissout très vite.

« Ouais ?

– Est-ce que je peux vous demander quelque chose ? » Je baisse la voix. Il faut que je sache si la caravane garée sur le terrain de David a quelque chose à voir avec elle. « À propos de Daisy ? »

Elle cligne des yeux, mais il n'y a pas d'autre réaction. J'étais inquiète à l'idée qu'elle puisse être contrariée, qu'elle puisse se refermer, mais en réalité, c'est comme si elle ne se souvenait même pas de sa fille.

« Vous vous souvenez de l'endroit où vous viviez avant de venir ici ? »

Elle lève les yeux.

« Ben oui ! Dans une caravane. Sur la baie, près de Malby. Je faisais des ménages là-bas. »

Je souris – j'ai presque envie de rire, mais tout à coup, elle enchaîne : « Sauf qu'ils m'ont fichue dehors. Il a fallu qu'on déménage. »

Le soulagement disparaît.

« Où ? Chez David ? »

Elle ne dit rien. Je lui prends la main. Elle est froide, osseuse ; quand nous entrons en contact, l'électricité statique crépite. Je sens presque le sang couler dans ses veines. De l'extérieur nous parviennent des voix, des rires dans le poste des infirmières, mais ils semblent distants de mille kilomètres.

« Vous aviez déjà déplacé la caravane chez David quand Daisy est partie ? »

Geraldine hésite. Elle semble troublée, presque comme si elle avait oublié que sa fille était morte. Mais tout à coup, une autre connexion s'établit, une autre synapse s'anime. Elle sourit avec chaleur.

« Comment va-t-il ?

– Pourquoi vous viviez avec lui ?

– Il était notre ami. Comment va-t-il ?

– Votre ami ou celui de Daisy ? »

Elle me regarde droit dans les yeux ; à l'évidence, la question lui semble ridicule.

« Vous aviez confiance en lui ?

– Bien sûr que oui.

– Vous ne vous inquiétiez pas du fait qu'il se passait peut-être quelque chose entre Daisy et lui ? »

Son regard se perd au loin, en direction du miroir fixé sur le mur au-dessus de la commode. L'espace d'un instant, je crains de l'avoir perdue, mais nos regards se croisent et elle sourit.

« Il ne se passait rien. C'était un type bien. Il était correct avec nous. » Ses yeux brillent, tant elle est déterminée. « Tu ferais bien de t'en souvenir. C'est pas lui qui leur faisait du mal.

– Quelqu'un faisait du mal à Daisy ?

– Ouais.

– Vous avez dit "leur". À qui d'autre on faisait du mal ? »

Elle ne semble pas m'entendre. Il y a un bruit de pas dans le couloir, quelqu'un approche. Je me souviens tout à coup que la caméra posée sur la commode est en train de tourner.

Je me penche. « Quelqu'un lui faisait du mal, alors elle… elle s'est tuée ? »

Sa tête oscille.

« Elle n'aurait jamais fait ça. Elle était trop forte. »

Elle a décroché.

« Est-ce qu'elle a laissé une lettre ? Est-ce que vous l'avez ? »

Elle ne répond pas. Je répète mes questions, et cette fois elle laisse échapper un rire amer. « Une lettre…

– Ce n'était pas une vraie lettre ? »

Sa réaction est marmonnée, incohérente, presque comme si elle se parlait à elle-même, comme si elle se disputait avec des voix dans sa tête.

« Geraldine ?

– Ils disent que quelqu'un l'a vue sauter. » Elle rit comme si c'était totalement absurde. J'insiste.

« Quelqu'un l'a vue sauter ? Qui ?

– Mais ce ne sont que des mensonges.

– Qui l'a vue ? Où se trouve la lettre qu'elle a laissée ?

– Ils l'ont prise. Mais elle était pas vraie, marmonne-t-elle tristement, le menton contre la poitrine. Je le savais, je le sentais. »

Le silence s'installe dans la chambre. Dehors, une porte s'ouvre, puis se referme. Des voix plus fortes. La personne qui approche a dû s'arrêter en route. Je veux me lever, m'en aller, ne jamais regarder en arrière, pourtant je veux aussi rester avec elle. Ou l'emmener, m'occuper d'elle, essayer de lui rendre sa fille.

Mais comment puis-je faire ça ? Je m'assois sur le lit à côté de son fauteuil. Pendant un moment, on dirait une visite normale, je serais venue ici avec des fleurs et son gâteau préféré, juste pour lui tenir la main et lui raconter des histoires, ou l'emmener se promener en voiture.

Mais ce n'est pas le cas. Comment cela serait-il possible ?

Soudain, elle lève la tête. « Pauvre Sadie... »

Le mot résonne. Les murs tremblent.

« Sadie... ? dis-je à mi-voix. Pourquoi parlez-vous de Sadie ? »

Rien. C'est comme si je n'étais pas là, comme si je n'avais pas parlé. Elle est lucide par intermittence seulement, remontant à la surface avant d'être aspirée au fond à nouveau. Elle détourne le regard, contemple le plancher. Sa tête tombe en avant, mais quand elle la relève, ses yeux frétillent comme des anguilles.

« Pauvre fille. Elle n'avait plus de raison de vivre. Ils ont dit qu'elle avait écrit une lettre et tout. Tu le savais ?

– Quoi ? »

Il n'y avait pas de lettre. Je m'en souviendrais.

« Sa mère me l'a dit.

– La mère de Sadie ? » J'essaye de ne pas laisser percevoir mon exaspération et mon désespoir.

Elle confond, sa mémoire la trahit. Forcément. Du coup, je me demande si, dans tout ce qu'elle a raconté, je peux croire quoi que ce soit. Je suis sur le point de renoncer, de me retourner et de couper la caméra, lorsque quelque chose s'empare de moi. Je ne peux pas. Il faut que je découvre la vérité, sur ce point au moins.

« Où est-elle ? Qu'est-il arrivé à la mère de Sadie ? Après son départ ? »

Rien. Je pose ma main à nouveau sur son bras et elle la regarde fixement.

« Comme les deux doigts de la main.

– Qui ? Daisy et Sadie ?

– Qu'est-ce qui est arrivé à ton bras ? »

Elle fixe ma cicatrice.

Je ne réponds pas. Je ne veux pas lui parler de l'accident ; mais tout à coup, elle m'attrape, d'un geste étonnamment rapide, avec une force surprenante.

« Tu devrais te soigner. »

Je reprends mon bras. « Parlez-moi de Sadie. Vous avez dit qu'elle avait écrit une lettre aussi ?

– Ils l'ont tuée.

– Daisy ? Ils l'ont tuée ? »

Elle croise les mains sur ses genoux et regarde par la fenêtre. Il n'y a rien à voir, un carré gris vide dans le mur, des flocons de neige qui volettent derrière, attrapant les derniers lambeaux de la lumière de l'après-midi comme du papier brûlé.

« Geraldine ? »

Des voix. Cette fois, on frappe à la porte.

« Geraldine ? fait une voix en écho à la mienne. Tout va bien ? »

Je jette un coup d'œil par-dessus mon épaule, mais avant que je puisse répondre, Geraldine m'attrape par le bras à nouveau, le visage déformé par la douleur. Je me sens mal d'avoir fait ce que j'ai fait, des souvenirs que j'ai convoqués.

« Elle est ici. Ma Daisy. » Son regard se pose sur un point situé au-dessus de mon épaule.

« Ici ? » dis-je. Je me retourne. Il y a une femme dans la pièce, cheveux bruns, tunique vert clair. Je me demande si elle ressemble à Daisy ou à ce que pourrait être Daisy aujourd'hui.

« Geraldine ? » La jeune femme nous dévisage. Elle remarque la caméra, clairement orientée vers nous deux. « Mademoiselle ? »

Soudain, une autre main sur mon bras. Elle m'a empoignée fermement.

« Mademoiselle, je crois que vous la contrariez. »

Je repousse la main de la femme, mais c'est inutile, trop tard. J'ai complètement perdu Geraldine. Elle est retournée à la télévision, apparemment sans s'apercevoir qu'elle n'est plus allumée.

« Je m'apprêtais à partir », dis-je.

Je suis sur le point de tendre ma main encore tremblante, quand je suis saisie du désir d'en faire davantage, de la serrer dans mes bras, avec la conviction que je ne la reverrai pas et que ce sera un regret immense. Alors, je le fais, je l'étreins et, au début, je redoute qu'elle ait un mouvement de recul, mais il n'en est rien. Elle reste figée un moment, puis elle se laisse aller contre moi, ses bras passent dans mon dos, elle me tient fort. Nous nous étreignons tendrement. Elle chuchote dans mon oreille, d'une voix faible, désespérée.

« S'il te plaît...

– Quoi ?

– Est-ce que ça s'est arrêté ?

– Quoi ?

– Les filles. Tu dois les aider.

– Qui ? Quelles filles ?

– Aide-les. S'il te plaît. »

Tout à coup, je vois Kat. Et son amie Ellie.

« Qui ? Qu'est-ce qui se passe ? »

Elle me regarde, son expression est indéchiffrable.

« Mademoiselle ! » dit la voix derrière moi avec sévérité.

Je plonge mon regard dans les yeux de Geraldine, mais quelque chose a faibli. Je la serre fort. C'est tout ce que je peux faire.

« Il faut que j'y aille. Je suis désolée.

– Reviens me voir.

– Promis », dis-je en me redressant.

Je me sens mal en énonçant ce mensonge, mais que puis-je dire d'autre ? Ses yeux se ferment tant elle est soulagée.

« Daisy... », fait-elle dans un demi-murmure.

Une fois de plus, elle est ailleurs, elle flotte quelque part entre le passé et le présent, entre la fiction pure et les souvenirs erronés.

« Ne me laisse pas ici », dit-elle, et pendant quelques instants, mon désir le plus cher est de lui promettre que je ne l'abandonnerai pas.

Les portes s'ouvrent en chuintant ; mon taxi est parti. L'allée est déserte, il ne reste qu'une seule voiture près de l'entrée. Dedans, je distingue une silhouette et j'ai comme l'impression qu'elle observe les lieux. Quand je me tourne pour fouiller le parking du regard, le chemin est éclairé par les phares du mystérieux véhicule. Je reconnais le conducteur à son profil, il s'agit de David, mais le doute s'immisce quand la voiture s'éloigne. Personne ne m'observe, me dis-je. C'est une coïncidence, rien de plus, un autre visiteur qui part un peu précipitamment. Je suis paranoïaque, voilà tout.

Je rentre à l'intérieur, j'appelle Gavin ; il arrive au bout de vingt minutes.

« Vous me sauvez la vie, dis-je en montant dans la voiture, et il rit.

– Eh bien, je n'allais pas vous laisser en carafe ici, quand même. » Il se penche un peu vers moi. « Vous n'avez pas froid ? Vous m'avez attendu à l'abri ? »

J'ignore ses questions. « On y va ? »

Nous quittons le parking. À la sortie de l'allée, il tourne à gauche pour repartir vers Blackwood Bay. Je sens bien qu'il a hâte de me demander ce que je faisais là-bas et effectivement, au bout d'une minute, il tousse délicatement.

« Vous êtes allée voir la mère de Daisy ?

– Oui. Je voulais savoir ce qu'elle pensait.

– Et... ?

– Eh bien, dis-je avec un soupir, elle est très désorientée. Mais elle maintient que Daisy ne s'est pas suicidée.

– Elle n'est pas la seule, je vous l'ai dit.

– Qui d'autre le pense ?

– Quelques personnes. La femme qui gérait la maison d'hôtes dans laquelle j'ai habité quand je suis arrivé, elle a dit qu'il y avait eu beaucoup de commentaires lorsqu'on avait émis l'hypothèse que Daisy s'était tuée, mais qu'ensuite ça s'était tari. » Il hésite. « Mais si sa propre mère affirme qu'elle ne l'a pas fait...

– Je sais. Mais elle a l'esprit très embrouillé.

– Alors, vous la croyez ? À son avis, qu'est-ce qui s'est passé ?

– Qui sait ? Elle a juste dit : "Ils l'ont tuée."

– Ils... ?

– Elle ne se rappelait rien d'autre. Elle semblait douter de l'authenticité de la lettre aussi. Et d'après elle, quelqu'un a vu Daisy sauter, mais elle n'y croit pas et elle ne m'a pas dit qui était cette personne. »

Je regarde par la fenêtre.

« Ce serait bien de l'identifier, dit-il. Vous voulez que je fouille un peu ? Que je voie ce que je peux découvrir ?

– Pourquoi vous feriez ça ? »

Il hausse les épaules. « Sais pas. J'aimerais bien me rendre utile. »

Je souris. Mon instinct me dicte de refuser, mais peut-être qu'avec un peu d'aide ma tâche serait plus facile. Il connaît forcément les gens du coin, il sait à qui demander.

« OK. » Je marque une pause. « Elle dit que David à Bluff House n'a rien à voir avec ça.

– Pourquoi pensiez-vous que c'était le cas ?

– Juste quelque chose qu'a dit Sophie, la tatoueuse. Selon elle, Zoe connaissait probablement David. Est-ce que ses parents accepteraient de me parler, à votre avis ?

– Les parents de Zoe ? » Il secoue la tête. « J'en doute. Pour être honnête, je garderais mes distances. D'après ce que j'ai entendu dire, ils n'aiment pas que les gens leur rappellent ce qui s'est passé.

– Comme s'ils pouvaient oublier...

– Vous voyez ce que je veux dire. » Il hésite. « Vous étiez au courant pour Sadie Davies ? »

J'en ai le souffle coupé pendant quelques instants. Je crois qu'il ne le remarque pas.

« L'amie de Daisy ?

– Oui. Elle a disparu juste avant que Daisy se tue. »

Non. Il se trompe dans la chronologie. Je m'en souviens, moi. Daisy est partie la première. Je me revois à ce moment-là, même si c'est comme dans un rêve. Je suis assise sur le sol d'une pièce étrange ; il y a un matelas posé par terre, pas de draps, et une odeur bizarre. J'ai les jambes repliées, les bras serrés autour de mes genoux. Je pleure parce que Daisy est partie et que je n'ai pas pu l'aider.

Il tousse et demande : « Est-ce que Sadie connaissait David aussi ? »

Je regarde mes mains. Elles se superposent, la gauche sur la droite, puis la droite sur la gauche, comme si elles avaient une volonté propre. Je les force à ne plus bouger.

« Non. » De ça je suis certaine.

Je lève les yeux vers le ciel sans nuages piqueté d'étoiles qui passe du bleu au noir. Une tête d'épingle lumineuse fuse, trop rapide pour être un avion. Un météore, j'imagine, une étoile filante. Je me souviens de Londres. La nuit, je couchais dehors, sous une porte cochère, près d'une bouche chauffante si j'en trouvais une, et je contemplais le ciel. À la recherche d'étoiles. Généralement, c'était nuageux, il y avait trop de pollution, trop de lumière, mais le simple fait de savoir qu'elles étaient là me réconfortait. Curieusement, elles rendaient la faim moins pressante, moins désespérée. Je me sentais moins seule.

« Peut-être que Zoe n'a rien à voir avec les deux autres, reprend-il. Elle n'était pas le genre de fille à fuguer, apparemment. Alors que Sadie et Daisy, toutes les deux...

– Quoi ? C'était leur genre ?

– Des rumeurs ont circulé selon lesquelles Daisy, en particulier, était une... euh... » Il s'agite, mal à l'aise, puis prend une grande inspiration, comme quelqu'un qui s'apprête à porter le coup de grâce. « Une fille... facile.

– Quoi ? » Je ne peux m'empêcher d'éclater de rire, même si je lui sais gré d'avoir peiné à le formuler. « Elle avait quinze ans, putain ! »

Il donne l'impression de se ratatiner. « Ne me jugez pas. Je vous répète juste ce que les gens disaient.

– Qui ? Qui disait ça ?

– Oh, vous voyez bien. » Il s'agite à nouveau. « Des gens. »

Je reste silencieuse. Je laisse passer. Je suis obligée. Je me rappelle une des filles que j'ai filmées pour *Black Winter* : les services sociaux lui avaient balancé qu'elle était une traînée, qu'elle l'avait bien cherché. Elle avait treize ans.

Mais je ne veux pas de cette querelle maintenant. Pas avec mon nouvel ami.

Mon esprit trébuche sur le mot. Est-ce bien ce qu'il est ?

« Vous regardez les vidéos ?

– Certaines, oui.

– Vous avez vu celle des deux filles qui mangent des chips ?

– Kat et Ellie. Oui.

– C'était un joint, n'est-ce pas ? D'après Sophie, tous les gamins fument des joints. »

Il rit. « C'est pour ça que j'ai créé le cinéclub. »

J'hésite. Il paraît honnête, au moins sur ce sujet-là, mais j'ignore encore si je lui fais totalement confiance, si je peux le laisser approcher. Je ne veux pas qu'il puisse penser que je suis une folle, une adepte des théories du complot qui cherche à tout prix à injecter de l'intérêt dans son film, mais je continue quand même.

« Geraldine a dit autre chose. À son avis, quoi qu'il se soit passé autrefois, ce n'est pas fini. »

AVANT

15

Journal d'Alex, 29 juin 2011

Je suis seule. Je ne peux faire confiance à personne, je le sais après les événements d'aujourd'hui.

J'ai la nausée rien que d'y penser, mais je vais essayer de tout écrire comme ça s'est passé. Donc, nous étions censés aller à Deal – peut-être que ça allait réveiller ma mémoire et que je retrouverais la raison pour laquelle j'étais là-bas. Aidan l'a proposé et le Dr Olsen a dit que c'était à moi de décider, mais que je devrais vraiment emmener un ami et surtout lui dire, à elle, quand je prévoyais de faire ce voyage. Mais je ne l'ai pas fait. En même temps, qu'est-ce qu'elle allait faire ? Venir avec moi ?

Nous avons mis en commun le peu d'argent que nous avions et sommes montés dans le car à la gare routière. En route, Aidan m'a raconté qu'il voulait juste rencontrer quelqu'un qui s'occupe de lui et il m'a demandé ce que je voulais, moi. Cela me paraît fou, après ce qui s'est passé aujourd'hui, mais je me suis rendu compte que je n'avais pas vraiment réfléchi à l'avenir parce que j'étais tellement obsédée par le passé, tellement obnubilée par le fait de comprendre ce qui m'était arrivé, à Blackwood Bay et ici à Londres, ce qui m'avait fait fuir.

Bref, j'ai dit que j'aimerais bien devenir vétérinaire un jour, ou médecin, et il m'a conseillé de me renseigner sur les formations en fin de lycée. Je pourrais en parler au Dr Olsen.

Quand nous sommes arrivés dans le quartier de Victoria, j'ai eu l'impression d'être en terrain connu, et une fois près de la gare, j'ai eu aussi l'impression d'être déjà venue. La puanteur des gaz d'échappement et des fast-foods m'a frappée avec une brutalité incroyable, et lorsque j'ai vu le panneau indiquant les toilettes – elles sont en bas de l'escalier –, j'ai su exactement à quoi elles ressemblaient. Ça m'est revenu d'un coup; je traînais là, j'achetais de la drogue.

Aidan est revenu avec les billets, mais je ne pouvais plus aller à Deal, j'étais déjà en train de me rapprocher de qui j'étais. Il m'a suivie et on est sortis par l'arrière. Dehors, il n'y avait que des voitures stylées, des Bentley, tout ça, d'un côté de la rue, et de l'autre, on aurait dit des appartements à loyer modéré. Puis on s'est retrouvés devant un restaurant italien, à côté d'un salon de toilettage pour chiens. Entre les deux, un portail métallique qui permettait d'accéder à un immeuble de trois ou quatre étages. Il y avait un tableau avec des boutons d'interphone et, d'instinct, j'ai appuyé sur celui correspondant au numéro 32. Mon cœur battait très fort; on m'a ouvert, je suis montée et Aidan est venu aussi, sans arrêter de me demander si c'était une bonne idée. Quand on est arrivés à l'appartement 32, la porte était entrouverte; j'entendais de la musique. Ça puait la cigarette et l'herbe, mais on est quand même entrés. C'était infect; les murs étaient jaunes et décrépits, et il y avait des ordures partout. Dans une chambre, un matelas défoncé était posé à même le sol, la cuisine était dégoûtante, et dans la pièce au bout du couloir, j'ai aperçu une table pliante et, dessus, de la drogue, des récipients en plastique, des sachets de poudre et une balance.

Deux hommes étaient assis sur un canapé, encadrant une fille qui avait l'air de somnoler. Dès qu'il m'a vue, celui de droite s'est levé d'un bond et a dit : « Toi ! »

Qui? avais-je envie de dire. *Qui suis-je?* Mais on aurait dit qu'il voulait me tuer, c'était dangereux, il devait avoir un couteau ou quelque chose comme ça, et quand Aidan est entré, il est devenu encore plus furieux.

Je n'arrêtais pas de regarder la fille sur le canapé, je savais que c'était moi autrefois. Et le matelas sur le sol, dans la pièce voisine.

J'avais dormi dessus, j'avais baisé dessus – ou je m'étais fait baiser, je ne me rappelle pas l'avoir voulu.

J'étais figée sur place, même si je savais que je devais m'en aller. Aidan m'a tirée par la manche. « Viens », il a dit, et il a ajouté mon nom, Alex, et les gars se sont mis à rire.

« Alex ? a fait l'autre. Alors, c'est comme ça que tu t'appelles maintenant, petite Sadie ? »

On a détalé. Dans l'escalier. Je ne savais pas s'ils nous poursuivaient ou pas, je savais juste qu'il fallait qu'on déguerpisse. Mais arrivée en bas, j'ai aperçu quelqu'un de l'autre côté de la rue. Elle me regardait fixement et j'ai su instantanément qu'elle était celle qui avait été mon amie, celle qui saurait peut-être qui j'étais et pourquoi je m'étais enfuie.

J'ai crié : « Attendez ! », mais elle est partie en courant.

J'ai essayé de la rattraper, mais je n'ai pas réussi, elle a disparu dans une ruelle. Aidan courait derrière moi en me criant de m'arrêter. Il m'a demandé qui était la fille et je lui ai dit la vérité.

« Je l'ignore. »

Je savais qu'il allait poser la question ; et j'avais raison.

« Et qui c'est, Sadie, hein ? »

Il avait l'air presque fâché. Mais je ne lui ai pas répondu. Je ne le dirai jamais à personne, même pas au Dr Olsen, non, en fait, *surtout* pas à elle. Comme j'ai dit, je suis seule.

AUJOURD'HUI

16

Je me rappelle ce jour où un souvenir est revenu et m'a conduite à un autre, et je suis allée tout droit dans un squat de drogués dont j'ignorais même qu'il existait. Ça a fonctionné dans le passé, donc ça peut sûrement fonctionner à nouveau. C'est comme prendre un chemin en bordure de la forêt, le suivre, s'enfoncer dans le bois. Même si je veux savoir, je suis angoissée à l'idée de ce que je risque de trouver chez Daisy. Sans lumière, Bluff House semble encore plus désolée ; la bâtisse me regarde méchamment dans le noir. J'en fais le tour jusqu'au jardin, séparé du reste du terrain par un mur bas et des haies. Un fil à linge est tendu en diagonale, attaché à un poteau dans un coin, et dans l'autre, défoncée, décrépite, la caravane.

Je mets en marche ma caméra et j'y fixe la torche, puis je filme pendant un moment. Mais quand je coupe, je m'aperçois que quelque chose cloche. La caravane semble presque pixellisée, comme si j'étais encore en train de la regarder à travers l'objectif de la caméra. Je cligne des yeux et secoue la tête, mais ça ne s'améliore pas, et lorsque je m'avance vers le portail qui me sépare du logement de Daisy, c'est comme si je n'avais pas bougé du tout. J'ai l'impression de flotter, quelques centimètres à l'extérieur de mon corps, au-dessus et sur la gauche, de m'observer en train de pousser la grille, invisible.

C'est bizarre. On dirait que j'ai déjà vécu cela, sauf que c'est plus intense, comme si un événement plus terrible était sur le point de se produire. Je jette un coup d'œil autour de moi, mais il n'y a personne ; Bluff House demeure enveloppée de ténèbres inébranlables.

Je respire profondément. Il ne va rien se passer, me dis-je. C'est un court-circuit dans mon cerveau, c'est tout, ça ne va pas durer. Une dissociation. Le Dr Olsen m'a avertie, autrefois, que ça pouvait arriver de temps en temps. Et lorsque je colle la caméra contre mon œil et que je recommence à filmer, la réalité redevient ce qu'elle est, comme si elle se présentait à moi et que j'avais repris le contrôle de mon corps.

La caravane est posée à un angle bizarre, à moitié décalée de son support, et s'enfonce dans la boue. Sur ce qui reste de la peinture, il y a des coulures de rouille couleur sang, et je constate que la fenêtre de devant est fendue ; les roues sont tellement corrodées qu'elles ont l'air presque mitées, fragiles comme de la gaze. La porte est dégondée ; les marches qui devraient être là pour permettre de monter ont disparu depuis longtemps. Un nom de marque est écrit au-dessus : *Pegasus*.

Je glisse un œil à l'intérieur. En premier, je suis frappée par l'odeur rance, sulfureuse, des effluves ammoniaqués de vieille pisse, peut-être pire. Je dirige la torche vers l'intérieur humide, sans cesser de filmer. Des inscriptions dénuées de sens couvrent les murs : des noms et des dates, un bonhomme bâton étrange, parfois un tag criard à la bombe. Des cannettes et des bouteilles de bière jonchent le sol ; des morceaux de bois, des cartons à pizza, des magazines. Des jeunes, je suppose, qui se sont servis de la caravane jusqu'à ce qu'elle devienne trop dangereuse ou trop dégoûtante. Je me demande si David leur a donné la permission d'y venir ; peut-être qu'il n'a même pas essayé de les en empêcher. Je l'imagine terré dans sa maison pendant que les gamins dehors font la fête, écoutent de la musique, se shootent, s'envoient en l'air. Peut-être qu'il se planquait, qu'il se terrait tout au fond de son antre, ou peut-être qu'il les épiait par la fenêtre, les observait. Que pensait-il ? Les enviait-il ?

Il y a une cuisinière rouillée juste devant moi, plus un évier sale. Une porte en accordéon donne sur le fond, qui doit comporter, je suppose, une seule chambre à coucher, et l'autre doit être celle du cabinet de toilette. J'essaye d'imaginer l'époque où Daisy vivait ici.

Dormait-elle dans la chambre ? Il y aurait des posters scotchés aux murs – Katy Perry, peut-être, ou Lady Gaga ? Des affiches de *Twilight* ? –, une housse de couette de couleur violette, quelque chose comme ça. Elle ne devait pas avoir d'iPod, plutôt une mini-chaîne rendant des sons métalliques. Je vois sa mère attendant que sa fille aille au lit, puis débloquant un levier pour replier la minuscule table et arranger les coussins de la partie salon pour s'en faire un matelas. Les deux femmes tout près l'une de l'autre. Tolérable pour une quinzaine de jours de vacances, je suppose, mais toutes les nuits ? Qui voudrait vivre ainsi, dans des conditions aussi sommaires ? Comme cela devait être étouffant ; ça me rappelle les foyers à Londres. Quel adolescent voudrait que sa vie soit si collée à celle de sa mère, tous les jours ?

Je me reprends. Tous, peut-être, si l'alternative est… eh bien, ce qui s'est passé, ce fameux jour où elle est tombée. La raison pour laquelle elle a sauté avait-elle quelque chose à voir avec moi ? Je ferme les yeux et j'essaye de convoquer des images. Au café, peut-être, comme les filles de l'autre fois. En train de chahuter, de dire du mal de nos amies, mais pour rire, ça ne signifie rien, en réalité. Ou peut-être que nous sommes sur la plage, elle me parle d'un garçon, elle l'a rencontré à nouveau, et cette fois, il l'a embrassée. Elle n'arrive pas à y croire, son premier baiser, quelle chance, et en plus avec quelqu'un qu'elle aime vraiment. Il est plus âgé, dit-elle, presque déjà un homme, et elle a senti le goût des cigarettes dans son haleine, mais elle s'en fiche parce que ce sont ses cigarettes à lui qu'il a fumées, et c'est son haleine à lui qu'elle a goûtée.

Je sors brutalement de ma rêverie. Cela n'a pas de sens. Daisy, énamourée ? Qu'est-ce que Gavin m'a dit ? Que les gens racontent qu'elle était une traînée, ou quelque chose d'approchant.

La colère monte en moi. *Les gens* ne savent rien. Ils n'ont qu'à reprendre leurs conneries de jugements et se les fourrer où je pense. Qu'ils aillent se faire foutre.

Et pourtant... nous sommes censés croire qu'elle s'est ôté la vie ? Qu'elle s'est tuée en se jetant d'une falaise à quelques mètres d'ici ? Soudain, je me rappelle où je suis et j'écarquille les yeux. Peut-être que ça ne s'est pas passé du tout comme ça. Peut-être que son premier baiser a eu lieu ici, dans cette caravane puante. Je vois ça, aussi. Des mains sur elle, même si elle n'en veut pas. Sa bouche écrasée par celle de quelqu'un d'autre. Ou peut-être était-ce dans le parc, dans le kiosque à musique, à la salle de jeux. Ou là-bas, dans la maison noire, avec un homme assez vieux pour être son père.

Mais où étais-je, finalement ? Que faisais-je ? Je me hisse dans la caravane. Je continue à filmer tout en explorant les lieux, sans savoir encore vraiment ce que je m'attends à trouver. Si elle ou sa mère ont laissé quelque chose, ça a disparu depuis longtemps maintenant. Je patiente, mais l'écran de fumée ne se dissipe pas. Je me raidis, me préparant à supporter l'intensité de la puanteur. La caravane craque et grince quand j'avance, à pas prudents. Il peut y avoir n'importe quoi par terre, jusqu'à de vieilles seringues cachées dans les papiers gras. Au moins, je porte mes bottes. Je frissonne dans le froid et je balaie les parois dégradées avec ma caméra, avant d'essayer de pénétrer dans la partie nuit. La porte qui la sépare du reste résiste comme si quelque chose la coinçait. Je pousse plus fort – il s'avère que c'est un matelas peu épais – et je finis par réussir à entrer. L'odeur est encore pire ici, l'air encore plus rance. J'ai envie de me sauver, mais près des vestiges du lit, tout en bas, à moitié caché par un tas de chiffons, quelque chose attire mon attention. Une marque, griffonnée sur la paroi.

C'est un message, me dis-je, mais à mesure que je me rapproche, je me rabroue – ne sois pas stupide. Et j'ai raison d'être sceptique. C'est juste une série de points, reliés par deux lignes qui convergent à un bout pour former un V horizontal. Cette figure n'a aucun sens, il est même surprenant que j'aie noté sa présence ; soudain, la familiarité de ce dessin me saute aux yeux, ça pourrait être Andromède. Sept grandes étoiles, appelées ainsi en l'honneur de la belle princesse qui a été sacrifiée, enchaînée nue à un rocher pour être dévorée par un monstre marin. Une constellation qui n'est visible que l'hiver.

Mais pourquoi Daisy aurait-elle griffonné cela sur son mur ? Au moment où je m'apprête à me mettre debout pour trouver un meilleur angle avec ma caméra, je remarque autre chose à côté, deux mots. Ils sont tous deux à peine lisibles, mais l'un d'eux est presque certainement *Daisy*.

Je m'accroupis pour examiner l'autre et le sentiment de déjà-vu revient, encore plus fort cette fois. C'est comme si je savais ce qui était écrit. Je distingue un *S*, un *d*. On dirait *sad*, comme triste. Mon cœur bat la chamade tandis que je frotte pour enlever la crasse, et le voilà. *Sadie*.

Je me mets debout. C'est donc vrai. Nous étions proches. Meilleures amies, comme je l'ai pensé quand j'ai vu cette photo dans la maison où je loge. Je suis très certainement venue ici. Alors, pourquoi est-ce que je ne m'en souviens pas ?

Je prends ma caméra pour filmer le plan, mais là, j'entends un bruit, du mouvement à l'extérieur. Un animal, quelque chose de gros, ou alors c'est mon imagination. Le bruit recommence, plus lourdement, plus distinctement, et en même temps autre chose, un claquement qui secoue violemment toute la caravane, et je me rends compte que c'est la porte extérieure qui se ferme avec fracas.

Je lâche ma caméra et me précipite vers le salon. La porte est fermée, mais il y a du mouvement à l'extérieur, j'en suis sûre. Je secoue frénétiquement la poignée et je claque du plat de la main sur la paroi. « Laissez-moi sortir ! » J'essaye à nouveau d'actionner la poignée, puis je me retourne, je m'écroule par terre, et après quelques instants de noir, des images jaillissent.

Je ne suis pas ici, c'est comme si on avait changé de chaîne ; l'écran se brouille une seconde, puis je suis dans une pièce vide, aux murs jaunes, un matelas taché à même le sol. L'affreuse odeur de cigarettes sur lui, la sueur rance, des vêtements qui ont été un tout petit peu trop portés sans être lavés. Sa main entre mes jambes. Je ne ressens rien. Ce n'est pas possible, ça ne peut pas arriver. Pas à moi, du moins.

Laissez-moi ! dis-je, mais sa main me bâillonne. Je donne des coups de pied dans le vide et ensuite il essaye de m'embrasser. Son haleine est atroce, et même au milieu de cette horreur, je me surprends à penser qu'au moins ce salopard aurait pu sucer une pastille à la menthe ou se brosser les dents. Il enlève sa ceinture et ma bouche se remplit d'un goût métallique.

Je lui ai mordu la langue. Il crache. En plein sur mon visage. Et je veux cracher à mon tour, mais je ne sens rien et, de toute façon, je n'ai pas le choix. Je n'ai jamais eu le choix. J'ai besoin de ce qu'il a et il me le donnera seulement si je le fais, alors je le fais, je reste allongée là et je le mérite, je le mérite, je le mérite, et ça n'a pas d'importance parce que je ne suis pas là, de toute façon.

J'ouvre les yeux. L'intérieur de la caravane chatoie devant moi, comme si je le voyais à travers un rideau de feu. Mon cœur bat la chamade dans ma poitrine ; j'ai la bouche sèche. *Non,* me dis-je. *Non. Ce n'était pas ici. Ça, ça s'est passé à Londres, dans l'appartement à côté de Victoria. Plus tard.*

N'est-ce pas ?

17

Je rentre des Rocks en marchant la tête baissée. Je tremble. Je ne regarde pas en arrière. Ma caméra est accrochée autour de mon cou comme une corde de pendu.

La deuxième fois que je me suis acharnée sur la poignée, la porte s'est ouverte d'un coup, tellement facilement qu'on aurait cru que la serrure avait été graissée récemment. Je suis sortie en trébuchant, manquant de m'étaler par terre, très impatiente de quitter l'atmosphère toxique de la caravane. J'ai aspiré fébrilement de grandes goulées d'air, comme si je venais d'échapper à la noyade. Bluff House était toujours là, menaçante, silencieuse et glaciale. Quelqu'un essaye-t-il de me faire partir ? Suis-je en danger ?

J'ai hâte de m'éloigner, mais aucune envie de rentrer à Hope Cottage. Il est trop tôt. J'ai besoin de quelque chose pour m'aider à retrouver mon calme et il n'y a rien à la maison. J'attends devant le Ship pendant quelques instants en respirant profondément, mais je suis encore agitée quand j'entre. Un filet de sueur descend jusqu'en bas de mon dos, malgré le froid. Mais peut-être que le fait de revenir ici me permettra de me rappeler. Peut-être que j'ai fréquenté ce pub avec Daisy.

L'endroit est tel que dans mon souvenir, en gros. Plus reluisant, en l'occurrence ; en couleurs, et pas en noir et blanc, comme dans ma mémoire. Je regarde autour de moi en secouant mon manteau près de la porte. Un feu crépite dans la cheminée ; l'air épais est lourd mais réconfortant. Aux murs, des plaques de cuivre, des cartes et des gravures encadrées, la décoration habituelle des pubs, sauf qu'ici, les objets de récupération se sont accumulés au fil des années, au lieu d'être achetés en lots dans un entrepôt quelconque comme chez moi à Londres.

J'imagine les jeunes. Sophie et ses amis. Qui restent après l'heure de fermeture, les lumières éteintes, à la lueur des bougies, pas besoin de descendre les stores ici, au bout du monde. Trop de rhum, les gestes maladroits typiques de l'ivresse à mesure que les barrières tombent, des mains qui vont là où elles ne devraient pas aller. Des lèvres chaudes, mouillées. Le picotement acide du regret le lendemain, ravalé grâce à une tasse d'eau tiède et deux ou trois cachets de paracétamol. Je vois bien le tableau – Daisy et moi ici, dans le décor que je me représente –, mais s'agit-il d'un souvenir ou juste d'un effet de mon imagination ?

Personne ne semble remarquer ma présence tandis que je m'approche du bar. Pas même une tête qui bouge.

« Ce sera quoi ? »

L'interruption me fait sursauter. Je me tourne et je constate qu'il s'agit de Bryan.

« Laissez-moi vous offrir quelque chose. »

Son articulation est un peu pâteuse et le verre qu'il tient dans sa main est presque vide. Il est ici depuis un moment, je le vois bien, mais un peu de compagnie serait agréable. Je me décide pour un gin tonic.

« Un double », lance-t-il à la femme qui sert, en commandant une autre pinte pour lui.

Elle est grande, bien bâtie, ses cheveux blonds sont coupés très court, pas plus de trois centimètres. Je remarque qu'il lui manque l'annulaire droit. Il a été sectionné à partir de la deuxième phalange, proprement, il ne lui reste qu'un moignon.

« Eh, Bryan ! » lance-t-elle tout en remplissant nos verres, qu'elle nous donne.

Sa voix est rauque comme celle d'un gros fumeur. Je me surprends à me demander comment elle a perdu son doigt. Dans un accident ? Sans que je sache pourquoi, une bagarre me semble une hypothèse tout aussi plausible.

« Tu es au courant pour David ?

– Non. Quoi ?

– Apparemment, il a eu une visite. L'autre soir. »

Merde. Elle parle de moi. Mon estomac se contracte et le regard de Bryan s'attarde sur moi. Presque comme s'il savait.

« Vraiment ? Qui donc ?

– Aucune idée. C'est Matt qui a raconté ça. Il a dit qu'il était sur la plage avec un groupe d'amis et ils ont vu quelqu'un là-haut. »

Non, ai-je envie de protester. *Il n'y avait personne sur la plage.* Personne ne m'a vue, j'en suis sûre.

Le suis-je vraiment ?

« On aurait dit une fille. »

Bryan hausse les épaules. « Pas de quoi s'inquiéter.

– Ouais, fait-elle. J'imagine que t'as raison. Apparemment, la personne a tout filmé, le paysage et tout. » Elle se tourne vers moi, puis elle me fait un clin d'œil. « Comme s'il y avait quelque chose de sympa à filmer. » Elle veut parler des prises que j'ai faites, la mer noire, les bateaux au loin. « Enfin... j'en sais pas plus. »

Nous emportons nos verres jusqu'à la table la plus proche du feu. Je m'assois aussi près que possible, jusqu'à ce que la chaleur me frotte les jambes. Je regarde du côté de la propriétaire, qui sert le client suivant. Son clin d'œil était amical. Elle s'intéresse aux vidéos, donc. Peut-être que tout le monde s'y intéresse. Je passe la salle en revue. Quelques personnes tournent la tête. À l'évidence, ils savent qui je suis.

« Cela fait combien de temps qu'elle travaille dans ce pub ? dis-je, une fois que nous sommes installés.

– Beverly ? » Il jette un coup d'œil du côté du bar. « Environ neuf ans. Peut-être dix.

– Ah... » Je calcule dans ma tête ; je ne peux pas m'en empêcher, c'est automatique. Elle a dû reprendre l'établissement peu après mon départ. « Elle est d'ici ?

– Née ici, jamais partie. Comme moi. »

J'ai froid, malgré le feu. Mais rien ne dit qu'ils m'aient reconnue. Je regarde Bryan et j'essaye d'imaginer à quoi il ressemblait il y a dix ans. Je n'y arrive pas.

« Ça va ? » fait-il.

Je baisse la tête et je lui réponds que je vais bien.

« Oh merde ! J'ai failli oublier. Votre voiture. Elle est prête. » Il plonge une main maladroite dans une poche et me tend les clés. « Je l'ai garée en haut. »

Je souris, soulagée. Je peux m'enfuir maintenant. Je n'ai plus à dépendre de chauffeurs de taxi qui s'en vont comme ça, sans prévenir, et me laissent en carafe.

« Super ! Merci. Combien je... ? »

Il repousse ma question d'un geste. « Et si on en parlait la prochaine fois, hein ? »

Il pense qu'il y aura une prochaine fois, apparemment. Ça ne serait pas si mal, il paraît gentil. Je suis sur le point de lui exprimer toute ma reconnaissance, quand il me dévisage brusquement.

« Je voulais vous demander... »

Soudain, j'ai l'impression d'être transpercée jusqu'au cœur.

« Ces vidéos... Celle avec Button et Kat...

– Button ?

– Désolé, Ellie. C'est un surnom. » Il hésite. « Elles mangent des chips. »

Je sirote mon gin.

« Oui, et... ?

– Eh bien... Vous savez sûrement ce que je veux dire ? »

Je souris. « Le joint ? Ce n'est pas si rare, je suppose... »

Il rit. « Non ! Pas ça ! Ce qui nous embête plus, c'est que quelqu'un se balade en filmant des jeunes filles.

– *Nous ?*

– Quelques gars et moi. Vous voyez ? Vous avez une idée de qui c'est ? »

Je secoue la tête. « La règle veut que les films soient envoyés anonymement. » J'hésite. Je me demande si c'est la raison pour laquelle il était si impatient de m'offrir un verre. « Vous pensez qu'il se passe quelque chose ?

– Qu'est-ce qui vous fait dire ça ? »

Je baisse la voix. « J'ai vu Kat qui sortait du salon de tatouage. Elle avait l'air... je ne sais pas. Effrayée. Et elle avait deux portables.

– Et... ?

– On aurait dit un intraçable.

– Un quoi ?

– Un téléphone intraçable. Vous voyez, ces appareils pas chers, à carte prépayée. Faciles à remplacer.

– Pourquoi elle aurait un truc pareil ? »

Je hausse les épaules. « Généralement, c'est qu'on est mêlé à des histoires de drogue.

– Ça ne ressemble pas à Kat, dit-il.

– Ou par exemple... s'il y a un petit ami qui a besoin de la joindre même si les parents confisquent le portable de leur fille. »

Il rit. « Ça ne ressemble pas à Kat non plus. Comment ça se fait que vous sachiez tous ces trucs ? »

Je pense aux filles de *Black Winter*. À leur téléphone prépayé, et au mien.

« J'ai un peu roulé ma bosse. Parlez-moi de David. »

Il pose son verre. « Écoutez, j'adorerais vous aider, mais... en fait, on ne veut pas que tout ça soit à nouveau déterré. Pas après la dernière fois.

– Que voulez-vous dire ? Tout ça, quoi ?

– Toute cette affaire de Daisy, et le reste.

– Quel rapport avec David ? »

Il baisse la tête.

« Aucun.

– Allez... À peine ai-je cité David que vous vous êtes mis à parler de Daisy. Pourquoi ?

– David... eh bien, il... il a fait un genre de dépression. Juste après que Daisy s'est suicidée. Il était bien, avant – je veux dire, bizarre, mais plutôt aimable. Ensuite, il a comme qui dirait disparu. Quand on le voyait en ville, il se comportait bizarrement. Il venait ici et ne disait pas un mot. Il restait assis dans son coin à regarder les gens. À marmonner dans sa barbe. C'était flippant. Il s'est même retrouvé dans une bagarre. Il s'est disputé avec un type, maintenant, je me souviens plus qui. Mais c'était à propos de rien. Il n'a pas fait le poids, bien sûr, s'est pris un coup et il est parti. Ensuite, quand Zoe a disparu, ça s'est aggravé. Il a défoncé sa voiture. Il est rentré dans un arbre. D'après la rumeur, il l'avait fait exprès.

– Il a essayé de se tuer ?

– C'est ce que les gens ont dit. »

Pourtant, il m'a affirmé qu'il ne connaissait pas Zoe. Je me retiens de le rapporter à haute voix. À nouveau, je me demande si le moment n'est pas venu d'approcher les parents, malgré l'avertissement de Gavin. C'est plus facile, maintenant que j'ai ma voiture. Je n'ai pas besoin d'en informer qui que ce soit.

« Pensez-vous qu'il a eu quelque chose à voir avec tout ça ?

– David ? » Il reprend son verre et avale une gorgée. « Il a toujours été bizarre, certes. Mais je l'aime bien.

– Vous le connaissez bien ?

– Assez bien pour avoir une clé de sa maison. Je la surveille quand il s'en va, des trucs comme ça. C'est juste que… eh bien, il y a des gens qui ont été vraiment méchants avec lui. Après Daisy d'abord, puis Zoe, je suppose qu'ils ont fait le rapprochement. Pas de fumée sans feu, tout ça. Ils ont barbouillé des insultes sur sa voiture, cassé ses vitres. » Il s'adosse confortablement. « Bref…

– Pourquoi vous me racontez ça, si vous pensez que je devrais renoncer à en parler dans mon film ?

– Sais pas. » Il pose son verre maladroitement. « Vous m'avez l'air d'être quelqu'un de sympa. Et apparemment, le sujet vous préoccupe. Les filles vous préoccupent. » Il laisse échapper un profond soupir. « J'espère peut-être secrètement que quelqu'un découvrira ce qui s'est passé. C'est juste que… ne donnez pas une image négative de nous. » Il fait un geste pour englober le pub à moitié vide. « La vie est assez dure comme ça pour tout le monde.

– Je ferai de mon mieux.

– Et j'aimerais bien vous aider, si je peux.

– M'aider ?

– Vous savez que j'ai un bateau ? »

J'acquiesce, sans trop comprendre pourquoi il me confie cette information.

« Il y a une vidéo où vous êtes en bateau, je crois.

– Ouais. Je pêche, des fois. Je pourrais vous emmener faire un tour, si ça vous branche. » D'un mouvement du menton, il désigne la caméra posée sur la table entre nous. « Pour tourner des images, je veux dire. De jolies vues du village, depuis la mer. Si ça vous aide.

– Oh, dis-je. D'accord. »

Jamais de la vie. Je ne peux pas. Je déteste l'eau, je ne supporte pas les bateaux, je n'ai jamais appris à nager. Même maintenant, si j'imagine la scène, tout ce que je vois, ce sont les ténèbres, au-dessus, en dessous, le froid glacial qui me pénètre, qui me coupe le souffle, qui m'écrase jusqu'à ce que je ne sois plus rien, diluée dans le vide.

Mais je ne peux pas lui dire ça. J'aurais l'air ridicule.

« Peut-être. Ça pourrait être bien. »

Il sourit, puis sort son portefeuille et un stylo.

« Voici mon numéro. »

Il le gribouille au dos d'un ticket de caisse, et même s'il n'y a aucune chance au monde que je monte dans son bateau, je le prends.

« Au fait, dit-il en baissant la voix. À propos de Gavin...

– Gavin ?

– Soyez prudente. »

En voilà une surprise. Je croyais qu'ils étaient amis. C'est Gavin qui a proposé que Bryan s'occupe de ma voiture.

« Pourquoi dites-vous cela ?

– Rien. Il posait beaucoup de questions. Il mettait son nez partout, surtout quand il est arrivé. Un peu comme vous.

– Vraiment ? Moi, j'ai juste l'impression qu'il essaye de se faire accepter par la communauté.

– Vous croyez ? Ses efforts sont un peu exagérés, d'après moi. Presque comme s'il avait quelque chose à prouver. Et ce n'est pas tout.

– Quoi ? »

Il se penche en avant, bien que le bar soit bruyant et que personne ne fait attention à nous.

« C'est probablement pas important. Mais le soir où vous êtes arrivée, il m'a demandé de vous dire qu'il était venu me rendre visite et rentrait quand il est tombé sur vous. »

Malgré le feu, je suis soudain saisie par le froid.

« Et… ? »

Il secoue la tête. « Ce n'était pas vrai. Je ne l'avais pas vu ce jour-là. Pas du tout. »

18

Les parents de Zoe vivent à la sortie de Malby, dans la maison d'où elle a disparu. Contente de retrouver enfin ma voiture, je pars après le petit déjeuner, sans dire à personne où je vais, un peu tendue à la perspective de cette visite. Le soleil matinal brille faiblement à travers une mince couche de nuages, et soudain, un souvenir m'assaille ; c'était un matin, probablement peu de temps avant la mort de Daisy. Nous étions assises sur un banc, en haut des falaises, pas loin de Bluff House. Le jour n'était pas encore levé, nous avions veillé toute la nuit, à traîner, parler, fumer et regarder la mer. Puis le soleil est apparu, une lueur d'abord, puis une ligne de lumière dorée au-dessus de l'horizon. Une journée allait commencer et, à ce moment-là, elle semblait avoir autant d'importance qu'une nouvelle année, un nouveau millénaire. Elle aurait pu signifier un nouveau départ, mais nous ne l'avions pas concrétisé. Il suffisait de voir comment nous avions fini.

Je repousse cette pensée et avance vers Malby. Au moment où j'arrive à l'agglomération, la route décrit un arc pour traverser la rivière. Derrière moi, au loin, se devine l'abbaye en ruine, noire dans la lumière du matin. Une ou deux minutes plus tard, le GPS me dit que j'ai atteint ma destination.

La maison est petite, elle doit dater des années 1930, avec une façade en crépi et un minuscule jardin envahi d'herbes qui monte en pente douce vers la porte. Il y a une lumière dans le couloir et, sous mes yeux, une autre s'allume dans le salon. Une femme ouvre les rideaux et jette un coup d'œil plein de curiosité à l'endroit où je me suis garée. La mère de Zoe, je suppose. Je sors de la voiture, je vais jusqu'à la porte et je sonne.

La maison est silencieuse, mais au bout d'un moment, on m'ouvre. Un homme en jean et sweat à capuche gris. Atteint d'une calvitie naissante, il a les cheveux très courts et le crâne grêlé. Je tends la main.

« Bonjour. »

Il ne fait pas un geste pour me rendre mon salut.

« Nous n'avons besoin de rien, merci.

– Je n'ai rien à vendre... »

Il s'apprête à fermer la porte. Peut-être pense-t-il que je suis membre d'un groupe religieux, un témoin de Jéhovah, ou bien une candidate à un poste politique venue les démarcher.

Du fond de la maison, j'entends sa femme. « Qui est-ce, chéri ?

– Mrs Pearson ? » dis-je avant qu'il puisse me fermer la porte au nez.

Sa femme apparaît. « Comment connaissez-vous mon nom ? » Elle est plus jeune que son mari, elle porte un sweat-shirt ample et un jean serré. Elle ressemble à sa fille. « Qu'est-ce que vous voulez ?

– Je m'appelle Alex, dis-je précipitamment. Je suis en ce moment à Blackwood Bay.

– Ah oui ? Et quel rapport avec nous ?

– Je me demandais si je pouvais vous parler un peu de Zoe. »

Une expression de douleur déforme son visage, mais elle la contient avant d'être submergée.

« Ah ouais ? dit-elle en me regardant avec une franche hostilité. Eh bien, allez donc vous faire voir. »

J'insiste.

« Je ne suis pas journaliste. Je ne veux pas causer de dérangement. Si vous pouviez juste m'accorder dix minutes... » Elle s'apprête à réagir, mais je l'interromps. « Je vous en prie. Je suis inquiète, je crains qu'il se passe quelque chose avec les filles...

– Quoi ?

– Donnez-moi dix minutes et je vous expliquerai. »

Elle hésite. « Vous en aurez cinq. »

Je la remercie. « Est-ce que je peux entrer ?

– Non. On sera très bien ici. »

Le père de Zoe inspire profondément. « Chérie, il fait un froid terrible. Laisse-la donc entrer. »

À nouveau, elle me dévisage avec animosité, mais elle finit par céder. Je les suis dans le salon.

« Asseyez-vous. »

Elle désigne un fauteuil. La pièce est confortable ; il y a un téléviseur passé de mode, un buffet, des figurines en porcelaine. Les deux s'assoient sur le canapé. J'ai l'impression d'être interrogée. Ou jugée.

« Allez-y, parlez. »

J'ouvre la bouche, prête à commencer, mais je suis interrompue.

« Je m'appelle Sean, dit le père. Voici Jody. »

Je les salue d'un signe de tête, mais la mère de Zoe n'esquisse pas un geste montrant qu'elle a entendu ce que son mari disait.

« Vous devez en avoir assez que les gens vous posent des questions.

– Ça, c'est sûr », fait Jody.

Je regarde du côté de Sean. Il se mord la lèvre. Je me rends compte que ce que j'ai pris pour de la défiance pourrait bien tout simplement être de la peur. Mais de qui ? Pas de moi, quand même ?

Il se tourne vers sa femme. « Laisse-la parler, chérie. »

Ce n'est pas d'elle qu'il a peur. Elle me lance un regard furieux.

« Je suis venue dans la région pour faire un film, dis-je en guise d'introduction. Mais le sujet n'est pas Zoe, je vous le promets.

– Alors, quel est le sujet ? »

Je leur explique brièvement, consciente des cinq minutes qui m'ont été accordées.

« Et quel est le rapport avec nous ? demande Jody quand j'ai terminé.

– Eh bien… Je ne cesse d'entendre parler du suicide de Daisy et du départ de Zoe…

– Ha ! » Jody réagit par un rire mordant, sans joie, puis répète d'une voix pleine de sarcasme. « "Suicide"… »

Sean la réprimande doucement. « Chérie… »

Elle se réfugie dans le silence.

« Quoi ? Vous ne croyez pas que Daisy se soit suicidée ? »

Elle écarte ses cheveux de son visage. « Qui sait ? Plein de gens avaient des doutes. Jusqu'à ce que Zoe *parte.* »

À nouveau, le sarcasme.

« À votre avis, ce n'est pas ce qui est arrivé ? »

Jody me fixe longuement sans rien dire. Elle ressemble à une photographie posée ; j'arrive presque à la voir en noir et blanc, à moitié dans l'ombre, l'autre moitié dans la lumière vive de la fenêtre, un clair-obscur contrasté. Elle semble infiniment triste, et pourtant farouchement hostile, aussi.

« Dites-moi ce que vous en pensez. »

Sean lui prend la main et s'adresse à elle d'une voix douce. « Nous en avons parlé. Tu te souviens ? » Il se tourne vers moi. « Bien sûr qu'elle est partie. Quelle autre explication pourrait-il y avoir ? »

Jody reprend brutalement sa main. « Ou elle a été emmenée.

– Quoi ? »

Sean s'interpose avant qu'elle puisse répondre. « Ça suffit ! fait-il, mais elle ne se laisse pas intimider.

– Non. Pourquoi se serait-elle enfuie ? Loin de nous ? Loin de moi ? »

Sean me regarde. « Je suis désolé, mais je l'ignore.

– Il y avait cette autre fille, aussi, dis-je. Comment s'appelait-elle ?

– Sadie.

– Elle s'est enfuie.

– C'est ce qu'ils disent, rétorque Jody. Ils affirment qu'elle a réapparu, aussi. Mais je ne suis pas la seule qui ait des doutes.

– Ah bon ? À qui d'autre en avez-vous parlé ? »

Un autre regard d'avertissement de Sean, mais à nouveau elle l'ignore.

« Liz, déjà. Celle du café. »

Je me souviens d'elle. Elle paraissait peu aimable, soupçonneuse à mon égard. Je me demande comment je pourrais arriver à la faire parler.

Quelque chose dont je m'occuperai plus tard, peut-être. Je reprends.

« OK. Eh bien, comme je l'ai dit, je suis inquiète, aussi. » J'hésite. « Et quelle que soit la raison qui ait conduit Sadie à s'enfuir et Daisy à... à faire ce qu'elle a fait... et ensuite Zoe... eh bien, je crains que ce ne soit pas terminé. »

Ni l'un ni l'autre n'a l'air surpris.

« Jody, à votre avis, que s'est-il passé ? »

Sean, mal à l'aise, s'agite sur le canapé, mais elle ne le regarde pas. Elle laisse échapper un profond soupir.

« Je ne sais pas... Mais pour commencer, à l'époque, il y a eu des gens qui ont dit que Daisy n'aurait jamais sauté comme ça. Qui pensaient qu'il se tramait autre chose. Et pour notre Zoe... Elle avait changé. Ce n'était plus notre fille. »

Sean intervient. « C'étaient juste des trucs typiques d'ado. Elle a commencé à sortir le soir, l'alcool, les clopes, vous voyez le genre ? »

Jody se tourne vers lui, pleine de fiel. « Dis la vérité, bordel.

– Quelle vérité ?

– C'était pire que ça. Zoe était une fille tellement bien, jusqu'à ce qu'elle le rencontre.

– Qui ?

– Son petit ami. Elle refusait de nous en parler. Mais elle séchait les cours. Elle restait dehors des nuits entières. Elle traînait à Blackwood Bay. Rentrait bourrée. Et elle puait.

– Elle puait ?

– La cigarette. L'herbe. Elle s'est même fait faire un tatouage.

– La drogue, comment elle se la procurait ?

– Par lui, bien sûr. Il était plus âgé qu'elle. »

Je pense à David.

« Beaucoup plus âgé ?

– Aucune idée. Nous ne l'avons jamais vu. Elle sortait en douce pour aller le retrouver. Nous savons juste qu'il n'était pas dans son lycée. Une voisine a dit qu'elle l'avait vue avec un garçon plus âgé, mais...

– Un garçon ? Pas un homme ?

– Ce sont ses termes. Sauf que je ne suis pas sûre de la croire.

– Pourquoi ?

– Parce que je ne sais plus quoi croire. »

Elle chuchote presque, maintenant. J'ai envie de la toucher, mais je me retiens. Sean lui prend la main et elle le laisse faire, sans toutefois manifester le moindre désir de lui rendre la pareille. Tout le défi que j'ai perçu tout à l'heure a disparu, il ne reste plus qu'une coquille vide, une enveloppe qui ne contient rien d'autre que de la douleur.

J'ai fait la même chose à ma mère, me dis-je. Exactement cela. Mais ensuite, je me souviens de son petit ami. Je revois à quel point il était soulagé que je ne sois plus là, et je suis sûre que, pendant un temps, sans l'avouer, ma mère était contente que je sois partie, elle aussi.

Malgré tout, la culpabilité me noue l'estomac, jusqu'à la nausée. Jody baisse les yeux. « Elle avait quatorze ans. Quatorze ans. »

J'hésite. « Est-ce qu'elle avait des relations sexuelles ? »

Jody rit, mais à nouveau Sean essaye de la faire taire.

« Ça suffit..., fait-il.

– Je dirais que oui. Elle était enceinte. »

Le silence s'abat sur la pièce.

« Enceinte... ? »

Ma voix sonne faux. Au début, je ne suis même pas sûre de l'avoir dit à haute voix, puis Jody se remet à parler.

« Elle ne voulait pas nous le dire. Mais c'était évident.

– Vous a-t-elle dit qui était le père ?

– C'était évident, ça aussi.

– Lui...

– Qui d'autre ? »

J'hésite. « À votre avis, était-elle... une fille facile ?

– Une fille facile ? Vous parlez comme la police. » Elle se penche en avant. « Elle avait quatorze ans. C'était un viol, on peut décrire ça comme on veut, c'était un viol. »

Je me cramponne aux accoudoirs de mon fauteuil.

« Je suis désolée.

– On lui a dit qu'on s'occuperait d'elle. Elle n'avait aucune raison de s'enfuir, dit Sean.

– Zoe était toute jeune, enchaîne Jody. Une enfant. C'était sa faute à lui. Ce petit ami. Et maintenant, on ne saura jamais qui il était.

– Est-ce qu'elle a jamais parlé d'un type qui s'appelait David ? »

Elle réfléchit un moment. « Non, je ne crois pas. Pourquoi ?

– Je ne sais pas. Mais... c'est un homme assez âgé. Il habite à Blackwood Bay. Il y a des rumeurs...

– Des rumeurs ?

– Vous n'avez pas entendu parler de lui ?

– Si, mais..., fait Jody.

– Nous n'allons plus là-bas, dit Sean. Depuis...

– Non. On est coincés ici. »

Son mari baisse la voix. « On n'est pas coincés. On pourrait déménager. »

Elle rit sans rien dire, et je sais ce qu'elle pense. *Et si elle revenait ? Et si elle rentrait à la maison et que nous étions partis ?*

« Est-ce que je peux jeter un coup d'œil dans sa chambre ? Peut-être qu'il y a quelque chose qui pourrait me donner une indication sur la personne qui l'a mise enceinte ou sur la raison qui l'a poussée à partir.

– Je suis désolé... », commence le père.

Mais Jody se lève. « Venez. » Elle se tourne vers son mari. « Je l'aime bien, elle. Je ne vois pas ce qu'on risque. »

Elle. Je devrais être flattée, j'imagine. Nous montons l'escalier ensemble, Jody devant. La tristesse la suit comme un nuage ; je peux presque en sentir les effluves, tel un long sillage de chagrin.

« Nous n'avons touché à rien. » Elle ouvre la porte sur le palier. Une odeur de renfermé, comme un parfum rance. La chambre est petite, les murs sont peints en violet. Au-dessus du bureau, un panneau d'affichage. Un lit simple avec une table de chevet, une commode à côté, une armoire dans un coin, tous dépareillés. Les vêtements débordent des tiroirs, sont jetés sur le lit, une explosion de rose, de blanc, de violet et de noir. Une guitare acoustique est posée contre le pied du lit. C'est comme si Zoe était partie ce matin, comme si elle était à l'école en ce moment même, qu'elle allait rentrer à tout moment, demander un goûter qu'elle irait manger seule dans sa chambre.

« Je n'ai pas rangé, fait Jody, donnant l'impression de s'excuser. Enfin, pas vraiment. Il y avait des bouteilles, des paquets de clopes... Ces choses-là, je les ai jetées.

– Ce n'est pas grave. Ça vous ennuie si je filme ? »

Elle m'assure que non et j'entre. Je regarde d'abord la table de chevet à côté de laquelle il y a un chargeur branché ; une lampe dont le pied est cassé, un verre, une boîte de mouchoirs en papier, du démaquillant. Le tiroir est ouvert, mais il est vide. Je sors ma caméra et je filme tout.

« Il n'y avait rien, là ? »

Jody secoue la tête, mais il est évident qu'elle ment. Qu'est-ce qu'elle a trouvé ? Des lettres d'amour ? Des capotes ? Je me demande quoi d'autre, ce qui lui fait tellement honte qu'elle ne peut pas me le dire. Des emballages de coke ? Du lubrifiant ?

J'ai très envie de lui dire que plus rien ne peut me choquer. J'ai déjà vu tout ça, des choses qu'elle ne peut même pas imaginer. Je m'approche du bureau. Il est envahi de bricoles. Des ciseaux et du ruban adhésif, de vieux écouteurs, des crayons, des livres et des bouts de papier.

« Elle avait un ordinateur ?

– Elle se servait de ceux du lycée. Et de son téléphone portable, je crois. »

J'examine le panneau de liège. Son emploi du temps et des cartes postales, en majorité. Des pages découpées dans des magazines et quelques photos de Zoe avec ses amies. Des selfies aux poses soignées, parfois une image spontanée, elle qui rit avec une copine. Elle paraît heureuse, insouciante, tout comme l'était Daisy à cet âge, j'imagine, tout comme moi. Si seulement elle avait été consciente de ce qui l'attendait. Si seulement elle avait su comment l'éviter.

« Il n'y a rien là, dit Jody d'une voix triste. J'ai tout fouillé. La police aussi. »

Je m'approche plus près et j'examine les photos. Sur l'une, elle est au soleil, en débardeur, et elle fait beaucoup plus mûre que son âge. Le bord de son tatouage est tout juste visible sur son épaule, sous la bretelle de son soutien-gorge. On dirait un cercle, un minuscule O. Je le filme, puis je soulève deux ou trois autres photos pour voir ce qu'il y a en dessous. Je découvre un dessin familier. Une série de points, reliés par des lignes, esquissés par un feutre sur un morceau de bristol. Je le détache du panneau.

« Qu'est-ce que c'est ? demande Jody.

– C'est Orion. Une constellation. Aussi appelée le Chasseur. Elle s'intéressait à l'astronomie ?

– Pas à ma connaissance. »

Je remets le carton et je fouille le reste.

« Et celle-ci ? »

Je montre la photographie à Jody. C'est Zoe ; elle porte son uniforme scolaire et tourne le dos à la caméra. Elle est penchée en avant, elle regarde dans un gros télescope court. Jody me dit qu'elle ne l'a jamais vue.

Soudain, je n'ai plus envie de partager avec elle ce que je sais. Que sa fille n'est pas la seule qui a un cercle parfait tatoué sur sa peau. Que Daisy avait gribouillé sa propre constellation sur le mur derrière son lit. Qu'elle, Zoe et moi sommes liées, que nous avons cette chose en commun : l'astronomie, la contemplation des étoiles.

« Vous êtes sûre ?

– Je vais demander à Sean. »

Elle me prend la photo des mains et se poste en haut de l'escalier pour l'appeler. Une minute plus tard, Sean nous rejoint et elle la lui montre.

« Aucune idée. Je ne l'ai jamais vue. Peut-être que c'était un jour où elle était partie en balade.

– Avec son petit ami, vous voulez dire ? » J'essaye d'avaler ma salive, mais ma gorge est sèche.

Jody me lance un regard. « Non. Il parle de son oncle. Mon frère. Elle le voyait parfois, après l'école. Ils étaient proches.

– Où est-il maintenant ? Vous ne pensez pas qu'il est peut-être mêlé à sa disparition, à sa fuite ? »

Elle secoue la tête. « Avant, je me disais que c'était peut-être vrai. Plus maintenant. La police lui a parlé, de toute manière. » Elle examine la photo qu'elle tient dans sa main. « Il ne s'est jamais intéressé aux télescopes, cela dit. Je ne sais pas qui l'a entraînée là-dedans, mais à mon avis, ce n'est pas lui. »

AVANT

19

Centre de santé sexuelle Chapman, Malby

NOTES
DATE : mardi 11 avril 2017 (18 h 15)

Zoe est revenue aujourd'hui (elle refuse toujours de me donner son nom de famille). Arrivée à environ 16 h 20, à nouveau avec la fille plus âgée. (Hannah ? Laura ? Elle est déjà venue avec d'autres, et je l'ai entendue être appelée par les deux prénoms. À nouveau, elle refuse de me dire son nom. Assez agressive. Je suis certaine que c'est la même, car elle a un tatouage circulaire particulier sur le bras.) Zoe a demandé des préservatifs et, après s'être laissé convaincre par l'autre, elle a aussi posé des questions sur les tests de MST. Je l'ai interrogée sur son partenaire et elle a refusé de répondre ; l'autre fille a dit qu'elle avait un petit ami et a demandé pourquoi je voulais savoir. Zoe était très silencieuse, renfermée. Je me suis demandé si elle avait pris quelque chose et je lui ai posé la question. Elle n'a pas voulu répondre, me disant que c'était « pas mes affaires » et qu'elle voulait juste « résoudre le problème et partir » parce qu'il fallait qu'elle aille « quelque part ». Quand je lui ai demandé où, elle a refusé de répondre. J'étais inquiète et je l'ai interrogée : y avait-il quelque chose qu'elle voulait me dire ? Elle a dit non, mais à nouveau j'ai eu l'impression claire qu'elle avait peur de l'autre fille, et même que cette Hannah/Laura était là pour s'assurer de son silence, d'une façon ou d'une autre. Je lui ai posé franchement la question : est-ce que tous ses rapports

sexuels étaient consentis? Et elle a hoché la tête en silence. Je lui ai donné les préservatifs qu'elle avait demandés et j'ai proposé que Zoe vienne avec moi dans un des cabinets de consultation pour parler de ses inquiétudes sur les MST. Elle a accepté, mais quand j'ai ajouté que Hannah/Laura devrait rester dans la salle d'attente, celle-ci est à nouveau devenue agressive et a affirmé qu'elle refusait de quitter son amie. J'ai préféré ne pas pousser car je ne veux pas effaroucher les filles, mais je suis inquiète; il se passe quelque chose avec Zoe, quelque chose dont elle a peur de parler.
Je suis repartie dans le cabinet chercher des prospectus; mais lorsque je suis revenue dans la salle d'attente, elles étaient parties.

Projet : quand Zoe reviendra (si elle revient?), essayer de lui faire dire son nom de famille, et si possible, lui parler seule à seule de drogues et/ou d'agressions sexuelles. Il faut s'adresser à elle avec la plus grande prudence. Envisager un rapport aux services sociaux et/ou à la police si c'est approprié.

Shreya Divekar, infirmière spécialisée en santé sexuelle

AUJOURD'HUI

20

Je me réveille couverte de transpiration et parcourue de frissons. J'ai la bouche sèche, je n'arrive pas à respirer, et pendant quelques instants, c'est comme si je me noyais, les poumons pleins. Puis je me souviens. Je suis ici à Hope Cottage. Je suis Alex, je fais un documentaire. Tout va bien se passer.

Je repousse la couette. J'ai beau être trempée de sueur, j'ai froid. Mon haleine produit des volutes dans le clair de lune. Je tends le bras et touche le radiateur. Il n'est même pas tiède.

J'ai envie de retourner sous les couvertures, de les tirer par-dessus ma tête et de me cramponner à ce qui reste de leur chaleur. Mais je suis réveillée maintenant et je ne me rendormirai pas. J'en suis sûre, désormais. Daisy, Zoe, Kat. Les filles sont liées, et moi aussi, sauf que je ne sais pas de quelle manière. Et chaque fois que je ferme les yeux, je vois Daisy dans la pénombre, debout au bord de la falaise. Y a-t-il une présence derrière elle ? A-t-elle été poussée par quelqu'un, pas seulement par les circonstances ? Il faut que je réfléchisse ; il faut que je me souvienne.

Et David, est-ce qu'il a quelque chose à voir avec ça ? Geraldine était certaine que non. Lors d'un moment de lucidité au milieu de la confusion, ses souvenirs semblaient réels. Mais qu'est-ce que cela signifie, en réalité ? Je suis bien placée pour savoir que la mémoire peut ne pas être fiable. Mon portable vibre, un appel de Dan. Je regarde l'appareil sautiller sur la table, mais je ne parviens pas à me décider à répondre. Quelle que soit sa demande, elle peut attendre. Même s'il m'a poussée vers Blackwood Bay et son histoire, je me sens maintenant proche des filles, celles qui ont disparu dans le passé et celles qui se trouvent ici aujourd'hui ; et je veux faire ce documentaire à ma façon.

J'enfile un gros pull, mon jean et la même paire de chaussettes épaisses que je portais hier, puis je descends. Il flotte des arômes de café, de pain grillé, et l'odeur du désodorisant bon marché branché dans la prise du salon qui pue la pomme. Pas désagréable, mais ça me rappelle St Leonard. Dans la cuisine, je remplis la bouilloire et prends une assiette sur l'égouttoir. Elle porte une marque ; ça ressemble à de la cendre, comme si une cigarette avait été écrasée sur le bord. Je repense à ce que Bryan m'a dit sur Gavin ; au mouton mort aussi, idéalement placé à l'endroit où il me ferait sortir de la route et m'obligerait à faire appel à une aide extérieure. Il faut que j'en découvre davantage sur mon nouvel ami. Mais ça peut attendre.

Je n'arrête pas de penser à Ellie et à Kat. Le tatouage de Kat, identique à celui de Zoe ; le fait qu'elles aient été filmées à leur insu en train de fumer un joint. Dans mon esprit, les deux filles ont fusionné avec Daisy et moi, bien que je ne sois pas sûre de savoir qui est qui. Parfois, Daisy est Kat et je suis Ellie ; d'autres fois, c'est l'inverse. Mais je vois toujours le même destin. Elles prennent la même voie que nous : l'une morte, l'autre disparue. Et même si je sais que ça ne sera d'aucune utilité, je ne peux m'empêcher de croire que si je parvenais à découvrir ce qui leur arrive, je saurais aussi ce qui nous est arrivé, à nous.

La neige a disparu. L'air s'est réchauffé pendant la nuit, mais le ciel est couvert, on dirait qu'on est plutôt en fin d'après-midi qu'en milieu de journée. Lorsque j'arrive au bout de Hope Lane, je vois une silhouette de grande taille, dégingandée, qui rôde dans l'obscurité, de l'autre côté de la rue. C'est Gavin, me dis-je, sans certitude. Que veut-il de moi ? Devrais-je être plus méfiante vis-à-vis de lui ? Il a menti, et s'il a inventé cette mise en scène pour me piéger... Je traverse, mais il a disparu, probablement dans une des ruelles. Je monte jusqu'au café de Liz.

L'éclairage impitoyable des néons est aveuglant et je me sens particulièrement vulnérable. Mais mon intuition était bonne : les filles sont là, assises en groupe à l'une des tables en Formica dans un coin, sous l'arbre de Noël clignotant. Je choisis une table voisine et je sors mon portable, de façon à pouvoir faire semblant d'être absorbée dans une lecture quelconque ; quand je me rends compte que Kat et Ellie ne sont pas parmi elles, ma déception est grande. Je décide d'attendre malgré tout. Je commande du thé à Liz, qui est plus amicale aujourd'hui – enfin, un peu plus. Avant qu'elle ne me l'apporte, la porte s'ouvre et, cette fois, la chance me sourit. Kat et Ellie entrent, accompagnées d'un garçon plus âgé. Elles se dirigent vers la table à côté des autres filles, Kat lançant un salut tout en marchant alors qu'Ellie et le garçon restent silencieux.

Kat est grande, elle a un air rebelle. Elle porte l'uniforme vert bouteille de l'école et une doudoune. Ellie est habillée de manière presque identique et a un sac à dos rose qui jure avec ses cheveux roux. Le garçon est plus âgé, au moins dix-huit ans, je dirais. Assez vieux pour se raser, pas assez pour être débarrassé de l'acné qui doit lui compliquer la vie. Mais il est assez joli garçon, dans le genre prétentieux, sûr de son pouvoir de séduction. Au bout d'une minute, ils se lèvent ensemble, puis commandent au comptoir avant de retourner à leur table, chacun avec une cannette. Kat et Ellie posent leur veste et leur blouson sur la chaise libre. Le pull d'Ellie a une minuscule déchirure au coude ; Kat porte une chemise à manches courtes, malgré le froid. Elle joue machinalement avec un morceau de sucre qu'elle a pris dans le bol devant elle. On dirait moi.

Ils s'installent et s'absorbent dans une conversation à mi-voix. Je ne saisis qu'un mot de temps en temps. C'est surtout Kat qui parle. D'une autre fille, apparemment. Des ragots d'adolescente. Elle parle vite, sa jambe tressaute sous la table comme si elle avait en elle un trop-plein d'énergie impossible à contenir ; le garçon assis en face paraît s'ennuyer. À un moment, il marmonne quelque chose à Ellie, puis il rit. Elle ne l'imite pas, elle se renferme encore plus.

Je bois mon thé ; il est froid, mais de toute façon, il est assez mauvais. Quand je lève les yeux, je vois que le garçon a sorti une demi-bouteille de vodka de la poche de sa parka. Il jette un coup d'œil alentour et nos regards se croisent. Je fixe le flacon et j'esquisse un sourire, juste assez pour lui faire savoir que j'ai vu, mais que je ne cafterai pas. Je retourne à mon portable. Certaines choses ne changent pas.

Je me demande si j'aurai une occasion de lui parler, tout à l'heure. Seul à seule. Je n'aime pas ce garçon, il pue l'arrogance ; il est avachi sur sa chaise, le bras étendu sur le dossier voisin, les jambes écartées. Sa main est posée sur l'épaule de Kat, dans un geste qui semble signifier plutôt la propriété que l'affection. Je prends une photo avec mon téléphone, sans qu'ils le remarquent. Je suis invisible, au point que j'envisage de filmer.

Soudain, dans la pièce, on s'agite, on élève la voix. C'est le groupe de filles ; des caquètements méprisants qui me rappellent les mouettes sur la falaise.

« Fous-moi la paix !

– J'ai vu ! On a tous vu ! »

Une des filles secoue la tête. Elle rit, mais il est clair qu'elle préférerait que l'attention se focalise sur une de ses compagnes. Une autre balaie l'écran de son portable avec son doigt, tandis qu'une troisième filme la scène, apparemment.

« Regarde ! »

Un portable passe de main en main.

« C'est pas moi !

– C'est toi ! Amy ! C'est tellement toi ! »

Des rires. Ça s'esclaffe, ça braille ; vraiment, elles font le même bruit que les mouettes quand elles plongent comme des pilotes kamikazes sur les toits.

« Mais de quoi tu parles ?

– Regarde ! T'es bourrée !

– C'est faux », répond-elle ; elle crie presque.

L'une des filles brandit le portable et j'aperçois la vidéo qu'elles regardent. Elle remonte à un moment déjà, c'est une des premières, si je me souviens bien. Une adolescente sur la plage, qui court vers l'eau et tombe. Elles sont hystériques ; c'est le truc le plus drôle qu'elles aient jamais vu. Soudain, la fille se lève. Elle est toute rouge ; ce n'est plus une plaisanterie. Je l'observe, curieuse de voir ce qu'elle va faire. Riposter ? Se défendre ? Elle n'ira pas loin dans cette voie. Mais c'est elle qu'elle gifle, elle se frappe la joue, comme si elle méritait la punition. À ce moment-là, je remarque Ellie qui s'enfonce davantage dans son siège, on dirait qu'elle est terrifiée à l'idée qu'à tout moment elle puisse se retrouver sous le feu des projecteurs.

Elle est épargnée, pour l'instant du moins. « Laissez-moi tranquille ! » sanglote la fille qui est la cible actuelle, mais on ne l'écoute pas ; un concert de ricanements retentit. Elle aboie une invective, attrape son portable sur la table, repousse sa chaise qui crisse sur le sol stratifié, puis récupère son manteau et part. D'un côté, j'ai envie d'aller la réconforter, d'un autre, de sermonner celles qui l'ont agressée, d'un autre encore, de rester avec Kat et Ellie. La dernière option est la plus forte ; quelle consolation pourrais-je apporter, de toute manière ? C'est ma faute ; la vidéo de sa chute n'aurait pas été visible par tous si je ne l'avais pas mise dans le dossier public. C'est moi qui leur ai fourni les munitions.

Malgré tout, je suis contente. Au moins, elles s'intéressent aux vidéos. Elles participent.

Je regarde du côté d'Ellie. Elle a les yeux fixés sur ses mains. Kat sourit toujours, amusée par la fuite de l'autre. Soit elle n'a pas remarqué le désarroi d'Ellie, soit elle s'en fiche. Le garçon ne l'ignore pas, lui. Il la dévisage, la bouche déformée par un demi-sourire qui donne la chair de poule.

Une des filles me bouscule en sortant. Un peu de thé déborde de ma tasse et tombe sur la soucoupe. « Merde », fait-elle – ce n'est pas une excuse, plutôt une exclamation contrariée parce qu'un obstacle se trouvait sur son chemin. Quelques instants plus tard, les chaises crissent et des voix excitées babillent ; les autres filles aussi se préparent à partir.

Nous sommes seuls. Il n'y a que les jeunes à la table dans le coin et moi, ainsi que Liz au fond. La salle paraît trop silencieuse, trop calme. Le moment s'étire, puis le garçon regarde Kat. « Bouge pas », dit-il et il sort à son tour.

Je saisis ma chance. Sans réfléchir, j'enclenche la fonction enregistrement et je me glisse sur la chaise qu'il vient de quitter. Ellie tressaille ; les pupilles de Kat sont très dilatées.

« Qu'est-ce que… ?

– Ne vous inquiétez pas. Je veux juste vous parler. »

Kat jette un coup d'œil du côté de la porte, espérant sans aucun doute que son petit ami reviendra la sauver. Je tiens mon portable l'air de rien en priant pour que personne ne remarque que je filme.

« Nous parler ?

– Oui.

– De quoi ?

– Je me demandais juste… est-ce que vous allez bien ?

– Hein ? »

Elle rit, mais son rire sonne creux, sans joie aucune. Son visage est pâle, livide même, de la couleur du gruau d'avoine. Elle soutient mon regard pendant une seconde, puis deux. À cet instant précis, elle paraît bien plus âgée qu'elle ne l'est en réalité et je commence à soupçonner la raison pour laquelle elle semble incapable de rester tranquille.

« Vous avez pris quelque chose ? »

Elle rit à nouveau. « Lâchez-nous.

– Ellie ? »

La plus jeune des deux jette un œil sur son portable posé sur la table entre nous, comme si elle voulait appeler de l'aide, puis elle lève la tête.

« Quoi ? »

Sa voix est fluette, faible. Elle semble appartenir à une fille bien plus jeune que ne le suggère son visage. C'est comme si les deux avaient vu des choses qu'elles n'auraient pas dû voir, comme si elles étaient allées dans des endroits où elles n'auraient pas dû aller.

Ellie paraît tellement réservée. Button, comme on l'appelle d'après Bryan. Quelqu'un d'aussi timide n'aurait jamais filmé ses parents alors qu'ils étaient en train de lui interdire de sortir. Il a dû se passer quelque chose.

« Est-ce que ça va, Ellie ? »

Elle hausse les épaules. L'autre fille répond.

« Pourquoi ?

– Je lui demande à elle, pas à vous. Ellie ?

– Bien sûr qu'elle va bien. Pas vous ? »

La plus jeune lance un coup d'œil à son amie. Quelque chose passe entre elles. Ça pourrait être de l'amour, mais si c'est le cas, d'un genre désespéré. Un appel à l'aide, peut-être, ou au pardon. Je tends la main, mais elle a un mouvement de recul.

« Je ne suis pas là pour vous faire du mal.

– Alors, pourquoi vous vous barrez pas ? »

Je dévisage Kat. Je n'arrive pas à la cerner. Elle est assurément sous influence ou en train de redescendre de son trip. Elle a pris du speed, peut-être. Il est inutile de lui reposer la question ou de lui demander qui la fournit. À nouveau, je regarde Ellie. Elle doit avoir un an de moins que Kat et ça se voit. Elle finit par lever les yeux et essaye de sourire, au moins. Est-il possible qu'elle ait pris quelque chose, elle aussi ? Je suis sur le point de lui poser la question, quand Kat se penche en avant pour prendre un sucre. La manche de son tee-shirt remonte et je vois son tatouage. Le cercle parfait, à l'encre noire.

« Ce dessin, dis-je. Qu'est-ce qu'il signifie ? »

Elle tente un sourire méprisant, mais elle n'est pas convaincante. Elle est secouée. Elle tire sur sa manche.

« Cassez-vous.

– J'essaye de vous aider, vous savez.

– Qui dit qu'on en a besoin ?

– Vous connaissez David ?

– David ? »

Sa réaction est rapide – trop rapide, c'est certain – et fébrile. Son regard se durcit, momentanément. Elle a peur.

« Oui. David. Qui habite à Bluff House. »

Elle secoue la tête. « Non, je ne connais pas David », mais c'est trop tard. J'ai vu sa peur. Je sais qu'elle ment.

« Vous êtes sûre ?

– Ouais », dit-elle, un dégoût feint dans la voix. Je me rends maintenant compte qu'il est inutile de lui dire que je suis de son côté ; elle ne me croirait jamais. « J'en suis sûre.

– Ellie ? Et vous, vous le connaissez ? Est-ce qu'il vous donne de la drogue ? »

Elle secoue la tête, mais je la surprends en train d'échanger un regard avec Kat, comme si elle voulait son aval.

« Qu'est-ce qui se passe, alors ?

– Rien.

– Ellie ! »

Je me tourne vers Kat. « Laissez-la parler. Ellie ?

– S'il vous plaît, chuchote-t-elle. Ne lui faites pas de mal.

– Je ne lui ferai aucun mal. Je le promets. Je vais juste discuter avec lui. »

Son visage s'assombrit ; j'ai l'impression qu'elle est sur le point de fondre en larmes.

« Non ! Non, ne lui dites pas qu'on vous a parlé ! »

Kat l'attrape par le bras. « Ellie, ça suffit ! »

Je me penche vers elles. « Je peux vous protéger. Toutes les deux. »

Kat rit. « Comment ? »

Avant que j'aie le temps de répondre, elle attrape la veste d'Ellie et pousse son amie vers la sortie. « Viens. On s'en va. »

Ellie regarde par-dessus son épaule en partant, son expression est identique à celle de son amie lorsqu'elle est sortie du salon

Ink & Steel, avec son nouveau tatouage encore protégé par du plastique.

Il est inutile de les suivre. Elles mentent, je le vois bien. Elles mentent et elles ont peur. Toutes les deux. Si je veux les aider, il faut que je parle à David.

21

Je le trouve à côté de Smuggler's Way, le sentier juste après le Ship. C'est comme si j'avais su qu'il serait là. Il se tient dans la semi-pénombre, immobile, la tête penchée, on dirait qu'il attend.

Je l'observe de loin, mais brusquement, il s'éloigne. Je le suis tandis qu'il se glisse dans une ruelle étroite, va jusqu'à une rangée de petites maisons, après lesquelles des marches raides montent vers les falaises au sud. Je les aborde avec précaution – elles sont glissantes et la lumière baisse – et, au sommet, je constate que David a un peu d'avance sur moi, sur le sentier à peine visible dans les herbes.

Je ne le quitte pas des yeux. Au bout d'une minute, il bifurque pour descendre un tout petit chemin en pente qui s'approche du bord de la falaise. Je me fraye moi aussi un passage dans les taillis et, au bout de quelques pas, je suis tout près.

Il se tient dos à moi dans la faible lumière du crépuscule. Devant lui, un brise-lames, bâti pour empêcher que les falaises s'érodent, et l'eau. David contemple les vagues, en bas.

Je me fige. Pendant une seconde, j'ai l'impression qu'il va se jeter par-dessus le parapet et tomber sur la plage. Mais il ne le fait pas. Il colle quelque chose contre ses yeux et je me souviens de ce que Sophie m'a dit. Ce sont des jumelles.

Je m'accroupis dans l'ombre et je le filme pendant une minute ou deux, mais tout à coup, je ne peux plus attendre. Je me mets debout et j'avance.

« David. »

Le mot reste collé dans ma gorge. Il a un mouvement de recul. Les jumelles retombent sur sa poitrine. « Qui… ? »

Il paraît effrayé et j'en suis contente. Cela me met en position de pouvoir.

« Il faut que je vous parle. »

Il fouille la pénombre du regard tandis que j'approche.

« C'est moi, Alex. »

Il a un hoquet de surprise. « Vous ! »

Je suis à moins de trois mètres de lui maintenant. Il est encore plus pâle dans le crépuscule. Sa peau couleur cendre est translucide et j'imagine presque que ses veines visibles en dessous se tordent et palpitent.

« Laissez-moi tranquille, dit-il. S'il vous plaît. »

Je secoue la tête. « Je ne peux pas. Vous connaissez Kat. » Il ne réagit pas. « Et Ellie. »

Là, un tressaillement – je crois. Mais en réalité, il fait trop sombre pour avoir une certitude.

« Admettez-le.

– Jamais je… », commence-t-il. Mais sa voix dévie, ses paroles prennent un autre chemin. « Non, je ne les connais pas.

– Si vous leur avez fait du mal…

– Non ! » Il paraît désespéré. « Je ne ferais jamais…

– Elles consomment de la drogue. Vous le savez, n'est-ce pas ? »

Il ne dit rien.

« Comment se la procurent-elles ? Par vous ?

– Moi… ? »

Il a l'air sincèrement choqué, comme si c'était la dernière chose qu'il s'attendait à m'entendre dire, comme si cette idée était totalement absurde.

« Non. Pas moi. Vous devriez peut-être en parler à votre ami. »

Mon ami ? À qui pense-t-il ?

« Gavin ? »

Il reste silencieux. Ce n'est pas possible ; quand nous aurait-il vus ensemble ? Mais de qui d'autre pourrait-il s'agir ?

« Pourquoi lui ? » dis-je. Il ne réagit pas. Je poursuis. « Qui êtes-vous ? »

Il m'ignore.

« Qu'est-ce qui se passe ici ?

– Vous savez très bien ce qui se passe. Mieux que personne... »

Il s'avance et je crois qu'il va venir à ma rencontre, mais soudain il dit : « Regardez.

– Quoi ? »

Il désigne le ciel. « Regardez. »

Je ne peux pas m'en empêcher. Je suis son regard. Quelque chose traverse le ciel comme un éclair, trop rapide pour être un avion. Un météore.

« Est-ce... ? »

Il m'interrompt.

« Les Géminides. »

Je le regarde. Il examine le ciel. « Un autre ! Regardez ! »

Je lève les yeux ; un nouvel éclair. Ce sont des débris qui brûlent dans l'atmosphère. Une pluie. Je pense à la photo de Zoe avec le télescope, je vois David fouillant le ciel avec ses jumelles et quelque chose se passe. Je perds le contrôle de mon corps. Mes membres deviennent de la gélatine, comme si j'avais pris trop de dope.

« Incroyable, n'est-ce pas ?

– Vous avez fait du mal à Zoe », dis-je dans un souffle.

Je m'avance et je m'agrippe au brise-lames, mais David se méprend sur mon geste, y voit une réaction d'émerveillement. Il se passe la main dans les cheveux.

« Non, c'est faux. »

Il l'affirme à mi-voix, mais avec détermination. Je n'arrive pas à décider si je le crois. Je ne comprends pas pourquoi j'ai tellement envie d'avoir confiance en lui. Il penche la tête à nouveau et ce geste me rappelle quelque chose d'un passé très lointain.

« Elle s'est enfuie. Vous le savez. Je ne lui ai jamais fait de mal. Je n'ai jamais fait de mal à personne. Pourquoi mettez-vous ma parole en doute ? »

La vie revient dans mes membres, mais ma respiration résonne fort à mes oreilles. J'essaye de me concentrer, de rester dans l'instant. Je contemple l'immensité de la mer, sa puissance muette, indomptable. De l'écume vient toucher mon visage et je suis en terrain inconnu, vierge ; je veux me détourner, rentrer, marcher, encore et encore, sans m'arrêter. Mais je n'en fais rien. Je ne peux pas. Je regarde l'air que j'expire tourbillonner, disparaître, se volatiliser comme les espoirs et je lève à nouveau les yeux. Un autre météore fuse dans le ciel, et maintenant, j'imagine Daisy, à l'autre bout du monde, peut-être, allongée sur une plage en Inde, sac au dos au Mexique, en train de visiter le Cambodge. Elle agirait comme moi, contemplerait les mêmes étoiles, les mêmes morceaux de roche qui se consument dans l'éther. Peut-être y a-t-il un homme avec elle, un mari, un amant. Elle envisage de s'installer. D'avoir des enfants, peut-être. Je me demande s'il lui arrive de penser à moi.

Sauf que... non. Je le sais. Elle est morte. D'une manière ou d'une autre – qu'elle ait sauté, qu'elle soit tombée, qu'elle ait été poussée – elle est morte.

Je me retourne. David est toujours plongé dans la contemplation du ciel.

« Qui êtes-vous ? »

Il me regarde droit dans les yeux. Son expression est indéchiffrable, j'y lis un mélange de souffrance, d'espoir et de défi.

« Vous savez qui je suis. »

22

Bryan est accroupi à côté de la cale de lancement, près d'un bateau à moteur posé sur une remorque métallique rouillée. C'est le sien, j'imagine, même s'il paraît plus petit que celui que j'ai vu dans la vidéo, à peine quelques mètres de long avec une minuscule cabine à l'avant. Quand il m'entend approcher, il lève les yeux.

« Alex ! »

Il a l'air content de me voir. Il contemple son bateau, le regard brillant de fierté. C'est mignon, un garçon avec ses jouets, mais j'espère qu'il ne le prépare pas pour moi. À le voir maintenant, je suis encore moins enthousiaste à l'idée d'accepter son offre ; son embarcation paraît tellement petite, bien trop légère pour endurer la brutalité de l'eau.

« Il vaut toujours mieux prendre le temps de s'occuper de l'entretien en hiver... » Il s'essuie les mains sur un chiffon taché d'huile, mais ce faisant, il semble déposer encore plus de saleté sur sa peau. « Comment vous allez ? »

Je marque une pause avant de répondre. « Je voulais vous parler de quelque chose.

– De la voiture ? Tout va bien ?

– Très bien. Je voudrais parler de David.

– David ? » Il jette son chiffon dans le bateau. « Oui ?

– Vous avez dit qu'il était votre ami. Avez-vous confiance en lui ? Par rapport aux filles ?

– Oui. Pourquoi ?

– Savez-vous où elles sont ? Kat et Ellie ? »

Il jette un coup d'œil à sa montre. « Maintenant ? À la salle de jeux, peut-être ?

– Merci.

– Vous voulez que je vienne avec vous ? » Son visage est plein d'espoir. « On pourrait prendre un verre là-bas. »

J'hésite. Peut-être que les filles se montreront plus ouvertes si je me présente avec un visage connu.

« OK. Allons-y. »

L'endroit est insupportablement gueulard ; une énorme boule à facettes est suspendue au plafond au milieu de la salle, les flippers lancent des éclats de lumière stroboscopique et, pour aggraver encore le tout, il y a le tambourinement des basses sinistres d'un morceau de rap. Tout cela donne l'impression qu'on se trouve dans une autre ville, à une autre époque ; au fond de la pièce, un type est assis dans une guérite, la tête baissée. Il lit, je suppose, ou il a les yeux rivés sur un écran, et il n'a apparemment pas remarqué que quelqu'un était entré. Pas de trace des filles.

« Attendons, suggère Bryan. Je vais aller dire deux mots à Pete. »

En le regardant s'éloigner, je suis parcourue du même frisson de familiarité que j'ai éprouvé l'autre jour, le même que j'ai eu avec David, et pendant quelques instants, je regrette de ne pas avoir la possibilité de lui demander s'il se souvient de moi, si nous nous connaissions – avant.

Je ne peux pas, bien sûr. Quelques instants plus tard, j'entends une voix à côté de moi.

« Alex ! »

C'est Monica. Elle tient un sachet plein de pièces de vingt pence. Je la salue, en m'efforçant de paraître aussi gaie que possible, et elle me demande comment je vais.

« Écoutez, dit-elle en lançant un coup d'œil du côté de Bryan. Je suis contente de vous croiser. J'ai entendu dire que vous avez parlé à Kat et Ellie.

– Par qui ?

– C'est elles qui me l'ont dit.

– Vous les connaissez ?

– Oh oui..., fait-elle. Je voulais juste vous dire que vous n'avez aucun souci à vous faire. Elles vont bien. Kat était ennuyée que vous ayez mis en accès libre la vidéo où elles ont été surprises en train de fumer, mais...

– De fumer un joint.

– Kat a dit que ce n'était pas un joint.

– Vous la croyez ? »

Elle baisse la voix. « Pas vraiment. Mais ce n'est pas tellement grave, si ? Et de toute façon, le plus important, c'est qu'elles disent qu'il n'y a aucune inquiétude à se faire. » Elle lève les yeux tandis que Bryan revient. « Je vous laisse à vos occupations. »

Quelles occupations ? me dis-je, mais avant que je puisse poser la question, elle se dirige vers l'une des machines à sous en saluant Bryan au passage. Une minute plus tard, un groupe de cinq ou six filles arrive. Je les examine d'un œil anxieux et Kat est bien parmi elles, même si, à première vue, elle paraît totalement différente. Elle porte des bottines, un jean serré, un blouson en cuir noir. Elle s'est mis du rouge à lèvres et du blush. Ses yeux sont maquillés. Elle fait nettement plus âgée, et à côté d'elle, maquillée aussi, mais moins, Ellie. Aucune des deux n'a remarqué ma présence ; Monica donne à chacune des filles une poignée de pièces, puis pose sa main sur l'épaule de Kat. Le geste est maternel, protecteur ; il est clair qu'elle a leur confiance et j'éprouve une envie pressante de sortir mon portable pour les filmer. Pour contrebalancer les mauvaises choses que j'ai vues, me dis-je.

« Et si on le prenait, ce verre ? » propose Bryan tout à coup.

Dans un coin, quatre chaises en plastique sont disposées autour d'une table en Formica et nous nous asseyons face à face. Entre nous, il y a une soucoupe, quelques chocolats emballés. Bryan sort une flasque.

« Vous en voulez ? »

J'acquiesce et il verse ce que je suppose être du whisky dans des gobelets en plastique. J'observe Kat et Ellie. Elles sont toutes les deux absorbées par leur portable, sur lequel elles font défiler on ne sait quoi. Très à l'aise l'une avec l'autre, elles sont tellement détendues que cela pourrait passer pour de l'indifférence. Ellie montre son téléphone à Kat, qui l'examine avec des mines de conspiratrice, mais ensuite chacune reprend son activité tandis que Monica les surveille comme une mère poule, appuyée contre les machines.

« Elles vont bien, à votre avis ? »

Il jette un coup d'œil de leur côté. « Elles m'ont l'air d'aller bien, oui. »

Je bois une gorgée. « J'ai réfléchi à ce que vous m'avez dit. Sur Gavin, le soir où je suis arrivée. D'après vous, pourquoi il aurait menti ? »

Il secoue la tête. « Aucune idée.

– David m'a dit que Gavin est celui qui vend de la drogue aux filles.

Il penche la tête.

« Il a dit ça ?

– Oui.

– Gavin ? Vous êtes sûre ?

– Eh bien... non. Pas complètement. Il a parlé de "mon ami ", mais qui d'autre cela pourrait-il être ? »

Il hésite, puis avale son whisky avant de s'en verser une nouvelle rasade. Il déglutit avec peine.

« Je crois qu'il parlait de moi, plutôt. »

L'aveu sonne faux.

« Quoi ?

– Je le faisais. Autrefois.

– Quoi ? Vous vendiez de la drogue ?

– Un peu, oui. C'était juste de l'herbe, j'ai arrêté il y a des années et peut-être que David ne le sait pas. Mais surtout, je consommais. Du lourd, vous voyez ? Mais c'était quand j'étais gamin. Je suis clean, maintenant. Il n'y avait pas grand-chose d'autre à faire, en ce temps-là. Vous savez forcément de quoi je parle… »

Il a un regard insistant. Comme s'il savait.

« Je me suis retrouvé à fréquenter les mauvaises personnes, poursuit-il. Il m'a fallu un moment pour m'en rendre compte. Et cette dame, là – il désigne Monica –, est celle qui m'a sauvé.

– Sauvé ? Vous étiez ensemble ?

– Je ne dirais pas ça, mais elle m'a convaincu que je me dirigeais tout droit vers la prison. Ou pire.

– C'était à ce point-là ? »

Il rit. « Oh oui. J'étais mal barré. Je fauchais des trucs, vous voyez. La totale. »

Quoi ? Il vendait son corps aussi ? Inhalant les rots gras d'étrangers ivres pour pouvoir se procurer sa prochaine dose ? C'est certes possible, mais je n'y crois pas.

« C'est pour cela que, quand je peux, j'aide, vous voyez ?

– Que voulez-vous dire ?

– J'ai lancé la reconstruction de la salle communale. Ça a donné un projet aux jeunes. Et Monica contribue aussi, s'assure qu'il y a quelques occupations pour les jeunes là-bas, pour les garder sur le droit chemin. Il s'agit de bâtir une communauté », conclut-il. D'un signe de tête, il désigne l'endroit où Kat et Ellie se trouvent avec Monica, riant avec leurs amies. « Elles m'ont l'air d'aller très bien. »

Je souris. Il n'a pas tort. En les voyant, je suis ramenée l'espace d'un instant à la raison pour laquelle je voulais faire ce documentaire.

« Peut-être que je m'inquiète trop.

– Peut-être. »

Mais ensuite, je me rappelle la grossesse de Zoe, les rumeurs selon lesquelles Daisy ne s'est pas tuée, Bryan disant que Sadie et elle s'étaient fâchées.

« Vous pensez que la mort de Daisy est liée à la fuite de Sadie ? Vous avez dit qu'elles s'étaient disputées.

– Je ne sais pas. » Il soupire, puis se penche en avant. « Peut-être. On a raconté que la situation s'était dégradée entre elles. L'une des deux a menacé l'autre.

– Qui ?

– Daisy. Daisy a menacé Sadie, je crois. Elle a dit qu'elle allait la tuer. C'est ce que j'ai entendu, en tout cas. Je ne sais pas si c'est vrai. C'était il y a longtemps.

– Presque dix ans, dis-je sans réfléchir. Au jour près.

– Ça fait longtemps, en tout cas. »

Il me regarde droit dans les yeux. Il veut changer de sujet, c'est évident. Je lance un coup d'œil vers Kat et Ellie, et à nouveau je nous vois toutes les deux. Daisy et moi.

Tu ne vas pas porter ça, quand même ? Ça te donne l'air d'une salope.

C'est bien l'idée, non ?

« Ça va ? »

Je fais partir l'image d'un clignement d'yeux. Bryan pose sa main sur mon bras.

« Oui, ça va. C'est juste que... quelques personnes m'ont dit qu'à leur avis Daisy ne s'était pas suicidée.

– Qui ?

– Les parents de Zoe, pour commencer.

– Eh bien, ce qui est arrivé à Zoe a été un grand choc pour eux. Je ne ferais pas tellement attention, si j'étais vous. » Il sourit tristement. « Bien sûr que Daisy s'est suicidée. Les gens se sentent juste... coupables, j'imagine. Elle était tellement jeune... »

Pendant une seconde, j'ai presque l'impression qu'il va fondre en larmes. Je sens le regard de quelqu'un fixé sur nous, et quand je lève les yeux, je tombe sur Monica qui nous observe, le visage indéchiffrable. Elle tourne la tête quand nous la surprenons. Bryan retire sa main, mais il s'est passé quelque chose, là-bas. Ellie a les épaules basses et, soudain, elle paraît terriblement malheureuse. Elle lève les yeux vers moi, presque comme si elle avait senti mon regard lui brûler la joue. Ses yeux écarquillés sont implorants, ses lèvres serrées lui donnent une expression dure, et j'ai une furieuse envie d'aller la rejoindre, de lui demander ce qui ne va pas, ce qui s'est passé. Mais je ne peux pas ; Kat s'interposerait, comme elle l'a fait dans le café, elle se mettrait à répondre à mes questions à la place de son amie et je n'arriverais à rien. Je vais devoir être plus maligne que ça.

Je regarde Bryan. Il n'a rien remarqué.

« Est-ce que je peux en avoir encore ? »

Il dévisse le bouchon et se met à verser.

« Dites-moi stop. »

Il incline la flasque, je contemple le liquide ambré qui coule dans le gobelet, mais c'est comme si je n'étais pas là ou, plutôt, comme si j'étais déconnectée, comme si je regardais la scène à la fois de très loin et de très près. Et quand il a ajouté la quantité que je souhaitais, je n'arrive pas à trouver le moyen de dire stop, d'envoyer le signal depuis mon cerveau, le long de mes nerfs, jusqu'aux muscles de ma mâchoire. Muette, je le regarde verser et, après un temps qui semble durer plusieurs minutes, je réussis à me forcer à secouer la tête.

« C'est bon. »

Il lève les yeux. Il sourit. Je m'entends le remercier, puis je me lève.

« Je vais juste… j'en ai pour une seconde. »

Je me dirige vers les toilettes au fond de la salle. En chemin, je réussis à croiser le regard d'Ellie et, bien qu'elle détourne les yeux aussitôt, j'espère qu'elle a vu la direction que je prenais et qu'elle a compris le message.

J'entre. La lumière ici est encore plus violente ; il y a un lavabo, un distributeur d'essuie-mains cassé, un morceau de savon rose craquelé. Le vacarme de la salle de jeux s'estompe pour n'être plus qu'un bruit assourdi quand la porte se referme derrière moi, mais il demeure trop fort. Je bois de l'eau – elle est viciée et tiède –, puis j'entre dans le box et referme à clé derrière moi. Je guette, mais je n'entends que la musique au loin, les voix étouffées et mon cœur qui cogne dans ma poitrine. J'inspire aussi profondément que je peux. J'essaye de me calmer, sans succès.

La porte s'ouvre et quelqu'un entre. Je sors.

C'est Ellie. Elle a l'air toute petite.

« Ellie... Est-ce que ça va ? »

Elle ne bouge pas. Elle me regarde fixement, parfaitement immobile. J'ai l'impression que si j'esquissais un geste vers elle, elle s'enfuirait en courant, comme un animal tout juste débusqué.

« Parle-moi, dis-je aussi doucement que je peux, mais elle secoue la tête.

– Je ne peux pas. »

Je l'encourage avec douceur.

« Tu peux. Tu peux me faire confiance. Je te le promets.

– Il écoutait, dit-elle tout bas.

– Qui ? Quoi ?

– L'autre jour. Il écoutait.

– Le garçon ? dis-je. Le petit ami de Kat ? »

Elle secoue la tête.

« Qui, alors ? »

Elle ne répond pas. Je me rappelle le portable que j'ai vu sur la table, le téléphone prépayé de Kat.

« Qu'est-ce qui ne va pas, Ellie ? Qu'est-ce qui se passe ? »

Toujours rien.

« Est-ce David ? »

En entendant son nom, elle lève la tête mais reste silencieuse. Elle est terrifiée.

« Dis-moi. Qu'est-ce qu'il a fait ? »

La porte s'ouvre à nouveau et Kat entre. D'aussi près, je constate que ses yeux sont noircis de khôl et qu'elle porte un rouge à lèvres de la couleur d'une prune mûre. Son regard passe de moi à Ellie, puis revient à moi. Son visage est comme un hématome.

« Oh, tu es là... »

Ses bras sont nus et le tatouage circulaire est bien visible, tout récent. Elle regarde Ellie. « Il faut qu'on y aille.

– Ellie, ne... »

Kat s'avance, la saisit par le bras. « J'ai dit, viens ! »

Ellie me dévisage, mais elle est déjà entraînée par Kat vers la porte.

« Faut que j'y aille », murmure-t-elle.

Et là, je sais que je dois absolument trouver un moyen de lui parler seule à seule.

23

Je retourne auprès de Bryan pour lui annoncer que je dois partir. Il se mord la lèvre.

« Tout va bien ?

– Oui, dis-je d'un air vague. C'est juste que… il se fait tard. »

Il rit un peu devant mes excuses et je jette un coup d'œil du côté de l'endroit où se tenait Monica. Elle s'est un peu écartée des filles maintenant ; Kat et Ellie ont rejoint le groupe et paraissent plutôt heureuses.

Je lui sers le sourire le plus charmeur dont je sois capable. « C'est… le boulot, vous savez. Il faut que j'arrive à sortir un petit montage bientôt. J'ai des délais à respecter. » J'ajoute : « Pour mon producteur. »

Il hoche lentement la tête, sa déception est flagrante. « À bientôt, alors. »

J'évite Ellie et Kat en sortant, je passe devant Monica. Je lui souris et elle me rend mon sourire, mais sans chaleur. Si elle a tellement envie d'aider les filles, je me demande pourquoi elle m'a dit qu'Ellie allait bien, alors que ce n'est clairement pas le cas. Je m'interroge : jusqu'à quel point est-elle sincère ?

Dehors, je tourne à gauche. L'air est froid et humide, et quelques pas plus loin dans la rue, il y a une porte cochère d'où je peux surveiller la salle de jeux. Dans ma tête, j'ordonne à Ellie de sortir seule, mais au bout d'un quart d'heure environ, je suis déçue ; Kat apparaît avec son amie dans son sillage, Monica juste derrière, avec les autres filles à sa suite. Toutes forment un groupe serré ; Monica jette un coup d'œil à sa montre. « Venez, les filles. Il ne faut pas qu'on soit en retard. »

Les filles visiblement confiantes roucoulent d'excitation. L'une d'entre elles se détache en disant qu'elle ne peut pas venir, que ce sera pour la prochaine fois, tandis que les cinq ou six qui restent accompagnent Monica en direction du Ship. J'attends qu'elles aient atteint le coin de la rue pour les suivre et je ne les perds pas de vue jusqu'en haut de Slate Road. Elles bavardent, elles ont l'air animées, contentes d'aller là où Monica les emmène. Même Ellie est à l'unisson, quoiqu'elle paraisse être bien plus jeune que les autres ; elle donne l'impression de chercher à les copier, son modèle absolu étant visiblement Kat.

En haut de Slate Road, Monica attend les retardataires, puis elles vont sur le parking, une nichée de poussins suivant maman poule. Monica s'approche d'un break Volvo déglingué et s'installe au volant, Kat à côté d'elle, tandis qu'Ellie est hissée dans le coffre par une des autres. Une fois qu'elles sont toutes montées, Monica démarre en marche arrière. Je rejoins ma voiture, intriguée.

Je la suis discrètement, soudain consciente du whisky qui coule dans mes veines. Monica sort du village et tourne à gauche, pas vers Malby, comme je l'aurais cru, mais vers Crag Head. Nous dépassons la bifurcation qui va au phare, puis elle prend une route secondaire qui rentre à l'intérieur des terres, ensuite un chemin, encore plus étroit. Je regarde Monica avancer sans la suivre ; je me gare un peu plus loin et je continue à pied.

Elle a laissé sa voiture à côté d'un portail en fer. Je suis le sentier sinueux qui monte en pente douce, entre deux haies assez hautes qui m'empêchent de voir les environs. J'entends des voix dans le paysage immobile, Monica et les filles qui bavardent gaiement, le croassement plaintif d'un corbeau au loin, c'est à peu près tout. J'accélère un peu le pas, craignant de les perdre, mais quand je sors d'un virage, je vois qu'elles sont juste devant, serrées les unes contre les autres à côté d'un autre portail fermé par un cadenas que Monica tripote. Je les filme pendant quelques instants, puis je recule, toujours sans être vue, et j'attends qu'elles aient avancé avant de franchir moi aussi ce portail et d'accéder aux champs.

Je tiens ma caméra devant moi, je continue à filmer. Le groupe se dirige d'un pas décidé vers ce qui ressemble à une grange, dans le coin le plus proche du champ, avec une cour devant. J'en fais le tour en restant cachée dans les taillis, m'approchant aussi près que je le juge prudent. Je repère deux chevaux au milieu du champ – un gris, de la couleur du ciel, l'autre marron ; les deux ont un tapis de selle sur le dos – et tout à coup, je comprends.

J'avance encore un peu, tout doucement. Monica déverrouille la plus petite des trois portes de l'écurie, sans cesser de parler. « Kat ? Donne-nous un coup de main, tu veux bien, ma grande ? »

Les autres attendent pendant que Kat et elle disparaissent à l'intérieur, dans ce que je suppose être la sellerie. Elles en ressortent quelques minutes plus tard avec des couvertures et des licols, puis Monica emmène les filles dans le champ.

Elle est trop loin pour que je puisse entendre ce qu'elle dit, mais apparemment, elle demande à l'une des jeunes de siffler ; le son que la fille produit est étonnamment puissant. Les deux chevaux cessent de brouter et, pour le plus grand plaisir de toutes, viennent vers elles au petit trot. Monica s'agite autour du gris pendant que les filles entourent l'autre, puis elle leur explique comment attacher le licol et la longe. Une fois que c'est fait, elles conduisent tranquillement les chevaux vers la cour et les attachent, puis Monica leur montre comment leur enlever leur tapis et les laisse faire ; ensuite, elles leur frottent le garrot. Monica passe une main sur chaque cheval, tout en expliquant quelque chose, et les filles s'extasient avec enthousiasme. Elles donnent l'impression de recevoir un cadeau magnifique ; même Ellie a l'air dans son élément, plus rien à voir avec la fille angoissée qui a quitté la salle de jeux. Kat et deux autres éclatent de rire ; j'envisage de me rapprocher pour entendre ce qu'elles disent, mais c'est trop risqué, je ne veux pas être vue. Je n'ai absolument aucune raison d'être ici.

Malgré tout, je décide d'essayer. J'attends que Monica soit absorbée dans sa tâche. Elle est penchée sur le sabot du cheval, qu'elle cure avec une espèce d'outil métallique, pendant que les jeunes regardent, fascinées. J'avance, aussi lentement que je peux, tout en filmant.

« Ensuite, on utilise une brosse, dit-elle, et Kat lui passe un objet. Comme ça.

– Ça ne lui fait pas mal ? demande Ellie, et Monica secoue la tête.

– Non, ma chérie. Tu ne peux pas lui faire mal. Tu viens essayer ?

– Je peux ? »

Monica tend l'outil à une Ellie ravie. Les autres la regardent nettoyer le sabot ; deux ou trois d'entre elles commencent à s'agiter, gloussent entre elles.

« Les filles... ? dit Monica en levant les yeux. Vous pouvez aller chercher le foin ? Kat ? »

Kat les emmène dans l'écurie et ressort avec deux grands seaux de couleurs vives, l'un jaune et l'autre vert. Elles finissent de gratter les sabots des deux chevaux ; Monica jette une couverture sur le cheval gris, avant de laisser les filles faire pareil avec le marron. Elles flattent les deux chevaux, leur caressent le museau, puis Monica demande aux filles de les rentrer dans l'écurie. Elle les regarde d'un air attendri tandis qu'elles les détachent. Ellie, en particulier, semble prendre plaisir à la connexion avec la créature hennissante.

Je me décale un peu sur la gauche pour avoir un meilleur angle de vue, mais mon pied atterrit sur une motte de terre molle et ma cheville se tord. La douleur fulgurante ne dure qu'un instant, mais je laisse échapper un hoquet. Monica penche légèrement la tête.

« Kat ! Tu veux bien venir par ici ? »

Kat obéit. Monica lui murmure quelque chose à l'oreille, mais heureusement, toutes deux sont tournées de l'autre côté, vers le champ, et pas en direction de l'endroit où je suis cachée. Je recule, aussi doucement que possible, vers la droite, m'assurant que les chevaux demeurent entre Monica et moi tandis que les filles les guident vers l'écurie. Maintenant, je suis derrière le bâtiment, hors de vue. Je m'accroupis ; Monica replace la barre transversale sur la porte de l'écurie et emmène les filles dans la sellerie. J'en profite pour me sauver, retourner à ma voiture et rentrer à Blackwood Bay.

Je me gare sur le parking et reste dans ma voiture quelques instants. Nous sommes encore l'après-midi, mais bientôt la nuit tombera. Je prends ma caméra et je regarde ce que je viens de filmer. C'est mignon. Cet extrait sera très bien dans le montage de l'échantillon : il montre les filles sous un jour positif et constitue une belle illustration de la vie de la communauté. Mais comment obtenir de Monica qu'elle me donne son accord pour l'utiliser ? Je pourrais être honnête, j'imagine, lui dire que je l'ai suivie. Ou peut-être devrais-je nier tout en bloc, lui dire qu'il a été posté anonymement sur le site. D'une manière ou d'une autre, il n'y a aucune raison qu'elle ne me laisse pas m'en servir, surtout une fois qu'elle l'aura vu.

Une ombre se dessine sur mon écran. Je n'ai pas le temps de réagir, la portière à côté de moi s'ouvre et une silhouette se tient là, vêtue d'une veste imperméable, capuche sur la tête, et même si je veux réagir, attaquer, quelque chose me retient.

« Bouge-toi ! » me dit une voix familière. C'est une femme. « Mets-toi à côté, je prends le volant. »

Je retrouve ma voix.

« Non. Mais qu'est-ce que... ? »

Elle baisse sa capuche, une seconde à peine, et je vois de qui il s'agit.

« Bouge-toi, répète-t-elle, plus doucement, mais pas plus gentiment. Nous n'avons pas beaucoup de temps. »

24

Liz roule à tombeau ouvert, comme si elle était poursuivie. Sa main tremble quand elle l'enlève du volant pour passer les vitesses ; la voiture gémit chaque fois qu'elle débraye. Est-ce qu'elle a aussi peur que moi ?

« Qu'est-ce que vous faites ? dis-je d'une voix faible et tremblante. Où allons-nous ? »

Elle reste silencieuse. Elle est fébrile, à la limite de l'hystérie. Je me demande si elle agit contre son gré, si elle a reçu l'ordre de m'enlever, de me livrer quelque part.

Ou à quelqu'un. Je suis parcourue de frissons, la sueur coule dans mon dos malgré le froid et je panique. J'attrape la poignée de la portière, mais mes mains sont engourdies, mes doigts refusent de se refermer, et qu'est-ce que je compte faire, de toute façon ? Me jeter dans le fossé ? En espérant atterrir tout doucement dans la bruyère ?

Je pense au mouton mort. Son sang et ses entrailles répandus.

« Liz ? » Je ne parviens pas à cacher ma peur.

La voiture fait une embardée ; la route est étroite, à peine plus large qu'elle, et il y a un fossé de chaque côté. Quel est le projet de Liz ? Est-ce que je manquerai à quelqu'un ? À nouveau, le mouton mort apparaît devant moi.

« Ta gueule, OK ? »

Elle jette un coup d'œil dans le rétroviseur. Il y a des phares derrière nous, une voiture au loin, et elle accélère. Elle ralentit à peine à l'approche des carrefours et fonce tout droit. Il n'y a rien sur des kilomètres, rien que la lande déserte, morne.

Nous traversons un pont en pierre bas, et une fois de plus, ma main saisit la poignée. Les jointures de mes doigts sont blanches.

« Ne faites pas ça... » La menace, si c'en est une, reste suspendue dans l'air.

Elle quitte la route principale pour emprunter une voie encore plus étroite, puis s'arrête sur ce qui sert de petite aire de repos. Elle coupe le moteur.

« En route. »

La lande ondoyante est fantomatique dans la lumière de l'après-midi ; il n'y a personne d'autre en vue. Elle sort de la voiture et, instinctivement, je prends mon portable dans la poche de mon jean. Il est déjà en train de filmer, même si je ne me rappelle pas l'avoir mis en route. Je suis en sécurité, pour l'instant.

Liz arrive à un mur de pierre et le suit, puis elle escalade un échalier et s'éloigne, montant en direction d'un arbre au loin. Je le distingue à peine, à contre-jour. C'est un if, je crois. Lorsque Liz y parvient, elle se retourne et me fait signe.

Je suis partagée, mais mon envie de collecter des informations l'emporte et je la rejoins au petit trot. Un bouquet est posé sous l'arbre noueux, emballé dans du plastique maintenu par un élastique. Les fleurs sont blanches, en bataille. Fanées. Le bord de chaque pétale est en train de brunir, comme s'il était taché de nicotine.

« Mais qu'est-ce que c'est, bon sang ?

– Une tombe. » Son visage change ; il s'adoucit dans la semi-pénombre, dans l'ombre de l'arbre. « Celle de la fille, chuchote-t-elle. Celle qui a disparu.

– Daisy ? »

Elle semble se rétracter à l'énoncé du nom et je tressaille, moi aussi. Ma colonne se tend et se contracte, comme si j'essayais de me réduire jusqu'à ne plus exister.

« Non. Sadie.

– Mais elle s'est enfuie. Ils l'ont retrouvée.

– Non », répète-t-elle, et je frissonne.

Le vent souffle en rafales vers les hauteurs, emportant toutes les pensées.

« Que lui est-il arrivé, alors ? »

Elle hésite, et quand sa réponse vient, elle ressemble à une lamentation.

« Elle est ici. »

Le sol tangue ; ça ne peut pas être vrai. Ça doit être le sens de l'expression, sentir que quelqu'un marche sur votre tombe. Elle secoue la tête tristement, les yeux baissés.

C'est impossible, ai-je envie de dire, mais je ne peux pas risquer de me trahir.

Elle m'a amenée ici pour me révéler quelque chose et, maintenant elle semble incapable de le faire.

« Que dites-vous là, Liz ? »

Elle se met à parler, mais les mots sortent comme un soupir, une brise à bout de souffle, et tout son corps semble se vider d'un coup, comme si elle s'effondrait, s'écroulait intérieurement.

« Je ne savais pas. Je le jure.

– Vous ne saviez pas quoi ? »

Elle ignore ma question. Elle chuchote maintenant.

« Il a dit qu'il n'avait jamais eu l'intention de lui faire du mal.

– Qui ? Qui l'a dit ? Faire du mal à qui ? »

Elle lance un regard vers la voiture. N'importe où sauf dans ma direction. « Mon père... », chuchote-t-elle.

Son père ? Je me force à retourner dans le passé. Je ne me souviens pas plus de lui que d'elle. Quel âge devait-il avoir à cette époque-là ? Une quarantaine d'années ? Une cinquantaine ? J'arrive à imaginer, malgré tout, à comprendre. Dieu sait que j'ai vu plein de gens comme lui dans ma vie, avec leur corps boudiné dans leur peau gélifiée et moisie, leur haleine de pop-corn pourri, bavant d'impatience quand ils défont leur ceinture et descendent leur braguette.

Mais tout cela, c'était plus tard, après ma fuite. Il n'arrivait rien de tout cela ici, j'en suis certaine. Ou tout au moins, pas à moi.

« Vous dites que votre père a tué Daisy ? »

Je n'ai pas changé le prénom délibérément, mais je note qu'elle ne me corrige pas. Elle secoue la tête.

« Il a dit qu'il ne l'avait pas tuée, mais…

– Il était impliqué ? »

Elle hoche la tête une fois.

« Qu'a dit la police ?

– Il ne leur a jamais dit ce qu'il savait. »

Elle l'énonce carrément. D'une voix froide.

« Il me l'a avoué il y a quelques années. Juste avant de mourir. Il avait un cancer. Il savait qu'il ne lui restait plus beaucoup de temps. » Elle hésite. « Et il y avait cette autre fille, Zoe. Il a dit que ça paraissait tellement… similaire. Comme si l'histoire se répétait. D'après tout le monde, elle n'était pas du genre à s'enfuir. »

Je repense à mon amie Alice, quand je l'ai rencontrée à Londres. Était-ce ce qu'on disait de nous ? Que ce n'était pas notre genre ? Peut-être que personne n'est du genre à s'enfuir, à se sortir d'une situation dangereuse, jusqu'au jour où on découvre qu'on l'est, et on le fait.

« C'est là qu'il m'a dit que Sadie ne s'était pas sauvée. Qu'elle était morte. »

Daisy, me dis-je. *Il voulait dire Daisy.* Peut-être qu'il était désorienté ; il devait prendre des traitements pour sa maladie.

« Il m'a dit qu'ils l'avaient tuée.

– Qui ça ?

– Il est mort avant de me révéler leur nom. »

Les mots ont du mal à sortir. Je peux presque voir le chagrin en elle, luttant avec le ressentiment, la déception et la honte.

« Il s'est noyé. »

Sa phrase résonne en écho. Liz devient floue, je n'arrive plus à la voir distinctement. Il faut que je me concentre pour la faire revenir.

« Ils l'ont trouvé près de Malby.

– C'était un suicide ? »

Elle répond aussitôt, d'un ton méprisant.

« C'est ce qu'ils ont dit. Tout ce que je sais, c'est qu'il avait peur.

– Peur de ceux qui étaient impliqués dans la mort de Daisy ?

– De Sadie, me corrige-t-elle, cette fois. Peut-être. Qui sait ?

– Écoutez... Vous êtes sûre qu'il ne voulait pas dire Daisy ?

– Je ne sais pas. Il prenait des antidouleurs puissants... »

Je pense : *Exactement*, mais je reste silencieuse.

« Je suppose que ce serait plus logique, poursuit-elle, vu qu'ils ont dit qu'ils l'avaient retrouvée.

– Comment ?

– Sadie. Ils l'ont retrouvée, ils ont dit. D'après mon père, c'était sûrement un mensonge... »

Ils n'ont pas pu la retrouver. C'est impossible. Les seules personnes qui connaissaient mon nom étaient Alice et Dev. Et Aidan, je suppose, même s'il ne l'a entendu qu'une fois, je crois. Je n'ai jamais été retrouvée. À moins que...

« Quand est-ce qu'ils l'ont retrouvée ?

– Je ne me souviens pas. Je sais que la police a pris contact avec sa mère. La nouvelle l'a mise dans tous ses états. »

Dans tous ses états ? Je me retiens de rire. Comment a-t-elle réussi à manifester une émotion pareille ? Le contraire serait plus proche de la vérité. Je la vois hausser les épaules : *Elle reviendra, ou pas, ça m'est égal, en fait*. Je vois le nouveau petit ami lui dire de ne pas s'inquiéter, tout en espérant, en cachette ou pas en cachette du tout, que je ne reviendrai jamais, qu'il ne m'aura plus jamais sur le dos ; bon débarras. Dans tous ses états ? Mon cul.

« Où ?

– À Sheffield, je crois. »

Non, ce n'est pas vrai. Ça n'est jamais arrivé.

« Pas à Londres ?

– Non. Pourquoi ? »

J'ignore sa question. « Et ils ne l'ont pas ramenée ?

– Ils ont dit à sa mère qu'elle ne voulait pas revenir, qu'elle leur avait expliqué qu'elle n'était pas en sécurité à la maison, que le petit ami de sa mère l'avait violée. »

Je me fige. *Non*, me dis-je. *Non*. Je me souviens du petit ami. Eddie. Il travaillait sur les plates-formes. Pendant un mois, j'avais ma mère pour moi toute seule, ensuite il revenait et j'étais oubliée. Elle sortait tous les soirs, elle buvait trop, ne se donnait pas la peine de me dire où elle allait ni quand elle rentrerait. C'était comme si je vivais avec deux personnes différentes et quand, au bout de quelques mois, elle l'a installé chez nous, la situation n'a fait qu'empirer. Son seul but semblait être de se débarrasser de moi. Mais il ne m'a jamais touchée. Ça, j'en suis sûre. Il me disait qu'il préférerait se la couper plutôt que de la mettre en contact avec moi.

« Qu'il l'avait violée ?

– Soi-disant, ils lui trouveraient un hébergement en attendant sa majorité. Ils ne diraient pas à sa mère où elle habitait. Elle ne voulait absolument pas qu'on la retrouve. Sa mère n'y a jamais cru, selon elle la police mentait. Elle a affirmé que Sadie ne s'était jamais entendue avec son compagnon, mais qu'il était impossible qu'il ait... fait ça. Et Sadie n'aurait jamais inventé un truc pareil. Malgré tout, c'était une gentille fille. Elle ne se serait jamais sauvée. »

Je lutte contre l'envie de rire. Une gentille fille ? Ma mère a toujours adoré réécrire le passé. Avec un tel talent qu'elle finissait par y croire elle-même. Soudain, j'ai envie de la voir, de connaître la vérité. Mais je ne peux pas. Ce n'est pas un peu de chirurgie esthétique qui pourra tromper ma propre mère.

Mon instinct se réveille. Je ne peux pas me perdre dans mes souvenirs, mon histoire, pas maintenant. Je compte – un, deux, trois –, mais ça ne marche pas. J'énumère ce que je vois. Voiture. Mur. Route. If. Liz.

Je réussis à revenir dans la réalité. *Daisy*. Que lui est-il arrivé ? Je prends mon élan.

« Et Daisy ? Vous pensez qu'elle s'est suicidée ?

– Peut-être. Beaucoup de gens n'y croient pas. Ou n'y croyaient pas. Il y a eu une histoire avec un petit ami qui avait quitté l'une pour se mettre avec l'autre, mais je trouve que ça ne colle pas. Sa mère n'y a jamais cru. Et mon père non plus. Il a dit que ce n'était pas son genre. Trop combative. Il a dit qu'ils avaient dû finir par l'avoir, elle aussi. Bref, rien de tout cela n'avait de sens pour moi. Sauter d'une falaise ? Et elle n'est même pas tellement haute. Il me semble qu'il y a de meilleures façons de faire, si on veut vraiment mourir. » Elle me dévisage. « À moins qu'elle n'ait voulu faire passer un message.

– Et si c'était exactement ça ? Si ce que vous dites est vrai, peut-être qu'il s'agissait d'une vengeance. Un gros doigt d'honneur à celui qui lui avait fait du mal.

– Sauf que c'est elle qui est morte... Drôle de vengeance. Et Sadie...

– Comment a réagi la mère de Sadie quand vous lui avez dit la vérité ?

– La mère de Sadie ? Je n'ai pas réussi à la retrouver.

– Vous avez vraiment essayé ? »

Je vois son humeur changer.

« Vous pensez que tout ça, c'est facile pour moi ? » siffle-t-elle.

Je sens l'ail dans son haleine. Je vois les petits poils décolorés autour de sa bouche, même dans la semi-pénombre.

« C'était mon père. Vous pensez que j'approuve ce qu'il a fait ? Que je suis de son côté ? Quand je vous dis que je le déteste, bordel, même après sa mort, vous me croyez ?

– Pourquoi vous me racontez tout ça, alors ?

– À qui d'autre j'en parlerais ? fait-elle, acerbe. À Gavin ?

– Pourquoi pas ? »

Son rire pique comme de l'acide. « Je n'ai pas confiance en lui. Tout ce foin autour du cinéclub, ça ressemble à un truc de désespéré, si vous voulez mon avis. Comme s'il cherchait à obtenir quelque chose. Et quand il est arrivé, il posait encore plus de questions que vous.

– Sur Daisy ?

– Surtout sur Zoe.

– Mais cela fait un moment qu'il est là, non ?

– Deux mois. Peut-être trois. »

Je suis tétanisée. Il m'a dit un an, au moins. « Vous êtes sûre ?

– Il suffit de le regarder. » Elle prend une grande inspiration. « En tout cas, je voulais me confier à *vous.* »

Tout à coup, je comprends.

« C'est vous qui avez envoyé la carte postale ?

– Quelle carte postale ? Je ne sais pas de quoi vous parlez. »

Je la crois. Je suis triste pour elle. Elle a perdu son père et, en même temps, les bons souvenirs qu'elle avait de lui. D'une certaine façon, elle aussi est une victime.

« Je me suis dit que vous pourriez faire quelque chose.

– Faire quelque chose ?

– Vous le voyez bien, vous aussi. Il se passe encore quelque chose.

– Quoi ?

– Je ne sais pas. Je vois les filles tous les jours au café. Ça boit beaucoup. La drogue circule. Et parfois, elles se comportent bizarrement. On dirait qu'elles sont effrayées. Elles reçoivent un appel téléphonique et, brusquement, elles partent. Comme si elles avaient une peur bleue de quelqu'un. » Elle soupire. « Peut-être que je surinterprète tout. »

Je regarde du côté de l'if. « Je ne crois pas. J'ai vu ça, moi aussi. »

25

Je ramène Liz. En chemin, je résiste à la tentation de l'interroger davantage sur Gavin, mais après lui avoir dit au revoir, je décide de découvrir moi-même ce qu'il me cache.

Il ne me faut pas longtemps. Un coup de fil à Jess qui me donne son nom de famille – Clayton –, puis deux minutes en ligne et j'ai son profil LinkedIn. À partir de là, en un rien de temps, je trouve sans peine son dernier employeur, une entreprise de technologie financière basée à Londres pour laquelle il travaillait comme codeur.

L'étape suivante est un peu plus délicate. Avec un appel délibérément haletant à leur département des ressources humaines, je ne parviens pas à obtenir de détails sur sa famille proche, même après leur avoir dit qu'il s'agissait d'une question urgente et confidentielle en leur laissant entendre qu'il s'était produit un événement affreux. Le mieux qu'on puisse faire, répondent-ils, c'est de noter mon numéro et de demander à Tanya de me rappeler. Ce sera parfait, dis-je. *Tanya ?* Sa mère, peut-être ? Sa sœur ? Ou peut-être est-il marié, après tout ?

« Allô ?

– Qui est à l'appareil ? »

La voix est américaine. Elle paraît angoissée ou agacée ; impossible de savoir.

« Il s'agit de Gavin Clayton.

– Je sais. Qu'est-ce qu'il a fait ? »

Qu'est-ce qu'il a fait ? Et pas *Qu'est-ce qui se passe ?* Ni *Est-ce qu'il est arrivé quelque chose ?*

« Rien, dis-je. C'est juste que… Qui est à l'appareil ?

– Sa femme. Maintenant, est-ce que vous allez me dire ce qui se passe ? »

Ce n'est pas une surprise, pas vraiment. Je reprends d'une voix impassible.

« Je suis à Blackwood Bay, et...

– Il est toujours là-bas ?

– Oui, il est ici.

– Et vous êtes ?

– Une amie... Enfin, je crois. »

Elle rit.

« Vous *croyez* ? Vous baisez avec lui ? »

Sa voix est saccadée, incisive. Je l'imagine vêtue d'une veste noire, d'une jupe crayon. Avocate, peut-être.

« Non. Je fais un film. Gavin a aidé à coordonner le projet sur place.

– J'imagine bien. Alors, qu'est-ce que vous attendez de moi ?

– Il ne m'a pas dit qu'il était marié. »

Elle rit. « Il ne l'est pas.

– Vous êtes divorcés ?

– Presque.

– Que s'est-il passé ? »

Elle ricane. « Cela ne vous regarde pas, mais si vous voulez savoir, vous n'avez qu'à lui en parler. Demandez-lui ce qu'il a fait. »

J'hésite. « Est-ce que ça a quelque chose à voir avec Zoe ?

– Les filles disparues... Oh oui. Avec lui, tout a à voir avec les filles disparues. Vous n'avez pas encore compris ? »

Gavin agite la main gaiement en se garant sur le parking et je me force à sourire. Pour me calmer, j'ai passé le temps à filmer des vues du village. Les longues ombres projetées par le soleil couchant paraissent presque abstraites dans la lumière chaude. Il s'approche d'un pas confiant.

« Bonjour ! Tout va bien ?

– À peu près.

– Qu'est-ce qui s'est passé ? »

Je jette un coup d'œil alentour. Il n'y a personne sur le parking, mais je ne veux quand même pas faire ça en public.

« Pas ici. On peut entrer ?

– Bien sûr. »

Il sort sa clé, regarde par-dessus son épaule en ouvrant la porte de la salle communale. Il est renfrogné ; il a l'air inquiet, il sait que quelque chose cloche. Pendant un moment, je me demande ce que Tanya ne m'a pas dit, si je suis en sécurité, comme je le crois.

« Qu'est-ce qui se passe ? »

Je referme la porte derrière moi, m'essuie les pieds dans l'entrée. Il y a des toilettes vers la gauche ; à droite, un accès vers une petite cuisine. Il règne partout une vague odeur de désinfectant et de café bouilli.

« Cela fait combien de temps que tu es ici ? À Blackwood Bay ?

– Je te l'ai déjà dit », s'empresse-t-il de répondre.

Des éclairages fluorescents sont suspendus au plafond et il y a un passe-plat donnant dans la cuisine. À une extrémité, une modeste estrade.

Il se tourne vers moi. « Presque un an. Pourquoi ?

– On m'a dit que tu n'étais là que depuis deux mois et quelques. »

Il ferme les yeux, hoche la tête lentement. Il me rappelle Aidan ; il faisait la même mine quand je le confondais après qu'il avait prétendu qu'il n'était pas défoncé, qu'il n'avait pas bu, qu'il allait bien. Je n'arrive pas à me décider : est-ce que je l'aime davantage, ou pas ?

« Qui ça ?

– Liz. Pourquoi tu m'as menti ? »

Il hésite. « Je... je voulais juste t'aider. Te montrer les lieux, tu vois ? Je suis désolé.

– Gavin, j'ai parlé à Tanya. »

Il grimace. C'est presque comique.

« Ah...

– Elle m'a dit. »

Il passe sa main dans ses cheveux. « Elle t'a dit quoi ? »

Je décide de prendre le risque. « Tout. Elle m'a dit ce que tu avais fait. »

Sa tête retombe sur sa poitrine. Il marmonne : « Putain » ; je ne sais pas s'il jure ou s'il l'insulte.

« Gavin ? »

Il ne répond pas.

« Si tu veux que je te croie, tu ferais mieux de me dire la vérité.

– Ce n'était pas ma faute. »

Qu'est-ce qui n'était pas ta faute ? Dis-moi.

« Ce n'est pas son avis, je rétorque. Est-ce vrai ? »

Il pousse une chaise vers moi. « Asseyons-nous. »

Nous nous installons. Il se met face à moi. Il a l'air contrit. Déçu. Fâché aussi. Il commence à s'arracher la peau autour de son ongle de pouce, en tordant des bouts. Ça semble douloureux. Bientôt il saignera.

« Je veux entendre ta version de l'histoire. »

Il ferme les yeux et inspire profondément. Il récupère un peu d'énergie, et quand il relève la tête, son regard est humide. Des larmes scintillent dans la lumière crue.

« J'étais en colère. C'était mon patron, ce type. Elle n'aurait pas pu choisir quelqu'un d'autre ? »

Je le dévisage. Une liaison ? Ça y ressemble.

« Ça durait depuis combien de temps ?

– Elle a dit quelques semaines. Mais qui sait ? »

J'imagine Tanya la revêche dans son tailleur bien coupé et son chemisier impeccable. Ça serait bien son genre, me dis-je, avant de me reprendre ; c'est ridicule. Son genre ? Ne sommes-nous pas tous du genre en question, dans les circonstances adéquates ?

« Et... ? Quand tu as découvert la chose... ?

– Je n'avais aucune intention que ça devienne... physique. »

Je me mets en vigilance maximale. Ce n'est pas ce à quoi je m'étais attendue.

« Tu as frappé ta femme ?
– C'est ce qu'elle t'a dit ?
– Quoi, alors ?
– Je l'ai frappé, lui. »

J'éclate presque de rire de soulagement. J'essaye d'imaginer la scène, lui dehors en train d'attendre son rival, ou parti le voir chez lui. J'essaye d'imaginer comment ça s'est passé. Peut-être qu'il a porté un coup, calculé et froid, en tremblant, inquiet des conséquences potentielles, mais certain qu'il n'y avait pas d'autre solution. Ou peut-être que sa colère est venue de nulle part et a tout brouillé. Je me demande s'il s'est surpris lui-même, si c'est en baissant les yeux et en voyant l'autre homme par terre qu'il s'est rendu compte de quoi il était capable.

« Tu as frappé ton patron ?
– Il a annoncé qu'il retirerait sa plainte si je démissionnais. Alors, je n'ai pas eu tellement le choix. »

Gavin le réfléchi l'a emporté.

« Je suis désolée. »

Il tente d'insuffler un peu de légèreté dans notre conversation. « En y repensant, je voulais du changement, de toute manière. Je ne m'en rendais pas compte, à ce moment-là. »

Il cherche à paraître gai, pour moi autant que pour lui, mais sa gaieté sonne faux. Je ne dis rien. Je suis en partie soulagée ; la vérité n'est pas si horrible que je l'avais redouté.

« Enfin..., soupire-t-il, très las. C'est de l'histoire ancienne. » Il lève les yeux. « Je sais qui tu es, au fait. »

La pièce se vide de son air. Ma vision se scinde, l'image se déforme. C'est comme si je regardais Gavin à travers un objectif fendu.

« Quoi ? » Je me demande un instant si je peux m'enfuir en courant.

« On ne peut pas garder de secrets, ici. Pas longtemps... Pourquoi ?
– Qu'est-ce que tu as appris ?

– Oh, seulement que c'était ton film. Comment se fait-il que tu m'aies dit que tu donnais un coup de main ? »

Une vague de soulagement me submerge à nouveau. « Oh... Il n'y a pas de raison. Si ce n'est...

– La modestie ? J'ai lu des choses sur toi. Je ne savais pas que tu étais si célèbre. *Black Winter*, c'est ça ? » Visiblement, il m'a cherchée sur Google et je suis flattée, malgré moi. « Je ne l'ai pas encore regardé.

– Tu n'es pas obligé.

– Mais j'y tiens. »

Et c'est sincère, je le vois bien. Il n'essaye pas de me passer de la pommade. Ou si c'est le cas, il se montre très subtil. Nous restons silencieux un moment, à nous scruter l'un l'autre.

« On dirait que nous avons menti tous les deux. »

Je me mets à contempler le plafond. Il y a un ballon de baudruche vert pomme tout en haut, dans les poutres, à moitié dégonflé. « On dirait, oui.

– Je suis désolé.

– Moi aussi. »

Il baisse la voix. « Je veux vraiment t'aider, tu sais. Découvrir ce qui se passe ici. »

Je sais, me dis-je. Il est déterminé, je dois lui reconnaître ça.

« J'ai vu Liz, dis-je à la place. Elle est montée dans ma voiture. Elle m'a carrément kidnappée. »

Il en reste bouche bée. « Quoi ?

– Elle voulait me montrer quelque chose. Dans la lande. »

Je guette sa réaction. Il n'y en a pas, à peine un très léger mouvement nerveux ; il attend patiemment que je continue.

« Elle pense que Daisy est enterrée là. » Je marque une pause. « Ou Sadie.

– *Sadie ?*

– Oui.

– Mais Sadie s'est enfuie. »

Je lui raconte l'histoire de Liz et, à la fin, il siffle doucement.

« Ça paraît dingue.

– Je sais. Mais peut-être qu'ils ont mis la main sur le corps de Daisy ? Quand il a été ramené sur la côte par le ressac. Avant que la police ait le temps de le récupérer. Et ils l'ont enterré pour cacher les preuves.

– Qui c'est, *ils* ? Qu'a dit la police ?

– Liz n'en a pas parlé à la police.

– Eh bien, nous devrions y aller. »

Je secoue la tête. Je ne peux pas laisser faire ça. Je ne peux pas mêler la police à ça. Ils découvriraient qui je suis.

« Non.

– Non ? » Il se lève. « On est en train de parler d'une tombe sauvage, bon sang ! »

Il faut que je fasse machine arrière. Vite.

« Ce n'est pas une tombe, c'est juste une blague de mauvais goût. Des fleurs sous un pauvre arbre. Apparemment, ce que racontait son père n'avait plus tellement de sens, à la fin...

– Mais...

– Sadie ne peut pas être enterrée là.

– Pourquoi ?

– Crois-moi. »

Il me dévisage, l'air interrogateur.

« Alors, quel lien as-tu avec cet endroit ? Avec Blackwood Bay ? » demande-t-il.

Je baisse les yeux. Mon instinct est de nier, de dire que je n'en ai pas, qu'il n'y a rien, mais je sais que c'est trop tard. Il ne me croirait pas, plus maintenant. Il n'arrêterait pas de me harceler pour savoir.

Je reste aussi immobile que possible. Je gratte mon bras, sans rien sentir.

« Je sais que Sadie est vivante. Je la connaissais. À Londres. Nous étions dans la rue. SDF. Nous nous sommes rencontrées dans un foyer. Alors, une chose dont je suis sûre, c'est que Sadie ne peut pas être enterrée là.

– Sauf si elle est revenue.

– Elle n'est pas revenue.

– Tu as l'air bien sûre de toi.

– Je le suis.

– Pourquoi ? Qu'est-ce qu'il lui est arrivé ici ? »

Elle ne sait pas, me dis-je. C'est le problème. Elle aimerait bien savoir. Elle pense que ça a peut-être quelque chose à voir avec la raison pour laquelle Daisy est morte.

Mais je ne peux pas lui dire ça.

« Je l'ignore.

– Tu ne lui as jamais demandé ? »

Je le regarde fixement. « Non. Les gens parlent s'ils veulent, quand ils sont prêts à le faire. On ne les force pas. »

Je ne suis pas certaine qu'il comprenne, cet homme, avec ses vêtements soigneusement repassés et sa carrière à laquelle il pourrait sans aucun doute retourner s'il voulait, dès qu'il voudra. Il pense qu'un jour la petite Sadie en a eu marre, qu'elle était un peu malheureuse parce que quelqu'un lui avait volé sa trousse ou lui avait balancé une insulte, alors elle a fait son sac et elle est allée en stop à Sheffield puis à Londres. Un jour, j'aimerais lui dire comment c'est, en réalité. Je lui envie presque sa rigidité, sa certitude que le monde est régi par des règles morales claires.

« Tu ne sais pas où elle se trouve maintenant ?

– Nous nous sommes perdues de vue.

– Je croyais que vous étiez amies.

– Je n'ai pas dit que nous étions amies. Et de toute façon, c'était il y a longtemps. »

Il reste immobile. Je regrette qu'il ne fume pas ; je lui demanderais une cigarette. Ce serait le moment parfait pour recommencer à fumer. Je ferme brièvement les yeux et j'imagine la cigarette entre mes lèvres, l'étincelle du briquet, la première bouffée qui monte à la tête, la sensation de frottement au fond de ma gorge, doucement abrasive.

Il attend un moment, puis demande : « Est-ce que Liz a parlé de Zoe ? »

Je me rappelle le commentaire de Tanya, son ultime pique.

Je secoue la tête. Gavin parle doucement. « Nous devrions vraiment en informer quelqu'un, tu ne crois pas ?

– De la prétendue tombe ? J'ai dit non. J'ai dit...

– Non, informer quelqu'un du fait que tu as rencontré Sadie. Sa famille... »

Non, me dis-je. *Non*. Je veux de toutes mes forces découvrir ce qui s'est passé, pourquoi je me suis enfuie, ce que j'ai fait à Daisy avant de partir, mais je ne peux pas retourner en arrière. Je ne peux pas voir ma mère ; forcément, elle me reconnaîtra, et que pourrais-je lui dire quand cela arrivera ?

« Sa mère serait contente de savoir qu'elle va bien. »

Mais elle ne va pas bien, me dis-je. *Vraiment pas bien*.

« Je l'ai seulement... Non.

– Alex, dit-il à mi-voix. C'est très égoïste de ta part. »

À nouveau, cette rigidité ; il a le mérite d'être franc. Il a raison, me dis-je. Et peut-être que je n'ai plus d'autre choix. Peut-être qu'elle est la seule à pouvoir me dire pourquoi je me suis enfuie, ce qui s'est passé entre Daisy et moi. Elle pourra enfin me donner les réponses dont j'ai besoin.

Et si elle m'aide, si je parviens à me rappeler qui a fait du mal à Daisy et pourquoi je suis partie, alors peut-être que je saurai de qui Liz a peur et ce qui se passe avec Kat et Ellie.

« Comment allons-nous la retrouver ?

– Il y a un moyen. Quelqu'un doit bien savoir. Ou nous chercherons sur le Net. »

Bien sûr. Je suis à court d'arguments. Et peut-être que ce ne serait pas si terrible.

Mais là, je pense au moment où elle me verra. Où elle verra qui je suis vraiment. La vie que je me suis créée volerait en éclats.

« Gavin ? » dis-je, et il me dévisage.

Pendant un moment, il me donne l'impression qu'il ferait n'importe quoi pour moi. C'est comme si le fait de partager un secret nous avait déplacés dans un territoire différent, nous avait réunis sur la ligne grise qui flotte entre l'ombre et la lumière sur la lune, celle qui sépare la nuit du jour.

« Oui ?

– Tu veux bien lui parler, toi ? »

AVANT

26

Journal d'Alex, mercredi 6 juillet 2011

Je l'ai retrouvée ! Toutes les nouvelles ne sont pas bonnes, mais au moins, j'avance !

Depuis une semaine, je vais à Victoria tous les jours. Je n'en ai pas parlé à Aidan. Je sais qu'il désapprouverait. J'ai découvert un café de l'autre côté de la rue, presque en face. Il est très chic, il vend de la charcuterie de luxe, des limonades biologiques (aucune idée de ce que c'est !) et d'autres trucs, mais il y a des places près de la vitre, alors je m'assois là avec un café et je surveille la porte qui va vers les appartements. Parfois, je filme avec mon portable. La femme du café est sympa, hier elle m'a donné un sandwich et m'a dit que c'était offert par la maison.

Bref, aujourd'hui, j'ai enfin vu la fille que j'avais reconnue. Elle venait d'une autre direction avec un type et elle portait les mêmes vêtements que la dernière fois, mais je suis certaine que je l'aurais reconnue, de toute façon. Aujourd'hui, j'ai même pensé que je connaissais son nom – Daisy ; il s'avère que je me suis trompée. Je me demande si c'est le nom de quelqu'un d'avant.

Lorsque je l'ai rattrapée, j'ai cru qu'elle allait se sauver à nouveau, mais je l'ai suppliée. L'homme qui l'accompagnait m'a lancé : « Sadie ? » ; il avait l'air vraiment surpris de me voir.

« S'il vous plaît, je leur ai dit. Il faut que je vous parle. »

Au départ, j'ai cru qu'ils n'accepteraient pas, mais ensuite, la fille m'a répondu qu'ils n'en avaient que pour dix minutes, que je n'avais qu'à attendre. Puis ils sont montés.

La fille est redescendue, seule. « Viens », elle a dit, et nous sommes retournées vers la gare routière, jusqu'à un parking au-dessus d'une rangée de magasins. « Là. »

Ça puait vraiment fort là-dedans et il y avait de la pisse partout, mais nous sommes allées au premier étage par l'escalier et nous avons trouvé un endroit à côté d'une énorme Volvo gris métallisé.

« Tu es revenue », elle a dit, comme ça.

J'étais excitée, mais j'avais peur aussi.

« Comment tu t'appelles ? »

Elle n'a pas répondu. Elle a juste allumé une cigarette. J'ai été obligée de lui reposer la question.

« Alice. »

Alice. Je me suis demandé si c'est la raison pour laquelle j'avais choisi Alex comme prénom, quand il avait fallu que je dise quelque chose au Dr Olsen. Elle m'a donné une cigarette et m'a demandé où j'avais vécu. Je lui ai raconté tout ce que je pouvais.

« C'était donc toi... », elle a dit.

Apparemment, on avait parlé de moi aux informations, dans les journaux. « JEUNE INCONNUE DÉCOUVERTE SUR LA PLAGE DE DEAL ». J'espérais que personne à Londres ne l'avait vu, même si je ne savais pas pourquoi.

Ensuite, Alice s'est comportée très bizarrement. Elle a dit que je ne devrais pas être là, que j'avais promis de ne pas revenir à Victoria et, surtout, de ne pas réapparaître au squat. Quand j'ai voulu savoir pourquoi, elle m'a juste dit : « Tu es en danger, ma grande. »

Elle a refusé de m'expliquer davantage, alors j'ai demandé si je m'étais droguée au squat. Elle a ri, comme si c'était évident. Elle a dit qu'elle, non, mais son ami Dev, oui.

Dev. Ce nom me disait quelque chose. Elle m'a confirmé que c'était le gars avec qui elle était. « Il a recommencé à consommer », elle a ajouté, comme si j'allais être vraiment déçue.

Bref, elle a dit qu'on s'était rencontrées à Waterloo. Je vivais dans la rue depuis que j'avais débarqué à Londres, je m'étais fait voler mon sac, alors je n'avais plus d'argent, plus rien. Je ne voulais pas lui avouer ce qui m'était arrivé, même si je lui avais confié que c'était quelque chose de vraiment moche. Elle avait eu l'intuition que quelqu'un était mort. Un suicide? Mais j'avais répondu non, c'était pire que ça, mais jamais je n'en parlerais.

Elle avait réussi à me convaincre de venir habiter dans le squat. Il lui avait fallu un temps fou pour me persuader, et quand je lui ai demandé pourquoi, elle a dit qu'elle ne savait pas, mais que c'était presque comme si j'avais peur de Dev.

Je n'en sais pas plus, elle était pressée. Nous avons décidé de nous revoir et elle a promis qu'elle me raconterait tout le reste ce jour-là. On dirait que ce qui s'est passé est vraiment terrible. C'est la raison pour laquelle je suis partie à Deal, la raison pour laquelle elle s'est enfuie quand elle m'a vue la première fois. J'ai peur, mais je suis contente d'y être allée, je suis contente d'avoir retrouvé Alice. Plus j'apprends de choses de mon ancienne vie, plus la mémoire me revient.

AUJOURD'HUI

27

La maison se trouve au bout d'un chemin de terre qui part de la route principale. J'ai dû prendre ce chemin des milliers de fois, mais les sensations ne produisent que de faibles échos. Il y a un panneau qui annonce « ABSENCE DE VISIBILITÉ » que je ne me rappelle pas, l'allée a été récemment recouverte de graviers et la maison elle-même, ainsi isolée, paraît étrangement plus petite. Je suppose qu'autrefois il s'agissait d'une ferme, du temps où ce terrain était occupé par une exploitation agricole, même si je n'y ai jamais pensé quand je vivais ici. Nous avions quatre chambres, et on dirait que ma mère a transformé une des dépendances en une cinquième chambre. Du moins, c'est mon hypothèse ; je n'arrive pas à imaginer quelle autre finalité elle aurait pu lui trouver – pas besoin d'un logement pour la grand-mère ni d'un bureau pour travailler à domicile –, bien qu'il soit assez improbable qu'elle ait l'utilité de tous ces lits.

« C'est ici ? »

Gavin paraît surpris. Je me demande à quoi il s'attendait. Je lui ai menti et lui ai dit que j'avais fait des recherches, que cela n'avait pas été difficile de trouver l'adresse de Sadie.

« Ouais.

– Ça a l'air immense. »

Je regarde les pots alignés sur l'allée, prêts à recevoir des plantes. Tout est bien rangé, propret. Pas du tout une maison d'où on aurait envie de s'enfuir. Mais qu'est-ce qu'il en sait ? Qu'est-ce qu'ils en savent, tous ?

« Je me demande s'il y a quelqu'un. Je ne vois pas de voiture. »

L'allée est déserte, la maison plongée dans le noir, alors qu'il est tôt, le jour se lève à peine.

« Attendons ici une minute », dis-je, et j'arrête le moteur.

Il faut que je parvienne à ralentir ma respiration. D'un côté, je veux tout oublier de cette affaire, rester comme je suis, souvenirs perdus et tout. Je ne veux pas avoir à les affronter. De l'autre, je ne peux pas céder à cette envie. Je suis déjà enfoncée jusqu'au cou dans cette exploration ; il ne s'agit même plus tellement du film, nous sommes bien au-delà, il s'agit de moi désormais. De savoir qui j'étais. Ce qui s'est passé. Comment je suis reliée à Daisy.

Je regarde la maison à nouveau. Je me demande pourquoi tous les souvenirs du temps que j'ai passé ici ont disparu. Qu'est-ce qui m'est arrivé ici ? Le Dr Olsen m'a dit que je bloquais les choses les plus douloureuses.

C'est logique, je suppose. Si on ne s'en souvient pas, c'est que ça ne s'est pas passé.

« Gavin... ? Et si tu y allais ? »

Son regard s'adoucit un tout petit peu. « OK. Je vais tâter le terrain, ensuite, si elle est à la maison et si elle accepte de nous parler, je reviendrai te le dire et peut-être qu'à ce moment-là tu pourras y aller. »

Je le remercie. Il ouvre la portière, puis regarde par-dessus son épaule. Ses yeux sont grands ouverts, pleins d'espoir ; l'espace d'un instant, je crois qu'il va essayer de m'embrasser et je sais que, s'il ose, je le laisserai faire.

« Souhaite-moi bonne chance », dit-il avant de sortir de la voiture.

Il s'avance jusqu'au portail, qui est nouveau, lui aussi. La dernière fois que je suis venue, il n'y avait qu'une ouverture dans la haie, suffisamment grande pour laisser passer la voiture. Il pousse le portail et je le regarde s'approcher de la maison. Il sonne à la porte et, au bout d'une minute, une lumière s'allume, une ombre se dessine, un mouvement s'esquisse derrière la vitre dépolie.

La femme qui ouvre est jeune. Elle a un bébé dans les bras. Je regarde – à la fois terriblement soulagée et amèrement déçue – tandis qu'ils parlent pendant quelques instants, puis, sans un regard en arrière, Gavin entre dans la maison.

Je me détends sur le siège. Le Dr Olsen m'a dit que c'était courant ; souvent les gens ne se rappellent pas les détails des événements qui ont provoqué leur fuite, juste les grandes lignes. Mais apparemment, je les ai perdues aussi. Je regarde à nouveau vers la maison. Ma chambre était derrière, elle donnait sur les champs et, au fond, sur la mer, même si je ne pouvais pas vraiment la voir. La nuit, les lumières de Blackwood Bay étaient visibles au loin, et au-delà le phare.

Mais que s'est-il passé ici ? Y a-t-il eu quelque chose avec le petit ami de ma mère ? Pourquoi ai-je bloqué, écrasé tous ces souvenirs comme si le disque dur était trop plein ? Et est-ce lié à Zoe, à ce qui se trame en ce moment, à Kat, Ellie et les autres ?

Je m'enfonce dans mon fauteuil. Je suis contente que Gavin soit là ; je ne me sens plus si seule.

Au bout d'une ou deux minutes, il réapparaît à la porte, suivi de la femme avec le bébé. Il se tourne, lui dit quelque chose et elle sourit tristement avant de le saluer d'un signe de la main.

« Alors... ? » dis-je quand il monte dans la voiture. Ma voix n'est guère plus qu'un chuchotement. « Qui était-ce ?

– Ils habitent ici depuis sept ou huit ans. »

Un poids m'écrase soudain la poitrine. Je dois me forcer à énoncer la question.

« Alors, qu'est-il arrivé à la mère de Sadie ? Est-ce qu'elle a laissé une adresse ?

– Non. Nous arrivons trop tard. Elle est décédée. »

« Tu es sûre que ça va ? »

C'est la troisième ou quatrième fois qu'il me pose la question. Nous sommes assis dans un café dans un minuscule village, sur la route qui nous ramène à Blackwood Bay. Il voulait m'offrir un petit déjeuner et je n'arrivais pas à trouver une excuse plausible pour refuser, mais tout ce que je suis parvenue à commander à l'adolescent renfrogné derrière le comptoir, c'est des toasts. Je saisis mon couteau et Gavin pousse mon assiette vers moi. Le bruit de frottement m'emplit les oreilles, comme un caveau mortuaire qu'on referme.

« Ça va, dis-je en faisant de mon mieux pour l'en convaincre, pour me reprendre. Je t'assure.

– Tu es un peu pâle. »

Il fronce les sourcils ; il a l'air inquiet. C'est sympa qu'il se sente à ce point concerné.

Je le regarde casser la coquille de son œuf dur et l'écaler à partir du sommet, avant de le déposer avec précaution sur son assiette. Le son résonne trop fort : la manière dont la coquille craque et se casse me fait penser à un crâne qui se brise, et quand il coupe l'albumen coagulé, caoutchouteux, je vois un scalpel qui entaille la chair.

La salle commence à rétrécir et je lâche ma tranche de pain. Je ne peux pas rester assise là. Le rythme des événements s'accélère, je le sens. Je suis inquiète pour Ellie. Pour Kat. Je ne peux pas rester ici une minute de plus. « On s'en va ?

– Quoi ? Maintenant ? Mais...

– On s'en va, merde. »

Il pose sa cuillère et me dévisage. Je me demande ce qui lui passe par la tête, que dire, comment réagir. Maintenant, je sais qu'il a son caractère. Il pourrait m'envoyer paître, me rétorquer que je n'ai aucune raison de me mettre en colère. Il pourrait exiger de savoir pourquoi, parce qu'il ne s'agit absolument pas de mon film, c'est évident. Je le vois peser le pour, le contre, puis se décider.

« Mangeons, dit-il d'une voix douce. Je t'ai offert ce repas. Mange. Ensuite, nous partirons. » Il marque une pause. « J'aimerais bien que tu me dises pourquoi, cela dit. La vérité.

– Je suis inquiète. Pour les filles. »

L'agacement dans ma voix est clairement perceptible. Il jette un coup d'œil à mon assiette, à la nourriture que je n'ai pas touchée, puis il me regarde. Pendant une seconde, j'ai une vision de lui, furieux, debout, la ceinture dans la main, les yeux brûlants, la bave aux lèvres. *Fais ce qu'on te demande, petite salope,* dit-il, et tout ce que je peux faire, c'est me recroqueviller, espérer, me répéter que ça ne signifie pas que je suis faible et qu'il ne me possédera pas toujours, que c'est temporaire, jusqu'à ce que je puisse m'enfuir, mais il me frappe, encore et encore et encore.

Mais il ne se produit rien de tout cela et je me souviens qu'il fait partie des gentils. Il ne m'a jamais fait de mal.

« Allez, viens, finit-il par dire. Je n'avais pas tellement faim, de toute façon. »

Nous roulons en silence. Je suis penchée en avant, cramponnée au volant pour empêcher mes mains de trembler. Je ne me sens pas mieux que dans le café. La voiture est étouffante ; mes défenses sont en train de s'éroder. Je regrette de ne pas pouvoir me cacher derrière ma caméra. Je repère la bifurcation par laquelle on accède à l'église et je sais qu'il faut que je m'arrête. Je sais que c'est là que je trouverai ma mère.

« Je tourne, dis-je.

– Hein ?

– Vers le cimetière. La lumière est parfaite. »

Peu convaincant, et je le sais.

« Le cimetière ? Mais...

– Je veux des images.

– Maintenant ? »

Ferme-la, me dis-je. *Mais ferme-la.*

« Je veux filmer la tombe de la mère de Sadie.

– Je croyais que tu voulais rentrer à Blackwood Bay.

– C'est le cas... je veux juste... Je ne peux pas expliquer. Gavin ? S'il te plaît... »

À nouveau, il cède. Nous quittons la route principale et nous nous engageons dans la petite voie bordée d'arbres. Elle n'est guère plus qu'un chemin, dominé par des branches noires, dégarnies, qui se détachent sur fond de ciel. Elle est en pente et sinueuse, de plus en plus étroite, et je dois ralentir beaucoup pour pouvoir prendre les virages, mais finalement elle débouche sur une aire dégagée. Nous sommes au niveau de la mer, et devant nous, se découpant sur le ciel gris, se trouve une minuscule église noire. Tout semble un peu décalé, le monde paraît soudain penché, les angles déformés. Un poids s'enfonce sur moi, m'écrase, comme si on m'enterrait vivante.

Elle ne peut pas être là. Impossible. Elle est vivante. Je coupe le moteur.

« Est-ce que tu peux m'attendre ici ?

– Je préférerais venir avec toi. Tu as l'air... »

J'attrape ma caméra sur la banquette arrière et je la lui donne.

« Tu me filmes, alors ? »

Il accepte et ensemble nous descendons vers l'église. La porte est fermée, toutes les ouvertures de l'édifice sont obturées. Le vent au loin est doux et désespéré, et les pas de Gavin résonnent derrière moi quand nous faisons le tour. Il y a un banc et la mer se trouve juste de l'autre côté d'un petit mur de pierre. Devant ce mur bas, les pierres tombales ; on dirait des dents cassées.

« Attends-moi ici.

– Pourquoi... ?

– S'il te plaît, dis-je entre mes dents. Donne-moi juste une minute. »

Il obtempère. Il essuie le banc humide, puis change d'avis et ne s'assoit pas. Il m'observe – et continue à filmer, d'après ce que je vois – tandis que j'entre dans le cimetière envahi d'herbes et de mousse. Je me penche pour lire les inscriptions sur les pierres et je finis par trouver celle que je cherche.

Rebecca Davies. 23 novembre 1968 - 4 août 2012.

La tombe est là. Je ne sais pas ce à quoi je m'attendais, mais elle est là. Elle est petite ; elle paraît insignifiante. Il n'y a pas de citation, pas d'extrait de la Bible – elle n'en aurait pas voulu, de toute façon –, pas même un *Tu nous manqueras* ou un *On ne t'oubliera jamais.* Juste les faits, sans vernis, sans ornement. Son nom, l'année de sa naissance, l'année de sa mort. 2012. Un peu plus d'un an et demi après la disparition de sa fille. Dix-neuf mois après la mort de Daisy. Je me demande vaguement ce qui est arrivé au petit ami, puis je me rends compte que je m'en fiche complètement.

Je me rapproche. Un craquement sous ma semelle, un crissement écœurant comme si j'écrasais un escargot, et j'imagine les éclats de sa coquille en train de transpercer son corps en bouillie, le coup de grâce infligé par quelque chose qui jusque-là avait signifié protection et refuge. Les jambes tremblantes, je m'accroupis. Je tends la main ; la pierre est glaciale, recouverte d'une couche de givre. Je suis le contour des lettres de mes doigts engourdis. *Rebecca Davies.*

Je m'assois sur le sol dur et je ramène mes jambes bien serrées sous moi. À travers mon jean, je sens la moindre bosse, le moindre caillou, mais j'ignore la douleur. Je la mérite, celle-ci et beaucoup d'autres. Pour ce que je lui ai fait.

Je ferme les yeux. J'ai conscience que Gavin est là-bas, à six ou sept mètres, dans l'ombre de l'église, ma caméra dans la main. Mais je m'en fiche. Je laisse mon menton tomber sur ma poitrine ; je me balance d'avant en arrière.

« Qu'est-ce qui s'est passé ? » dis-je dans un souffle, mais la seule réponse est le silence retentissant de la pierre. Je me mets à pleurer.

J'aurais pu aider. J'aurais dû. J'aurais pu demander ce qui n'allait pas, pourquoi elle avait changé, pourquoi elle se comportait comme ça, pourquoi elle laissait le salaud qu'elle avait rencontré nous séparer. Mais je ne l'ai pas fait. J'ai renoncé. Je lui ai tourné le dos. Je sortais, dans des boîtes, des fêtes. J'ai commencé à boire, à me perdre, à me faire sauter. Je t'emmerde, me disais-je. On peut être deux à jouer à ce jeu, à foutre sa vie en l'air.

Les larmes coulent plus fort maintenant. Tout me revient. Je repense au jour où je me suis enfuie. J'ai marché jusqu'à avoir les pieds en sang, puis j'ai fait du stop. Une voiture, puis une autre, puis une autre. Elles fusionnent en une seule. J'ai réussi à aller jusqu'à Sheffield, puis Londres. Il y a un blanc après cela, un long et vaste désert, peuplé de bribes d'images et de coupes franches d'une scène à la suivante. Alice, Dev. Gee. Des aiguilles, une fumée âcre. Somnolant à l'arrière de voitures conduites par des étrangers. Me laissant dépouiller de tout parce que je ne valais rien. Offrant mon corps, d'abord pour l'argent, ensuite pour la drogue, ensuite parce que c'était moi. J'étais à peine consciente ; la plupart du temps, je ne savais pas qui j'étais. Je pensais que je m'enfuyais de l'enfer, mais en réalité, j'y fonçais tout droit, créant des trous dans ma mémoire, sans même être certaine que je voulais encore vivre. Puis il est arrivé quelque chose qui m'a conduite à Deal, et je me suis réveillée sur la plage, trempée, seule, et ma tête a lâché, mon cerveau s'est remis à zéro.

J'ouvre les yeux. Bien que petite, la pierre tombale se dresse, intimidante, devant moi, et maintenant, je ne peux plus échapper à la vérité. Elle n'a survécu que dix-neuf mois. Il n'y a pas que ma propre vie que j'ai détruite en partant. J'ai emporté avec moi tout l'espoir qu'elle avait peut-être eu autrefois.

« Maman. C'est moi. Sadie. Je suis désolée. »

Rien ne répond à mon chuchotement. Rien que le vent et mon cœur qui tambourine. La culpabilité m'étreint brusquement, ses doigts crochus dans ma bouche, dans mon ventre. Mais je n'aurais jamais pu rester. Il faut que je m'en souvienne. Il faut que je m'accroche à cela, peu importe ce qui essayera encore de me précipiter dans les eaux déchaînées.

Et à quoi m'attendais-je ? À une réponse, spectrale, éthérée ? À être pardonnée ?

C'est trop tard pour tout ça. J'ai eu ma chance et je l'ai fichue en l'air.

« Je vais découvrir ce qui se passe, je le jure. Je vais faire en sorte que ça s'arrête. »

28

Nous arrivons à la voiture. Gavin me tend la caméra, sans un mot. La robustesse de l'objet est rassurante et je le garde sur mes genoux quelques instants avant d'appuyer sur *Marche*. L'image granuleuse se précise ; j'entends le crissement d'un pas. Une silhouette devant, une femme qui contemple les pierres tombales. Elle s'avance, puis se penche.

Je sais que c'est moi, mais je n'ai pas l'impression que la scène soit réelle. Il y a comme une déconnexion. Mon corps tremble quand je touche la pierre, puis soudain la caméra fait une chute vertigineuse, avant que l'image se stabilise. Quand elle retrouve son aplomb, on voit la même scène, mais d'un angle différent ; la caméra est posée sur le banc. Puis Gavin apparaît, il marche vers moi. Il s'accroupit à côté de moi, mais je ne fais pas un geste ; rien ne montre que j'ai remarqué sa présence. Il tend la main pour m'aider à me remettre debout, puis ensemble nous retournons vers la caméra, moi devant, lui derrière, muet.

J'appuie sur *Arrêt* et je pose l'appareil sur le tableau de bord devant moi.

« C'est ce que tu voulais ? » demande Gavin.

Je ne sais pas quoi dire. Je ne sais pas ce qu'il a vu, ce qu'il a entendu. J'ai cessé de pleurer, mais mes yeux doivent malgré tout être cernés de rouge.

« Est-ce que ça va ? »

J'abandonne ma mère à nouveau. Là, dans le froid, dans la terre noire, glaiseuse. Comme j'ai abandonné Geraldine. Et Alice. Et Aidan, même si mon éloignement a été plus progressif.

Et Daisy. Je l'ai abandonnée, elle aussi. Je me tourne vers Gavin. « Ça va. » Je démarre. « On y va. »

Je me gare en haut du village. Le silence se déploie comme une épaisse fumée noire.

« Je suis là, dit-il au bout d'un moment. Si tu veux en parler. »

Il est sincère. Il veut m'aider. Il ne s'agit pas de m'obliger à lui être redevable. Il ne cherche pas à se porter à mon secours à nouveau, comme le premier soir. Rien de comparable avec la rue, tous ces gens qui voulaient m'aider, mais seulement pour se sentir bien, eux. Et si vous osez leur refuser cette occasion de faire une bonne action, leur dire que, merci, vous n'avez besoin de rien dans l'immédiat, ils ne sont pas contents pour vous. Soudain, vous pouvez aller vous faire voir. Ils ont fait leur part et vous n'êtes qu'une salope ingrate qui leur renvoie leur gentillesse à la figure.

« Où tu étais, la fois où tu m'as trouvée sur la route ? Le soir où on s'est rencontrés ?

– Qu'est-ce que tu veux dire ?

– Tu m'as dit que tu étais avec Bryan. »

Il hésite, une seconde. « C'est vrai.

– Il dit que c'est faux. Pourquoi mentirait-il ?

– Je ne sais pas. »

Je me rends compte que j'ai très envie de le croire. « Je sais que tu veux m'aider, dis-je doucement. Mais dis-moi la vérité.

– Je n'étais pas avec lui…, avance-t-il prudemment. Pas exactement. Je l'avais vu. Au pub. J'étais seul, en fait. » Il lève les yeux. « Mais ça revient au même. Je savais qu'il ne pouvait pas être le conducteur de la voiture qui ne s'est pas arrêtée. »

Je ne dis rien.

« Tu me crois ?

– Oui.

– Qu'est-ce que je peux faire ? Pour t'aider ?

– Est-ce qu'elle t'a dit comment la mère de Sadie était morte ? »

Il paraît troublé un moment, puis comprend que je parle de la femme avec le bébé.

« Non. »

Il reste silencieux pendant une minute, mais je sens bien qu'il a envie de dire quelque chose.

« Est-ce que Sadie est la vraie raison pour laquelle tu es venue ici ? »

J'envisage de dire la vérité. Mais comment le pourrais-je ?

« En partie, peut-être. Je n'arrêtais pas de penser à elle. Je regrette qu'on ne soit plus en contact.

– Alors, quel âge aurait-elle aujourd'hui ?

– Sais pas. Une bonne vingtaine d'années ?

– Pourquoi est-ce que tu as prétendu que ton film n'avait pas pour sujet ce qui est arrivé aux filles ? Tu aurais pu me le dire, tu sais. Je veux seulement... »

Je l'interromps. « M'aider. Je sais. Le truc, c'est qu'à l'origine, ce n'était pas le cas. Mais mon producteur l'a suggéré. Il avait lu des articles sur Daisy. Et sur Zoe.

– Et c'était une histoire croustillante qui méritait d'être creusée ? »

Croustillante. Le mot provoque une douleur cinglante. Je l'ai déjà entendu quand je tournais *Black Winter.* Il m'avait fallu un certain temps pour gagner la confiance de certaines filles, les convaincre que je n'étais pas qu'une voyeuse essayant d'utiliser leur malheur pour mon bénéfice personnel. « Nous sommes seulement là pour te donner une histoire croustillante », m'avait lancé l'une d'elles. Plusieurs, en fait.

Je regarde Gavin. « À t'entendre, je me fiche de ces filles.

– C'est faux ?

– Oui. »

Il reste silencieux pendant un long moment. Je me rappelle la remise des prix, quand je suis retournée trouver les femmes que j'avais filmées. Elles n'étaient pas contentes de me voir, mais aucune n'était véritablement contrariée. Pour elles, j'étais passée à autre chose, c'est tout, comme tout le monde, si on ne meurt pas avant. Je leur ai tendu l'enveloppe d'argent liquide – trois mille livres – en leur disant que cet argent était pour elles. Il l'avait toujours été, en réalité.

Gavin s'éclaircit la voix, mal à l'aise. « Zoe ne s'est pas enfuie. »

Il a l'air tellement affirmatif que sa phrase pourrait être interprétée comme un aveu.

« Je le sais, c'est tout, continue-t-il. Je ne peux pas l'expliquer. Mais je pense que tu as raison. Daisy et Zoe sont mortes toutes les deux. Sadie est la seule qui ait réussi à s'en sortir. »

L'air à l'intérieur de la voiture se fige. Je n'arrive plus à respirer. Mes dents claquent, mais j'ouvre la fenêtre.

« Qu'est-ce qui s'est passé entre Zoe et toi ? »

Il hausse les épaules. « Rien. Je... J'ai cru que je pourrais la trouver. Lorsque je suis arrivé, je veux dire. J'ai cru... je ne sais pas. Peut-être que j'ai pensé que les gens ici m'accepteraient si je leur montrais que je me souciais d'eux.

– Et... ? Comment ça s'est passé ? »

Il ignore ma question. « Nous pourrions aller trouver la police...

– Non. »

Une fois de plus, il m'ignore. « Je veux dire, Sadie sait ce qui s'est passé. »

Je le contredis, en silence. *Mais elle ne sait pas. Elle ne sait pas.*

« Nous devrions la retrouver. Dire à la police que vous étiez en contact.

– Non ! »

Son regard se pose sur moi. Me transperce. Me fouille.

« Non, dis-je, plus doucement cette fois, mais avec plus d'emphase aussi. Sadie m'a fait promettre. Et pour ce qui est de la tombe, elle ne signifie rien. Forcément.

– Mais...

– Tu ne comprends pas, Gavin. »

J'ai touché un point sensible. Il sait qu'il sera toujours un étranger pour la communauté, un étranger qui peine à comprendre. Je suis submergée par une nouvelle vague de culpabilité.

« Je croyais que tu t'inquiétais à propos des filles. Ellie et Kat ?

– Je m'inquiète, oui », lui dis-je.

Je m'imagine enterrée là-bas, sur la lande. Je suis seule, nue. Je la sens, la terre meuble, chaude malgré le temps, elle m'enveloppe, me submerge, m'avale tout entière. Mais ensuite, c'est comme si quelque chose me transperçait le ventre. Environnée de toute cette mort, tout ce que je veux, c'est vivre. L'atmosphère s'épaissit à l'intérieur de la voiture. Je me rends compte, presque de loin, à quel point il serait facile de tendre le bras, de poser la main sur sa jambe, sa cuisse, de me pencher tout près de lui. Il ouvrirait la bouche, surpris. Il y aurait le parfum de la réglisse, pas désagréable. Nous échangerions un baiser, puis un autre, cela durerait un bon moment, le désir de plus en plus pressant.

Quelque chose m'arrête, mais brièvement. Je pose ma main sur la sienne. Pourquoi pas ? Pourquoi ne devrais-je pas prendre ce que je veux ? On ne vit qu'une fois, après tout. Je l'embrasse. Il résiste, au début ; je pense qu'il va dire : *Non, arrête*, et la honte commence à enfler et à bouillonner. Ensuite, il se laisse aller. Ses lèvres sont plus rêches que je ne m'y attendais ; sa bouche sent le café. Son baiser est hésitant, il ne bouge pas les mains et j'en suis soulagée.

« Partons, dis-je, murmurant contre sa poitrine, mais il secoue la tête.

– Ça ne t'ennuie pas si on ne... ?

– Hein... ? »

La douleur cinglante familière du rejet. J'ai presque envie de rire.

« Je suis désolé. Je voulais juste... »

J'attends qu'il finisse, mais il en semble incapable. Il ouvre la portière de la voiture et sort.

« Gavin ? N'en parle à personne, hein ? D'aujourd'hui. »

Il a l'air peiné. Je me rends compte qu'il croit que je parle de notre baiser.

« Du cimetière, je veux dire. Du fait que je connaissais Sadie. »

Il sourit, puis hoche doucement la tête.

« Promis. »

Je le remercie, puis je sors de ma voiture et je rentre à Hope Cottage.

29

Une fois rentrée, je ne parviens pas me détendre. Il faut que je fasse quelque chose. Je décide d'aller tourner des images pour le film. Le village la nuit, peut-être. Depuis un point en hauteur, le parc par exemple. Il commence à faire sombre, alors je sors. Mais dès que j'arrive au kiosque à musique et que j'essaye de filmer, je découvre que la carte mémoire de ma caméra est pleine et j'ai oublié d'en apporter une autre. Il faut que je retourne à la maison.

Quand je descends Slate Road je sens un regard qui me suit, qui me pique la peau. Je cherche à ma gauche, à ma droite, et, chaque fois, je crois voir un mouvement, comme si quelqu'un était caché dans la pénombre, anticipant chacun de mes gestes avant de se fondre dans la nuit à la dernière seconde. Je suis soulagée quand je me glisse enfin dans la ruelle qui me ramène chez moi, mais je me sens encore observée. J'ai l'impression de voir les rideaux chez Monica bouger légèrement, juste un frémissement, mais lorsque je regarde à nouveau, ils sont immobiles.

Je tourne la clé dans la serrure; la porte est ouverte. J'ai dû oublier de la fermer tout à l'heure, dans ma hâte. Il faut que je sois plus prudente.

Pluie et *Tempête.* Mon sac est dans la chambre à l'étage, mais une seconde avant que j'allume la lumière, je sens que quelque chose cloche. La porte est entrouverte, éclairée par la lumière du palier qui illumine un carré de moquette et le bord du lit, laissant le reste de la chambre plongé dans le noir. J'entends le doux soupir d'un souffle exhalé et j'aperçois une lueur à la lisière de la pénombre. Le lit grince au moment où quelqu'un se lève et avance vers moi.

Je vois d'abord ses pieds, ses affreuses chaussures noires, son jean, un blouson noir. Je me fige. Son visage est toujours dans l'ombre projetée par la porte, mais je me rends compte que l'inconnu me dévisage de ses yeux brûlants, enfoncés dans leurs orbites.

« Alex. »

Il énonce mon nom comme entre guillemets, je sais que j'ai été repérée. J'essaye de reculer, de m'éloigner de lui, mais j'en suis incapable. La peur me tétanise.

« Mais… putain… ? »

Il avance. « Ne… Je ne vous veux aucun mal. »

Je reconnais vaguement sa voix frêle, mais mon cerveau tourne tellement au ralenti qu'il refuse de traiter l'information, de faire le lien. Je ne suis même pas sûre d'avoir basculé dans le mode lutte ou fuite ; apparemment, je suis incapable de faire quoi que ce soit d'autre que serrer la poignée de la porte. Une seconde plus tard, je percute.

« David ? »

Le son de ma voix me fait revenir dans la réalité. Je trouve l'interrupteur et j'allume. J'ai raison, il s'avance vers moi à pas feutrés, la main dans la poche. Dans un instant, il la ressortira – l'éclat d'une lame, une longueur de corde. Une arme à feu. Il faut que j'entre en action.

« Restez où vous êtes ! »

Mon ordre lui fait comme une décharge électrique. Il sort sa main de sa poche. Elle est vide.

« Ne vous approchez pas de moi !

– Je ne vous ferai aucun mal. Laissez-moi partir. »

Je m'aperçois qu'il ne sait pas ce qu'il veut dire ; je suis revenue à l'improviste, il a été surpris. Je me mets à rire, bien que ce ne soit pas drôle. Ma peur semble s'être transformée en autre chose. Comme je me trouve entre lui et la porte de la maison, je sais que j'ai de bonnes chances de réussir à m'enfuir.

« Qu'est-ce que vous faites ici ?

– Rien. Je voulais juste… »

Je parcours la chambre des yeux. Elle est telle que je l'ai laissée. Les tiroirs n'ont pas été retournés, mes affaires n'ont pas l'air d'avoir été touchées. Il ne s'attendait pas à ce que je revienne si vite. Je le dévisage.

« Comment êtes-vous entré ?

– La porte. Elle était ouverte. » Il s'approche. « Écoutez, je veux juste...

– Reculez, bordel ! »

Il s'immobilise. Il est pâle dans la lumière crue, et encore plus maigre que dans mon souvenir. Il a l'air malade, comme s'il était dans une très mauvaise passe et ne dormait pas. De si près, je vois sa peau lisse, un peu bleutée, les petites entailles sur son menton où il s'est coupé quand il s'est rasé. On dirait presque un personnage de cire, mais lorsque je regarde mon bras, je me rends compte que moi aussi.

« Je suis de ton côté, dit-il calmement. Mais il faut que tu partes. Tu ne devrais pas être ici.

– Ah bon ?

– Je te le dis pour ton bien.

– C'est une menace ? »

Il baisse soudain la tête, il semble déçu que je puisse penser une chose pareille.

« Tu n'aurais pas dû revenir ici. »

Mes perceptions volent en éclats, comme si un train avait raté un aiguillage, ou qu'il y avait un faux raccord dans un film. C'est donc vrai. Il sait. Il sait depuis le début. Est-ce la raison pour laquelle il est venu – pour trouver une preuve ? Je ne suis pas assez idiote pour avoir avec moi quelque chose qui révélerait mon ancien nom. Il me connaît; donc je devais le connaître avant. Pourquoi est-ce que je n'arrive pas à me rappeler ?

« David, je... »

Les mots ne viennent pas. Il m'attrape par le bras. Une décharge d'électricité statique me remonte dans l'épaule, la sensation est intense, on dirait que j'ai mordu dans du papier d'aluminium.

« Pourquoi... ? Pourquoi tu fais semblant ? »

J'essaye de prendre une bouffée d'air, mais apparemment, il n'y en a plus. Je réussis à me débarrasser de sa main, mais la douleur demeure.

« Laissez-moi tranquille ! »

Il tend à nouveau le bras, mais cette fois sans aller jusqu'à me toucher.

« Tu sais que je suis de ton côté. Je l'ai toujours été. » Il approche la main de mes cheveux. « Tu as changé. »

Je le repousse.

« Tu sais que je me suis toujours occupé de toi.

– Foutez-moi la paix !

– S'il te plaît... »

Je lutte pour que ma voix ne trahisse aucune émotion. « Je ne vous connais pas. Je ne vous ai jamais vu.

– Ne mens pas, dit-il. C'est inutile avec moi. Qu'est-ce qui t'est arrivé ?

– Quoi ?

– Après ton départ. Que s'est-il passé ? »

Je secoue la tête, et une fois de plus, il esquisse un geste vers moi. « C'est bien toi. »

Je réagis sans réfléchir. C'est comme si une force extérieure s'emparait de moi, une réaction automatique. Je le gifle. La paume de ma main me brûle.

Il recule en trébuchant. « S'il te plaît. Personne n'a jamais rien soupçonné. Je n'ai jamais... »

C'est vous qui m'avez fait venir ici. C'est vous qui avez envoyé la carte postale à Dan. C'est la seule explication.

« Tu dois partir. Le plus vite possible.

– Qu'est-ce que vous faites aux filles ? Dites-moi, espèce de salopard. Dites-moi ! »

Il tremble, il se ratatine, bat en retraite à l'intérieur de lui-même. Il me rappelle Geraldine, son cerveau en décomposition. Il semble presque ailleurs, comme s'il s'adressait à quelqu'un que lui seul peut voir. « Nous avions décidé que nous n'en parlerions jamais. C'était notre secret.

– Daisy… » Une certitude me frappe en plein cœur, sans que je sache d'où elle vient. « Vous l'avez tuée. Elle était dans votre maison, elle y a été vue.

– Non ! »

Je fouille dans ma poche à la recherche de mon portable. Si seulement il y avait un moyen d'enregistrer cette scène. En douce.

Et merde. Je le dirige vers lui et j'appuie sur *Enregistrer*. Ses mains vont se plaquer sur son visage, comme si j'étais sur le point de l'asperger de gaz lacrymogène.

« Arrête ! Non !

– Reconnaissez-le. Vous l'avez tuée. »

Il se fige, les yeux écarquillés, il va avouer, c'est sûr. Mais ensuite, on dirait qu'il change d'avis.

« Tu sais que ce n'est pas vrai ! dit-il. Tu sais que ce n'est pas moi qui l'ai tuée ! Daisy…

– Qu'est-ce que vous cachez ? »

Il recule.

« Qu'est-il arrivé à Daisy ? Qui l'a poussée ?

– Personne. Tu le sais. Parle à Monica. Elle était là. Elle a vu. Elle a tout vu. Tu le sais bien. »

J'ai envie de le gifler à nouveau, de l'obliger à me dire pourquoi il se souvient de moi, alors que je n'ai aucun souvenir de lui, pourquoi je suis écartelée entre l'envie qu'il soit de mon côté et celle de le tuer. Et je veux le supplier de ne dire à personne qui je suis. J'ouvre mon poing, je le referme.

« Partez », dis-je.

Le mot sort dans un sifflement, mais curieusement je me sens calme, comme si quelque chose à l'intérieur de moi avait pris le relais. Tel un automate, je recule, je le regarde hocher la tête lentement quand il passe devant moi. Il s'arrête en haut de l'escalier et se tourne vers moi.

« Ne reste pas ici. S'il te plaît. Si tu restes, on aura fait tout ça pour rien. »

30

Je suis assise dans le fauteuil, les poings serrés, les jointures blanches. La porte est fermée à clé, mais je la surveille quand même.

Une ombre, puis un visage de l'autre côté de la fenêtre. Je reconnais les lunettes de Gavin.

« Alex ? C'est moi. »

Je me lève et, d'un pas raide, je vais déverrouiller la porte. Il est à peine entré qu'il m'enlace, ou peut-être est-ce moi qui me cramponne à lui.

« Qu'est-ce qu'il voulait ? »

Me dire qu'il savait que j'étais Sadie. Je le pense, mais je me tais.

« Je crois qu'il a tué Daisy. Et je m'inquiète à propos d'Ellie. Elle le nie, mais il la voit, j'en suis sûre.

– Mais...

– Il y a autre chose. Il m'a dit qu'il y avait un témoin quand Daisy a sauté. Monica.

– Monica ? Mais comment est-ce possible, s'il l'a tuée ?

– Je ne sais pas. Peut-être qu'il ment. »

Il enfouit sa tête dans mes cheveux.

« Ça va aller ? »

Je lève les yeux. Je sens la chaleur de sa peau. Je pense à ses lèvres contre les miennes.

« Tu trembles. Allez, viens. »

Nous sommes sur le canapé. Son bras autour de moi, sa chaleur qui se déverse sur moi, qui m'enveloppe comme une couverture. Il a allumé un feu dans la cheminée. Le silence entre nous bourdonne de choses tues ; le désir, d'une épaisseur sirupeuse, remplit l'air. Je lève les yeux pour le regarder, mais son visage est dans l'ombre, indéchiffrable. Je me rends compte que j'ai envie de lui, et au moment exact où je me redresse pour l'embrasser, il baisse la tête. Ses lèvres effleurent les miennes, maladroitement d'abord, puis nous trouvons chacun le rythme de l'autre. Sa main vient se poser sur ma nuque, puis descend sur mes seins.

« Ça va ? » murmure-t-il, et les mots ne me viennent pas, alors je réponds seulement en enlevant mon pull et en tirant sur sa ceinture. « Montons », dit-il, mais je refuse d'un signe. Je ne peux pas m'empêcher de voir David assis dans cette pièce, en train de nous observer.

« Non, restons ici. » Je jette un coup d'œil du côté du feu. « Allons jusqu'au bout du cliché. »

Il rit et m'allonge doucement sur le sol avant d'ôter ses derniers vêtements. Il se montre hésitant, d'abord, comme s'il pensait qu'à tout moment je risquais de lui demander d'arrêter, mais quand je l'attire à moi avec la même ferveur que celle qu'il manifeste, il devient plus hardi, moins précautionneux. Je le guide en moi, en fermant les paupières, en m'obligeant à rester où je suis, concentrée sur ce qui se passe ici et maintenant, dans mon corps.

« Alex ? » dit-il, et j'ouvre les yeux, puis je l'embrasse. Je me rends compte qu'il a toujours ses lunettes et je les lui enlève.

« Voilà qui est mieux. »

Il ne nous faut pas longtemps, et quand on a fini, il se remet debout maladroitement. Il va me chercher la couverture étalée sur le dossier du canapé et, pour la première fois, je vois son corps d'un peu loin. Il est très mince mais souple ; ses muscles se remarquent sous sa peau luisante de sueur. Il a l'air soudain gêné ; il trouve son caleçon et me tourne le dos pour l'enfiler. Déjà, je me rejoue ce que nous venons de faire, me demandant si nous recommencerons, plus lentement, et avec moins de silence.

Mais ressent-il la même chose ? Ou est-ce fini pour lui, maintenant qu'il a eu ce qu'il voulait ? J'en doute, mais il m'est arrivé de me tromper. Très souvent, en fait.

« Ça allait ? »

J'acquiesce. Il mérite plus, mais les mots refusent de sortir. « Est-ce que tu veux bien aller me chercher de l'eau ? » dis-je, plus pour meubler le silence que pour autre chose.

Lorsqu'il revient, il paraît triste. Il rassemble ses affaires et s'habille.

« Tu restes ?

– Non. Je suis désolé, je n'aurais pas dû…

– Reste, redis-je avec plus de conviction cette fois. S'il te plaît. C'était très bien. »

Il s'interrompt, sur le point de boutonner son jean. « Tu es sûre ? »

Je hoche la tête et il m'embrasse à nouveau.

Nous traînons au lit. Il ne part pas avant la fin de la matinée, et même à ce moment-là, il dit qu'il préférerait rester. Je demeure couchée un moment, puis je prends ma douche. Sans me presser. Mon bras est encore endolori à l'endroit où David l'a touché hier soir. C'est comme s'il y avait injecté un poison, quelque chose auquel je suis allergique. Même la tendresse de Gavin n'a pas effacé la sensation. Je mets mon jean et mon plus gros pull, puis je m'en vais en fermant soigneusement la porte derrière moi et en vérifiant deux fois.

Chez Monica, rien ne bouge. Pas de mouvement, pas de réponse lorsque je sonne à la porte. Les rues sont désertes aussi, la neige a presque complètement disparu. Les Rocks ruminent au loin, et au bord de la péninsule, silencieuse et vide, trône Bluff House.

Je ne parviens pas à la regarder, alors je regarde devant moi, en direction du pub. Les murs extérieurs sont nus ; des crochets sont fixés à intervalles réguliers. L'été, on doit y suspendre des paniers végétalisés – des fuchsias, peut-être, de couleur rose fluo et rouge vif –, mais cela paraît irréel. Je vois plutôt des quartiers de viande qui se balancent au bout de ces crochets, des cochons découpés, des agneaux égorgés. Des cadavres se vidant de leur sang. Une fille qui pousse des cris de douleur. Soudain, j'ai envie de faire demi-tour et de m'enfuir en courant.

Mais non. Mon cerveau s'égare. Je me force à monter les marches qui partent de la rue et j'entre dans la chaleur du pub, ignorant le silence momentané tandis que les clients de midi me regardent me glisser avec détermination jusqu'au bar.

« Comment ça va ? » dit la propriétaire en me voyant arriver. Elle a l'air sombre.

« Pas trop mal. Est-ce que je peux avoir de l'eau ?

– C'est tout ? »

Je réfléchis deux secondes. Il est tôt, mais bon. « En fait, je vais prendre un whisky. »

Elle me le verse. Il colle au verre comme du sang, huileux, visqueux. Je lui tends l'argent.

« Vous avez vu Monica ?

– Là-bas. »

Elle désigne une table dans un coin. Monica est assise seule et, quand elle remarque ma présence, elle me fait signe de venir la rejoindre. Dès que je m'assois, elle referme le livre qui est posé sur ses genoux.

« Tout va bien ? »

Elle penche la tête et je me demande si elle nous a entendus hier soir. Les murs sont fins, après tout, assez fins pour que je perçoive ses déplacements chez elle.

« Est-ce vrai ? dis-je.

– Quoi ?

– Vous avez vu Daisy sauter ? »

Son visage se décompose.

« Qu'est-ce qui vous fait penser ça ?

– David me l'a dit. »

Elle paraît surprise. « Il vous a dit ça ? Pourquoi lui avez-vous parlé ? Et de quoi ? »

Je ne veux pas répondre. « Alors ? »

Elle soupire, puis jette un coup d'œil circulaire. « Pas ici. Montons au premier. »

Elle se lève et nous nous dirigeons vers le bar. Monica demande à Beverly si elle veut bien, et dès que la propriétaire acquiesce, elle m'entraîne vers une porte dans un coin. Quand j'approche, une peur panique se met à brûler dans mon ventre, indicible mais bien vivante.

« Venez », dit Monica.

L'ouverture bâille, noire, inquiétante, et une étrange odeur nous parvient de l'étage, salée avec une nuance soufrée. Tout à coup, je suis submergée par un puissant désir de m'enfuir en courant, mais je sais que je suis ridicule. Je me force à suivre Monica dans l'escalier.

En haut, elle actionne un interrupteur et la pauvre ampoule au-dessus de nos têtes brille faiblement. Nous sommes sur un étroit palier, le papier peint jaune se décolle, des portes sont alignées sur la gauche et sur la droite. Nous franchissons l'une d'elles et entrons dans un salon en grand désordre. De vieilles tasses à café partout sur les meubles, un immense téléviseur allumé dans un coin, le son coupé. Toute la pièce pue le tabac froid et je commence à avoir la nausée ; mon cœur cogne dans ma poitrine comme un animal sauvage cherchant à tout prix à s'échapper de sa cage.

Monica s'assoit sur le canapé et désigne le fauteuil en face.

« Bev m'autorise à monter, dit-elle, alors que je n'ai pas posé de question. Quand j'ai envie d'une cigarette.

– Ah... »

Elle sourit et en sort une. « Reprenons. David vous a dit que j'avais vu Daisy sauter.

– Vous ne me l'avez pas dit. »

Ma voix paraît faible, grêle et pathétique. Je tousse, mais ça ne change rien.

« Non.

– Pourquoi ?

– Il n'y avait pas de raison.

– Qu'est-ce que vous avez vu ?

– Que voulez-vous dire ? Elle a sauté. Voilà ce que j'ai vu. »

Parfois, je vois la scène, moi aussi, ai-je envie de dire. Je la vois là, debout, dans une longue robe fluide ; soulevée par le vent, l'étoffe attrape la lumière de la lune. Daisy ressemble à un fantôme, éthérée dans la lueur bleutée de la nuit. Je la vois avancer, s'approcher du bord de la falaise, elle flotte presque. Il n'y a pas de pause. Elle fait un pas de trop et, sans un bruit, disparaît.

Mais je sais que ça ne s'est pas passé comme ça. Elle portait un jean. Des bottes. Un blouson. Rien d'éthéré là-dedans. Rien de délicat ni de fragile. Rien de poétique.

« Où étiez-vous ?

– Sortie me promener. »

Elle allume une cigarette et le bruit ressemble à un coup de feu. J'ai un mouvement de recul, et lorsque je relève les yeux, elles sont deux ; ma vision s'est scindée.

« Alex ? »

Je cligne une fois et la pièce retrouve ses contours. Il faut que je dise quelque chose. Que je reste présente. Je plante mes ongles dans mes paumes, mais je ne sens rien.

« Qu'est-ce que vous avez vu, exactement ? »

Elle secoue la tête ; soit elle est réticente à me parler, soit le souvenir est douloureux. Elle finit par répondre d'une voix calme.

« Elle était là-haut. Debout. Je ne l'ai pas reconnue, au début. Elle était trop loin. Tout au bord. Juste en train de regarder au loin.

– Elle était seule, vous en êtes sûre ?

– Oui. Il n'y avait qu'elle. »

Elle ment. Forcément. David l'a tuée. Il était sur le point d'avouer.

« Est-ce qu'elle vous a vue ?

– Non. Elle a regardé autour d'elle, une seule fois, mais elle était ailleurs, dans son monde. Je lui ai crié quelque chose, je crois. Puis elle a sauté. »

Elle énonce la chose simplement, une donnée factuelle. *Elle a sauté*. C'est tout. Comme si ce geste n'était rien de plus que le fait de descendre d'un trottoir pour traverser la rue.

« Et... ?

– Et quoi ? »

Est-ce qu'elle a poussé un cri ? me dis-je. *Est-ce qu'elle a hurlé ? Vous n'avez rien fait d'autre pour l'en empêcher ?*

Mais qu'aurait-elle pu faire, Monica ? Plonger de la falaise, elle aussi ? Se faire pousser des ailes et la rattraper avant qu'elle tombe ?

« Et après, qu'est-ce que vous avez fait ?

– Eh bien, j'ai couru, bien sûr. C'est tout ce que je pouvais faire. »

Elle souffle la fumée par le nez.

« J'ai regardé par-dessus le bord de la falaise. J'ai crié, je crois. Je ne me rappelle plus très bien.

– Est-ce que vous avez frappé à la porte de David ? À la porte de la caravane ?

– Oui. David a dit qu'il était couché. Je l'avais réveillé.

– Vous l'avez cru ? »

Elle hésite. Je la pousse dans ses retranchements.

« Qu'est-ce qu'il y a ?

– Je ne sais pas trop. Normalement, ça se voit, non ? Je ne sais pas. Il bâillait, et tout, mais ça paraissait un peu...

– Quoi ?

– Artificiel. Mais c'est probablement rien.

– Je ne suis pas sûre, dis-je. Il connaissait Daisy, et Zoe aussi.

– Comment le savez-vous ?

– Je le sais, c'est tout. Je crois qu'Ellie le voit, aussi. »

Elle secoue la tête. « Elle me le dirait. J'en suis certaine.

– Alors, qu'est-ce que vous avez fait ensuite ? Une fois que David a ouvert la porte ?

– Nous avons appelé la police. »

Je l'observe longuement. Ses yeux se sont voilés, comme si elle revivait la scène.

« Est-ce la raison pour laquelle des gens pensent que David a quelque chose à voir avec cette affaire ? Parce qu'il a menti sur le fait qu'il dormait ?

– Je n'en ai parlé à personne. Inutile. C'était juste une intuition. Une impression.

– Alors, pourquoi ?

– Certaines personnes disent qu'elles ont vu Daisy là-bas.

– Mais elle vivait là-bas. Sa mère et elle avaient été obligées d'installer la caravane dans son jardin...

– Non. Dans la maison. Sur son toit. Il y a une terrasse, je crois. Et quand elle a été interrogée là-dessus, elle a nié. Comme si on lui avait demandé de ne pas en parler. Alors les gens ont pensé qu'il avait quelque chose à voir avec sa décision de... bref, vous voyez.

– De se suicider.

– Oui. » Elle marque une pause. « Écoutez, je préférerais que vous laissiez tomber. Franchement. Ce n'est pas bon d'être trop impliquée. »

Mais je le suis. Et si vous saviez à quel point.

« C'était il y a dix ans, ajoute-t-elle. Et ça ne ramènera pas Daisy. »

Je refuse de lâcher le morceau.

« Et si c'était pour la même raison que Zoe s'était enfuie aussi ? Et c'est arrivé il y a quelques années seulement. Deux filles ont disparu d'ici, déjà.

– Trois, dit-elle en plissant les yeux.

– D'accord, trois. Et ça continue. Combien d'autres encore vont disparaître ?

– C'est faux. Je veux dire, ça n'arrive plus.

– Mais...

– Écoutez. Faut que j'y aille. »

Nous sortons du salon, débouchons sur le palier. *Cette porte...*

« Qu'est-ce qu'il y a, là ? » Ma voix est faible, tendue. Des gouttes de sueur perlent sur mon front.

« Quoi ? Oh, c'est juste des chambres. La cuisine, tout ça. Un cagibi, je crois. »

Et là, je vois. Une porte ouverte ; des caisses de bouteilles, des longueurs de tubes en plastique, des paquets d'attaches de câbles. Une chaise longue. Un matelas mince à même le sol.

Je sens quelque chose m'entamer le poignet. Un coup dans le ventre. Je me plie en deux.

« Alex ? fait Monica. Qu'est-ce qu'il y a ? Qu'est-ce qui se passe ? »

Non, me dis-je. *Non. Pas ici, ça ne s'est pas passé ici.*

Mais je me trompe peut-être. Peut-être que c'était ici.

AVANT

31

Elle ferme les yeux. Les mains lui pétrissent la peau, mais elle essaye de ne pas les sentir.

Il y a de la musique qui monte de l'étage en dessous. Elle sent les basses à travers le plancher.

Il dit qu'elle l'a bien cherché, donc ça doit être le cas.

Il dit que son petit ami a dit qu'il n'y avait pas de problème, donc il n'y a probablement pas de problème.

Il dit que son petit ami a dit que ça ne le dérangeait pas, donc ça ne le dérange pas.

D'abord, ça a été : « Ça te dit, un plan à trois ? »

Non.

Ensuite, ça a été : « Si tu m'aimais, tu le ferais. »

Je t'aime.

« Alors, fais-le. »

Puis le plan à trois est devenu un plan à deux. Et pas avec son petit ami. C'était la première fois, et maintenant, il est trop tard, elle se rend compte que c'était ce qu'il avait prévu depuis le début.

Elle se souvient des conseils des autres filles. Ne pleure pas. Ne te débats pas. Ça les rend plus méchants. Ce n'est pas si horrible que ça, si tu n'y penses pas.

Alors, elle n'y pense pas. Elle pense à son petit ami. Il dit qu'il l'aime. Elle sait qu'il a été avec plein de filles, mais il lui a dit qu'elles ne signifiaient rien, que c'était elle qu'il aimait. Alors, ça doit être vrai, sinon pourquoi le dire ? Et si elle l'aime aussi, comme elle le répète, eh bien, elle fera certainement ceci, cette chose, cette toute petite chose, pour lui ? Pour eux deux ?

Après tout, elle lui est redevable. Elle est redevable à son petit ami, à l'homme couché sur elle. Elle leur est redevable à tous les deux.

Elle entend le bruit de quelque chose qui se déchire. Elle le sent respirer dans son oreille, grognant comme un cochon. Son haleine pue. Elle reste aussi immobile que possible. Peut-être que si elle fait assez d'efforts, elle pourra imaginer que ça n'a pas lieu. Que ce n'est pas elle.

Il a dit qu'il l'aimait, et c'est ce qu'on fait par amour. Quelque chose coule sur son visage. Des larmes, se dit-elle. Seulement des larmes. Mais au moins, c'est la fin, la dernière fois. Il a promis. Une fois et c'est tout.

Mais c'est juste le début. Elle le sait déjà.

AUJOURD'HUI

32

Monica descend la première. Il y a plus de monde que tout à l'heure – plusieurs personnes sont arrivées et sont assises au bar, et un petit groupe est rassemblé près de l'entrée –, mais l'atmosphère est plus feutrée. Le visage de la propriétaire est déformé par l'inquiétude ; celui de tout le monde, en fait, et on parle à voix basse. Aucune frivolité dans l'air.

« Il s'est passé quelque chose, dit Monica tandis que nous nous frayons un passage dans la foule en direction du bar. Je vais demander à Beverly. »

Quelque chose remue dans mon ventre, quelque chose qui était en sommeil mais s'étire déjà, prêt à se réveiller. Monica parle à la propriétaire en chuchotant. Je ne veux pas poser la question ; c'est comme si, ce faisant, je rendais la chose réelle, mais je n'ai pas le choix.

« Qu'est-ce qui se passe ?

– C'est Ellie. Elle a disparu. »

Une sensation étrange, une sorte de soulagement, me submerge. Ce que je redoutais tant a fini par arriver. « Quand ?

– Elle était censée retrouver Kat, dit-elle. Elle n'est jamais venue. Et elle n'est pas chez elle.

– Ils l'ont appelée ?

– Kat a essayé. Son portable est éteint.

– Et la police... ?

– Il paraît que c'est trop tôt.

– Trop tôt ? Ils sont au courant pour Daisy ? Et Zoe ?

– Oui. Ils ont répondu qu'elle réapparaîtrait certainement, mais ils envoient quand même quelqu'un. Son père est en route. Il y a déjà quelques personnes qui parlent d'organiser des recherches. »

Je me sens faible ; mes épaules s'affaissent. Je ne suis pas arrivée à temps pour la sauver. Beverly fait glisser vers moi le verre de whisky que j'ai commandé tout à l'heure.

« Bois ça, ma grande. »

Je prends une longue gorgée, savourant la brûlure dans ma poitrine. Ce n'est pas possible que ça recommence. Soudain, j'ai terriblement envie d'une cigarette. Je m'apprête à en demander une à Monica, mais je réussis à résister. Dans le coin le plus éloigné, on s'agite, des voix s'élèvent, pas tout à fait furieuses, mais très animées. L'une d'elles domine les autres.

« J'en ai rien à foutre ! Je sais ce que j'ai vu. Qu'est-ce qu'on attend ?

– Non ! » répond une voix que je reconnais. Bryan. Il paraît implorant, démuni, essayant de contenir les mouvements d'humeur. « Les gars ! Allez... »

De sa voix tonitruante, Beverly fait taire tout le monde dans le pub en lançant :

« Hé, messieurs ! Qu'est-ce qui se passe ?

– Allez, vas-y, toi », dit quelqu'un caché parmi ceux qui entourent Bryan.

Un type s'avance ; c'est Pete, de la salle de jeux. Les autres clients sont plus ou moins silencieux.

« Je disais juste..., fait Pete en parcourant la salle des yeux. On sait qu'il les filmait. Alors... il y a aucun doute. On devrait monter là-haut. »

Je me fige. Quelques personnes jettent un coup d'œil dans ma direction. Je sais de qui il parle. Je sais de quelle vidéo il parle.

« Comment vous savez que c'était lui ? »

Maintenant, Pete me regarde droit dans les yeux. L'espace d'une seconde, je ne sais pas trop pourquoi, c'est comme si j'avais raté une séquence, mais ensuite il me demande ce que j'entends par là et je me rends compte que c'est moi qui ai parlé. Je tousse et je répète ma question.

« Comment vous savez que c'est David qui a filmé les filles ? »

Un autre type s'avance, du côté de la porte.

« Je l'ai vu. »

Tout le monde se tourne vers lui.

« Il était par là, dit-il en pointant un index en direction de la cale. Il avait une espèce de caméra. Il se comportait bizarrement – vous voyez ce que je veux dire. Ensuite, un peu plus tard, j'ai aperçu les filles. Kat et Ellie. Et il s'est mis à les filmer. Il était planqué, genre. Sur le chemin des contrebandiers. »

Il veut parler de Smuggler's Way, la ruelle juste après le pub.

« Et qu'est-ce que tu faisais là-bas ? » lance une voix au fond de la salle.

Sa réponse est instantanée et cinglante. « M'occupais de mes affaires, bordel. Comme vous devriez tous le faire. Le truc, c'est que c'était lui qui les filmait. Pourquoi il ferait ça, hein ? Et vu ce qui s'est passé avec Daisy et tout, il y a aucun doute.

– Aucun doute sur quoi ? » À nouveau les têtes se tournent vers moi. « Vous pensez qu'il l'a enlevée ?

– Mais qu'est-ce que vous en avez à faire, d'abord ?

– Allez..., intervient Monica. Elle essaye seulement d'aider.

– Ouais, ben, personne ne lui a demandé de venir chez nous. »

Des regards me transpercent.

« Il connaissait Zoe aussi. »

Dès que ma phrase est sortie, je me rends compte que c'était malavisé. Il y aura inévitablement des questions ; je serai obligée de leur avouer que je sais qu'elle a été violée par un homme plus âgé qu'elle appelait un petit ami. Un murmure parcourt la foule.

« Vous n'auriez pas dû faire ça », me souffle Monica. Pas méchamment, plutôt sur le ton de la réprimande.

La salle reste silencieuse un moment, mais une décision est prise. Un mouvement s'esquisse en direction de la porte.

« Allez, on y va, lance quelqu'un près de la sortie, un type courtaud avec des cheveux roux coupés très court. Faut tirer ça au clair.

– Attendez ! s'écrie Bryan, mais il est au fond et la plupart des gens l'ignorent. Réfléchissons un peu... »

La foule se divise en deux. Une douzaine d'individus sortent en groupe, menés par le rouquin. Leur détermination semble leur donner un regain d'énergie ; ils pensent savoir où se trouve Ellie, ils vont la récupérer et peut-être venger Daisy et Zoe aussi.

Je les imagine armés de fourches. La culpabilité m'étreint comme une corde à mon cou, lourde, oppressante et étrangement familière. C'est moi qui ai fait ça. C'est ma faute. Je jette un coup d'œil du côté de Bryan, comme s'il pouvait les arrêter, les contenir, les calmer, mais il ne bronche pas. Il s'approche, parle à Monica. « On devrait y aller. Ça va mal tourner. » Et s'adressant à moi : « Venez. »

Nous arrivons aux Rocks et commençons à monter vers Bluff House. L'air est chargé d'électricité, il m'irrite la gorge, mais quand je regarde les autres, je constate qu'ils ne paraissent pas y être sensibles. Bryan avance sur le sentier jusqu'à ce que Bluff House soit devant nous, une présence sombre et malveillante même en plein jour. Je sors ma caméra non sans une nouvelle bouffée de culpabilité, mais je me répète que c'est mon métier, que je ne suis pas ici pour me faire des amis, qu'il n'en a jamais été question. La foule est arrivée à destination, grossie par quelques personnes supplémentaires qui ont dû être ramassées en chemin. La plupart se tiennent en retrait, échangeant des commentaires survoltés à mi-voix, mais le rouquin est à la porte de David. Il cogne dessus, une fois, deux fois, puis recule tout en criant : « Sors de là, salopard ! » Sa voix est rauque de colère et brûlante de haine. À ce moment précis, je le filme en plan rapproché. D'un côté, je ne peux m'empêcher de me réjouir d'être aux premières loges pour enregistrer ces images, mais de l'autre, je renoncerais volontiers à ce privilège si cela pouvait ramener Ellie saine et sauve.

Bryan avance à grands pas. « Allez, arrête », dit-il, et le rouquin semble changer d'avis. Il répond quelque chose que je n'entends pas bien et Bryan répond sur le même ton, puis l'autre descend du porche pour laisser Bryan frapper à la porte. « David ? C'est moi, Bryan. Viens, l'ami. »

L'ami ? Ça sonne faux. Malgré tout, nous patientons. Va-t-il ouvrir ? Un calme surnaturel s'installe ; la foule est silencieuse, retient son souffle, comme si elle attendait que le spectacle commence. Il y a un mouvement à l'intérieur, tout juste visible à travers les vitraux, une lueur, une ombre. Bryan se penche plus près de la porte, mais sans rien dire. Je me suis trompée, ce n'était qu'un reflet. Il n'est pas là. Quelques minutes plus tard, Bryan s'adresse aux villageois.

« Il ne répond pas. Laissez-moi aller voir derrière.

– On perd du temps ! »

Quelqu'un d'autre, que je n'identifie pas, s'écrie : « Laissez-le aller voir, d'accord ? »

La foule semble s'apaiser un peu. Bryan disparaît derrière la maison et une minute s'écoule. Quand il revient, il annonce : « Pas de réponse.

– N'importe quoi, fait une voix. Il est là, ce salaud ! Regardez ! »

Tous ensemble, nous levons la tête. Clairement un mouvement, cette fois, à la fenêtre au-dessus de nous. Les rideaux bougent, comme s'ils avaient été tirés sur le côté puis lâchés. L'effervescence augmente dans la foule et quelqu'un lance un caillou de bonne taille en direction de l'étage.

Le lanceur a bien visé. La pierre heurte la fenêtre où nous avons vu du mouvement et la traverse, la faisant voler en éclats. Une clameur s'élève d'en dessous, on dirait que la meute a senti l'odeur du sang. Je me tourne vers Monica. Elle est au téléphone, et quand je comprends qu'elle appelle la police, je suis soulagée. La situation est sur le point de basculer, de virer à la tragédie. C'est ma faute, me dis-je à nouveau. Tout ça est ma faute. Je les vois déjà en train de fracasser la porte et de se précipiter à l'intérieur; ils le sortent sans ménagement, il a le nez en sang, le visage tuméfié. Je vois la maison en feu, la fumée qui monte, noire et âcre.

Ou peut-être qu'Ellie est à l'intérieur. Peut-être que nous perdons du temps et qu'entrer de force pour la récupérer, c'est précisément ce que nous devrions faire. Bryan se plante face à la foule, les paumes de mains tendues. « Les gars, calmons-nous, d'accord ? »

Un chœur de murmures dédaigneux.

« Laissez-moi lui parler », dit Bryan, se tournant à nouveau vers la maison avant que quiconque puisse réagir. Il lance : « David ! Descends. On veut juste te parler ! »

Le silence se fait, mais la seule réponse est celle du vent mordant qui tourbillonne autour de la maison en sifflant. Une autre voix s'élève, aiguë et perçante, et une forme s'approche d'un pas rapide sur le sol inégal. « Arrêtez ! »

C'est Kat. « Arrêtez ! Laissez-le tranquille ! »

Monica accourt à sa rencontre, mais Kat l'écarte, déterminée. « *Arrêtez !* » Elle crie maintenant. « Elle n'est pas dans la maison ! »

Le rouquin crache par terre. « Où est-elle, alors, hein ? »

Kat se campe face à lui. « Je l'ignore, avoue-t-elle entre deux sanglots. Mais elle n'est pas ici. Il n'a rien à voir avec ça.

– Tu n'en sais rien.

– Si, je le sais. Laissez-le tranquille ! Même si on n'a pas idée de ce qui est arrivé à Ellie, ce n'est pas sa faute ! »

Le gars secoue la tête et baisse les yeux, comme s'il se préparait à prendre une décision. Quand il relève la tête, il est clair qu'il veut du sang, maintenant qu'il y a goûté. Il marmonne quelque chose à l'intention de Kat, puis se tourne à nouveau vers la porte de David. « Allons chercher ce salopard. »

Kat se jette sur lui. Elle est plus grande et, bien qu'elle soit loin de peser le même poids, elle a l'avantage de l'effet de surprise. Elle lui fait perdre l'équilibre et il manque de tomber, mais après un court moment d'incertitude, il se reprend et l'envoie valser; elle part en arrière et s'écroule dans la boue et les restes de neige à moitié fondue. Monica se précipite pour l'aider à se remettre debout. « Sale porc », dit-elle, mais le gars l'ignore et retourne s'acharner sur la porte de David. Une sirène vrille le silence. En contrebas, de l'autre côté de l'escarpement rocheux, dans le minuscule espace où la route s'arrête, un éclair bleu et rouge. Une voiture de police se gare. J'aperçois deux ou trois silhouettes en uniforme, un éclair de jaune, un gilet fluorescent. Les agents approchent à pied, suivis de quelques villageois. Quand le groupe est plus près, je vois que Gavin est parmi eux et je me demande s'il les a appelés, comment il a su, jusqu'où il est mêlé à tout ceci. Lorsqu'il arrive, il hésite, donnant l'impression de ne pas savoir quoi faire.

« Ça va, toi ? »

Je le rassure d'un mot et nous nous tournons vers Bluff House. Les agents semblent s'être séparés. L'un frappe à la porte et crie, penché sur la fente à courrier, tandis que l'autre se dirige vers l'arrière de la maison.

« On peut se voir, après ? dit-il, sa main effleurant la mienne.

– Oui.

– Il y en a qui envisagent d'organiser des recherches pour retrouver Ellie.

– Bien. » Je le regarde. « Nous devrions les aider. »

Il ne dit rien. David sort de Bluff House, flanqué des deux policiers. Le volume des huées enfle tandis qu'il est conduit vers la voiture. Il semble terrifié; il garde la tête baissée. Quelqu'un lui lance une insulte – on dirait « Sale pédophile » – et il tressaille. L'agent sur sa droite fusille les gens du regard.

« Pas question qu'on tolère ce genre de choses, lance-t-il en serrant plus fort le bras de David. Vous feriez bien de vous disperser.

– Qu'est-ce qu'il a fait ? lance quelqu'un. Où est la fille ? »

L'agent répond, sans ralentir le pas pour autant : « Il n'a rien fait, pour autant qu'on sache.

– Pourquoi vous l'arrêtez, alors ? »

Pas de réponse, et je me rends compte que David n'est pas en état d'arrestation, mais que les policiers le protègent. Ils sont interpellés à nouveau et l'agent finit par parler.

« Écoutez, nous ne savons toujours pas où se trouve Ellie. Vous autres, vous feriez mieux d'essayer de la retrouver plutôt que de rester ici à créer des incidents. D'accord ? »

La foule marmonne. Quelques personnes lancent un dernier regard vers Bluff House : Bryan est entré à l'intérieur et la porte est fermée. Je ne vois Monica nulle part.

« C'est tout ? lance une voix. C'est tout ce que vous allez faire ? »

La policière qui tient le bras gauche de David rétorque : « Quelqu'un est en route. Maintenant, dégagez. »

Je me tourne vers Gavin. « Allons-nous-en d'ici. »

33

Nous décidons de marcher. La marée est basse. Avant même d'arriver à la cale, nous entendons des rires, des voix qui crient et des bouteilles qui s'entrechoquent. Une musique indistincte nous parvient, s'ajoutant au bruit du ressac, *poum-poum-poum*. Un peu plus loin sur la plage, près d'un des brise-lames, cinq ou six garçons rassemblés autour d'un feu, en train de fumer et de boire. On se passe un joint, d'après ce que je vois. Et une bouteille de vodka.

« Viens », dis-je à Gavin.

Nous contournons les adolescents, en restant loin de l'eau, pour marcher à côté des broussailles dans l'ombre de la falaise.

« À ton avis, qu'est-ce qui est arrivé à Ellie ? »

Il déglutit. « Aucune idée.

– Ça recommence, on dirait. »

Il contemple les nuages au loin. « Qui sait ? Peut-être qu'elle a seulement perdu la notion du temps. Cela ne fait pas *si* longtemps qu'elle a disparu. »

Nous nous arrêtons.

« Tu le crois vraiment ? »

Il secoue la tête. « Non... »

Je pense à ce que j'ai vu à l'étage, au-dessus du pub. À ce que les parents de Zoe m'ont dit.

« Les filles. Je pense qu'elles sont victimes d'abus sexuels. »

C'est la première fois que j'utilise l'expression depuis que je suis revenue ici. Elle colle à ma langue. Gavin croise les bras et je n'arrive pas à interpréter son geste : est-ce qu'il ne veut pas y croire ou est-ce qu'il ne veut pas admettre qu'il a pensé la même chose ?

« Non..., commence-t-il, mais je l'interromps.

– Tu savais que Zoe était enceinte ? »

Ses épaules se voûtent brusquement. « Qui t'a dit ça ?

– Ses parents. Enfin, sa mère. »

Il se plonge dans la contemplation de la mer. « Tu es allée les voir ? Quand ?

– Il y a quelques jours. Mais...

– Tu ne me l'as pas dit. »

Il me dévisage. Je le regarde longuement. S'agit-il de colère ? D'agacement ?

« Non, c'est vrai.

– Pourquoi ? »

Un poids m'écrase tout à coup la poitrine. Je n'ai pas fait attention, je vais être punie. J'ai ouvert ma grande bouche alors que j'aurais dû la fermer.

Et merde. Je le regarde droit dans les yeux.

« Depuis quand je suis obligée de t'informer de tout ce que je fais ? »

Il baisse les yeux vers ses pieds maintenant. Je me demande si j'ai géré tout ça complètement de travers, s'il s'apprête à tourner les talons et à partir. Mais il relève la tête et tente un sourire.

« Je suis désolé. C'est juste que... j'aurais pu venir avec toi. » Il hésite et nous reprenons notre route. « Qu'est-ce qu'ils ont dit d'autre ? »

Je n'ai pas très envie de tout partager, pas maintenant, alors je coupe court : « Pas grand-chose.

– Qui était le père ?

– Ils ne savent pas. Mais sa mère pense qu'elle avait un petit ami, un homme plus âgé, ici à Blackwood Bay. Il y avait un oncle dont elle était proche, mais à leur avis, il n'a rien à voir avec ça.

– Ils sont sûrs ?

– C'est ce qu'ils ont dit. » Je marque une pause. « Ils ne sont pas non plus convaincus que Daisy se soit suicidée.

– Alors, peut-être que tout est lié ? »

J'acquiesce. « Il faut qu'on retrouve Ellie. »

Gavin jette un coup d'œil en direction du groupe de garçons autour de leur feu de camp.

« Tu crois que ça vaut la peine de leur demander ?

– On ne risque rien. »

Nous nous dirigeons vers eux. Ma caméra est accrochée autour de mon cou et je commence à filmer tandis que nous approchons.

« Excusez-moi », dis-je.

Les garçons lèvent les yeux. L'un d'eux essaye de cacher le joint dans sa main en coupe, mais l'odeur âcre est facilement reconnaissable.

« Quoi ? »

C'est le garçon du café, celui qui était avec Ellie et Kat. Il réussit à avoir l'air à la fois agressif et complètement indifférent à tout ce que je pourrais suggérer.

« Je me demandais... Vous connaissez Ellie ?

– Qu'est-ce que ça peut vous faire ?

– Vous savez où elle se trouve ?

– Aucune idée, chérie. »

J'ai envie de réagir, de lui dire qu'il n'a aucun droit de m'appeler comme ça, qu'il ferait bien de se méfier, sinon je vais lui donner une leçon, mais je laisse passer. Il y a des moments pour mener ce genre de combat, et ça n'en est pas un.

« Vous savez qu'elle a disparu ?

– Ouais.

– Mais vous ne savez pas où elle est allée ?

– Nan. Sais pas où est Ellie. OK ? Rien à voir avec moi. »

Aucune réaction, seulement le bruit de l'enceinte qu'ils ont connectée à un de leurs portables, la musique qu'ils ne se sont pas donné la peine de baisser. Il me lance un regard plein de défi, alors je porte mon attention sur les autres.

« Et vous ? Pas d'idée non plus, je suppose ? »

Deux d'entre eux ont l'air mal à l'aise. Celui qui tient le joint lève la tête, regarde d'abord ses amis, puis Gavin, moi enfin.

« C'est forcément lui, non ? L'autre pervers, là. » Il agite sa main en coupe en direction de Bluff House, comme si quelqu'un dans l'assemblée avait un doute sur la personne à laquelle il fait référence.

Je lève les yeux à mon tour et, l'espace d'un instant, je crois que je vois quelqu'un là-bas, une silhouette qui se tient tout au bord de la falaise, en train de nous fixer. Ou de se préparer à sauter. Je détourne le regard.

« Il l'a emmenée, dit le garçon. Comme il a emmené les autres. »

Je le dévisage. Il est boutonneux. Il ne sait rien.

« Qu'est-ce qui fait que vous en êtes si sûr ? »

Il rit. « Tout le monde le sait. C'est juste que personne veut le dire. »

Je me tourne vers les Rocks, mais il n'y a personne là-bas.

« Viens, dit Gavin. Allons-y. »

Nous avançons sur la cale. Les nuages sont épais ; il commence à faire noir. Ellie est là, dehors, quelque part. Peut-être seule, tentant de s'enfuir. Enfin, si elle a de la chance.

« Il faut qu'on la trouve », dis-je à Gavin. Avant qu'il puisse me répondre, son portable sonne.

« C'est Bryan, explique-t-il quand il raccroché. Il a besoin des clés de la salle communale. La police est là. »

Quand nous arrivons sur place, nous tombons sur un groupe attendant devant la porte d'entrée. Il y a Monica, et Bryan aussi. Avec lui se trouve une femme que je ne reconnais pas, ainsi que deux agents en uniforme. La dernière chose que j'aurais voulue, mais ils sont là.

« Désolé, dit Bryan. Je n'avais pas mes clés. »

La femme qui se trouve avec lui tend la main. Elle porte une longue veste noire, un pantalon, des bottes. Son visage est renfrogné, sévère ; elle ne doit pas être du genre à apprécier qu'on la fasse attendre, elle n'y est certainement pas habituée.

« Commissaire divisionnaire Butler, dit-elle tandis que Gavin lui serre la main. Heidi. Ravie de vous rencontrer. » Elle se tourne vers moi. « Et vous êtes... ?

– Alex Young. Je n'habite pas ici. Je suis là pour... » J'hésite et elle penche la tête. « Pour le travail.

– Le travail ? Quel genre ?

– Je fais un film. »

Elle me regarde puis lance un bref coup d'œil à Gavin. « Bon. On y va ? »

Gavin ouvre la porte et tout le groupe entre. Je regarde Butler de dos. Elle est trapue, efficace. Elle respire l'assurance et il est évident que Bryan au moins est déjà sous le charme. Il la suit comme un chiot affamé. Elle parcourt la salle du regard, puis parle à l'un des agents.

« Où est la fille ? »

Au début, je crois qu'elle veut parler d'Ellie, puis je me rends compte qu'il s'agit de Kat.

« Elle est en route. Le père aussi.

– D'accord. » Elle secoue la tête. « Alors, est-ce que quelqu'un sait quelque chose ? »

L'agent tourne maladroitement les pages de son bloc-notes. Elle soupire, puis jette un regard circulaire.

« Personne ? »

Monica s'avance et commence d'une voix hésitante. « Kat, l'amie d'Ellie, a dit qu'elles avaient convenu de se retrouver, mais Ellie n'est pas venue, et quand...

– Quand devaient-elles se rejoindre ? »

Monica lève les yeux vers la pendule au bout du hall. « Il y a presque trois heures, maintenant.

– Le lieu du rendez-vous ?

– Le kiosque à musique, je crois.

– Pour quoi faire ? »

Personne ne répond. Personne ne sait. Traîner, j'imagine. Fumer un joint. Ne rien faire et en même temps faire plein de choses, occupation typique des adolescents.

« Personne ne l'a vue ? » fait Butler.

L'agent à sa droite répond. « Non.

– Pas de témoins d'un enlèvement ? »

Il secoue la tête.

« Elle n'est pas venue au rendez-vous avec son amie et elle a coupé son portable, c'est tout ?

– Oui, dit-il. Mais...

– C'est une adolescente.

– Je sais...

– Elles font ça tout le temps, non ?

– ... mais ce n'est pas la première fois que ça arrive ici. Il y aura peut-être besoin d'une alerte enlèvement. »

Elle nous regarde tous. « Racontez-moi. »

Elle doit être nouvelle dans le coin. Monica s'avance, ainsi que Bryan. Ils sont tous les deux visiblement nerveux.

« Il y a dix ans, commence Monica. Une fille a disparu. Sadie Davies. »

Je baisse la tête. Je ne peux pas m'en empêcher. Je suis comme un petit enfant qu'on a pris sur le fait.

« Dix ans. Elle n'a jamais réapparu ? »

L'agent secoue la tête. « Je ne crois pas.

– Vous ne *croyez* pas ?

– D'une certaine façon, elle a réapparu, intervient Bryan. On a dit à sa mère qu'elle avait été retrouvée. À Londres. Mais qu'elle ne voulait pas revenir.

– D'accord, dit Butler. Alors, nous avons une fille qui s'est enfuie à Londres. Il y a dix ans. »

Gavin se lance. « Il y a quelqu'un d'autre. Zoe Pearson. Elle s'est enfuie aussi. Il y a environ trois ans et demi. Et elle n'a jamais été retrouvée. »

Et Daisy, me dis-je. *Et Daisy*. Mais je reste silencieuse. Officiellement, elle est morte. Officiellement, c'était un suicide.

Butler penche la tête.

« OK. Autre chose ?

– Zoe... » Gavin me lance un coup d'œil. « ... était enceinte. »

Monica et Bryan nous dévisagent.

« Quel âge avait-elle ?

– Quatorze ans. »

Elle se tourne vers son agent. « C'est un peu tôt pour diffuser un bulletin d'alerte enlèvement. Du moins, tant qu'on n'a pas parlé aux amis et aux parents. Mais lancez la procédure, juste au cas où. Essayons de mettre la main sur l'ordinateur de la fille et de tracer son portable, si c'est possible. Est-ce qu'il y a des gens qui ont commencé des recherches ? »

Monica répond. « Des habitants, oui.

– Bien. Quelqu'un devrait coordonner ça. »

On dirait que Gavin est sur le point de se porter volontaire, mais alors Bryan se manifeste, sans se donner la peine de cacher son empressement. « Je m'en charge. Nous pouvons le faire depuis le pub.

– Ou depuis ici, propose Gavin.

– Le pub, c'est mieux, dit Monica. Il y a plus de monde là-bas à cette époque de l'année. »

Butler nous regarde tous les trois, attendant que nous décidions. Au bout d'un moment, Gavin s'incline.

« Bien, dit-elle. Ça, c'est fait. » Elle se tourne vers ses agents. « Installons notre QG ici. Tout de suite. Mais où est le père, bon sang ? Ils viennent à pied, ou quoi ? »

34

Je me lève sans bruit, avant l'aube, abandonnant Gavin à ses doux ronflements. Nous sommes restés longtemps dehors hier soir, à fouiller les falaises, à chercher des indices. Quand nous sommes retournés, bredouilles, au Ship, nous avons découvert que nous n'étions pas les seuls. On avait étalé des cartes sur les tables, sur lesquelles on avait dessiné des secteurs au marqueur pour les attribuer à différentes équipes. Personne n'avait rien trouvé ; Ellie avait disparu sans laisser de traces. Ses parents ont dit à Butler que cela ne lui ressemblait pas du tout, Kat a ajouté qu'Ellie n'avait jamais manqué un rendez-vous sans la prévenir avant, et finalement, tard hier soir, la police a émis un bulletin d'alerte.

Dans la cuisine, je me verse un verre d'eau avant d'envoyer un SMS à Monica pour demander des nouvelles. Assise à la table, j'attends sa réponse en contemplant le ciel. Je pense à Ellie, comme si je pouvais d'une certaine manière la faire revenir, mais quand il arrive, le message de Monica est bref. *Rien encore. Les gens vont ressortir bientôt. Je vous dirai.*

Pas de cadavre, au moins. Pas de vêtements rejetés par la mer sur une plage lointaine. Ou rien qu'on ait retrouvé. Je pose mon verre. Il faut que je bouge.

Je prends mon trépied et je retourne aux Rocks, après Bluff House. Je positionne ma caméra vers la falaise et je regarde dans le viseur. Crag Head est tout juste visible sur la droite, au bord du cadre. Si je balaie vers la gauche, Malby chatoie au loin. Je me focalise plutôt sur Bluff House et la falaise, un point à quelques mètres de la porte. Cinq pas jusqu'au sentier, quelques pas de plus après pour atteindre le bord de l'à-pic. Ensuite, il n'y a plus rien que la mer, noire comme du goudron, remuant ses secrets, ses corps, ses morts.

Est-ce bien ce que Monica a vu ce soir-là ? Est-ce qu'Ellie est là en bas, aussi ? J'appuie sur *Enregistrer*, puis j'hésite un moment avant de m'écarter de la caméra et de marcher jusqu'à me retrouver dans le champ. Un pas, deux pas, trois pas. Je garde la tête baissée, mes bras serrés contre moi. Je monte à Bluff House. J'essaye d'imaginer que je suis Daisy. Je commence à avancer en direction de la falaise – quatre, cinq pas –, j'avance encore vers l'abîme vertigineux, vers une mort éternelle. Mais pourquoi ? Pourquoi suis-je ici ? Que m'est-il arrivé ? Qui me fait faire ça ? Un garçon en blouson de cuir qui refuse de me dire qu'il m'aime ? Un ami qui m'a laissée tomber ? Un homme qui a abusé de moi ?

Six, sept. Mais Monica l'a vue. Et il y avait une lettre. Huit, neuf. La lettre dont la propre mère de Daisy m'a dit qu'elle ne signifiait rien. Dix, onze, douze, je franchis le sentier de galets ; de l'autre côté, l'herbe naissante.

Comment peut-elle n'avoir aucune signification ? Geraldine a-t-elle voulu me dire que Daisy ne l'a jamais écrite ? Mais elle a identifié l'écriture, elle a confirmé à la police qu'elle était bien de la main de sa fille. Treize, quatorze, quinze.

Pourquoi aurait-elle fait cela, si ce n'était pas vrai ?

Seize. J'y suis. Je peux regarder en bas, par-dessus le bord. Un autre pas et je me trouverais sur un terrain instable. Des touffes d'herbe mouillée, des pierres mobiles, de la boue durcie. Si le temps ne s'était pas réchauffé, il y aurait du verglas ici, un danger supplémentaire qui pourrait m'envoyer dans le décor. J'ai envie de tourner les talons et de partir en courant, mais je m'en abstiens. Je me penche et je scrute les vagues en bas. C'est comme si je regardais en arrière, à travers les crêtes blanches du présent et dans les profondeurs ténébreuses du passé. La vérité est là, juste hors de ma portée. Elle plane dans l'air ; je peux presque la toucher. Si seulement je pouvais avancer d'un ou deux pas. Alors je saurais, je saurais ce qu'elle a ressenti, je saurais ce qu'elle a vécu. Je suis presque tentée de le faire, un instant. Presque.

« Alex ! »

La voix est lointaine, impérieuse, le nom crié est étranger. Il me faut une seconde pour comprendre que c'est le mien, et une autre pour lever les yeux et voir qui m'a suivie. Loin sur le sentier qui mène au village, une silhouette est apparue, encore trop distante pour être reconnaissable ; elle accourt vers moi.

« Alex ! Arrêtez ! »

Arrête, me dis-je. *Arrête*. Je plonge mon regard dans l'eau. J'imagine Monica en train d'interpeller Daisy. Pourquoi n'a-t-elle pas écouté ?

« Ne faites pas ça ! »

Je recule. Des bras m'enlacent, je suis attrapée, soulevée et, pendant un moment, je me dis que la personne qui me tient est peut-être sur le point de me pousser, de me jeter dans le vide. C'est Gavin, qui m'a suivie. Il mentait. C'est lui qui a enlevé Ellie, finalement.

Ou David, rentré du commissariat, il sait que c'est moi qui ai attiré l'attention sur lui et cherche à obtenir vengeance. Je me prépare à tomber, mais on me fait pivoter jusqu'à ce que je sois face à la maison. Ce n'est qu'à ce moment-là que celui qui me retient me lâche enfin.

C'est Bryan. Son visage est rouge ; ses postillons se posent sur mes joues et sur mes lèvres. « Mais qu'est-ce que vous fichez ? »

Il me tient à bout de bras. Ses narines sont dilatées, sa voix tremble ; il a l'air terrifié.

Ou fâché. Pendant une seconde, j'ai l'impression qu'il est sur le point de me secouer, de reculer son bras et de me gifler. Je résiste à l'envie de lutter, de me déchaîner, de le labourer avec mes ongles, de lui crever les yeux ; un genou dans les couilles, au moins. C'est une réaction primaire, instinctive. Je ne sais pas d'où elle vient.

« Rien », dis-je dans un souffle, et ses bras retombent mollement le long de ses flancs. Pendant un court moment très déconcertant, j'ai envie qu'il m'enlace à nouveau.

« Vous m'avez fait peur ! J'ai cru que... »

Je le regarde. C'est seulement Bryan, angoissé et inquiet. Je sais ce qu'il a cru. Je sais à quoi ça ressemblait. « J'étais venue voir, c'est tout. » Je désigne la caméra. « Je filmais... Pourquoi ?

– Il faut que je vous parle.

– À propos de quoi ? Oh, mon Dieu. C'est Ellie ? Est-ce que... ?

– Non. Non, elle n'a pas réapparu. » Il lève les yeux vers les fenêtres de Bluff House. « Écoutez. C'est... Est-ce qu'on peut aller ailleurs ?

– Comment m'avez-vous trouvée ?

– Je suis allé chez Monica, j'ai parlé à Gavin. Il a dit que vous étiez certainement ici. »

Il tousse, gêné, et pose sa main sur mon bras. Plein de sollicitude, cette fois, mais malgré tout, je me surprends à résister. Je me demande si c'est parce qu'il veut m'éloigner du bord de la falaise, s'il s'inquiète encore de ce que je suis capable de faire.

« Vous venez ? Nous pourrons en parler en descendant.

– Non ! Dites-moi ce qui s'est passé ! »

Il baisse la voix, alors que nous sommes seuls. Il paraît crispé et j'essaye d'imaginer ce qui lui fait peur.

« J'ai reçu une carte postale. »

Une excitation nerveuse me fait vibrer à l'intérieur.

« Une carte postale ? De qui ?

– David. »

Une étrange immobilité s'abat sur nous. Même le vent semble s'être tu. J'avais raison, donc. C'est David qui a envoyé la carte postale pour m'attirer ici. Mais pourquoi ?

« David ? Et que dit-il ?

– Regardez. »

Il fouille dans sa poche de blouson et la sort.

« Elle a été glissée dans la fente à courrier, chez moi. »

Mes mains tremblent quand je la prends. D'un côté, une photo du phare de Crag Head.

« Mais il est toujours au commissariat, non ?

– Ils l'ont relâché. Je ne sais pas où il se trouve. Lisez la carte. »

Je la retourne. *J'ai quelque chose qui apportera toutes les preuves. Je suis prêt à le donner à la fille. Dis-lui de venir me voir ce soir. 20 heures. Seule. N'en parle à personne d'autre. S'il te plaît. Je suis désolé.*

« Vous l'avez montrée à la police ? À la commissaire Butler ?

– Pas encore.

– Pourquoi pas ?

– Je continue à... je ne crois pas que David soit mêlé à...

– Mais cette carte ! C'est comme s'il voulait passer aux aveux. »

Il lève les yeux vers les nuages. « S'il détient Ellie, elle va probablement bien. Voyons ce qu'il a à dire.

– Mais...

– S'il sait que nous avons informé Butler, il se sauvera. Ou pire. »

Je me souviens de ce qu'il m'a raconté sur la dépression de David. Peut-être qu'il a raison.

« Vous êtes sûr qu'elle vient de lui ?

– C'est son écriture. »

Je regarde à nouveau. Les lettres sont petites, soignées. Pas les mêmes que sur la carte envoyée à Dan.

« L'idée est que je le rencontre où ? » Je lève les yeux vers Bluff House. « Ici ?

– Non, dit Bryan. Il doit être trop effrayé pour revenir ici, après ce qui s'est passé.

– Où, alors ? » Je retourne la carte. « Au phare ?

– J'imagine. »

Je suis saisie d'appréhension. Qu'est-ce que David a pour moi, et qu'est-ce que ça va prouver ?

« Vous venez avec moi ?

– Il a demandé que vous y alliez seule. »

Non.

J'essaye à nouveau. « Il vous a envoyé la carte, il sait que vous savez. » Il secoue la tête, réticent.

Je dois y aller, pour Ellie, mais David connaît la vérité sur moi, alors que je ne la connais pas moi-même, et je ne suis pas certaine d'être capable de l'entendre.

Mais je me rappelle que j'ai déjà vécu ça. Je me suis réveillée à Deal, ignorant pourquoi je m'étais enfuie. J'étais à l'hôpital, ensuite ils m'ont transférée à la clinique de la mémoire pour que je voie le Dr Olsen. Là-bas, je suis devenue Alex, j'ai retrouvé Alice dans le squat derrière Victoria et, petit à petit, j'ai assemblé tous les morceaux. Enfin, une partie des morceaux.

Voilà pourquoi je suis retournée là-bas, j'imagine, pourquoi j'ai tourné *Black Winter*.

Et je suppose que c'est la raison pour laquelle je suis ici, aussi. Pour découvrir la vérité. Sur le passé, et le présent.

AVANT

35

C'était lors d'une fête au squat, quelques semaines après que j'étais venue y habiter. J'étais épuisée ; je me sentais constamment gonflée et je n'arrivais pas à m'arrêter de manger. Cet après-midi-là, une des autres – une fille qui se faisait appeler Krystal-avec-un-K – m'avait demandé si je mangeais pour deux. J'avais secoué la tête, mais en réalité, je n'étais sûre de rien ; mes règles étaient devenues tellement irrégulières que j'avais cessé de m'inquiéter des retards. J'avais passé le reste de l'après-midi à chercher sur Internet les signes révélateurs d'une grossesse, et lorsque les copains de Dev sont arrivés avec de la vodka, de la bière et je ne sais quoi d'autre, je me sentais angoissée et belliqueuse.

Gee – dont le vrai nom était Glenn – m'a coincée dans la salle de bains. « Sadie ! » a-t-il fait, presque comme s'il était surpris de me voir. Il était ivre, sa diction était pâteuse, ses gestes poussifs. Il s'est mis à chanter – « *Sadie, Sadie, give me your answer do...* » –, puis il s'est penché pour m'embrasser. Sa bouche ressemblait à une plaie ouverte et je lui ai lancé que je préférerais mourir. On aurait dit que je l'avais giflé.

« Tu crois que tu vaux mieux que moi, c'est ça ? Alors que tu n'es qu'une grosse pute, prête à se faire sauter par n'importe qui. »

Il a mis sa main sur mon entrejambe et essayé à nouveau de m'embrasser. Je ne sais pas ce qui s'est passé ensuite. Je me souviens que j'ai vu notre reflet dans le miroir au-dessus du lavabo et que je n'ai reconnu personne, ni lui ni moi. J'avais l'impression que je regardais dans une caméra, qu'un film se déroulait sur l'écran avec des acteurs qui jouaient nos rôles. Il y avait une bouteille de vin vide posée sur le rebord de la fenêtre derrière les toilettes et sans que j'en aie conscience, elle s'est retrouvée dans ma main, puis quelques instants plus tard, Gee était par terre, du sang plein le visage et le cou, une flaque se formant sous sa tête. Je me suis baissée ; il ne bougeait pas.

Je suis sortie en courant. J'ai trouvé Dev et je lui ai dit : « J'ai tué Gee. »

Quand nous sommes retournés dans la salle de bains, Alice était déjà accroupie à côté du corps prostré de Gee, une serviette pressée contre la blessure sur sa tête. « Ce n'est pas aussi grave que ça en a l'air. » Les yeux de Gee se sont ouverts, son horrible bouche a bougé.

« Je vais tuer cette salope. »

Alice s'est tournée vers Dev. « Fais-la sortir d'ici. »

J'étais figée, regardant la scène comme si elle se déroulait sur un écran et n'avait rien à voir avec moi. Dev m'a attrapée par le bras et m'a fait traverser le groupe de gens massés dans le couloir. À la porte, il m'a dit d'aller l'attendre dans le parc en face. « Je viendrai te retrouver. »

J'ai obéi. Une bonne heure après, il est arrivé et m'a donné un téléphone portable.

« Prends ça.

– Qu'est-ce que c'est ?

– Un de mes portables en rab. Faut que tu t'en ailles.

– Mais, mes affaires...

– Quelles affaires ? a-t-il soupiré. Écoute, Gee n'est pas du genre à plaisanter. Il va falloir que tu fasses profil bas. J'ai enregistré mon numéro dans le portable. Appelle-moi. Mais pas avant quelques semaines, OK ? Il va me demander où tu es et il vaut mieux que je ne sache pas. »

J'ai allumé le téléphone.

« C'est quoi, le code ?

– 1317, a-t-il dit avant de m'embrasser. Faut que j'y aille. »

Je l'ai regardé partir, puis j'ai tourné les talons pour aller affronter la nuit.

AUJOURD'HUI

36

J'appuie sur *Marche*.

L'image apparaît en fondu. Une cave ; les murs humides suintent et brillent. Il y a une lumière vive venant de la caméra, violente et impitoyable, et les ombres ont des contours acérés, précis. Soudain, on recule et l'angle s'élargit, puis après un brusque mouvement vers la droite, un visage se dessine.

C'est Daisy. Elle a de la morve qui lui coule du nez, elle pleure, ses cheveux sont emmêlés, ses yeux, injectés de sang. *Aide-moi*, gémit-elle. *Aide-moi, s'il te plaît*. Coupure brutale, écran noir, avant qu'apparaisse une autre image. Nous sommes dehors, la caméra est instable, la même lumière vive éclaire le sol, des feuilles mortes et du givre, le ciel étoilé, des pieds chaussés de bottes qui marchent d'un pas lourd, mais bientôt nous accélérons et finissons par courir, le plus vite possible, en direction d'un if. En dessous, un tas de pierres. La caméra s'arrête un instant sur des fleurs fanées et une femme agenouillée près de la tombe ; elle se penche en avant, ses mains sont enfoncées dans la terre, son front touche presque le sol. Son corps est agité de soubresauts, comme si elle sanglotait. Nous approchons et elle finit par nous entendre. Elle lève la tête. *Aidez-moi*, dit-elle. Elle paraît soulagée. *Vous êtes là !* Elle se met à creuser frénétiquement. *Il faut qu'on la sorte*, dit-elle. *Aidez-moi. Aidez-moi, s'il vous plaît*.

Nous nous avançons. Elle a découvert un corps, un visage enfoui à quelques centimètres de la surface. Ses contours se précisent, blancs dans le rond de lumière. C'est moi.

Une seconde plus tard, je me réveille.

Bryan est déjà en train d'attendre quand j'arrive au parking en haut de Slate Road, assis sur le muret près de l'entrée. Il m'accueille avec gaieté, mais l'inquiétude se lit sur son visage. « Nous serons en avance, dit-il en montant dans la voiture.

– Tant mieux. Il va falloir que vous m'indiquiez la route », dis-je en bouclant ma ceinture. Je mens. Je la connais, mais je ne veux pas qu'il s'en rende compte. Je sors du parking.

« En haut, à gauche.

– Toujours pas de nouvelles d'Ellie ? »

Il secoue la tête. Nous avons cherché tout l'après-midi, avec des équipes différentes. C'est la raison pour laquelle je me suis endormie, je suppose. Et j'ai filmé une partie des recherches, aussi. Discrètement. Les gars au pub distribuant les secteurs à fouiller. Des foules de villageois écumant les falaises en criant son nom. J'ai repéré Liz parmi les volontaires, et Monica, et Sophie aussi.

Il ne faut pas longtemps pour arriver au phare et je me gare sur un chemin de gravier accidenté. Tout est désert, aucun signe de la voiture de David, et lorsque je coupe le moteur, l'endroit se trouve plongé dans une nuit épaisse, à l'exception de l'éclair régulier du phare au-dessus.

« Vous avez une lampe de poche ?

– Je me servirai de mon portable », dis-je.

Le silence nous enveloppe.

J'ajoute : « Vous avez confiance en lui ? Il n'essayera pas de me faire du mal ? », même si ce n'est pas l'hypothèse d'une douleur physique qui enfle au creux de mon ventre.

Bryan sourit, rassurant. « Tout ira bien. »

Je trouve le sentier de gravier qui monte vers le phare. Sur la droite, un bâtiment bas, de plain-pied, et lorsque j'arrive plus près, je vois que c'est là qu'était autrefois situé l'accueil des visiteurs. Sur trois côtés, il y a une terrasse en bois, aujourd'hui pourrie, et les fenêtres sont toutes soit cassées, soit barricadées avec des planches. Au-dessus de la porte, les vestiges d'une pancarte portant le mot *Head*. Je me retourne. Bryan est assis dans la voiture, toujours dans le noir.

Je continue à monter. Le phare est peint en blanc, quelques constructions abandonnées sont dispersées autour de sa base. La tour n'est pas très haute, mais elle est impressionnante, ainsi plantée au bord de la falaise, solennelle et imposante avec son éclairage puissant.

Je prends ma caméra et je filme avant de la laisser de nouveau pendre à mon cou, toujours en position *Enregistrer.* J'atteins le bout du chemin, mais il n'y a personne. Je choisis un muret d'où j'aurai une vue parfaite au cas où quelqu'un viendrait et je m'assois.

J'éteins la lampe de mon portable et j'attends que mes yeux s'accommodent à la pénombre. Tout est immobile, puis j'entends la machinerie derrière moi, le bourdonnement lent des projecteurs qui tournent. Une mouette s'envole au-dessus de moi, se fait prendre dans le faisceau lumineux et pousse un puissant cri moqueur.

C'est ta faute, a-t-elle l'air de dire. *Tout ça est ta faute.*

Ma faute. Mon esprit retourne instantanément à ce qui s'est passé ce jour-là, à ce que j'ai fait à Gee, le soir de la fête. Mais je chasse ces pensées et je laisse mon regard errer sur la mer. Le vent est mordant, mes mains deviennent toutes rouges et je les enfonce au fond de mes poches. 8 h 30, 8 h 45 et toujours pas le moindre signe de David. Je me rends compte que je m'attendais presque à le voir arriver avec Ellie, s'excuser en nous la rendant avant de repartir se terrer à Bluff House. Mes pieds sont engourdis, et juste avant 9 heures, je suis sur le point de renoncer quand une silhouette se découpe dans l'ombre.

« Je m'inquiétais. »

J'éclaire le visage soucieux de Bryan et je me mets debout, à la fois soulagée et déçue.

« Il n'est pas venu. »

Son visage se décompose. « Rentrons.

– Non, dis-je. Inspectons les environs. »

Nous faisons le tour des dépendances, avec l'intention d'aller visiter chacune d'elles, mais lorsque nous arrivons à la deuxième et que je vois que la porte est entrouverte, je suis certaine que quelque chose cloche.

Bryan est sur mes talons. « Qu'est-ce qu'il y a ? » demande-t-il, et je lui réponds que je l'ignore. À l'intérieur, je constate que la pièce ne contient rien que quelques étagères et des marches qui descendent vers la pénombre.

« Ça doit être un genre de débarras », dit Bryan. Il a l'air aussi effrayé que moi. « Allez, on s'en va.

– Non. Je vais voir. »

Il me suit. Les murs sont humides, l'escalier en briques est traître. Je descends prudemment tout en filmant, le bruit de ma respiration m'emplit les oreilles. En bas, je ne vois rien qu'une fosse noire. « Ellie ? » dis-je doucement, mais la seule réponse est l'écho de ma voix. Puis celle de Bryan dans l'escalier, derrière.

« Il y a quelque chose ? »

Je lève le faisceau de ma lampe. Les grains de poussière dansent comme des étoiles. C'est une petite cave ; il y a des tonneaux dans un coin, des pots de peinture vides, un tas de bois en désordre contre le mur. Je balaie la pièce et j'ai tout à coup l'œil attiré par un objet sur le sol. Une des affreuses chaussures de David.

« Bryan..., dis-je, la voix brisée. Regardez. »

Nous le trouvons derrière les tonneaux, avachi, sa tête formant un angle bizarre avec son corps. Au début, je crois qu'il est mort, mais sa poitrine monte et descend doucement, et quand je m'oblige à lui toucher la main, je découvre qu'elle est chaude.

Bryan s'accroupit à côté de moi. « Aucun signe d'Ellie ? »

Je secoue la tête. Il y a quelque chose à côté de David, à moitié caché par sa jambe. Un flacon brun, vide.

« Vite, une ambulance. Il a fait une overdose. »

37

Bryan retourne au parking pour attendre les secours pendant que je reste avec David. Je touche sa main, mais je ne ressens rien. Pas de crépitement d'électricité, pas d'impression de familiarité. Seulement la chair fatiguée.

« Où est-elle ? » dis-je en chuchotant, mais bien sûr, il n'y a pas de réponse. Je descends la fermeture éclair de son blouson et je tâte sa poitrine à la recherche de son cœur. *Ne meurs pas*, me dis-je. *Ne meurs pas. Dis-moi ce que tu sais.*

Son cœur bat avec régularité, mais le temps entre deux battements est un peu trop long. J'ai l'impression qu'il ralentit. Au loin, plus fort que le rugissement de la mer, j'entends des sirènes. Je retire ma main et referme son blouson. Qu'est-ce qu'il s'apprêtait à me donner ? Dans sa poche, je sens son portefeuille.

Quel mal à fouiller ? Je le sors et je l'examine dans la faible lumière émise par mon portable. Il est en nylon violet, fermé par un Velcro en piteux état. Il ne pèse presque rien. Je l'ouvre et le bruit résonne dans la cave sombre. À l'intérieur, quelques billets, de dix et de cinq, un seul billet de vingt et une carte de crédit. Ainsi qu'une carte de fidélité d'un supermarché et une de Boots. Dans l'autre compartiment, derrière un plastique transparent, une clé et aussi la photo d'une fille.

Mon cœur tambourine quand je la sors. C'est Zoe ; je la reconnais instantanément. Elle est assise à une table dans un fast-food et elle a un grand sourire heureux. On dirait une fête d'anniversaire ; il y a de la nourriture sur la table devant elle, des mains impatientes qui s'en emparent. Je rapproche la photo de la lumière. *Où es-tu ? Pourquoi t'es-tu enfuie ? Dis-moi.*

Un bruit de pas dans l'escalier. Sans réfléchir, je fourre la photographie et la clé dans ma poche, puis je remets le portefeuille. Quelques instants plus tard, Bryan arrive et les secouristes derrière lui équipés de lampes torches puissantes m'écartent. « Nous allons nous en occuper, mademoiselle. »

« Alors, qu'est-ce qu'on fait maintenant ? » dis-je à Bryan une fois que nous sommes remontés en voiture.

Il a parlé à la police, me raconte-t-il, et ils vont vouloir une déposition, mais pour le moment, nous pouvons y aller.

« Vous pensez que David a essayé de se suicider parce qu'il a fait quelque chose à Ellie ? »

Il soupire et l'air crépite. « Je refuse de l'envisager. Mais... qui sait ? Peut-être que la culpabilité était devenue insupportable. »

Ça ne me paraît pas cohérent.

« Mais pourquoi a-t-il envoyé la carte postale ? Qu'est-ce qu'il allait me donner ? Était-ce juste pour que je puisse le retrouver ? »

Je ne peux pas formuler ce que j'ai vraiment en tête. *A-t-il jamais eu l'intention de me parler de Daisy, de moi ?*

Je reprends vite mes esprits. « Où vont-ils l'emmener ?

– À St Mary's, je suppose. »

Je démarre. La photo de Zoe cachée dans ma poche me brûle la peau. « Peut-être qu'il s'en sortira. Peut-être qu'il se réveillera et nous dira ce qu'il sait. »

Bryan hoche la tête. « Et maintenant... ? »

Il y a quelque chose dans sa manière de le dire, comme une invitation. Mais quand je le regarde, il est assis tranquillement, le visage impassible. C'est probablement mon imagination qui me joue des tours.

J'appuie sur l'accélérateur. « Continuons à chercher Ellie. On retourne au Ship ? »

Il y a de la musique, mais à un volume plus faible que d'habitude. L'atmosphère est lourde de conversations chuchotées et de commentaires qu'on préfère taire. Plusieurs personnes lèvent les yeux quand nous entrons, saluent Bryan de la voix ou d'un geste de la main. J'éprouve soudain de la gêne d'arriver avec cet homme. Je me demande de quoi ça a l'air, ce que les gens seront forcément prompts à supposer. Je me demande ce qui risque de revenir aux oreilles de Gavin, si j'ai raison de m'en préoccuper.

Nous traversons la salle pour aller au bar. Deux types sont penchés sur les cartes étalées sur la table. D'autres personnes doivent être encore dehors en train de chercher.

« Je m'occupe des verres », dis-je, et Bryan va parler à un groupe de villageois. Quand je reviens, je lui tends sa pinte et il en avale une bonne lampée.

Je baisse la voix. « Est-ce que vous leur avez parlé de David ? »

Il fait non de la tête. « Mais il y a du nouveau. D'après Butler, quelqu'un a appelé en disant qu'il avait vu une fille emmenée en voiture, une voiture qui ressemblait à un taxi. » Il marque une pause. « J'ai besoin d'une cigarette. Vous venez ? »

J'acquiesce et nous sortons. Nous descendons les marches pour rejoindre la ruelle sur le côté du pub. Il me tend son paquet et, sans réfléchir, j'en prends une. Il allume la mienne et la sienne avant que j'aie pleinement conscience de ce que je suis en train de faire. Je prends une bouffée hésitante, la première depuis je ne sais pas combien de temps, et je remarque que je tiens la cigarette entre mon annulaire et mon majeur ; quelqu'un m'a dit que les taches de nicotine sont moins visibles ainsi. Nous fumons en silence pendant une minute ou deux, et tout à coup, je surprends son regard sur ma main. Il tousse, exprès on dirait.

« Vous n'êtes pas mariée. » On dirait une affirmation plutôt qu'une question.

« Non.

– Vous voyez Gavin ? »

J'ai la tête qui tourne à cause de la nicotine, mais je prends quand même une autre bouffée. Pourquoi pose-t-il la question ? Est-ce qu'il pense que je le fais marcher ?

Non, me dis-je. Ne sois pas ridicule. Je le regarde dans les yeux. « Pourquoi ? »

Il baisse les yeux. « Je me demandais... c'est tout. »

Le silence s'installe. D'au-dessus nous parvient le bruit du pub, toujours en sourdine. Les lampadaires éclairent Slate Road de leur faible lueur. La lune est basse sur l'eau. Pendant un moment, je suis certaine qu'il est sur le point de dire quelque chose, de faire une déclaration, et j'espère de toutes mes forces qu'il n'en fera rien. Il écrase sa cigarette sous son pied, comme s'il prenait son élan, puis il soupire. Mais tout ce qu'il dit, c'est : « J'y retourne. La même chose ? »

Je regarde dans le vague, essayant de ne pas montrer le soulagement que j'éprouve. « Oui. Merci. »

Il remonte les marches pour rentrer dans le pub. La nausée me soulève le cœur et j'écrase ma cigarette avant de m'appuyer contre le mur. Je respire profondément. Soudain, j'ai envie de voir Gavin ; je regrette qu'il ne soit pas là. Je suis sur le point d'aller dire à Bryan de ne pas se donner la peine de m'offrir un second verre, quand j'entends une voix.

« Il faut que je vous parle. »

Mon cœur bat comme une porte dans le vent. Je me retourne brusquement. Kat est plantée devant moi.

« Vous êtes allée le voir. »

Elle a l'air malheureuse. Furieuse.

« Qui ? dis-je, inutilement.

– David.

– David ? » Elle a dû me voir, ou entendre Bryan en parler aux autres au pub. « Non, j'ai juste...

– Qu'est-ce que vous lui avez dit ?

– Rien, j'ai seulement...

– Vous lui avez forcément dit quelque chose. Forcément. »

Elle pleure. Je m'avance vers elle, mais lentement, car j'ai l'impression qu'elle est susceptible de partir en courant à tout moment. Même dans la faible lumière, je vois que son maquillage ne couvre pas complètement les dégâts. Un hématome commence à apparaître sur son visage, violet, bleu et noir.

« Est-ce lui qui vous a fait ça ?

– Quoi ?

– Qui vous a fait du mal ? David ? Est-ce que c'est lui ? »

Son rire est mordant. « Ne soyez pas stupide. David ? Il ne ferait jamais ça. Vous ne savez rien.

– Est-ce qu'il a emmené Ellie ?

– Bien sûr que non. Jamais il ne ferait ça non plus.

– Qui l'a enlevée, alors ? »

Elle se tait et je me rends compte qu'elle est terrifiée. Je pose ma main sur son bras.

« Daisy... », dis-je doucement.

Elle retire brusquement son bras, et une seconde plus tard, je comprends ce que j'ai fait.

« Je veux dire Kat... Pardon, je...

– Comment vous m'avez appelée ? » Mais elle ne me laisse pas le temps d'expliquer. « C'est vrai. Vous êtes obsédée par elle. Vous êtes folle. C'est votre faute si David a fait ce qu'il a fait. »

Elle secoue la tête, comme si elle était déçue par moi, puis elle tourne les talons, prête à partir.

« Kat ! » Elle m'ignore. « Parlez-moi ! »

Elle finit par se retourner. « S'il meurt, dit-elle entre ses dents, ce sera votre faute. Vous le savez, ça ? Et s'il arrive quelque chose à Ellie, ce sera aussi à cause de vous. Tout ça, ce sera à cause de vous. »

38

Quand je rentre dans le pub, je tremble comme une feuille. Monica est là et me salue d'un signe de tête, mais je réponds à peine. Mon cerveau est en effervescence. J'arrive au bar; Bryan et les autres sont en train de distribuer des lampes torches et vérifient qu'elles fonctionnent. Ils conversent à voix basse, dans une atmosphère de camaraderie feutrée. Un agent en uniforme avec un blouson haute visibilité se tient dans un coin, bavardant avec l'un des villageois. Lorsque je rejoins Bryan, il me tend mon verre et me demande ce qui ne va pas.

« Rien. » Je ne veux pas lui parler de Kat, de l'accusation qu'elle a portée contre moi.

« Vous êtes sûre ? »

Je hoche la tête, puis je bois une gorgée de vin. Il est bouchonné, a un goût de carton humide et, sans commentaire, je le repose sur la table. Je me sens piégée. Je suis sur le point de lui dire que j'aimerais participer aux recherches, quand on perçoit une soudaine augmentation du volume à l'autre bout du pub, un cri étouffé venant de la porte, puis un grand remue-ménage. Je jette un œil pour voir ce qui se passe, mais Bryan a déjà bondi sur ses pieds.

« Bon sang ! »

Je me lève. Une silhouette est debout près de la porte; tout le monde l'étreint, la salue. Je ne peux pas voir son visage, mais j'aperçois un éclat roux et, instinctivement, je sais de qui il s'agit.

« C'est elle ? »

Bryan se penche. « Putain. Je crois que c'est bien elle ! »

Je lui emboîte le pas. Ellie est trempée, tremblante. Elle porte un jean et un tee-shirt, des baskets avec une bande rose, mais ses vêtements sont couverts de boue, ses chaussures sont fichues. J'allume ma caméra. J'ai un peu honte ; j'espère que personne ne l'a remarqué, mais en même temps, quelle importance ? Je suis dans une zone de turbulences, je sens que je perds le contrôle, et le documentaire est une chose à laquelle je peux me raccrocher.

« Ellie ! s'exclame la femme qui la tient serrée contre elle. Ellie, ma chérie ! Où étais-tu passée ? »

La fille lève la tête. C'est comme si elle ne comprenait pas la question, puis elle marmonne quelque chose.

« Quoi ? fait la femme. Parle plus fort. » Puis elle lance par-dessus son épaule : « Appelez ses parents, bon Dieu ! »

L'agent de police communique d'un ton pressant avec sa radio.

« Non », dit Ellie, mais sa voix est faible, même sur ce seul mot. Ses jambes cèdent sous elle, elle semble avoir épuisé toute son énergie. « Où il est ?

– Qui ? Où est qui, chérie ? »

Son regard fébrile parcourt la pièce, croise le mien. Kat est invisible.

« David », dit Ellie.

Le volume dans la foule monte d'un cran.

« Où il est ? » répète-t-elle, fiévreuse.

Bryan s'avance, soudain autoritaire. « Laissez donc un peu d'air à cette pauvre fille ! » Puis : « Ellie ? Tu es frigorifiée. Il faut qu'on te réchauffe. Après, tu nous raconteras ce qui s'est passé, d'accord ? »

Elle le regarde, mais se contente de répéter : « Je veux le voir. »

Bryan cherche quelqu'un des yeux, croise le regard de Monica. « Est-ce que l'un de vous aurait des vêtements de rechange à lui prêter ? »

Monica s'avance. Elle passe son bras autour des épaules de la jeune fille.

« Moi. Je peux la ramener chez moi. Ça te va, Ellie ? »

Ellie hoche la tête ; mais malgré l'étreinte affectueuse, elle paraît toujours pétrifiée. L'agent semble hésiter, puis acquiesce d'un signe de tête.

« Viens », chuchote Monica d'une voix douce.

Je les suis et cours un peu pour les rattraper. « Monica ! »

Elle m'attend.

« Laissez-moi vous aider. »

Elle ne proteste pas. Ensemble, nous la portons comme nous pouvons. Je sens les os d'Ellie à travers ses vêtements ; sa peau est froide et humide. C'est comme si je touchais quelqu'un qui est déjà mort.

« Allez, on y va », dis-je. Et même s'il est clair que ça lui coûte un énorme effort, Ellie marmonne un « merci » en guise de réponse.

J'ai envie de lui demander où elle était passée, quelle distance elle a été obligée de parcourir, mais je décide qu'il vaut mieux d'abord la conduire à la maison, au chaud.

Nous arrivons à Hope Lane et Monica ouvre sa porte. Son salon est une réplique parfaite de celui d'à côté. Dans le coin éloigné, des cartons sont empilés par trois ou quatre, et la table basse croule sous un monceau de livres, de prospectus et de vieux reçus, maintenus en place par un assortiment de presse-papiers, une agrafeuse et ce qui ressemble à une pierre venant du jardin. Par terre, à côté du canapé, se trouve une assiette où gisent les restes de ce que j'imagine être son petit déjeuner, à côté d'une tasse et d'un cendrier qui déborde.

« Assieds-toi, ma grande », dit Monica, et Ellie obéit. Monica allume un feu. « Tu veux boire quelque chose ? Un chocolat chaud ? » Ellie reste silencieuse. « Je vais d'abord te chercher des vêtements chauds. » Elle me lance un regard. « Vous restez avec elle ? »

Je hoche la tête et m'assieds sur le canapé à côté de la jeune fille, tandis que Monica monte à l'étage. Ellie frissonne et je la prends dans mes bras. Elle se raidit à mon contact.

« Ça va aller, dis-je doucement. Je ne te veux aucun mal. »

Elle semble se détendre quand elle m'entend parler, tout en continuant à fixer la moquette. J'attends quelques instants, puis je reprends : « Où étais-tu ? »

Elle hausse les épaules.

« Tu peux me parler. Je ne dirai rien. Je te le promets.

– Je suis allée chez David.

– C'est lui qui t'a emmenée dans la voiture ? »

Elle secoue la tête. Évidemment que non. Pourquoi irait-elle chez lui, demanderait-elle à le voir, si c'est lui qui lui a fait du mal ?

« Quelqu'un d'autre ? »

Rien, même si, d'une certaine manière, je sais que son silence signifie oui.

« Qui ?

– Personne.

– Où est-ce qu'ils t'ont emmenée ? »

À nouveau, rien. Mais je la sens se crisper, même à travers ses vêtements mouillés.

« Comment es-tu revenue ?

– À pied.

– C'était loin ? »

Son menton se baisse légèrement.

« Dans quelle direction ?

– La lande, dit-elle, et je pense à l'if.

– Où ça, sur la lande ?

– Je ne sais pas. »

Elle a parcouru toute cette distance à pied. Cela paraît impossible, pourtant l'état de ses vêtements suggère que c'est bien le cas.

« Tu veux quelque chose à manger ?

– S'il vous plaît, oui. »

Je me lève, mais à ce moment-là, Monica arrive de l'étage avec une pile de vêtements. « Vous pouvez lui faire enfiler ça ? »

J'aide Ellie à enlever son tee-shirt trempé. Elle fait la grimace. Il y a un hématome sur son dos, un autre sur la face antérieure de son avant-bras, et quand je descends son jean, je vois que ses jambes sont dans le même état.

Je sais que si je me trompe de question, elle va se refermer comme une huître, alors je garde le silence. Une fois qu'elle est habillée, et bien qu'elle n'ait rien demandé, je lui dis que ses parents sont en route. Aucune réaction.

Monica revient de la cuisine avec un chocolat chaud et des tartines de confiture sur une assiette. « Et voilà. Vas-y, mange. »

Ellie mastique lentement et en silence, prenant de toutes petites bouchées de pain, avalant avec peine quelque chose qui ne passe pas. Elle souffle sur sa tasse et boit une gorgée. C'est comme si elle était gênée qu'on la voie manger, comme si la consommation de nourriture était un acte honteux. Quand elle a fini, elle annonce qu'elle est fatiguée. Monica l'emmène en haut pour qu'elle dorme pendant que nous attendons ses parents.

« C'est très sérieux, dis-je une fois que Monica est revenue. Elle est couverte d'hématomes. Elle a peur. Elle protège quelqu'un.

– David.

– Elle prétend que ce n'est pas lui. »

Je prends le verre de vin qu'elle m'a versé spontanément. « Mais il y a quelque chose, quand même.

– Quoi ? »

Je sors la photo. « J'ai trouvé ceci. Dans le portefeuille de David. »

Elle l'examine pendant un moment. « C'est Zoe. »

Je hoche la tête.

« Mais pourquoi aurait-il ça sur lui ? C'est forcément qu'il est impliqué.

– Je ne sais pas. J'ai juste... Kat dit que non. Et Ellie n'avait pas l'air d'avoir peur de lui.

– Alors, qui l'a enlevée ?

– Je ne sais pas. Et vous ? »

Elle paraît offensée, tout à coup. « Qu'est-ce qui vous fait croire que je le saurais ?

– Rien. C'est juste que vous vivez ici depuis toujours. Vous en savez plus long sur ce qui se passe. Sur les gens du coin. » Monica a l'air sceptique. « Plus long que moi, en tout cas. » J'hésite. « Quelqu'un l'a emmenée en voiture sur la lande et l'a laissée rentrer toute seule.

– Mais pourquoi ? »

Je me rappelle les histoires qu'Alice me racontait. « Pour la punir, peut-être. Lui donner une leçon. Et ça a marché. Elle est terrifiée. »

Monica ferme les yeux. Quand elle les rouvre, elle a visiblement pris une décision.

« Il faut que je vous montre quelque chose.

– Quoi ? »

Elle s'approche de la table près du canapé et attrape un morceau de papier. Elle me le tend et je le déplie. C'est un mot écrit à la main ; l'écriture est minuscule, décousue, comme s'il avait été écrit en hâte.

« Lisez. »

Je suis désolé. Pour ce que j'ai fait. Je l'ai tuée. Je les ai tuées toutes les deux. C'est ma faute. Je n'en avais pas l'intention, mais je n'avais pas le choix. Je les aimais. Je sais que c'était mal, mais je ne pouvais pas m'en empêcher. J'ai persuadé Daisy de sauter quand elle a menacé de me dénoncer pour ce que j'avais fait à Sadie. Je l'ai tuée. Je l'ai enterrée sur la lande. Et ensuite, Zoe s'est sauvée. Je suis désolé. Je suis tellement désolé. S'il vous plaît, pardonnez-moi.

Il y a une signature gribouillée en bas. *David.*

Je tiens la missive calmement dans ma main. Je la relis, puis je lève la tête. *C'est un faux*, ai-je envie de dire. *Des mensonges.* Il est impossible qu'il ait écrit ça. Sadie n'est pas morte.

Mais comment le puis-je ? Elle me demanderait comment je le sais.

« Pourquoi vous a-t-il donné ça ? »

Elle me regarde droit dans les yeux. Elle entend le doute dans ma voix. Il me vient à l'esprit qu'elle va avouer, reconnaître qu'il n'a jamais écrit ça, que c'est elle. C'est comme si elle s'apprêtait à me dire pourquoi, pourquoi elle veut que ce soit sur lui que retombe la responsabilité de la mort de Sadie, qui n'a jamais eu lieu, et de celle de Daisy, qui a bien eu lieu.

Silencieusement, je lui intime l'ordre de dire la vérité. De me confier qui elle cherche à couvrir, qui a réellement écrit ce mot. De me révéler qui m'a fait du mal, qui a tué Daisy, pour de vrai.

Mais en vain.

« Je ne sais pas. Ce mot a été glissé dans ma boîte aux lettres cet après-midi. »

Je ne dis rien. Une autre pensée se forme. Si le mot de David est un faux, alors sa tentative de suicide est simulée. Peut-être était-ce une tentative de meurtre.

« Est-ce que vous allez en parler à la police ?

Elle hésite. « Je devrais ? »

Je suis sur le point de dire que oui, elle devrait. Je suis sur le point de lui expliquer pourquoi, parce que je ne crois pas que David l'ait écrit, ce qui signifie que son overdose n'est peut-être pas de son fait. Mais ensuite, je me rends compte qu'ils vont soupçonner tout le monde. Y compris moi. Il faudra que je dise la vérité sur qui je suis et mon secret sera éventé.

Je ne peux pas risquer cela, pas encore, pas tant que je ne suis pas certaine d'avoir compris ce qui se passe ici. Je secoue la tête.

« Vous êtes sûre ? »

Elle s'enfonce dans le fauteuil, apparemment soulagée. Je me demande quelles raisons elle peut bien avoir de vouloir garder cette lettre pour nous seules.

« Il faut que nous aidions les filles, dit-elle.

– Vous avez dit qu'elles allaient bien. Que vous vous occupiez d'elles.

– C'est le cas. » Elle a l'air épuisée maintenant. « C'était le cas. Ou je pensais que c'était le cas. » Elle attrape ses cigarettes. « Mais après ce qui s'est passé avec Ellie... Je croyais qu'elle s'adresserait à moi plutôt que de s'enfuir. Peut-être qu'elle n'a plus confiance en moi. »

Je pense à certaines des choses que j'ai faites. Des choses qui n'avaient absolument aucun sens, même à l'époque.

« Ne vous en voulez pas, dis-je.

– Vous le pensez ? »

Je reprends la photo de Zoe sur l'accoudoir du fauteuil et je la regarde à nouveau. Je remarque quelque chose. Quelqu'un à l'arrière-plan, souriant, de profil, a l'air de parler à une personne qui se trouve hors cadre. Ses cheveux sont différents, plus longs, mais c'est lui. Il porte d'ailleurs les mêmes lunettes.

Gavin.

Je range la photo dans ma poche, où elle continue à seriner ses accusations.

« Où se trouvait Gavin, ce soir ? »

Elle secoue la tête. « Je n'en ai pas la moindre idée. »

39

Il se fait tard, mais les lumières sont allumées dans la salle communale et la porte n'est pas fermée à clé. À l'intérieur, un agent en uniforme est en train de ranger ; je le salue.

Tout a l'air trouble ; je n'arrive pas à mettre de l'ordre dans mes pensées. Mais un sentiment domine. Je me sens honteuse, même si je ne sais pas pourquoi. C'est presque comme si Kat avait raison, je suis la cause de tout cela et, en couchant avec Gavin, j'ai en quelque sorte aggravé les choses.

« J'aurai fini dans quelques minutes, dit-il sans se rendre compte de rien. Merci d'être venue fermer derrière nous.

– Oh..., dis-je avec un sourire forcé. Pas de problème. L'enquête est terminée, si je comprends bien ?

– Ouais. La fille reconnaît qu'elle s'est enfuie, puis elle a changé d'avis et elle est revenue. Rien de suspect.

– Vous la croyez ?

– Ça ne dépend pas de moi. Enfin... il faut que je m'active. »

Je vais jusqu'à la cuisine. Gavin ne va pas tarder, et alors je devrai expliquer pourquoi j'ai menti à l'agent puisque je lui ai dit que Gavin lui-même m'avait demandé de venir fermer après son départ. Mais autant mettre à profit ce temps, voir si je peux découvrir quelque chose. Le passe-plat est ouvert et je peux surveiller le policier, toujours absorbé par son rangement. Au fond de la cuisine se trouve une porte qui conduit à ce que j'imagine être un placard ou un cagibi.

Il n'est pas fermé à clé. À l'intérieur, des cartons pleins de sachets de thé et d'énormes boîtes de café et de poudre chocolatée.

Dans un coin, un carton de jouets, et l'écran que Gavin doit utiliser pour le cinéclub est calé contre le mur. Tout est bien rangé, rien n'est laissé au hasard. Il y a un meuble de classement derrière la porte.

J'essaye d'ouvrir le tiroir supérieur, mais impossible. Dans la boîte à clés fixée au mur, je n'en trouve aucune qui pourrait convenir. Je pose mes coudes sur le meuble. Merde. Je ne sais pas ce que j'espérais découvrir, quelque chose qui pourrait me donner un indice sur son lien avec Zoe, j'imagine. Je me rends compte à nouveau que j'ai baisé avec quelqu'un qui s'avère être un étranger.

« Alex ? »

Je relève brusquement la tête. Gavin est debout sur le seuil, en train de me dévisager. Je ne sais pas depuis combien de temps il est là. Il semble déçu, on dirait. Ou fâché. Dans le hall, j'entends une autre voix.

« Bon, j'y vais. »

Gavin regarde brièvement par-dessus son épaule et lance avec une gaieté feinte : « OK ! Au revoir ! » Il revient à moi et baisse la voix. « Qu'est-ce que tu fais ? »

Je lève le menton avec un air de défi. « Je pourrais te retourner la question. »

Il jette un coup d'œil au meuble de classement, comme s'il voulait s'assurer qu'il était toujours verrouillé.

« Alex ?

– Tu connaissais Zoe. »

Il secoue la tête. « Non. Je...

– Gavin ! Mais arrête, putain ! »

Il fronce les sourcils. « Tu es retournée voir ses parents.

– Non. J'ai trouvé ça. » Je lui montre la photo. « C'est toi, n'est-ce pas ? »

Il la regarde de plus près, puis, les yeux fermés, il prend une grande inspiration.

« Où est-ce que tu l'as trouvée ? »

J'ignore sa question. Je parcours la pièce du regard; il se tient entre la porte et moi, j'aurai peut-être besoin d'une arme, de quelque chose que je pourrais utiliser pour me défendre. Mais il n'y a rien, rien que la caméra accrochée à mon cou. Plutôt lourde, mais pas assez.

« Qu'est-ce que tu lui as fait ? Où est-elle ? »

Ses yeux s'ouvrent d'un coup. « Quoi ? Tu penses que je... ? Jamais je ne... »

Je pousse la photo vers lui.

« Explique, alors ! »

Il secoue la tête. « C'est elle qui te l'a donnée ? »

Elle ? Impossible qu'il parle de Zoe.

« Qui ?

– Jody. Ou Sean ?

– Quoi ? Non. Pourquoi ? Comment...

– Allez, viens. » Il me saisit par le bras. « Il faut que je t'explique quelque chose. »

Sa main est ferme, mais pas brutale. Il essaye de m'emmener, mais je me libère, je sors de la cuisine et vais dans le hall. Là, je me retourne pour être face à lui. « Dis-moi. Tu connaissais Zoe. Comment ? Où a été prise cette photo ?

– À son anniversaire. Elle avait treize ans. Chez McDonald's.

– Et pourquoi tu y étais ? »

Il regarde par terre. « Je suis son oncle.

– Quoi ?

– Jody est ma sœur. »

C'est bien la dernière chose à laquelle je m'attendais.

« Mais...

– Nous ne nous parlons plus.

– Elle sait que tu es ici ? » Il secoue la tête. « Pourquoi tu t'es installé à Blackwood Bay ?

– Pour la trouver. Ou découvrir ce qui lui est arrivé.

– Alors, toute cette histoire de refaire ta vie...

– ... est en partie vraie. Je n'avais rien d'autre à faire.

– Mais pourquoi en cachette ? Pourquoi ne pas le dire à Jody ? C'est ta sœur ! Que s'est-il passé ? »

Il soupire. « Nous nous sommes disputés, après le départ de Zoe. Ils étaient tous les deux affolés. J'ai pris des jours de congé, je suis venu habiter avec eux. J'essayais de les soutenir. Je croyais que c'était ce qu'ils voulaient.

– Ce n'était pas le cas ?

– Je ne sais pas. On s'entendait bien, au départ. Mais ensuite... Zoe ne rentrait pas, et tout le monde s'est mis à décrire cette vie parfaite qu'elle avait, les parents fantastiques qu'ils étaient.

– Et c'était faux ?

– Eh bien, ils n'étaient pas pires que la plupart des parents. Mais je les avais vus se disputer, lors d'un Noël quelques années avant qu'elle disparaisse. Ça avait commencé chez notre mère. Des cris, des hurlements...

– Devant Zoe ?

– Devant tout le monde. Ils ont dit que c'était exceptionnel, que tout allait bien. Mais Zoe est venue me voir après. Elle en avait assez, elle ne savait plus quoi faire. Ils se disputaient constamment – sa mère était persuadée que son père la trompait. Les trucs habituels.

– Ta sœur t'en a parlé ?

– Non. Même pas après le départ de Zoe. Tout était sur le mode parfait, la famille s'entendait parfaitement, et elle n'avait aucune idée de la raison pour laquelle Zoe avait commencé à se déchaîner et... j'avais l'impression que son principal souci, c'était de ne pas être tenue pour responsable du fait que Zoe était malheureuse, et pas de retrouver sa fille pour la ramener à la maison.

– Et tu le lui as dit ? »

Il sourit sans joie. « C'est venu au milieu d'une conversation. Ils n'étaient pas contents. Sean m'a demandé quel rapport il y avait avec moi, de toute façon. En insinuant en gros que j'avais... enfin... tu vois ce que je veux dire...

– Quoi ?

– Que j'étais trop proche de Zoe, dirons-nous. Sauf que ce ne sont pas les mots qu'ils ont utilisés. En gros, ils ont dit que c'était ma faute si Zoe s'était enfuie. »

J'hésite. « À mon avis, ils ne croient plus ça, aujourd'hui. »

Il fait la grimace, puis lève les yeux vers le plafond.

Je le dévisage quelques instants. « Peut-être que tu devrais aller les voir. Jody était assez revêche, mais je pense qu'elle a envie de parler. Peut-être que... »

Son regard revient se poser sur moi. « Pas à moi. Et je n'ai pas vraiment envie de lui parler non plus. Je veux juste découvrir ce qui est arrivé à Zoe, et à Daisy, et à Sadie. Et à Ellie, maintenant. Et m'assurer que ça n'arrive pas à d'autres. »

Ses yeux brillent. Je veux le croire, mais est-ce que je peux ? Je m'imagine en train de m'éloigner, lui quelques pas derrière moi. Un coup sur la tête et je m'écroule. Personne ne sait que je suis ici. Tout le monde s'en fiche. Ce serait très facile.

« Où étais-tu ?

– Quand ?

– Aujourd'hui. Quand Ellie est revenue. »

Il me regarde fixement. « Tu penses que j'ai quelque chose à voir avec ça ? »

Non, je ne le pense pas. Pas vraiment. Mais je me suis déjà trompée dans le passé et il faut que je sois sûre.

« Alex, je participais aux recherches pour la retrouver. Comme tout le monde. »

Je bats en retraite.

« Mais...

– Demande à Bryan. À Liz. À qui tu veux. Quand ils sont rentrés, je suis resté dehors, sur la lande. Pour essayer de la trouver. »

Il s'avance vers moi, les bras grands ouverts. « Crois-moi. » Son visage est suppliant, implorant. « Regarde », dit-il. Il tend son portable. « J'ai tout filmé. Au cas où ce serait... utile. Pour ton film. »

Il appuie sur *Marche*. Une vue de la lune, dans un écrin de ténèbres.

« Ça aurait pu être filmé par n'importe qui, n'importe quand. »

Il attire mon attention sur l'incrustation, dans le coin. Il y a une heure. « Regarde. » Il fait défiler la vidéo. Tout à la fin, son visage apparaît dans le cadre.

Je lève la tête, sur le point de parler, mais pour dire quoi, je ne sais pas. *Désolée*, peut-être, mais ce ce serait sans la moindre sincérité.

« Ne me mens plus jamais. »

Il secoue la tête. « Promis. » Il me regarde et quelque chose flotte sur son visage, une expression que j'ai du mal à identifier. C'est comme s'il réfléchissait à quelque chose, pesait le pour et le contre, calculait sa réponse. Mais en fin de compte, tout ce qu'il dit, c'est : « Si tu me promets la même chose. »

40

Gavin m'apporte une tasse de café, puis il s'en va. Il est tôt, le jour n'est pas levé. Un sentiment de manque m'enveloppe, j'ai l'impression d'avoir laissé quelque chose derrière moi sans pouvoir me rappeler quoi. Quelque chose d'important et d'irremplaçable. Je reste allongée dans le lit, pensant à la mère de Daisy qui s'étiole dans sa petite chambre, son esprit désorienté transformant la réalité en histoires extraordinaires, et à la mienne, dans la terre froide, en train de pourrir en attendant de disparaître. Je pense à Zoe, disparue, peut-être pour de bon, à sa chambre intacte, à ses parents essayant de faire face, de rester optimistes devant l'évidence. Comment arrivent-ils à continuer ? Comment y arrivons-nous, chacun d'entre nous ?

Puis il y a Ellie, revenue d'on ne sait où. Ai-je raison de penser qu'il s'agit d'une punition, ou était-ce une tentative de fuite, et si c'est le cas, pour fuir quoi ? En descendant au rez-de-chaussée, je jette un coup d'œil au baromètre. L'aiguille n'a pas bougé ; elle reste avec entêtement entre *Pluie* et *Tempête,* tel un avertissement. Je sais que tout ce que fait cet instrument, c'est mesurer la pression de l'air, ou l'humidité, ou la température, ou peut-être une combinaison des trois. C'est seulement de la science, rien d'autre ; pas de mystère, rien de surnaturel. Peut-être qu'il est cassé. Je pense à David dans ma chambre. Peut-être que c'est moi qui suis cassée.

Je prends mon ordinateur. Au moment où je l'ouvre, un tintement m'annonce l'arrivée d'une nouvelle vidéo.

Marche.

Une vue du ciel. Il y a des arbres, très loin, au fond. C'est une journée claire, très bleue. Ensoleillée, mais les ombres sont longues et les arbres ont perdu leurs feuilles. Quelque chose dans le film me fait penser qu'il remonte à des années. Une belle journée d'hiver, pleine de clarté. La caméra panote, une caravane apparaît. *Pegasus.*

J'ai un mouvement de recul. Une fille surgit, sa tête et ses épaules remplissent le cadre. Elle sourit, ravie. Daisy. L'image est nette, elle pourrait presque être récente, mais non, c'est impossible, elle est morte.

Quand même, c'est comme si je regardais un fantôme, comme si je pouvais plonger la main dans l'écran et l'attraper, la sauver. Lui demander ce qui s'est passé, qui lui a fait du mal, pourquoi elle a sauté et pourquoi je me suis enfuie.

Et qui a envoyé ça ? Qui tenait la caméra ?

Il faut que je sorte. Le ciel nocturne est immaculé, l'air est gelé, figé. J'ai à peine parcouru la moitié de Slate Road que je suis déjà hors d'haleine. C'est comme si l'air s'était épaissi, s'était concentré autour de moi. C'est comme si je fumais à nouveau un paquet par jour.

Ma voiture est à l'endroit où je l'ai laissée, mais maintenant que je suis ici, je ne sais pas où aller, pourquoi j'ai cru que la fuite était une possibilité envisageable. Je sais ce que dirait Dan et il aurait raison. Finis ton film.

Je continue à avancer, jusqu'au parc, et je pousse le portail retenu par un ressort. Mes pieds crissent sur le chemin de gravier couvert de givre. Devant, le kiosque à musique se découpe dans le jour naissant, et comme le vent s'est levé, je décide d'aller m'y abriter. En approchant, je constate qu'il y a quelqu'un ; une silhouette est recroquevillée là, la tête baissée.

Je ne me ravise pas. C'est comme si mon inconscient avait compris qu'elle serait là et m'avait conduite jusqu'à elle. Je monte les marches et je me plante devant elle. Elle fume ; elle a un blouson dont elle garde les pans serrés contre elle, mais malgré tout elle frissonne dans le froid. Je m'éclaircis la voix.

« Kat ? »

Alors seulement, elle remarque ma présence et lève la tête.

« Qu'est-ce que vous faites là ? »

Sa question manque de conviction. Elle est contente, je le vois bien. Secrètement, peut-être même sans le savoir. Au moins, je pourrai lui tenir compagnie, à défaut d'autre chose.

« Je peux m'asseoir près de toi ?

– Nous sommes dans un pays libre. »

Je m'installe à côté d'elle en laissant un espace vide entre nous. Je contemple la vue sur Blackwood Bay pendant une ou deux minutes, puis la mer. Moi aussi, je venais ici, me dis-je. Quand j'étais contrariée. Enfin, Kat parle.

« Comment m'avez-vous trouvée ?

– Je ne t'ai pas trouvée. Je ne savais pas que tu étais là. »

Elle éteint sa cigarette et croise les bras.

« Vous ne filmez pas, hein ? »

Je secoue la tête. « Tu veux que je filme ? »

Elle laisse échapper un rire bref et rauque, lourd de sarcasme. Nous retombons dans un silence pesant.

« Vous avez vu Ellie ? me demande-t-elle au bout d'un moment.

– Brièvement. Hier soir. »

Elle grogne. Son message est indéchiffrable, sur la défensive.

« Et toi ? »

Elle secoue la tête. « Ils refusent de me laisser l'approcher.

– Qui ? Ses parents ?

– Elle leur a dit qu'elle avait fugué. Ils ont décrété que j'avais une mauvaise influence sur elle. » Elle regarde la mer ; sa bouche dessine une ligne fine, dure.

« Et c'est vrai ? »

Elle incline la tête vers moi. Sur ses lèvres apparaît une grimace renfrognée, mais je crois y voir autre chose aussi. Un respect envieux, peut-être. Un peu de fierté. Nous sommes pareilles, elle et moi. Une amie se retrouve dans des difficultés indicibles, et nous, à tort ou à raison, sommes déclarées responsables.

« Tu bois. Je le sais. Et tu consommes de la drogue aussi, j'imagine. »

Elle ne dit rien.

« J'étais comme toi à ton âge.

– C'est vrai ? »

Son exclamation méprisante manque de conviction et je ris doucement. « Tu serais surprise. Il n'y a pas grand-chose d'autre à faire pour s'occuper, n'est-ce pas ? »

Elle se replonge dans la contemplation de la mer.

« Je me rappelle bien, tu sais. Trop jeune pour sortir et aller danser, ou même boire au pub. Moi, j'ai commencé par le speed.

– Le speed ?

– Un peu. Ensuite... eh bien, d'autres trucs. »

Elle baisse les yeux et se met à tripoter une bague qu'elle porte au majeur, en la faisant tourner autour de son doigt. L'argent bon marché brille dans le noir.

« Et toi ?

– Juste de l'herbe, chuchote-t-elle, et de l'alcool.

– T'es sûre ? »

Un haussement d'épaules que j'interprète comme un non, mais elle n'est pas prête à en dire plus.

« Ellie aussi ? »

Elle secoue la tête.

« Comment tu te les procures ? Par les garçons ? » Je pense à celui que j'ai vu avec elle au café, le charmeur que j'ai rencontré plus tard sur la plage. « Ton petit ami ? »

Elle détourne le regard, respire profondément. Est-ce qu'elle pleure ? Je ne saurais le dire.

« Dis-moi ce qui est arrivé à Ellie.

– J'en sais rien, mais elle n'a pas fugué. Elle ne ferait jamais ça. Et si elle l'avait fait, pourquoi est-elle revenue ?

– Alors…, dis-je d'une voix hésitante, consciente qu'une éventuelle erreur de ma part pourrait la faire fuir instantanément. Elle a été enlevée ? Larguée au milieu de la lande ? »

Elle ne répond pas, mais je prends son silence pour un oui.

« Tu étais inquiète à propos de David. Hier soir. »

Elle se fige un instant. « Est-ce qu'il va s'en sortir ? »

Je réponds à mi-voix. « Je ne sais pas. »

Elle regarde autour de nous. Ses yeux sont secs.

« David est ton ami ?

– Oui. Celui d'Ellie aussi. » Elle hésite. « Ce n'est pas ce que vous croyez.

– Je ne crois rien.

– Il nous aide pour nos devoirs. Il nous donne à manger. Un sandwich. Quand… bref, vous voyez. »

Je complète en silence. *Quand votre mère ne s'occupe pas de vous. Ou votre père.*

« C'est tout ? »

Elle fouille dans son blouson à la recherche de son paquet de cigarettes et je me rappelle une autre époque. Daisy est assise à l'endroit où je me trouve maintenant et je suis sur un banc à côté d'elle. Il fait noir, c'est l'hiver ; dans le kiosque à musique, on a l'impression d'être dans une grotte. On a toutes les deux allumé une cigarette. Je tire une dernière fois sur la mienne et balance le mégot sous le banc d'en face, où il atterrit dans une gerbe d'étincelles rouges.

« Tu sais, dit Daisy. Il est sympa. Il a un télescope. C'est super cool. Il nous laisse regarder dedans. On voit les étoiles, les planètes. J'ai même vu une galaxie. Tu devrais venir, un jour. »

Je frissonne. Un télescope. C'est comme si je le savais depuis le début. En fait, c'est le cas.

« Il a un télescope ? »

Kat acquiesce.

« Où ?

– Sur le toit. »

Je ferme les yeux et je vois la scène. David est là, il enlève la housse en plastique. Il demande aux filles ce qu'elles veulent voir ; il fait clair ce soir, dit-il, il y a peu de turbulences.

Je sais ce que ça signifie – l'image sera nette et claire, la visibilité sera bonne –, mais comment ? Est-ce Daisy qui me l'a dit ? Ou lui ?

Je ferme les yeux et je le vois. Il regarde mes mains. « Tu as apporté ton Caméscope. »

Mes yeux s'ouvrent d'un coup. Je suis dans le kiosque à musique, Kat est à côté de moi.

Un Caméscope. Mon premier.

« Ça, c'est Bételgeuse », dit Kat.

Elle lève la tête et je suis son regard jusqu'à ce que je voie la forme rouge.

« Tu veux que je te dise un truc étonnant ? dis-je. La chose que tu regardes en ce moment n'existe probablement pas.

– Je la vois, pourtant.

– Oui. Mais le truc, c'est qu'elle est tellement loin qu'il faut plus de cinq cents ans à la lumière qu'elle émet pour arriver jusqu'à nous. Cela signifie que ce que tu vois dans le télescope maintenant, c'est ce à quoi ressemblait Bételgeuse dans les années 1500. Et Bételgeuse est une supergéante arrivée en fin de vie. D'un jour à l'autre, elle peut exploser. »

Nous admirons toutes les deux l'astre rouge.

« Mais n'oublie pas que tu regardes en arrière dans le temps. Au moment où nous la *verrons* exploser de la Terre, l'événement aura déjà eu lieu. Cinq cents ans avant. »

Elle reste silencieuse une minute, puis elle demande : « C'est votre préférée, à vous aussi ? »

Je cherche Andromède. *Non*, ai-je envie de dire. Mais je m'abstiens. Je serre les pans de ma veste contre moi pour me protéger du froid.

« Tu veux que je te dise ? » Je n'attends pas de réponse de sa part. « Je pense qu'on a emmené Ellie sur la lande pour lui donner une leçon. » Je marque une pause. « Ou c'était un avertissement. »

Son silence me suffit.

« Un avertissement pour qu'elle ne parle à personne de ce qui se passe. Je devine que c'est ça. »

Elle regarde au loin. Ses cheveux retombent sur son visage. Je poursuis.

« Je peux vous aider. Si tu me laisses faire. Si tu me dis qui vous fait du mal. »

Elle reste muette. La cigarette luit dans sa main, oubliée.

« Ce n'est pas ton petit ami, n'est-ce pas ? Ou pas seulement lui. Qui d'autre ? »

J'attends, mais elle ne répond toujours pas. Je fouille dans ma poche et je trouve mon portable.

« Est-ce que je peux te montrer quelque chose ? »

Je trouve la vidéo qui m'a été envoyée plus tôt et j'appuie sur *Marche*.

« C'est quoi ?

– Regarde. »

Elle obéit, sans un mot. Quand elle a fini, elle lève les yeux vers moi. « C'est la fille qu'ils ont tuée. »

Elle énonce la chose sans exprimer de doute, sans avoir besoin de réfléchir. C'est évident ; elle sait ce qui s'est passé.

« Qui l'a postée ? Tu le sais ? Qui pourrait avoir cette vidéo ? »

Elle secoue la tête. J'appuie sur *Marche* une fois de plus. Daisy pose et fait la moue. Elle met ses lunettes de soleil et se détourne de la caméra.

Je suis comment, là ? dit-elle, même si je ne l'entends pas ; il n'y a pas de son, c'est seulement sa voix dans ma tête.

Je fais comme il faut ?

Je fige l'écran, je zoome. Il y a un reflet dans les verres de ses lunettes, pas vraiment net, on reconnaît à peine un visage humain. Impossible de savoir de qui il s'agit.

Sauf que maintenant, je sais. Je sais depuis le début, j'ai juste repoussé l'information, maintenu la certitude à bout de bras, l'évitant comme si c'était un cadavre que je ne voulais pas regarder. Un animal allongé dans la neige, vidé de son sang.

C'était moi. J'étais là. Derrière la caméra, en train de lui dire quoi faire, la dirigeant, lui prêtant mon blouson, mes lunettes et mes talons. Je la filmais tandis qu'elle minaudait et faisait la belle devant sa caravane. C'était moi.

Mais pourquoi ? Et comment la personne qui l'a postée a-t-elle mis la main sur cette vidéo ?

Je range mon portable. « Je crois que c'est un avertissement.

– De qui ?

– De la personne qui l'a tuée. Qui d'autre ? Elle veut que j'arrête de poser des questions. »

Elle n'a pas d'objection à m'opposer. Elle sait que j'ai raison.

« Ça vaudrait peut-être mieux.

– Je n'ai pas peur, Kat. J'ai vécu des trucs que tu ne peux même pas imaginer. Il en faut plus que ça pour m'effrayer. »

Elle me regarde droit dans les yeux. « Vous n'avez vraiment aucune idée de ce qui se passe. Aucune idée.

– Que veux-tu dire ? »

Elle se lève. « Il faut que j'y aille.

– Kat... S'il te plaît. Parle-moi. Je peux t'aider.

– Vous ne pouvez pas. Personne ne peut. »

Elle sort du parc et je la suis du regard. Je connaissais David, moi aussi ; je le sais, maintenant. Alors pourquoi n'ai-je aucun souvenir de lui ? Je prends mon portable une fois de plus. Le visage de Daisy remplit l'écran.

Mon menton tombe contre ma poitrine. J'essaye de retrouver dans ma mémoire le jour où je l'ai filmée, mais je n'y arrive pas. Il est là, tapi, comme si mes paupières étaient recouvertes d'une épaisseur de gaze ; le film est éraflé et brûlé, il manque trop d'images pour que la séquence ait un sens. Il ne me reste que des sensations. Quand je monte là-haut à pied. Et qu'on se prépare. Je lui prête mon maquillage, même si sûrement elle n'en manque pas. Je sors mon Caméscope de mon sac.

Le Caméscope. Pourquoi je ne m'en souviens pas ? C'était probablement mon premier, le point de départ de mon parcours, ce besoin d'enregistrer, de conserver. Mais où l'ai-je eu ?

Il signifiait beaucoup pour moi. Ça, je le sais. Mais l'ai-je volé – suis-je allée en bus en ville pour commettre mon forfait, le glisser dans mon sac, sortir du magasin en priant pour que personne ne m'ait vue et pour qu'il n'y ait pas de caméras de sécurité ?

Non. Je ne crois pas. Ça n'a jamais été mon style. Des rouges à lèvres à la parfumerie, peut-être. Ou des cannettes de cidre bon marché. Mais pas un Caméscope. Pas quelque chose valant plusieurs centaines de livres.

Alors, d'où venait-il ?

Peut-être que c'était un cadeau ? Oui, un cadeau. Pas emballé dans du papier avec un ruban autour, mais dans un sac en plastique ordinaire. Je me rappelle que je ne savais pas ce que c'était. Je me rappelle que c'était une surprise. Je me rappelle qu'on m'a dit que je l'avais mérité.

Mais de qui venait-il ? Et comment l'avais-je mérité ? La voix est celle d'un homme. Elle appartient à quelqu'un que j'aimais, mais dont j'avais peur aussi. À la seconde où je l'ai sorti de sa boîte, j'ai su que ce cadeau était assorti de conditions. Je t'ai fait une faveur, à ton tour de me renvoyer l'ascenseur.

Je frissonne. Je sens une main sur mon épaule, qui me pousse doucement. *Vas-y,* dit la voix. *Vas-y. Comme on a dit, comme tu as promis. Tu ne peux plus reculer.* La main me pousse plus fort ; je suis prête à me mettre debout. J'ouvre les yeux, mais je suis seule.

Était-ce le petit ami de ma mère ? Quand je me souviens de lui, je vois uniquement son visage grimaçant d'aversion. Il est impossible qu'il m'ait offert une caméra.

David, alors ? Peut-être. Je ne peux m'empêcher de penser que si je n'étais jamais venue, si je n'avais pas commencé à fourrer mon nez dans les affaires des autres, il irait bien, maintenant. Et je ne peux m'empêcher de me sentir coupable, de penser que je l'aimais, autrefois.

Il faut que je me souvienne de lui. Il est la clé de tout.

41

J'appelle l'hôpital St Mary's et je leur dis que je suis une amie de David. Pendant que j'attends qu'on me mette en relation, je pense au télescope sur son toit, au dessin gravé sur la paroi de la caravane dans la chambre de Daisy, à la photo dans celle de Zoe. Il faut qu'il se réveille. Il faut que je le voie, que j'obtienne de lui qu'il me dise quel est ce lien entre nous tous. Qui a emmené Ellie et pourquoi, qui a tué Daisy. Je suis devant un mur ; j'ai beau essayer, je n'arrive pas à le franchir. Quand je finis par avoir l'infirmière du service, elle m'informe que son état est stationnaire. Elle n'a pas l'air optimiste.

Je raccroche, submergée par une vague de culpabilité. Je surnage en respirant profondément et je m'efforce de me concentrer. J'ai du travail, j'ai un film à faire. Noël approche et ils veulent l'échantillon avant la fin de l'année. De mon côté, je dois découvrir ce qui arrive aux filles et essayer d'y mettre fin. Quelqu'un leur fait prendre de la drogue, leur fait subir de mauvais traitements. Quelqu'un les emmène et les abandonne sur la lande pour leur donner une leçon. Je n'ai pas le droit d'échouer.

J'appuie sur *Marche*. Deux gamins – des jumeaux, on dirait – passent à toute vitesse à vélo. Un carton à pizza ouvert est posé sur une table et cinq ou six mains se servent. Une ferme, des cochons qui reniflent dans leur auge. Un groupe d'enfants fait voler un cerf-volant quelque part sur la côte, plus loin, près du phare. Un écran noir, un éclair de lumière, une forme floue tandis que la caméra essaye de faire le point. On finit par voir une personne. Ellie.

Je regarde de plus près. Elle rit, très exubérante ; elle renverse la tête en arrière tellement elle est joyeuse. À côté d'elle se trouve une autre fille que je ne reconnais pas, et un peu plus loin deux garçons plus âgés. Tandis que la caméra se stabilise, je me rends compte qu'ils sont assis sur des chaises de camping disposées vaguement en cercle, le sol sous leurs pieds est boueux et, derrière eux, un cheval passe la tête par la porte de son box.

L'écurie. Bonne vidéo, me dis-je. Qui ira bien avec la séquence que j'ai tournée là-bas. La voix de Monica se fait entendre.

« Quelqu'un en veut encore ? »

Ellie lève les yeux ; les autres aussi. Le cadre est momentanément rempli par une paire de mollets qui entrent dans le champ et je comprends que la personne qui filme est assise sur une chaise en face d'Ellie et qu'elle tourne ces images en cachette.

« Ellie ? »

Monica lui tend quelque chose, mais je ne parviens pas à voir quoi.

« Quelqu'un d'autre ? »

Deux ou trois autres marmonnent quelques mots.

« Grace ? »

La fille à côté d'Ellie tend la main et reçoit quelque chose, elle aussi. Monica apparaît et se tourne, faisant face à la personne qui tient la caméra.

« Kat ? »

Une voix s'élève. « Ça va, merci. »

C'est donc elle qui filme. La fille appelée Grace rit, puis l'écran devient noir et le son n'est plus qu'un murmure étouffé. Kat a couvert l'objectif, j'imagine ; peut-être a-t-elle glissé le portable entre ses genoux ou l'a-t-elle coincé sous son bras.

« Oh, allez !

– J'ai dit non.

– Laisse-la », intervient Monica, et une seconde plus tard, le film reprend.

Ellie est dans le coin de l'écran maintenant et je vois qu'elle tient une cigarette. Je zoome. C'est un joint, bien sûr. Monica tend un briquet devant son visage, mais quand Ellie se penche en avant pour s'approcher de la flamme, elle tombe presque de sa chaise. Elle glousse en retrouvant son équilibre, déjà défoncée, peut-être ivre aussi. À ses pieds, des bouteilles vides, de vin, de vodka, plus une brique de jus d'orange et un tas de gobelets usagés. La caméra tremblote lorsque Monica se tourne pour aller s'asseoir sur une des chaises libres.

« Bien, fait-elle d'un ton joyeux. Tout le monde est content ? »

Le groupe murmure son approbation, quelqu'un lance une grossièreté ponctuée d'un ricanement.

« T'es contente, Ellie ? »

Ellie hoche vaguement la tête. Elle tire de grandes bouffées sur le joint.

« Et tu es impatiente d'aller à la soirée ? »

C'est Grace qui répond.

« Une soirée ? Quelle soirée ?

– Rappelle-toi. Il y a une soirée ce soir, Grace. Tu m'as dit que tu voulais y aller. Tu te souviens ? »

Grace acquiesce, une seule fois.

« Kat, fait Monica. Tu y vas aussi ? Et Ellie ? »

Le sourire disparaît du visage d'Ellie, mais elle reste silencieuse. Je me demande si ça a été filmé avant sa disparition. Avant qu'on l'ait emmenée.

« Richey sera là pour veiller sur vous. Ne t'inquiète pas. »

Richey est-il le petit ami, celui que j'ai vu au café ? Le regard de la jeune fille se pose brièvement sur la caméra que Kat doit tenir au creux de sa main et j'ai l'impression que c'est moi qu'elle fixe, mais ensuite elle lève la tête. Ses yeux sont écarquillés, désespérés, et elle paraît à la fois incroyablement jeune et bien trop sage pour son âge.

« Bon, fait Monica. Autre chose. Cette femme, Alex. Elle pose plein de questions. » Elle parcourt le groupe du regard. « Et nous devons toutes faire très attention à ce que nous lui disons. On est d'accord ? »

Un murmure, mais personne ne répond.

« Ou alors, il n'y aura plus de moments comme celui-ci. Vous comprenez ? »

Elle les regarde toutes, mais si elle ajoute quelque chose, je ne l'entends pas. Kat s'est probablement rendu compte qu'elle était sur le point de se faire surprendre, qu'elle allait perdre l'occasion de m'envoyer la vidéo.

L'écran devient noir quand le film se termine, et le silence s'installe.

Je perçois des voix, parfois interrompues par de la musique. Une radio. Avec mon oreille collée au mur, je l'entends tout juste se déplacer, aussi, à la limite de mes capacités auditives. Elle monte l'escalier à côté de moi et, une ou deux minutes après, j'entends le grondement de la plomberie quand le chauffe-eau se met en route.

Je retourne à la fenêtre et j'attends. Je suis allée jusqu'au kiosque à musique hier soir, m'attendant à y trouver Kat, mais il était désert. Il n'y avait qu'une bouteille cassée sous le banc, un tapis de mégots de cigarettes sur le sol. Une fille, à l'autre bout du parc, à peine visible dans la pénombre. Mais pas de Kat. Et je ne l'ai pas vue de la journée.

Cela n'a finalement pas grande importance. J'ignore ce que j'avais envie de lui dire. Je l'aurais remerciée pour la vidéo, j'imagine. Je lui aurais demandé quand elle avait été tournée et ce qui s'était passé à la soirée, et pourquoi Ellie ne voulait pas y aller avec les autres filles. Comme si je ne pouvais pas deviner.

Je sais pertinemment ce qui s'y passe. Des jeunes filles sont là, terrifiées, mais luttant pour ne pas le montrer, espérant avoir l'air assez motivées pour ne pas se faire tabasser. Des hommes choisissent celle qu'ils préfèrent, un hochement de tête, un grognement approbateur, puis quinze minutes à l'étage.

Mais Monica est-elle au courant ? Dans le film, elle ne paraissait pas cruelle. Quand elle a insisté sur le fait que Richey était là pour veiller sur les filles, elle avait l'air d'y croire.

Un craquement me parvient de l'autre maison. Elle est à nouveau dans l'escalier et, au début, j'ai bon espoir qu'elle sorte sous peu. Mais ensuite, j'entends le téléviseur se mettre en marche et, un peu plus tard, des bruits de cuisine.

L'heure du déjeuner est déjà loin lorsque je l'entends enfin sortir de chez elle. Elle apparaît dans la rue, portant un sac en toile de jute, avec une veste imperméable malgré le timide soleil. Je recule pour ne pas être vue ; je la regarde fermer la porte à clé derrière elle avant de partir et de jeter un coup d'œil à ma porte en passant. J'attends cinq minutes, que je compte soigneusement sur l'écran de mon portable, puis je sors de Hope Cottage. C'est maintenant ou jamais.

La poignée de la porte de Monica ne bouge pas. Quand je colle mon nez sur le verre dépoli, j'aperçois une lumière dans sa cuisine au bout du couloir, mais il n'y a pas de bruit, pas de lueur bleutée typique d'un téléviseur, pas de radio. Je bats en retraite. Il faut que j'arrive à entrer. Il faut que je découvre ce qui se passe.

Tout ce qui sépare son jardin du mien, c'est une palissade en bois. Il y a des chaises de jardin branlantes sous la table au fond ; j'en déplie une et je monte dessus. Elle est assez haute pour que je puisse escalader et je me laisse tomber de l'autre côté, dans un jardin identique à celui que je viens de quitter. Les mêmes pots en céramique sont alignés, une table similaire se trouve dans le coin opposé. Elle a disposé deux nains de jardin au visage craquelé sur un petit muret ; un troisième s'est renversé et gît à l'horizontale entre les deux premiers, la tête fracassée.

La porte de la véranda est fermée à clé, mais en essayant de l'ouvrir, je constate qu'il y a un peu de jeu. Je trouve un caillou au fond du jardin, où il sert à maintenir une bâche, et je m'en sers pour taper le dessous de la poignée vers le haut. Je n'ai aucune idée de la raison qui me pousse à agir ainsi, je détiens une connaissance que je ne me rappelle pas avoir apprise – j'ai bien dû l'acquérir quelque part. Quelques secondes plus tard, la porte se débloque et je découvre que je peux la faire coulisser. Me voilà à l'intérieur.

La cuisine n'est pas rangée ; des casseroles et des poêles croûteuses moisissent dans l'évier, l'équivalent d'une bonne journée d'assiettes sales est empilé à côté de la bouilloire, plus trois ou quatre grandes tasses, dont l'une est pleine de couverts pas lavés. Il règne une odeur rance, mêlant celles de la fumée de cigarette, de la friture, d'une poubelle pleine. Je ne sais pas trop pourquoi je suis ici, ce que je cherche exactement. C'est comme si je pensais qu'en m'introduisant chez elle j'apprendrais instantanément ce que j'ai besoin de savoir, mais je vais devoir fouiller. Dans le salon, il y a une couverture en tas sur le canapé, un cendrier resté plein depuis l'autre jour, ou alors il a été vidé et rempli après. Deux verres à vin, tous deux vides, dans le fond desquels il ne reste qu'un peu de lie rouge. Soudain, je vois en Monica une personne terriblement triste ; je la visualise enroulée dans son plaid, devant la télévision, en train de boire du vin et de rancir dans son désespoir. Pourquoi tu vis comme ça ? me dis-je. Qu'est-ce qui te ronge à ce point ? Une relation qui a mal tourné ? Et maintenant, tu reportes ton amour sur les filles et tu moisis dans ton amertume ? Si la cause est cet endroit, eh bien, quitte-le. Et si c'est de la culpabilité, parles-en à quelqu'un. Débarrasse-toi de ce fardeau.

Comme tu as si bien su le faire, toi ?

La question est brutale et formulée d'une voix qui n'est pas la mienne, on dirait que je l'entends pour de vrai. Je lève les yeux. Elle est là, assise dans le fauteuil en face de moi. Elle me dévisage ; c'est elle qui vient de parler.

« Daisy… ? » J'ai la bouche sèche. La pièce commence à vaciller, comme si elle allait se mettre à tourner, comme si j'étais sur le point de tomber. Juste à temps, ma main se cramponne au dossier d'un fauteuil et je retrouve mon équilibre.

« Daisy ! dis-je à nouveau, mais elle reste silencieuse, impassible. Comment… ? »

Elle m'interrompt.

Tu n'as toujours pas compris, on dirait.

« Mais… »

Tu n'as pas beaucoup de temps, tu sais. Je finirai par t'avoir. Je te ferai payer.

J'avance vers elle et alors, aussi instantanément qu'elle est apparue, elle disparaît. Le fauteuil sur lequel elle était assise est vide ; il n'y a personne. Juste un cardigan jeté sur le dossier et un coussin, une marque sur le tissu, une tache qui pourrait être n'importe quoi, du café, du vin, du sang.

L'ai-je imaginée ? Mes jambes sont chancelantes ; je monte l'escalier aussi vite que je peux et je fonce dans la chambre, claquant la porte si fort derrière moi qu'elle rebondit sur ses charnières. Je m'attends presque à la voir assise sur le lit, mais non, elle n'est pas là, j'ai inventé la scène, j'ai tout imaginé. C'est mon esprit qui me joue des tours, rien d'autre.

Je respire profondément. La chambre de Monica est semblable à la mienne, le lit est identique, en bataille aussi, sauf que sa couette a un motif floral décoloré par le soleil. La coiffeuse est encombrée de papiers – lettres, factures, journaux et magazines –, ainsi que de bombes de laque et de déodorant, de bouteilles de parfum bon marché.

Je ne sais pas ce que je cherche. J'ouvre un des tiroirs, il est plein : des plaquettes de cachets, un flacon de répulsif à insectes et un livre de poche jauni. J'essaye le suivant, et quand je découvre qu'il déborde de tout un fatras, je me dirige vers la commode.

Je respire profondément. Je suis en train de commettre une violation de la vie privée, c'est pire qu'un simple cambriolage ; je vais laisser tomber et retourner chez moi. Mais je me souviens tout à coup de la raison pour laquelle je suis ici, de ce que j'ai vu dans le film que Kat m'a envoyé. Il faut que je sache.

Dans le premier tiroir, ses sous-vêtements. Un assortiment, ils sont surtout écrus ou blancs, choisis pour être agréables à porter à défaut d'être flatteurs. Je fouille et je découvre un vibromasseur rose caché sous des paires de chaussettes. Au fond, mes doigts touchent quelque chose de doux et plat, un livre, et je le sors avec précaution, en dérangeant aussi peu que possible.

C'est un cahier d'écolier bleu clair, dont la couverture est légèrement bombée. Quand je l'ouvre, je trouve des Polaroid à l'intérieur. Je les parcours ; ils ont visiblement été pris à l'écurie et chacun d'eux montre une fille qui regarde vers l'appareil, avec un sourire plus ou moins emprunté. Il y a au moins quinze filles différentes, toutes dans la même tranche d'âge. Entre treize et seize ans, je dirais, quoique, dans certains cas, il soit difficile de savoir.

Je ne reconnais pas la plupart d'entre elles, mais la troisième est Kat. Ellie est là aussi, et la fille du film, Grace. Je feuillette le reste, soupçonnant déjà ce que je vais trouver.

J'ai raison. Je reconnais Zoe, et plus loin je trouve Daisy aussi, portant les mêmes vêtements que dans la vidéo qu'on m'a envoyée. Enfin, il y a une photo de moi.

Je m'oblige à me concentrer, à rester dans le moment présent. Je pose les clichés et je retourne au cahier. Sur la première page, une liste de noms et, à côté de chacun, une suite de chiffres et de lettres. Au dos, d'autres listes, des dates de naissance, des numéros de téléphone et des adresses, et encore des nombres, apparemment sans logique. Rien ne semble se corréler avec rien ; même si je devine qu'il s'agit d'un code, je n'ai pas le temps de le déchiffrer. J'attrape mon portable pour photographier la première page, puis je dispose les photos sur le lit et je les filme, un panoramique lent de gauche à droite, avant de rouvrir le cahier. Après quelques pages supplémentaires pleines d'informations, une page blanche, puis quelques listes de noms masculins, cette fois – Dale, Shaun, Bill, Mark, Karl, Kevin –, et d'autres numéros de téléphone et d'autres dates. Pas de Bryan, à mon grand soulagement, ni de Gavin. Les dates sont trop récentes pour être des dates de naissance, et quand je passe à la fin du cahier, j'en repère une qui remonte à une semaine à peu près.

Je retourne aux pages contenant les informations sur les filles, puis à celles qui concernent les hommes. Je ne tiens rien de concret, là, pas de preuve irréfutable, mais il n'est pas difficile de voir ce qui les relie. Je pense à la vidéo qu'on m'a envoyée : *Il y a une soirée ce soir*; et un seul mot s'échappe de ma bouche.

« Putain. »

Soudain, j'entends un bruit. Des pas à l'extérieur, puis une clé dans la serrure. C'est comme si je l'avais fait venir. Je marmonne un « Merde » et je ramasse vite les photos sur le lit avant de les fourrer dans le cahier, tout en me rendant compte que j'ignore totalement si elles sont dans le bon ordre. Je remets le cahier dans le tiroir, plus ou moins là où je l'ai trouvé, puis j'examine la chambre. Elle est minuscule, pas d'endroit où me cacher; mon cerveau tourne à cent à l'heure. Qu'est-ce que je vais lui dire ? Comment expliquer ma présence ? Mais rien ne me vient. Je l'entends se déplacer dans le salon, enlever son manteau. Puis j'entends sa voix. Elle a l'air agitée, désarçonnée.

« Non. Non. C'est impossible. Ça n'a aucun sens. »

Elle est au téléphone. J'essaye de prévoir ce qu'elle va faire, où elle va aller. Je sors de la chambre et me glisse dans la salle de bains. Je me cache derrière la porte et, au passage, je remarque la cuvette des toilettes, sale, le lavabo, constellé de taches de dentifrice et de traces de savon. Mon corps est engourdi, on dirait qu'il appartient à quelqu'un d'autre, un costume que je porte, rien de plus. Je pense au mot qu'utilisait le Dr Olsen. *Dissociation.*

Je me force à me concentrer. J'attrape une paire de ciseaux à ongles et enfonce l'extrémité dans ma paume jusqu'à sentir la douleur. Je me focalise sur ce qui se passe en bas. Monica ferme la porte derrière elle et je tends l'oreille tandis qu'elle rôde au pied de l'escalier, à quelques mètres de moi.

« Doucement », fait-elle.

Son ton est pressant, perturbé. Que s'est-il passé ? Si seulement j'avais accès à l'autre moitié de la conversation. Elle va dans la cuisine et remplit la bouilloire, bien qu'à mon avis elle ait besoin de quelque chose de plus fort que du thé.

« Mais qu'est-ce qui fait que tu es si sûr ? »

Silence, puis un rire peu convaincu. J'ai du mal à entendre ce qu'elle dit ensuite.

« Tu penses vraiment qu'elle prendrait le risque ? Elle n'oserait pas ! » Une pause. « Tu crois ? »

J'essaye de me convaincre qu'il s'agit de simples ragots, mais ça n'y ressemble pas. Ça a l'air sérieux, une discussion sur un problème qui va devoir être réglé, d'une manière ou d'une autre. Je la supplie d'interpeller son interlocuteur par son nom, mais en vain.

Un soupir qu'elle essaye de cacher. « Tu me connais. Je ne t'ai jamais déçu. »

Sa voix est plus distincte. Elle est dans l'escalier. Mon cœur tambourine si fort que je me dis qu'elle va l'entendre, puis il cesse de battre. Ai-je bien refermé le tiroir ? Je ne me souviens pas, mais il vaut quand même mieux qu'elle aille dans la chambre plutôt qu'ici, où il n'y a aucune échappatoire. Collée au mur, je glisse jusqu'au sol, accroupie, les ciseaux dans la main. Il y a un petit trou dans ma paume, une goutte de sang perle à la surface ; ce sang me paraît être celui de quelqu'un d'autre.

Elle est tout près de la porte. J'arrive presque à distinguer la voix à l'autre bout de la ligne, mais c'est peut-être mon imagination. Elle parle à nouveau. « Je ne sais pas. Il va falloir qu'on invente quelque chose. » Je l'écoute respirer. Je sens son odeur, le parfum bon marché que j'ai vu sur sa coiffeuse ; une odeur florale, comme du détergent pour toilettes. Mets-toi debout, me dis-je. Debout. Au moins, confronte-toi à elle sur tes deux pieds, si c'est ce qui doit arriver.

Elle entre dans la chambre. Nous y sommes. L'occasion qu'il me faut. Je me redresse aussi silencieusement que je peux et je regarde de son côté. Elle a laissé la porte ouverte, mais je ne la vois pas. Il faut que je bouge. Maintenant.

Je contourne la porte de la salle de bains, sans quitter la chambre des yeux. Dans le miroir de la coiffeuse, j'aperçois le reflet de Monica ; elle se change, le téléphone toujours coincé contre l'oreille, et elle a déjà enlevé son pull-over. Elle ne porte qu'un soutien-gorge et, en haut de son bras, je distingue un tatouage passé. Il a l'air rustique, artisanal, et même si au début je crois qu'il s'agit d'un cœur, au bout d'un moment, elle se tourne et je constate que je me trompe. Je m'élance, je traverse le palier vers l'escalier. Il craque, je le sais, mais que puis-je faire d'autre ? Je me fais légère, je descends les marches deux par deux, le plus silencieusement possible, en retenant mon souffle. La porte est en bas, et quand je l'atteins, je prie pour qu'elle ne soit pas fermée à clé. Ma main se pose sur la poignée, c'est comme si je ne pensais plus, et soudain un bruit, aussi puissant qu'une détonation, et je m'immobilise.

La bouilloire qui s'arrête, c'est tout. Je saisis la poignée et, en même temps, j'entends Monica à l'étage. « Ne t'inquiète pas, dit-elle d'une voix nerveuse. Je m'en occupe. Tu sais que je le ferai. Je n'ai pas vraiment le choix. Pas si tu es sûr qu'elle est revenue. » Elle attend. « À St Julian's ? » Elle rit, à nouveau sans joie, et je m'interroge. « C'est ça. Je te verrai à ce moment-là ? » Une pause. « Non, pas maintenant. Plus tard. »

Je tourne la poignée et la porte s'ouvre. Je suis dehors. J'expire profondément, puis je repense au tatouage de Monica. Un cercle parfait. Un O fermé. Et à son avertissement aux filles dans la vidéo. Je pose trop de questions depuis que je suis là. Et apparemment, ils ont compris.

AVANT

42

Cabinet médical de Spencer Street

PATIENT : Zoe Pearson, née le 7/03/2003
DATE : 17 mai 2017

Zoe est venue aujourd'hui avec sa mère. Elle se plaint de fatigue excessive, perte de poids et perte d'appétit, pas envie d'aller à l'école, nausées avec vomissements. Léthargie générale. Sa mère dit qu'elle rentre tard le soir. À l'auscultation, pas d'inquiétude. Conseils : garder le lit et boire abondamment. Consultation téléphonique prévue dans trois jours.
Je soupçonne que Zoe a commencé à fumer, mais elle nie quand on l'interroge. Elle dit qu'elle réussit bien à l'école et qu'elle n'a aucun souci, ni en cours, ni à la maison. Elle a beaucoup d'amis. Un hématome sur le bras, qu'elle prétend s'être fait en sport. Ainsi qu'une marque ronde sur son avant-bras.
À l'avenir : vérifier les points ci-dessus. Surveiller son état général et son bien-être, envisager de contacter les services sociaux si apparition d'autres signes.

Signé : Dr Wiseman

DATE : 22 mai 2017

Appel à la mère. Une amie de la famille a répondu – Monica Browne. Selon elle, Zoe est complètement remise, elle est retournée en cours aujourd'hui. Pas de suite à donner au dossier.

Signé : Dr Wiseman

AUJOURD'HUI

43

Elle est revenue. Je m'en occupe. Je ne t'ai jamais déçu. Ils parlent de Sadie, de moi. Ils vont *s'occuper* de moi. J'ai été idiote de venir ici, de poser toutes ces questions. Je suis en danger. Devrais-je appeler Gavin, lui demander de m'aider ? Mais que pourrait-il faire ? Il n'est arrivé que récemment et, jusqu'à maintenant, qu'a-t-il réussi à découvrir ? Bryan ? Il connaît Monica, mais peut-être que cela pourrait être à notre avantage – à mon avantage – et je suis certaine qu'il ne baissera pas les bras quand il saura ce qui arrive aux filles.

Je cours vers la cale, espérant le trouver en train de bricoler son bateau. Il n'est pas là ; tout le village semble avoir été déserté. Je me dirige vers le Ship et j'entre. Une jeune femme que je ne reconnais pas tient le bar, seule.

« Bonjour, fait-elle lorsqu'elle me voit approcher.

– Où sont-ils tous ?

– À St Julian's. » Comme si c'était une évidence.

« Je ne connais pas.

– À l'office de St Julian's, explique-t-elle. Pour les chants de Noël. Tout le monde y est. »

Bien sûr. St Julian's. Ça doit être là où va Monica, et peut-être que Bryan y sera aussi. Je demande à la femme à quelle heure ça commence et elle jette un coup d'œil à sa montre. « Bientôt. 16 heures, je crois. Qu'est-ce que je vous sers ? »

Je secoue la tête et lui dis que j'ai changé d'avis. Je remonte Slate Road aussi vite que je peux et je prends ma voiture. Forcément, ça se passe là-bas, me dis-je. L'église où est enterrée ma mère, un lieu où j'aurais été heureuse de ne jamais retourner.

Il fait presque complètement nuit quand je prends l'embranchement qui conduit à St Julian's. Le parking est plein, alors je dois arrêter la voiture un peu plus bas sur le chemin. Je finis le trajet au pas de course en regardant droit devant moi ; pas un coup d'œil du côté de la tombe de ma mère. À l'intérieur de la vieille église, la nef est vide et mes semelles claquent sur le sol de pierre froid. Malgré les bougies allumées qui diffusent leur douce lumière orange dans tout l'édifice et sur les voitures garées à l'extérieur, je me demande, l'espace d'un instant, si je suis au bon endroit, quand j'entends un bruit provenant du fond. Des voix, des rires. En ouvrant une porte, je découvre une pièce plus petite, bien éclairée, avec un sapin de Noël dans un coin et plein de gens. Des enfants et des adultes ; la plupart d'entre eux me sont inconnus, mais Liz et Beverly sont présentes, et Monica, en train d'enlever son manteau. J'hésite sur le seuil, puis je repère Gavin au fond de la salle et j'entre. Bryan me voit presque aussitôt. Il me salue d'un geste, et tout en lui répondant, je me fraye un chemin jusqu'à Gavin.

« Est-ce que tout va bien ? »

Je secoue la tête. Bryan approche.

« Il faut que je te parle tout à l'heure.

– Qu'est-ce qui se passe ? demande Gavin. Qu'est-ce qu'il y a ?

– Pas maintenant. Plus tard. »

Il baisse la voix. « Tu me fais peur. »

Je jette un coup d'œil à Monica. « Je… je ne peux pas parler maintenant. »

Bryan arrive. « Comment ça va ? » lance-t-il, jovial. Il tient une tartelette dans une main, un gobelet en plastique dans l'autre. « Vous en voulez ? C'est du vin chaud. Enfin, c'est censé être ça, mais sans alcool.

– Non merci », dis-je. Je me tourne vers Gavin. « On se voit tout à l'heure. OK ? »

Bryan observe Gavin qui s'éloigne. Quelque chose passe sur son visage. De la jalousie ?

« Comment ça va ?

– Bien, fait-il. Prenez-en une. Elles sont délicieuses. »

Il me tend une tartelette aux fruits secs sur une assiette en carton. Elle est faite maison ; la pâte se délite dès que je la saisis entre mes doigts. Il baisse la voix. « Est-ce que Monica vous a parlé de la lettre de David ? »

J'acquiesce. « Mais il y a autre chose. Est-ce qu'on peut sortir d'ici ? »

Tout en fronçant les sourcils, il m'emmène vers la porte qui communique avec la nef. Il s'arrête en route pour parler à un type qui rit et lui donne une bourrade dans le bras avant de le laisser poursuivre son chemin. Gavin nous regarde partir et, bien que je le rassure d'un léger mouvement de tête, il ne me sourit pas. Je dépose ma tartelette sur la table à côté de la porte et ensemble nous entrons dans l'église.

« Asseyons-nous, dit Bryan en se dirigeant vers le premier banc. Ça va commencer bientôt, de toute manière.

– Non, pas là. C'est… Est-ce qu'on peut aller plus vers le fond ? »

Nous choisissons le cinquième rang. Le banc craque quand nous prenons place, et il règne cette odeur de moisi, de renfermé que je retrouve dans toutes les églises que je connais. La porte donnant sur la salle de réunion s'est refermée et nous sommes maintenant dans un silence lourd d'échos.

Je parle tout doucement, mais j'ai l'impression de beugler.

« C'est Monica.

– Hein ?

– Qui donne aux filles de l'alcool. De la drogue aussi. J'en suis sûre. Et il y a pire. Je pense qu'elle… »

Je bafouille. Il bouge pour être face à moi. La lumière des bougies projette une lueur orange sur son visage.

Je cherche le mot qui convient. « Qu'elle exploite les filles.

– Non, répond-il avec emphase en secouant la tête. Impossible. Pas Monica. »

La porte s'ouvre. Le pasteur entre, un jeune homme à la calvitie naissante, vêtu de noir. Il rit en marchant, marque une pause pour laisser passer la femme qui le suit. Derrière elle, un homme, deux enfants, puis, à point nommé, Monica.

Bryan se penche vers moi. « C'est... c'est juste impossible.

– Ah bon ? »

Monica parcourt les bancs du regard. Elle nous aperçoit, nous fait un petit salut. Nous aurions dû nous asseoir plus loin vers le fond. Dans ma tête, je lui intime l'ordre de ne pas nous rejoindre, mais elle se dirige vers nous.

Bryan soupire en la voyant arriver. D'autres personnes prennent place. Quelques-unes s'installent juste devant nous. « Écoutez, je la connais vraiment bien. Nous sommes sortis ensemble. Il y a longtemps. Ce n'est pas quelque chose qu'elle ferait. »

Je regarde Monica approcher. Ils sont sortis ensemble ? Ça ne m'étonne pas plus que ça, et à nouveau, je me demande si je les connaissais à cette époque-là, si je les ai oubliés depuis.

« C'est elle qui m'a fait *arrêter* la drogue, vous savez.

– Les gens changent, parfois. »

Elle arrive à notre hauteur. Je me force à lui sourire, mais au dernier moment, elle semble se raviser. Elle nous fait un signe à tous les deux et articule exagérément un « À tout à l'heure ? » silencieux.

Bryan lui rend son salut, puis, une fois qu'elle s'est éloignée vers le fond, il se retourne vers moi.

« Pas elle. Je ne peux pas le croire. »

Un jeune couple passe à côté de nous, traînant un enfant dans son sillage.

« Je serais mort si elle n'avait pas été là, poursuit-il. C'est elle qui m'a remis sur le droit chemin.

– Elle vous aimait. »

Les gens continuent à arriver, mais beaucoup moins nombreux. On dirait que l'office est sur le point de commencer.

« Il n'y a pas que ça. C'est quelqu'un de bien.

– Alors, pourquoi votre histoire s'est terminée ? Que s'est-il passé ?

– Je n'avais plus besoin d'être sauvé, je suppose. Il s'est avéré qu'il n'y avait pas grand-chose de plus entre nous, une fois que cet enjeu-là était retiré de l'équation. »

Devant, le pasteur s'éclaircit la voix. « Bienvenue ! » dit-il. Je le fais disparaître de ma réalité.

« Quel âge vous aviez ?

– On était ados, dit-il dans un souffle. Pourquoi ces questions ? Monica ne ferait de mal à personne.

– Vous savez qu'elle emmène les jeunes à l'écurie ?

– Pour leur donner un truc à faire, oui. Elles adorent.

– Ce n'est pas la seule raison. »

La femme assise devant Bryan se retourne et plisse les yeux pour signifier sa désapprobation. Puis elle sourit quand Bryan chuchote des excuses.

« Sortons d'ici, fait-il. Il y a une porte au fond. »

Je me plie en deux et file presque au pas de course ; Bryan est quelques pas derrière moi et ne me quitte pas du regard. Pendant une seconde, je me sens comme une enfant désobéissante, rebelle, comme si à l'école nous quittions les autres élèves en catimini pour aller fumer une clope derrière le bâtiment des toilettes ; tout à coup, je croise le regard de Monica.

« Je peux le prouver, dis-je une fois que nous retrouvons l'air froid. Regardez. »

Je sors mon portable.

« Arrêtez, dit-il. S'il vous plaît. Laissez tomber, OK ?

– Non. Il faut que vous voyiez ça. »

Je trouve le film que Kat m'a envoyé et j'appuie sur *Marche*. Au début, il refuse de regarder l'écran – par loyauté envers Monica, je suppose –, mais il finit par accepter. Il voit Ellie qui prend le joint, Grace et les autres filles à qui on parle de la soirée, que l'on avertit de ne pas en dire trop devant moi

« Qui a filmé ça ?

– Je ne suis pas sûre. Kat, je crois.

– Vous lui avez parlé ?

– Je n'arrive pas à la trouver.

– Et ça, c'était avant qu'Ellie fugue ?

– Je suppose, oui. Et je ne crois pas qu'elle ait fugué. Je crois qu'elle a été emmenée là-bas de force pour être punie.

– Par Monica ? Mais ça n'a pas de sens.

– Non », dis-je. Je marque une pause, un peu hésitante. « Je ne peux pas le prouver, mais je crois qu'il y a d'autres personnes impliquées. »

Je lui parle de mon intrusion dans la maison de Monica, du cahier que j'ai trouvé, des photographies, des noms d'hommes.

« Et il y a autre chose. Elle m'a interrompue en rentrant et…

– Quoi ? »

J'hésite. Je veux qu'il m'aide à confondre Monica, à trouver qui d'autre est impliqué. Mais est-ce que je lui fais assez confiance pour risquer qu'il découvre la vérité sur mon identité ?

Je n'ai pas le choix. J'ai besoin d'aide.

« Elle était au téléphone. Je l'ai entendue dire : "Elle est revenue." »

Il incline la tête vers moi. « "Elle est revenue" ?

– Oui.

– Elle parlait d'Ellie.

– Non… Elle n'avait pas l'air soulagée.

– De qui, alors ? »

Mon ventre se serre au moment où l'idée prend forme. Peut-être que Monica *ne sait pas* qui je suis. Comment pourrait-elle le savoir ? *Elle est revenue.* Ils parlaient de Daisy.

Je l'énonce à haute voix. « Daisy.

– Quoi ? »

Je confirme d'un signe ; quand je la formule, la chose devient claire. Il secoue la tête, incrédule, pendant que je déballe tout.

« Elle a été vue. Aux Rocks. À Bluff House. Et je l'ai vue, moi aussi. J'étais descendue sur la plage, le jour où Ellie a disparu. Je l'ai vue – Daisy, je veux dire – debout, juste à côté de Bluff House. Elle me regardait. »

Il marque une pause. « Mon Dieu… Sérieusement ? »

Je me rappelle hier soir, quand je suis allée au kiosque à musique chercher Kat. La silhouette dans le crépuscule. Peut-être qu'elle me suit.

« C'était elle. J'en suis sûre.

– Mais elle a été vue en train de sauter.

– Par Monica. »

Il secoue la tête.

« Et les aveux de David, alors ?

– Vous le croyez ?

– Est-ce que je crois ce que quelqu'un a écrit dans sa lettre de suicide ? dit-il. Oui. »

Je prends une grande inspiration. « Cette lettre est fausse. Je pense que quelqu'un a essayé de le tuer.

– Eh, doucement…

– Je crois que Daisy a essayé de le tuer.

– Alex, franchement…

– Elle m'a envoyé cette vidéo d'elle, dis-je, pressée d'aller au bout avant de perdre toute crédibilité. C'était un avertissement. Et je sais que la lettre de David est un mensonge, parce que j'ai connu Sadie.

– Quoi ? Comment… ?

– À Londres. C'est la raison pour laquelle je suis ici. Elle m'a demandé de venir voir ce qui se passait. Mais l'important, c'est qu'elle est vivante, donc…

– Donc il n'a pas pu la tuer. Mais… »

Je lui attrape le bras. Les chants de Noël ont commencé derrière la porte.

Je poursuis : « Vous ne comprenez pas ? Il n'a pas tué Sadie. C'est impossible, puisqu'elle est vivante. Mais il a dit qu'il l'avait fait. Quelqu'un essaye de lui faire porter le chapeau, mais, plus important…

– Cela signifie que le reste de la lettre est peut-être un mensonge aussi. Quand il avoue avoir tué Daisy ?

– Oui ! Exactement ! Et tout nous ramène à Monica.

– Putain. » Il hésite et je sais ce qu'il va me demander ensuite. « Est-ce que vous êtes allée voir la police ?

– Non. Je ne peux pas. Pas encore. Il faut que je sois sûre. À propos de Monica. Que je sois sûre qu'elle est bien derrière tout ça. Et qu'elle l'était autrefois aussi. Ensuite, j'en parlerai à la police. »

Je vois qu'il a du mal à intégrer toutes mes révélations.

« Vous allez m'aider ? »

Sa confusion semble se dissiper, un peu. « Bien sûr. Mais Ellie est allée chez Monica le soir où elle est revenue ; elle n'a pas peur d'elle. Il doit se passer autre chose, impliquant quelqu'un d'autre. Je pense que vous avez raison. Ne nous précipitons pas pour aller en parler à la police. Pas tant qu'on n'en sait pas davantage. À qui d'autre en avez-vous parlé ?

– À Gavin. Enfin, des bribes. »

À nouveau, un éclair de quelque chose sur ses lèvres.

« Mais est-ce qu'on peut garder ça pour nous ? dis-je. Juste le temps que je comprenne ce qu'il faut faire.

– Oui. » Il sourit et pose maladroitement sa main sur mon bras. « Bien sûr. »

44

Il n'y a rien que nous puissions faire ensemble, donc nous quittons St Julian's chacun dans sa voiture. Bryan me suit sur l'essentiel du trajet depuis l'église, bifurquant à l'entrée de Blackwood Bay pour rentrer chez lui. Je me gare et je descends à Hope Cottage. Le village est encore désert ; tout le monde est à l'église et j'ai du mal à lutter contre mon envie féroce de courir. Avant de tourner dans Hope Lane, j'aperçois le Ship, ses lumières orange floutées par la brume qui s'épaissit. Je nous vois, Gavin et moi, assis tous les deux devant un verre, bavardant comme si tout allait bien, comme s'il ne se passait rien. Je nous vois contempler la mer, admirer la lune, regarder les bateaux qui étincellent au loin. Un autre espace-temps. Ce ne serait pas si mal.

Je ferme ma porte à double tour. Je suis en sécurité, je crois. Hope Cottage est silencieux. Je n'entends que le tic-tac constant, implacable, de la pendule sur le manteau de la cheminée, le léger cliquetis du réfrigérateur, un robinet à l'étage qui goutte. Je reste un instant à côté de la porte, vérifie à nouveau qu'elle est bien fermée avant d'aller dans la cuisine me verser un verre de vin. Peut-être que ça m'aidera. Il faut que je comprenne comment il est possible que Daisy soit revenue. Et ce que je dois faire à propos de Monica.

J'examine mon reflet dans la vitre. J'ai l'air maigre ; j'arrive presque à voir à travers moi le jardin derrière, les plantes mortes dans leurs pots en terre cuite, la chaise que j'ai laissée lorsque j'ai escaladé la palissade pour entrer chez Monica.

Je m'approche de la fenêtre. La lune brille ce soir, mais elle n'est pas pleine. Elle décroît. Gibbeuse décroissante.

Comment est-ce que je sais ça ? Qui me l'a dit ?

Une voix résonne dans ma tête. David, bien sûr.

Je regarde à nouveau mon reflet dans la vitre. J'oublie. Il y a deux moi, maintenant. Le moi qui est ici et qui regarde dehors ; le moi qui est dehors et qui regarde dedans. Le moi qui a grandi à Blackwood Bay ; le moi qui a fait de son mieux pour lui tourner le dos.

Mais je ne peux pas vivre comme ça. Je dis mon nom, tout doucement. *Alex*. Mon nom est Alex. Tout le reste est une illusion, point final. Tout le reste n'est que de la lumière qui rebondit sur la vitre. Sadie est morte, et si j'y suis obligée, je l'enterrerai une fois de plus, tellement profondément cette fois qu'elle ne reviendra jamais.

Je me force à sourire, et mon fantôme sourit aussi. Voilà qui est mieux. Mais j'entends toujours la voix de David, lointaine maintenant, comme si j'écoutais une radio coincée entre deux stations et émettant des parasites.

Tu sais, on pensait autrefois que la lune traquait les humains. On pensait qu'elle voyageait dans les cieux à la recherche de gens qu'elle pourrait tuer et manger. Plus tard, on s'est mis à croire que c'était l'endroit où allaient les âmes des défunts. Certains pensent que la lune fait faire aux gens des choses folles, qu'il suffit même de la regarder trop longtemps pour devenir fou. Le mot latin pour la lune, luna, *a donné « lunatique », « mal luné ».*

Je ne réponds pas.

Tu as fini ton thé ?

Pas encore, dis-je. *Est-ce qu'elles sont sorties ?*

Je lève les yeux vers les étoiles. Je cherche Orion. Bételgeuse. Je cherche Andromède.

Oui. La visibilité devrait être bonne ce soir.

On y va ?

David. Il a dit qu'il avait toujours pris soin de moi et je commence à croire que c'est vrai. Aussi bien Kat qu'Ellie se sont portées garantes de lui, et Geraldine aussi.

Je me détourne de la fenêtre, bois une gorgée de vin rouge et, sans m'en rendre compte, j'allume une cigarette que je prends dans le paquet posé sur le plan de travail – le paquet que j'ai dû acheter plus tôt aujourd'hui –, puis je monte.

Merde. Il me faut un cendrier. Je suis sur le point de redescendre lorsque j'aperçois une soucoupe à côté du lit, un seul mégot vertical planté au milieu. Je le regarde fixement quelques instants, essayant de me rappeler quand je l'ai écrasé, quand j'ai recommencé à acheter des cigarettes, à laisser des cendriers sales sur ma table de nuit. Le souvenir finit par me revenir : c'était cet après-midi, ou hier, je crois. Néanmoins, lorsque je fouille à la recherche de détails, je bloque. Si ça se trouve, ce n'était pas moi.

Je pense à Daisy. Où est-elle ? Cette soucoupe qui sert de cendrier. Est-elle venue ici ? Est-ce qu'elle me déteste pour ce que j'ai fait ? *Qu'est-ce que j'ai fait ?*

J'essaye de me replacer dans le passé pour le revivre. Daisy et Sadie, les meilleures amies du monde ; elles faisaient tout ensemble, sauf que Daisy subissait des mauvais traitements, et pas Sadie.

Comment a-t-elle réagi ? A-t-elle tenté de m'en parler ? Ai-je écouté ? Pourquoi ai-je oublié ?

Nous avons dû nous disputer ; une dispute que je ne me rappelle même pas, mais qui, au dire d'autres personnes, l'a profondément contrariée. Que lui est-il arrivé ensuite ? Ai-je fait quelque chose ? Il faut absolument que je me souvienne. Il est clair qu'elle m'en veut, qu'elle cherche à me punir. Et comment puis-je redresser mes torts si j'ignore de quoi je suis coupable ?

Je m'appuie contre le mur. En dehors d'une chaussure et d'un blouson, rejetés sur une plage plus loin sur la côte, on n'a que la parole de Monica sur le fait qu'elle ait sauté, et maintenant, je sais que cette parole ne vaut rien. Est-il possible qu'elle soit revenue ?

Je prends mon portable. Il est tard, mais je ne veux pas me sentir si seule, et les souvenirs ne remontent pas. Je n'arrive pas à les obliger à revenir. Je quitte le mode veille et je vois une alerte apparaître sur l'écran de mon téléphone. Une nouvelle vidéo a été postée.

Je démarre mon ordinateur et j'appuie sur *Marche*.

L'écran est noir. Des éclairs lumineux, une pénombre sinistre, grisâtre, mais impossible de rien distinguer. Ensuite, un éclair brillant, quelque chose émerge de l'ombre, mais flou, informe. L'autofocus de la caméra se règle, l'image s'efface avant de réapparaître brusquement avec des contours nets.

Un mur. Un mur de pierres gris foncé, de la couleur de la nuit, mais sa surface luit d'une manière étrange. La lumière est vive, criarde ; elle provient de la caméra ou d'à côté. Des gouttes tombent à intervalles réguliers, le bruit est amplifié, répété en écho. C'est une cave. Une cave humide, fétide. La caméra se tourne brusquement sur la droite. Elle est là. Daisy.

J'appuie sur *Arrêt* et l'image se fige. Je ne peux pas regarder, je me suis déjà trouvée là ; j'ai déjà vu cela, dans un rêve. Je veux me réveiller.

Mais je ne peux pas. Je suis déjà totalement réveillée, et sur l'écran, le visage de Daisy est tordu, une image grotesque de terreur pure. Ses traits sont à peine reconnaissables tant ils sont déformés ; tout espoir a été anéanti, il ne reste que la douleur. Et quand je lève les yeux pour fuir cette terrible vision, je vois ma chambre. Le téléviseur sur le mur, le miroir rond dans lequel je ne me résous pas à me regarder. Tout est comme je le connais. C'est la réalité. Je ne suis pas endormie et je ne peux pas m'enfuir. Pas cette fois.

J'appuie sur *Marche*.

Aide-moi, dit-elle. *S'il te plaît.*

Et elle répète : *Aide-moi. S'il te plaît. Ne fais pas ça*. Elle a l'air malade, au-delà du désespoir. Elle a renoncé. Il n'y a personne au monde qui puisse l'aider.

Elle regarde droit dans l'objectif, son regard traverse les années, me transperce le ventre. Elle sanglote. *Tu avais dit qu'ils ne me feraient pas de mal.*

Non, ai-je envie de crier. *Non*. Je veux plonger dans l'appareil, remonter le temps. J'ai envie de lui dire : *Je suis là. J'ai toujours été là, à tes côtés*. Pourquoi ne m'as-tu pas fait confiance ? Pourquoi ne m'as-tu pas dit qui te faisait du mal ? J'aurais pu les en empêcher. Je sais que j'aurais pu. Je ne t'aurais jamais abandonnée.

Mais je ne l'ai pas fait, je le sais. J'ai rêvé cette vidéo ; elle ne peut pas être nouvelle pour moi. J'ai dû la voir. Ou j'étais présente quand elle a été filmée.

Mais non, je m'en souviendrais, certainement. J'aurais fait quelque chose, à l'époque. J'en aurais parlé à quelqu'un ou je serais allée voir la police.

Forcément, non ? Je me rappelle ce que Bryan m'a dit. Sadie et Daisy se sont disputées. L'une a menacé l'autre. Certaines personnes pensent que Sadie a été mêlée à ce qui est arrivé à Daisy et que c'est pour cela qu'elle s'est enfuie.

Et qui peut bien avoir cette vidéo en sa possession ? La personne qui l'a filmée, je suppose, mais est-ce que cela pourrait être moi ? Ou Daisy – en aurait-elle une copie ?

Une chose est sûre, je ne me la suis pas envoyée à moi-même. Autrement dit, Daisy est bien revenue. J'en suis encore plus sûre maintenant. Ce n'est pas Sadie. Ce n'est pas moi. Mais *Daisy*.

Je referme mon ordinateur d'un geste brusque et, en me levant, je me cogne contre la table de chevet ; mon verre de vin à moitié plein s'envole. Le vin se répand sur le plancher. Au passage, il éclabousse le mur et, pendant une seconde, on dirait qu'il pleut du sang.

45

Il faut que j'aille à Bluff House, que je la trouve. Je claque la porte derrière moi. Chez Monica, les fenêtres ne sont pas éclairées, la maison est figée et déserte. Elle doit être en train de « s'occuper » de Daisy, comme elle l'a promis. Il faut que j'arrive la première.

Je ne me retourne pas. Je me mets à courir le plus vite possible. Mon esprit mouline à toute vitesse. Peut-être que j'ai laissé le tiroir ouvert dans la chambre et que, en rentrant après le service à l'église, Monica a remarqué que les photos n'étaient plus dans le même ordre dans son petit livre de la honte. Peut-être qu'elle m'a aperçue en train de la regarder dans le miroir ou de descendre l'escalier. Ce qui signifie que je suis en danger, moi aussi. Mais nous sommes liées. Il faut que je rejoigne Daisy pour nous protéger toutes les deux, qu'elle soit en colère contre moi ou pas.

Ou peut-être que je suis naïve et que je devrais fuir Daisy, au lieu d'accourir vers elle.

J'atteins les Rocks et le chemin de galets. Je vole, je flotte comme un fantôme. Je ne vois personne d'autre, et personne ne me voit. Blackwood Bay est désert, mais ce n'est pas tout. J'ai la sensation d'être invisible.

Je ferme les yeux pour me protéger du vent glacial. Plus j'approche, plus je me sens forte ; quelque chose me pousse, une énergie mystérieuse qui est presque surnaturelle. Ma foulée s'allonge et, pendant un instant, j'ai envie de crier, mais je m'abstiens. Je me vois dans cette pièce avec ma meilleure amie qui supplie qu'on lui laisse la vie. Est-ce vrai ? Étais-je là-bas ?

Il faut que je me rappelle ce que j'ai fait.

J'ouvre brusquement les yeux et je m'arrête en dérapant. Je regarde l'eau glaciale. J'ai envie de crier : *Où es-tu ? Pourquoi es-tu revenue ?*

J'entends une voix et je me retourne, face à Bluff House. Il n'y a personne. Je suis seule. Il y a juste le vent, l'aboiement des mouettes noires qui viennent se percher sous les avant-toits et rient. Les grognements de la vieille maison qui ploie sous le fardeau, prête à s'effondrer.

Je ferme les yeux et je respire profondément, puisant maintenant de la force dans l'air glacé, puis j'avance. À ce moment-là, un éclair lumineux apparaît dans l'une des chambres à l'étage de Bluff House. C'est comme le flash d'un appareil photo, ou le reflet d'un rayon de lune sur une vitre.

Je tombe ; j'ai une sensation de vertige. Mes jambes cèdent sous moi comme si j'avais trébuché ou glissé sur l'herbe molle, même si, la seconde suivante, je me rends compte qu'on a dû me pousser par-derrière. Je tends les bras et mes mains encaissent une partie du choc, mais je heurte quand même le sol assez violemment, ma chute à peine amortie par la fine couche de terre. Mes dents craquent, mes oreilles sifflent. Je n'arrive pas à respirer ; ma bouche est obturée. Je ne vois que du noir, et pendant une seconde, on dirait un tunnel, pas un tunnel de lumière, un tunnel qui descend, qui s'enfonce dans le cœur noir et froid de la terre.

Je crache le terreau que j'ai dans la bouche et je respire. Si j'ai été poussée, la personne qui l'a fait doit être penchée sur moi en ce moment. Je me force à ouvrir les yeux. J'essaye de tourner la tête, mais c'est douloureux. Quelque chose de chaud coule le long de ma joue.

Déjà vécu ça, putain.

Respire, me dis-je. Je ne dois pas oublier de respirer. Je lève les yeux. Le bourdonnement dans mes oreilles s'intensifie, monte *crescendo*, puis disparaît.

« Daisy ? » Je le dis, ou j'en ai l'impression, du moins. Ce qui sort est plutôt un croassement. J'essaye de me remettre debout, de comprendre ce qui se passe, mais je n'entends rien d'autre que le bruit de ma propre respiration, lourde maintenant. Je ne suis même pas certaine qu'elle soit là, qu'elle ait jamais été là.

Mais peut-être est-ce ainsi qu'elle me veut. Sans défense, suppliante. Elle veut me faire payer l'acte que j'ai commis, même si j'ignore lequel.

Il y a un bruit de frottement, mais il ne semble pas réel. C'est dans ma tête, mon imagination. Ma bouche est pleine de sang ; j'ai dû me mordre la joue. Je crache une bulle de salive rose sur l'herbe et j'essaye de me mettre sur le flanc. Je la supplie. *Je veux te voir. Si c'est là que nous en sommes, laisse-moi voir ton visage encore une fois, une dernière fois avant la fin.*

Je n'en ai pas l'occasion. Quelque chose brille dans le clair de lune – trop vite pour que j'aie même le temps de deviner ce que ça pourrait être – et vient rencontrer douloureusement le côté de ma tête.

J'enregistre ce qui se passe en moins d'une seconde, puis tout devient noir.

46

Quand je me réveille, je suis dans le noir. Ma tête cogne comme un tambour à la peau trop tendue, mes yeux ne réussissent pas à s'accommoder, et quand ils finissent par y parvenir, je distingue seulement le bord d'un vieux matelas sur lequel je suis probablement allongée. Autrement, tout est noir ; l'air est chargé de soufre comme l'odeur qui règne dans les toilettes publiques et s'y ajoutent d'âcres relents d'ammoniac

Je reconnais ces odeurs. Je suis dans la caravane de Daisy. Dans la chambre. Il faut que je sorte.

Mon cœur tambourine dans ma poitrine. Quand j'essaye de me mettre debout, la pièce tourne et je retombe lourdement, heurtant mon coude contre le cadre du lit. Je porte une main à ma tête et je sens une espèce de croûte. Du sang, je suppose, mais au moins, il est sec. J'essaye à nouveau et, cette fois, je réussis à rester debout. Un faible clair de lune s'immisce dans la caravane, mais je vois à peine ce que je fais. Je tente d'ouvrir la mince porte en accordéon. Elle est verrouillée, on dirait ; ou alors, quelque chose y a été attaché pour la maintenir fermée. Je tire aussi fort que je peux, mais elle s'arque, ne bouge que de deux centimètres.

Je me retourne. Il y a une fenêtre à côté de moi, en plastique, avec un cadre en métal. J'essaye de l'ouvrir, mais elle est bloquée par la rouille. Je vais mourir. C'est inéluctable. Elle va entrer, avec une arme ou un couteau ou une barre à mine, et terminer le boulot.

Il faut que je sorte. Je tape sur la fenêtre, rien ne cède. Je me demande vaguement si elle est incassable, mais mon esprit surmené est passé en mode panique. Je cherche dans la pièce quelque chose qui pourrait m'aider, malheureusement il n'y a rien. Mon cerveau part un peu en vrille ; je lutte pour garder le contrôle, pour rester présente. Je cogne contre la porte tout en jetant partout des regards éperdus. Les rideaux moisis et déchirés sont accrochés à une tringle métallique. Elle va peut-être suffire.

Je saute et l'attrape à deux mains, je tire de tout mon poids pour l'arracher. Je tape avec la barre aussi fort que je peux, en vain. La fenêtre en plastique vibre, envoie des ondes de choc dans mon bras jusqu'à mon épaule, mais demeure désespérément intacte. Pas même une fissure. J'essaye à nouveau – trois, quatre, cinq fois. Le résultat est le même. La porte est ma seule chance. Je glisse la tringle entre la porte et l'encadrement et je pousse de tout mon poids. L'ouverture s'agrandit un peu ; je pousse la barre plus loin et j'essaye encore. Finalement, l'écart me permet de voir de l'autre côté ; Daisy a attaché quelque chose à la poignée – on dirait une cravate marron foncé, prise dans la maison de David, peut-être, et nouée bien serré. La poignée ne bouge pas.

J'empoigne la cravate, mais mes mains sont engourdies. J'ai l'impression de regarder une des vidéos envoyées pour mon film. J'enfonce mes ongles dans mes paumes, aussi fort que je peux, tellement fort que j'ai mal.

Soudain, il me vient une idée. Je sors mes cigarettes de la poche de ma veste. J'actionne le briquet, une fois, deux fois, jusqu'à ce qu'une flamme éclaire la pénombre. Je la tiens sous la cravate, suppliant le feu de prendre, et soudain, le tissu bon marché se met à brûler rapidement en émettant l'odeur caractéristique du caoutchouc fondu. Je tire sur la porte pendant que le bout de tissu se consume et noircit, et une dernière langue de feu en vient à bout ; la porte s'ouvre brusquement. Je suis libre, me dis-je, avant de comprendre que je n'ai réussi qu'à entrer dans la pièce principale de la caravane. Il reste encore une porte entre l'extérieur et moi.

Elle est fermée à clé, bien sûr. Je soupèse la tringle à rideaux dans ma main tout en parcourant la pièce des yeux. La fenêtre de devant est fendue, un point de fragilité peut-être. Je tape dessus avec la barre d'abord, puis avec mon pied. Elle ne cède pas, mais la fissure s'agrandit à chaque impact. J'enlève ma botte et je m'en sers pour cogner sur le plastique jusqu'à ce qu'enfin, avec le bruit d'une règle qui se casse, elle se fracture. J'arrache les morceaux et je réussis à dégager un passage qui me suffit pour me faufiler.

Je m'écrase sur le sol et m'empresse de me remettre debout. Les fenêtres de la maison de David sont couvertes d'un éclat argenté dans le clair de lune. Est-elle à l'intérieur, en train de m'observer ? J'aurais dû faire ça il y a des semaines, je le sais maintenant. J'aurais dû forcer le passage, ouvrir la porte, casser la chaîne et avoir une explication avec David. J'aurais dû l'obliger à me dire tout ce qu'il savait, j'aurais dû exiger de savoir où se trouvait Daisy. Si je n'avais pas été aussi déterminée à être Alex, peut-être que je l'aurais fait. Peut-être que tel est le problème depuis le départ. Savoir qui je suis. Une excitation fébrile me parcourt le corps, légère comme un papillon.

Je sais qu'elle sera fermée à clé, mais j'essaye quand même la porte de devant. Effectivement, elle est solide ; elle tremble à peine dans son cadre. Je pourrais fracasser le vitrail, je suppose, et passer la main à l'intérieur, mais je ne suis pas certaine que ça fonctionnerait. Il doit y avoir un autre moyen d'entrer.

Je recule pour avoir une meilleure vue de la maison. Était-ce un mouvement, à la fenêtre en haut ? Une vague ondulation, une lueur fugace. Je regarde à nouveau. Cette fois, c'est évident, il y a du mouvement dans la pièce. Je m'attends presque à voir apparaître son visage, mais elle s'est éloignée de la fenêtre. Tout est immobile. Pourtant, je sens que Daisy est là-haut, en train de m'observer. Son regard est posé sur moi. À quoi pense-t-elle ? Quelle idiote je fais, quelle bêtise de ma part. Elle a réussi à m'attirer ici.

Mon cœur se serre violemment. Si seulement elle acceptait de se montrer. Pendant un moment, j'ai envie de lui crier à la figure : *Daisy ! Que s'est-il passé ? Qu'est-ce que je t'ai fait ? Pourquoi tu me détestes ?* Mais je n'en fais rien. Son regard me transperce.

Je ne veux pas lui laisser voir ma peur, ni la culpabilité que j'éprouve. Je ne veux pas sentir la morsure de sa colère, ses persiflages, alors je baisse la tête et je fais le tour de la maison. La porte côté jardin est mal jointée mais ne cède pas, et je cherche un autre moyen d'entrer. Derrière la caravane, il y a une fenêtre à guillotine avec du verre dépoli – une salle de bains, j'imagine, ou des toilettes – qui a l'air pourrie. Je me glisse en dessous et j'essaye de l'ouvrir, mais elle refuse de bouger. Le bois est plus résistant qu'il n'y paraît ; c'est la peinture qui s'écaille, rien de plus. Je trouve une assez grosse pierre dans le jardin et je tape sur le vantail supérieur. La vitre se fissure avec un craquement sonore, sans se casser. Elle demeure obstinément dans son cadre ; je tente à nouveau. Cette fois, elle éclate, et après c'est simple. Je glisse la main avec précaution, saisis le loquet et l'ouvre. Le vantail inférieur coulisse avec quelque difficulté et je me hisse sur le rebord. Puis, après m'être tortillée sans élégance, je finis par pénétrer à l'intérieur.

Il faut à mes yeux un moment pour s'accoutumer à la pénombre, mais déjà l'odeur m'en dit beaucoup. Je me trouve dans une pièce sans aération ; ça sent l'humidité, comme si du linge lavé était resté longtemps suspendu à sécher, et je perçois un léger, constant bruit de goutte-à-goutte provenant d'un réservoir quelque part en dessous de moi. Des toilettes. Je me laisse glisser jusqu'au sol et, instinctivement, je cherche l'interrupteur dans le coin de la pièce. Il ne fonctionne pas. Il émet un cliquetis creux, la pièce reste sombre, et quand je lève les yeux, je distingue la douille vide, sans ampoule, au-dessus de ma tête. « Merde », dis-je à mi-voix, et comme en réponse, j'entends un bruit de petits pas quelque part près des murs. *Des souris*, me dis-je. Ou des rats. Je ferme les yeux et j'essaye d'attraper une bouffée d'air. Je pourrais faire demi-tour, repartir. Personne ne m'oblige à faire ça.

Mais si, en réalité ; je trouve la poignée de la porte dans le noir. Je n'ai pas le choix. Je n'ai jamais eu le choix. Je le comprends maintenant. Tous les chemins menaient ici.

Je me sers de la lampe sur mon portable et je filme tout en avançant. La pièce donne directement sur un couloir et je vois une main courante, un escalier en bois massif, foncé, une table près de la porte d'entrée sur laquelle est posé un téléphone. Contre le mur opposé, une horloge, muette et immobile. Il y a de la poussière partout ; des flocons flottent dans le faisceau de ma lampe. Sur ma gauche, une porte donne sur une cuisine, et sur la droite, une autre sur un salon dans lequel j'aperçois un énorme canapé, des fauteuils dépareillés et un vieux téléviseur cubique. L'atmosphère est anémiée et je referme la porte avant de poursuivre mon exploration.

La suivante s'ouvre sur une grande salle à manger – une table avec cinq ou six chaises et un buffet contre le mur du fond, sur lequel il y a une pile d'assiettes –, également livrée à la poussière. Les autres pièces du rez-de-chaussée sont pareillement désolées. Seuls un tas de vêtements puants dans la buanderie et des assiettes sales dans la cuisine témoignent d'une présence. Une immense tristesse pèse comme une chape de plomb ; il est clair que cet endroit a été conçu pour le divertissement, mais désormais une seule personne y fait à manger, et pour elle-même. Lorsque je me retourne pour monter à l'étage, j'entends un léger craquement au-dessus de moi. Ce n'est rien, me dis-je, juste la maison qui travaille, ou le vent, mais malgré tout, je tremble en abordant les marches. Déjà, je plante mes ongles dans mes paumes, comme si je me préparais à ce que je sais inéluctable.

Le bruit recommence, plus fort cette fois, ressemblant plus à un mouvement à l'intérieur qu'à une oscillation de la maison elle-même.

« Daisy ? » Mais il n'y a pas de réponse et le silence qui s'empresse de retomber après que j'ai parlé est plus lourd, plus écrasant. « Daisy ? dis-je à nouveau, arrivée à mi-hauteur. Tu es là-haut ? »

Toujours rien, mais dès que mon regard parvient au niveau du palier, je vois qu'il s'est passé quelque chose. Les portes à cet étage sont grandes ouvertes et ma lampe éclaire des tas de vêtements, de papiers et de livres – un fatras épouvantable. Je monte les dernières marches en courant et me précipite dans la chambre principale. Les tiroirs ont été vidés, leur contenu jeté par terre et sur le lit. Des vêtements, des papiers, des bijoux qui ne peuvent pas appartenir à David. L'endroit est dans un chaos indescriptible ; le contraste avec la décrépitude silencieuse du rez-de-chaussée est frappant.

Quelqu'un est venu ici – Daisy peut-être – et a fouillé la pièce en retournant tout. Mais à la recherche de quoi ?

Dehors, le vent se lève. J'entends un hurlement ; il ressemble à un rire et je laisse ma caméra retomber sur mon flanc. Il y a quelque chose ici, forcément. Qu'est-ce que j'ai manqué ?

Je vais à la fenêtre et je comprends. Je suis déjà venue ici. Je connais la vue : la mer, la lune basse au-dessus, les bateaux au loin, les plates-formes encore plus loin. Le paysage est le même, la fine ligne de l'horizon le coupant en son milieu comme un fil bien tiré. Mon imagination se superpose aux éléments réels, fusionne avec eux. Si je regarde plus bas, je vois l'endroit où elle se tenait, se préparant à sauter.

J'entends un bruit de pas, un craquement dans l'escalier, suivi d'un autre. Comme si quelqu'un descendait en catimini.

« Daisy ! dis-je à nouveau. Attends ! Reviens ! »

Pas le moindre signe d'elle là-dehors, mais je vois par où elle est passée ; toute la maison frémit sous l'effet de la perturbation. C'est comme si elle était un fantôme, filant dans l'air, détectable uniquement par la traînée de vapeur qu'elle laisse derrière elle. Je manque de trébucher en dégringolant l'escalier, ma lampe torche saute en tous sens, mon cœur alourdi bondit soudain.

Mais où est-elle ?

J'avance doucement. Je cache le faisceau de la lampe. Je suis consciente qu'elle pourrait se trouver n'importe où. Elle peut me voir ; je suis éclairée comme un fanal.

Je dis son nom une fois de plus. En bas de l'escalier, à côté de la cuisine, une porte est entrebâillée. Je ne l'avais pas remarqué avant, ce placard sous l'escalier d'où sort une piquante odeur de vinaigre.

« Daisy ? »

J'entre dans le cagibi, je pousse des manteaux, des chaussures, quelques chaises pliantes. Des cartons entassés au fond. Elle ne peut pas être là-dedans, et pourtant…

Je fais un pas. Le plancher se creuse un peu et grince ; en baissant les yeux, je constate qu'une latte du plancher est mobile. Elle est maligne ; elle m'a amenée jusqu'ici. Je m'accroupis et je soulève la planchette par une extrémité, sachant confusément ce que je vais trouver en dessous.

J'ai raison. Il y a une cassette métallique tout au fond de la cavité. Je la sors dans un nuage de poussière moisie. Elle est fermée à clé, mais j'ai sur moi la clé que j'ai trouvée dans le portefeuille de David. Je l'introduis dans la serrure, elle fonctionne. À l'intérieur, un porte-documents, humide et couvert de moisissure. Je l'ouvre délicatement. Il est vieux ; les attaches sont rouillées. Dedans, un sac en plastique qui enveloppe quelque chose de rectangulaire, mais d'irrégulier. Tout en le déballant, je sais exactement de quoi il s'agit. Son poids m'est familier, sa forme. Je l'ai déjà eu en main. Je l'ai utilisé, j'ai filmé avec ; c'est l'objet qui m'a mise sur la voie qui m'a menée jusqu'ici. Mon premier Caméscope.

J'ouvre le logement pour la bande. Il y en a une dedans, mais lorsque j'essaye de mettre l'appareil en marche, je n'y parviens pas. La batterie est vide, je suppose, ou alors les années et l'humidité ambiante l'ont définitivement abîmé.

Je trouve autre chose dans le porte-documents. Deux cartes postales. Je les sors, j'ai la tête qui tourne. La première est un assemblage de photos – un bus londonien rouge vif, Tower Bridge, le Parlement, la cathédrale St Paul – disposées autour du mot « LONDRES », comme si c'était nécessaire. Je la retourne en retenant mon souffle, mais il n'y a rien au dos, sauf l'adresse de David – Bluff House, Blackwood Bay – et un timbre.

La seconde est une photo de la Millennium Wheel. De l'autre côté, de la même écriture que sur la première, un message.

Je reviens.

Je la regarde fixement pendant un moment. L'écriture correspond à celle de la carte envoyée à Dan. Mon cœur ralentit. Je suis étonnamment calme. Maintenant que l'incertitude s'est évanouie, je suis presque soulagée. Je sais ce qui me reste à faire. Je prends le Caméscope et je me mets debout.

Mais quelque chose cloche. Une lumière se reflète sur le plafond de la cuisine, une lueur orange, comme si on avait allumé une bougie.

« Daisy ? » La seule réponse est l'écho de ma propre voix qui rebondit, vibrant. « Daisy ? » dis-je à nouveau avant d'entrer dans la cuisine.

La caravane s'encadre dans la fenêtre et la provenance de la lumière est évidente. La caravane est en feu, les flammes giflent les fenêtres qui fondent, la lucarne crache de la fumée.

Les derniers doutes se dissipent. Elle a cru que j'étais dedans. Elle essaye de me tuer.

47

Le jour suivant, Gavin me propose de nous retrouver au café de Liz. Quand j'arrive, il est dehors, frissonnant dans le froid. L'endroit est vide, les lumières éteintes, la porte close. Une pancarte à la fenêtre annonce qu'elle a fermé pour les vacances.

« C'est dans ses habitudes ?

– Aucune idée », répond-il.

Il ne fait pas un geste pour m'étreindre ou m'embrasser, même pour me saluer.

« Qu'est-ce qui ne va pas ?

– Rien. » Il est clair que c'est un mensonge.

« Gavin ? »

Il fixe le sol et se dandine d'un pied sur l'autre. Moins d'un mètre nous sépare, mais on croirait que c'est un canyon. Je ne sais pas quoi dire. Lorsqu'il me regarde à nouveau, il a l'air blessé. Il marque une pause, en se mordant la lèvre.

« J'ai réfléchi. Et...

– Quoi ?

– Tu avais promis.

– Quoi ?

– Plus de mensonges. »

Il faut que je me concentre : je ne peux pas me permettre d'en dire trop. Pas tant que je ne sais pas ce qu'il attend de moi.

« Je croyais que je comptais pour toi.

– C'est le cas, dis-je, et à ce moment-là, juste à l'instant où c'est peut-être déjà trop tard, je réalise que je suis sincère.

– Sadie... Arrête de me mentir. Je sais qui tu es. »

Le sol tremble et le monde s'incline de quelques centimètres. Un abîme s'ouvre devant moi, un trou noir. Non. Je ne peux pas me laisser engloutir, je refuse. Je respire. Je ne peux pas le laisser voir ce qui se passe, mais je n'arrive pas à m'en empêcher.

« Sadie... ? »

Les deux syllabes rebondissent en écho. Si seulement il pouvait cesser de les prononcer. N'importe qui pourrait entendre.

« Est-ce que ça va ? »

Je ne réponds pas tout de suite, puis je m'entends dire que je suis désolée. J'ai la gorge serrée, mais alors que les mots sortent, je ne suis pas certaine que j'y mets la moindre sincérité. Ce ne sont pas ses affaires, pourquoi est-ce que je m'excuse ? Il n'a aucun droit d'être en colère.

Néanmoins, je répète : « Je suis désolée. »

Il prend mon visage tendrement entre ses mains. Je lutte contre l'envie de refuser sa caresse, de lui dire de me foutre la paix.

« Tu ne pouvais pas me le dire ? »

Je reste silencieuse. Je veux lui demander comment il sait, mais je suppose que c'est évident. Il m'a vue sur la tombe de ma mère. M'a entendue insister sur le fait que Sadie était vivante et que nous ne pouvions pas aller parler à la police, qu'elle ne pouvait pas être enterrée là, sur la lande.

« Tu as deviné ?

– Et ça, aussi. » Il m'attrape le bras et je le laisse faire. Il remonte ma manche. « Je l'ai remarqué la première nuit que nous avons passée ensemble. Il y a toujours des signes. De sévices ? »

J'essaye de reprendre mon bras, mais il me tient. D'un geste doux, il dessine mes cicatrices. Ses doigts laissent une trace, comme de minuscules insectes sous ma peau, qui fouissent.

« Je voulais t'en parler avant, après que nous sommes allés sur la tombe de ta mère, mais avec la disparition d'Ellie... Et je comprends pourquoi tu t'es efforcée de le cacher, mais il n'y a aucune raison d'avoir honte. Aucune. »

Non, me dis-je. *Non. Tout cela est arrivé plus tard, après que je me suis enfuie.*

« Arrête.

– Beaucoup de survivants se mutilent. C'est assez...

– Je ne me suis pas mutilée. J'ai eu un accident. De la soupe bouillante. »

Il me dévisage. Il ne me croit pas.

« Tu parles dans ton sommeil, aussi. Tu le sais, non ? »

Je pense à mon ex. Il trouvait ça marrant. Tu n'arrêtes pas, m'a-t-il dit un jour. De marmonner dans ta barbe. C'est comme si tu t'engueulais tout le temps avec quelqu'un.

« Tu répétais sans cesse son nom. Daisy. »

Je hoche la tête. Muette. La vérité finit toujours par sortir, finalement. Les êtres perdus ont toujours désespérément envie qu'on les retrouve.

« Tu n'en parleras à personne, hein ? »

Il promet qu'il ne dira rien, mais j'hésite à le croire. Peut-être que j'arrive trop tard et qu'il a déjà vendu la mèche.

« Tu aurais pu me dire la vérité... »

Je me penche vers lui, tout près. J'ai envie de le croire. J'ai envie qu'il tende les bras, qu'il me serre contre lui. J'ai tellement envie de croire que quelqu'un peut m'aimer sans vouloir quelque chose de moi en retour. Mais je ne suis pas sûre d'en être capable.

Il me regarde droit dans les yeux, la tête penchée. Il a un demi-sourire triste plein de compassion collé sur la moitié inférieure du visage, même s'il ne monte pas jusqu'à ses yeux. « Tu peux avoir confiance en moi. »

Je ne sais pas quoi ajouter. J'ignore comment lui donner assez sans lui donner tout. Voilà le problème ; je n'ai jamais su.

« Je t'apprécie beaucoup, tu sais », dit-il.

Soudain, on dirait un écolier. Je sais ce que je suis censée dire, maintenant. Les mots se forment, mais ils restent coincés dans ma gorge et je garde le silence. Il secoue la tête tristement.

« Tu n'éprouves pas la même chose, constate-t-il.

– Ce n'est pas ça.

– C'est quoi, alors ? »

J'hésite. J'ai l'impression de me débattre, emportée inexorablement vers le large ; l'eau est noire, le fond de la mer instable. À tout moment, il peut disparaître et je peux me noyer.

« Je me sens tellement… »

Tellement quoi ? me dis-je. *Perdue ? Vide ?* Finalement, je trouve le mot. Je l'avais rangé dans une boîte fermée à double tour, mais bien sûr, il est toujours présent. Il l'est forcément. Je n'étais pas là pour elle quand elle a eu besoin de moi. Au lieu de ça, je me suis enfuie, et ensuite elle a disparu, elle aussi. Je ne peux pas échapper à ce constat.

« Coupable.

– Ce n'est pas ta faute.

– Quoi ?

– Si Daisy s'est suicidée. Tu as fait tout ce que tu pouvais. Ces hommes… ils te faisaient du mal ; tu as eu raison de te sauver. Tu étais obligée. Personne ne peut te le reprocher. »

Mais c'est le cas. Quelqu'un me le reproche. Elle m'en veut.

« Tu ne comprends pas. Je ne me suis pas enfuie à cause de ça. »

Il baisse la voix. « Tu n'es pas obligée de me mentir.

– Quoi ? »

Il baisse les yeux. « Je sais… Je sais que c'est arrivé à Zoe aussi. »

Je reste silencieuse. *Il a raison*, je me dis.

« J'ai essayé d'être présent auprès d'elle. »

Je me sens démunie, alors je me contente de dire : « Je suis désolée.

– Ce n'est pas étonnant qu'elle se soit enfuie. Si c'est bien ce qui s'est passé… » Il lève les yeux. Ils brillent. « Et si elle était morte, en réalité ? Comme Daisy. Et si…

– Daisy n'est pas morte.

– Quoi ? »

Je le regarde fixement. Le moment s'étire jusqu'à ce qu'il soit sur le point de se briser et je commence à parler seulement après.

« Elle a envoyé la carte postale. Elle est passée en voiture cette première nuit avant que tu arrives. Dans la voiture de David, je pense. C'est elle qui est derrière tout ça. »

Il me dévisage. Il pensait que j'étais fragile, mais maintenant il commence à s'interroger sur l'ampleur des séquelles que je garde de mes traumatismes passés.

« Tu es sérieuse ? »

Je le vois en train de débattre dans sa tête. Le ciel commence à laisser couler un peu de lumière.

« Elle est là-bas. Chez David. J'en suis sûre. »

Je lui raconte l'épisode où je me suis retrouvée enfermée dans la caravane et il déglutit avec peine.

« Nous devrions aller voir la police », dit-il.

Je pose ma main sur la sienne. « Je ne peux pas. Pas encore. » Je sors le Caméscope de mon sac. « Il faut que tu m'aides. Je ne peux pas t'expliquer. Mais tu veux bien ? S'il te plaît ? »

Il me le prend des mains et le soupèse.

« Est-ce que tu peux le faire marcher ? Ou transférer le contenu de la bande ?

– Ensuite, on ira voir la police ? »

J'acquiesce, parce que je sais que nous n'avons plus d'autre choix. « Je te le promets. »

48

J'appuie sur *Enregistrer.*

J'ai installé la caméra sur la coiffeuse et je suis assise au bord du lit. La lumière tamisée de la lampe de chevet laisse mon visage partiellement dans l'ombre. Mes traits sont indistincts ; je pourrais être n'importe qui.

Je commence : « Ceci est un message pour mon amie. » Je regarde droit dans l'objectif, me représentant Daisy à la place de l'œil anonyme de la caméra. Je prends une profonde inspiration. « Ma meilleure amie. »

Je marque une pause. Je n'ai pas réfléchi à ce que j'allais dire. J'imagine Monica devant la vidéo, Beverly, du pub. Kat. Gavin et les autres. Je me demande ce qu'ils penseront.

« Je sais que tu m'as envoyé la carte postale. »

Liz, me dis-je tout à coup. Elle regardera peut-être cette vidéo. Ou Sophie, Kat, Ellie. N'importe qui. Il faut que je fasse attention ; je ne peux pas leur faire savoir que Daisy est revenue. Si je révèle sa présence, je la décevrai à nouveau. J'ai l'impression d'être perchée sur une corniche, à quinze étages de hauteur ; un mouvement maladroit et c'est la chute. Je dois m'interdire de regarder en bas ; sinon je vais trébucher et tomber, ou je serai obligée de sauter.

« Je crois que j'ai compris pourquoi. Je veux que tu saches. Je n'avais aucune intention de te faire du mal. Je veux t'aider. »

Je me penche en avant, plus près de la caméra. Je l'imagine là, en train de me dévisager. De me défier. Ses yeux écarquillés, rebelles. *Vas-y,* dirait-elle. *Si tu es tellement sûre que tu peux m'aider, tellement certaine que tu as compris, prouve-le.*

Je me rappelle le symbole que j'ai vu dans sa caravane, à côté de son lit. « Je suis au courant pour Andromède. Et je me souviens quand tu t'es fait faire ton tatouage. »

Ma main vient se poser sur mon bras, comme si je pouvais sentir moi-même la morsure de l'aiguille imaginaire. Nous avions pris rendez-vous ensemble. Nous allions avoir des tatouages assortis, mais elle seule est allée jusqu'au bout. Je me suis dégonflée, on aurait presque dit que j'étais au courant de l'accident qui le rendrait inutile, de toute manière.

Je me souviens de la femme qui l'a tatouée ; elle avait les cheveux teints de la couleur du sang, avec l'éclat lustré des tomates mûres. Je me rappelle un cœur enflammé entouré de fil de fer barbelé sur sa poitrine.

« Je me suis dégonflée. » Je sais qu'elle se souvient, elle saura que je lui parle, à elle, et seulement à elle. « Mais ça n'arrivera pas cette fois. Je te le promets. »

Je ferme les yeux et prends une profonde inspiration. Je regarde droit dans l'objectif.

« Je peux t'aider. Si tu me laisses faire. »

J'appuie sur *Arrêt*, puis je poste la vidéo et la mets en accès libre. Je me demande combien de temps s'écoulera avant qu'elle la voie. Je sais qu'elle les regarde. Après tout, elle regarde depuis le début.

Tout ce que je peux faire maintenant, c'est attendre. Je ne veux pas dormir, malgré mon épuisement. J'ai trop peur de ce qui pourrait se trouver tapi dans l'abîme du sommeil. De ce qui pourrait remonter à la surface si je baissais ma garde.

Du coup, je ne cesse de bouger. Je prépare du café fort, amer, épais comme de la boue, et j'en bois en continu. Dans le salon, je coupe l'éclairage principal et me contente de la flaque de luminosité blafarde émise par l'écran de mon ordinateur. Je vois mon reflet dans la fenêtre, mais rien d'autre. Dehors, il fait nuit. Un vide noir ; même la lune est invisible, cachée derrière des nuages.

Je sais qu'elle est là, quelque part. *Tu t'en es sortie*, dit-elle, *alors que je pourrais aussi bien être enterrée dans les profondeurs de la terre. C'était bien le sort que tu voulais pour moi.*

Je bois mon café. Je suis fébrile. C'est la caféine, je suppose. La pièce est plongée dans l'obscurité quand l'écran s'éteint. Mes yeux se ferment. Ma tête retombe sur ma poitrine. Un moment de ténèbres, puis son visage apparaît et, avec un grognement inarticulé, je m'efforce de me réveiller.

Encore du café. Avale-le. Retourne dans la flaque de lumière.

Je surveille la pendule entre deux accès de somnolence. Même si je ne dors pas, je me sens engourdie, à moitié dans un rêve. C'est comme si mon corps était une marionnette, un mannequin. Mes fils sont coupés. La pendule égrène les secondes, à l'infini. *Pluie* et *Tempête.*

Il doit être presque minuit lorsque le *ping* strident de réception d'une nouvelle vidéo me fait sursauter. Un calme remarquable m'envahit, je sais exactement de qui ça vient. Je respire profondément, remplissant mes poumons, puis je réveille mon ordinateur. Nous y sommes. J'ai l'occasion de sauver Daisy. De lui présenter mes excuses, quel que soit le mal que je lui ai fait. De la reconquérir.

L'écran est noir. *Marche.* Un aperçu de nuages bas, la lune au loin, alternativement nette et floue, puis le cadre se stabilise. Le contour net de Bluff House apparaît.

L'image tremble, puis une seconde plus tard, basse et rauque, contrefaite mais familière, une voix féminine qui me fait froid dans le dos.

« Je suis là. Viens seule. »

49

Lorsque je tourne le dos à Hope Cottage, c'est avec le sentiment que je ne le reverrai jamais. À côté, une lumière est allumée, une ombre bouge à la fenêtre du premier, et de l'intérieur me parvient un bruit confus de voix. Sans prendre le temps de réfléchir, je frappe et j'attends.

Monica ouvre la porte.

« Alex ! »

Elle semble surprise. Je suis complètement défaite, je le sais. Je ne suis pas coiffée, pas maquillée, je n'ai pas dormi. Et maintenant que je suis là, je cherche mes mots. Je pensais que je la haïrais dès que je la verrais, mais je découvre que j'en suis incapable. Elle est trop pathétique. Trop faible.

« Je peux entrer ? »

Elle me regarde posément.

« Le moment n'est pas bien choisi. »

Je garde une voix calme. Je m'occuperai plus tard de ce qu'elle a fait, une fois que j'aurai revu Daisy, que je saurai ce qu'elle me reproche. Après tout, Monica ignore quelles informations sont en ma possession. Elle n'a aucune idée de ce que j'ai vu.

Je me rappelle ses paroles au téléphone.

« Elle est revenue, dis-je. Vous êtes au courant, et moi aussi. »

Elle penche la tête avec incrédulité. C'est presque comique, une parodie de confusion.

Je reprends : « Allez. Arrêtons de tourner autour du pot et soyons honnêtes l'une avec l'autre, d'accord ? »

Pendant une seconde, je pense qu'elle va me claquer la porte au nez, puis elle semble se radoucir.

« Entrez, ça vaut mieux. »

Je parcours la pièce des yeux. Personne sur le canapé ; un seul verre à vin posé sur la table basse. Les voix provenaient d'un téléviseur à l'étage. Une série.

« Vous savez qu'elle est chez David, n'est-ce pas ?

– Qui ?

– Daisy. »

Je vois ses pupilles se dilater brusquement, puis elle se détourne pour attraper ses cigarettes. Elle s'assoit au bord du fauteuil en face de moi et croise les jambes avec précision, cherchant à retrouver son sang-froid, avant de pousser le paquet vers moi. Je l'ignore.

« Vous vous trompez. Elle est morte. » Sa voix est monocorde ; elle manque de conviction. « Elle a sauté. J'étais là…

– Dites la vérité. Daisy n'a pas sauté.

– Mais je l'ai *vue.*

– Elle est vivante. Elle m'a contactée. »

Elle cherche son briquet. « Comment ? À la suite de votre petite vidéo ? Nous l'avons tous regardée, vous savez. » La flamme vacille quand elle allume sa cigarette. « Vous n'êtes qu'une étrangère, vous êtes venue ici pour remuer le passé…

– Non, dis-je, mais elle ignore l'interruption.

– … des histoires dont vous ne savez rien. »

Je fais un pas en avant, j'essaye de ne pas m'échauffer. Sa colère est une défense. Elle a peur, je crois. Je me demande ce qu'elle sait.

« Ce n'est pas vrai. »

Elle souffle un nuage de fumée bleue, elle a retrouvé son calme. « Juste pour que vous puissiez faire votre film. Sur nous. »

Je secoue la tête, pleine de défi. « Elle n'est pas morte.

– Nous sommes des gens bien. Vous comprenez ça ? Elle a sauté. C'est triste, mais c'est ce qui s'est passé. Elle a sauté des Rocks et elle est morte. Nous n'avons pas besoin de vous ici, de ces accusations en tout genre que vous lancez continuellement.

– C'est faux. Elle subissait des sévices. J'ai un film. Vous ne le saviez pas, n'est-ce pas ?

– Un film de quoi ?

– C'est Daisy. Qui supplie qu'on lui laisse la vie. Elle me l'a envoyé. »

Sa cigarette s'arrête à mi-chemin entre sa bouche et le cendrier. J'enfonce le clou.

« Qu'est-ce qui se passe ici ?

– Rien. » Elle examine sa cigarette. « Rien, je vous le jure.

– Vous mentez. Je sais que vous êtes impliquée. »

Elle relève la tête d'un mouvement brusque, les yeux plissés, venimeux. « Quoi ? »

Je répète, mais elle a repris le contrôle d'elle-même. Elle est impassible, fermée. Rigide. Comment puis-je ouvrir une brèche dans ses défenses ?

« Monica ? Dans cette vidéo, elle est désespérée. Elle supplie qu'on la laisse en vie. Dites-moi ce qui se passe. Qu'est-ce que vous faites aux filles ? »

Elle lève sa cigarette à nouveau. Sa main tremble, mais elle reste muette.

« Vous feriez aussi bien de dire la vérité. » Je soutiens son regard. « Je sais, de toute manière. J'ai des preuves.

– Vous ne savez rien.

– Je sais ce qui se passe. Là-bas, à l'écurie. »

Elle se raidit.

« Je suis au courant pour la drogue. L'alcool. » J'hésite. « Les soirées.

– Vous ne comprenez rien. Je ne fais pas de mal aux filles. Je les aide. »

Mon visage s'empourpre. Je ris. Je ne peux pas m'en empêcher.

« Vous les aidez ? Comment, exactement ? Vous savez ce qui se passe à ces soirées, n'est-ce pas ?

– Non, c'est faux. Les garçons... les emmènent là-bas. Ils les ramènent ensuite. Ils veillent sur elles.

– Franchement, vous ne croyez pas ça ! »

Elle croise mon regard, mais ses yeux bougent, fébriles, et elle ressemble à un animal pris dans les faisceaux des phares, comme le mouton sur la route à la seconde précédant la collision.

« C'est vrai. Elles aiment bien les soirées. Elles ont envie d'y aller.

– C'est ce qu'elles vous disent ? Vous êtes sûre qu'elles ont le choix ? »

Elle reste silencieuse.

« Elles sont violées, là-bas, Monica. Vous le savez, n'est-ce pas ?

– Elles se font payer.

– Payer ? Pour faire quoi ?

– Elles font marcher les bonshommes. Se débrouillent pour faire une photo. Elles ne vont pas jusqu'au bout. À moins que...

– À moins que quoi ?

– Certaines d'entre elles peuvent avoir envie de coucher. C'est leur choix ! Rien à voir avec moi... »

Mon corps se tend, un tsunami de rage déferle.

« Mais putain ! Quel âge elles ont, treize ans ? Quatorze ans ?

– Mais...

– Ce sont des enfants ! C'est du viol, Monica. Appelez les choses par leur nom. Zoe était enceinte ! »

Elle baisse la tête et je saisis l'occasion.

« Pourquoi Sadie s'est-elle enfuie ? Dites-moi, qu'est-ce qu'elle a fait ?

– Non. » Sa voix se brise, juste un peu.

« Dites-moi, ou je vous jure que je vais à la police montrer tous les films qu'on m'a fait parvenir, et je...

– Arrêtez ! »

Son interruption est violente. Son regard s'embrase ; elle est au comble de l'agitation, au bord du désespoir.

« Elle est morte !

– Quoi ?

– Sadie est morte ! Elle est morte, OK ?

– Non. C'est faux. »

Elle ne tient aucun compte de ma réponse. Elle est vidée de son énergie et laisse échapper un soupir monumental et tremblant qui semble réduire son corps de moitié.

« C'est vrai. Tout est vrai. Elle est morte et enterrée. Elle est morte et ensuite Daisy s'est suicidée. »

Sa voix est ténue. Je l'entends à peine, mais je répète : « Non. »

Je secoue la tête, mais je m'enfonce, moi aussi, engloutie sous les vagues. Il faut que je garde mon secret, me dis-je. Je ne peux pas être découverte. Mais maintenant, une autre voix s'élève, puissante, pressante : *À quoi ça sert ? Gavin est au courant, de toute façon.*

« Vous ne comprenez pas.

– Comprendre quoi ? »

Je ne peux pas me taire plus longtemps.

« Sadie n'est pas morte.

– Quoi ? »

Je ne peux plus m'arrêter. Je sais que je devrais, mais je ne peux pas. C'est sorti avant que je puisse me calmer.

« C'est impossible. Sadie, c'est moi. »

Touché. Elle est ébranlée. L'incrédulité que je lis sur son visage est sincère, cette fois.

« C'est vrai, dis-je dans un souffle. Je suis Sadie. J'ai changé de nom.

– Non. » Elle se lève brusquement. Le cendrier tombe de ses genoux et sa chute fait voler une gerbe d'étincelles rouges. Elle se penche en avant, me dévisage d'un air étrange.

« C'est vrai. C'est la raison pour laquelle je suis revenue.

– Non.

– Daisy était mon amie. Je veux juste comprendre ce qui s'est passé.

– Sadie ?

– Oui.

– Sadie Davies ?

– Oui. Je me suis enfuie. J'ai perdu du poids, fait de la chirurgie. Je voulais un nouveau départ. »

Elle pose sa main sur ma joue. Son geste est tendre, cependant il me brûle.

« Mais…

– Qu'est-ce qui m'est arrivé ici ?

– Tu ne sais pas ? »

Mon cœur tambourine. *Non*, me dis-je. *Non !* Tout dépend de cela et je n'arrive pas à me souvenir. Je suis soudain privée d'air, la pièce se met à tourner et je sens que je pâlis.

« Est-ce que ça va ? » dit-elle en posant son autre main sur ma joue ; elle tient maintenant mon visage entre ses mains. La gentillesse dans son regard est plus que ce que je peux supporter et je me mets à pleurer.

« Je n'arrête pas… de me rappeler des choses… Je ne suis pas sûre… C'est comme si quelque chose m'était arrivé ici, quelque chose de mal, mais je ne sais pas quoi. J'ai bloqué ma mémoire. »

Elle ne dit rien. Il faut que je lui demande.

« Pourquoi est-ce que Daisy a disparu ? Quelle est la vraie raison ? »

À nouveau, rien.

« Est-ce que c'était à cause de moi ? À cause de quelque chose que j'ai fait ? Je veux dire, si c'était quelque chose d'énorme, je me le rappellerais, non ? S'il vous plaît, aidez-moi à retrouver la mémoire. »

Elle soupire, son regard fiévreux vient se river au mien. J'ai l'impression qu'elle fouille à l'intérieur de moi jusqu'au fond de mes tripes.

« Je ne peux pas.

– Pourquoi ?

– Je ne peux pas expliquer. Je ne peux pas.

– Eh bien, au moins, n'en parlez à personne, d'accord ? Ne dites pas qui je suis. Personne d'autre ne doit savoir. »

Elle me dévisage quelques instants, puis son visage semble se décomposer.

« Je ne dirai rien. Je le promets. »

Je la remercie et me mets debout. J'avais pensé qu'elle pourrait m'aider, mais maintenant, je sais qu'elle ne peut pas. Personne ne peut. J'essuie mes larmes. Je suis seule.

50

Bluff House est plongée dans le noir, exactement telle que je l'ai laissée la veille. L'incendie est éteint ; le camion de pompiers que j'ai appelé anonymement est probablement reparti. En contrebas, les rues sont désertes et le Ship est silencieux et immobile. Les réverbères crépitent dans la pénombre.

Il faut que je le fasse. Je ne peux pas retourner au parking, la tête baissée, monter dans ma voiture, tourner à gauche, et pas à droite, et rentrer à la maison, pied au plancher. Je me retrouverais dans mon petit appartement demain matin, ma colocataire encore endormie, la vaisselle pas faite, des bols sales pleins de céréales et de pâtes collées entassés dans l'évier. Je ne peux pas rentrer sans film, même si cela n'a plus d'importance, maintenant. Il faut que je découvre la vérité. Que je casse le cycle.

Il a recommencé à neiger. Les flocons tombent en tourbillonnant et fondent à l'instant où ils se posent sur mes cheveux et mon visage. Lorsque je lève les yeux vers les nuages, j'ai l'impression qu'ils foncent droit sur moi ou que je les traverse à la vitesse d'une fusée. Je la sens en train de me regarder. Elle sait que je suis ici.

Je frappe doucement à la porte. Mes excuses sont toutes prêtes, posées sur ma langue. Je la supplierai de me dire la vérité sur ce qui s'est passé, de me laisser me racheter. Je suis prête à faire tout ce qu'elle voudra.

Pas de réponse. J'essaye encore, et encore, jusqu'à être certaine qu'elle ne viendra pas ouvrir. Je bats en retraite et m'approche précautionneusement du bord, perdue, hésitante. Il y a un gros rocher, là, et je m'assois dessus, je contemple la mer, comme si les vagues pouvaient me dire quoi faire.

Mon portable vibre dans ma poche. C'est Gavin.

« Où es-tu ?

– Aux Rocks.

– Pourquoi ? »

J'hésite, puis je lui dis. « Je sais que tu ne me crois pas, mais Daisy a pris contact avec moi. J'étais censée la retrouver à Bluff House.

– Et... ?

– Elle n'est pas là.

– Je ne suis pas surpris. J'ai réussi à faire marcher ce Caméscope. Il y avait une vidéo sur la bande. Je te l'envoie.

– Qu'est-ce qu'il y a dessus ?

– Regarde-la. Tout de suite. »

Je raccroche et, quelques secondes plus tard, mon portable vibre à l'arrivée d'un message. J'appuie sur *Marche* et mon estomac se contracte, se serre comme un poing fermé. L'écran laisse apparaître une vue des Rocks, l'endroit même où je suis assise. Il fait nuit mais clair, la lune est pleine ; elle se reflète sur l'eau étincelante, sur les profondeurs scintillantes. Le point de vue est élevé, on dirait presque qu'on a fait appel à une grue. Mais ce n'est pas le cas, bien sûr. Ce plan a été tourné de l'intérieur de la maison de David, d'une pièce à l'étage. Sa chambre à coucher, très probablement. Une chanson se fait entendre, fredonnée doucement par la personne qui tient la caméra. David, je suppose. Forcément.

Dai-sy, Dai-sy, give me your answer, do.

On descend en panoramique ; tout en bas du cadre, une fille apparaît, elle s'éloigne de la maison. Elle porte un blouson noir court, un jean et des baskets blanches. Ses cheveux sont détachés, fouettés par le vent, comme s'ils essayaient de s'enfuir ou de l'étrangler. Elle marche la tête basse. Elle traverse le sentier qui va jusqu'à la pelouse, puis s'approche plus près du bord. Elle ne s'arrête pas. Elle ne jette pas un regard autour d'elle.

Dai-sy, Dai-sy, give me your answer, do.

I'm half crazy, all for the love of you.

Elle marque une pause. Je me penche tellement près de l'écran que mon haleine recouvre la surface de buée. Non, me dis-je. Tu ne sautes pas. Tu enlèves ta chaussure et tu la jettes dans l'eau. Ton blouson aussi. Tu fais demi-tour, tu retournes dans la maison, tu retrouves la lettre que tu as écrite. Tu as déjà persuadé Monica de dire aux gens qu'elle t'a vue sauter – comment, je ne sais pas. Tout est prévu. J'ai vu clair dans ton jeu. Si tu te jettes dans l'eau, comment peux-tu encore être ici ?

Je regarde ; elle s'accroupit, presque comme si elle priait ou regardait par-dessus bord pour voir quelle hauteur la sépare de l'eau, de quelle hauteur sera sa chute. Ou peut-être enlève-t-elle sa chaussure.

Elle se met debout. La lumière de la lune se pose sur elle. Elle brille dans la nuit ; on dirait un fantôme. Sa tête tombe sur sa poitrine. Elle ne regarde pas en arrière. Elle fait un pas en avant, puis un autre, jusqu'à ce qu'elle soit tout au bord.

Puis elle saute.

Je regarde à nouveau. Encore, et encore, et encore. Et chaque fois que j'appuie sur *Marche*, je me dis que peut-être elle va se retourner, et ce sera différent. Mais elle ne le fait pas. Elle marche. Elle s'arrête, s'accroupit, se relève. Puis elle disparaît.

Me suis-je trompée ? Je pensais que son suicide n'était pas réel, qu'elle était encore là. Mais ça ? C'est la preuve de ce que Monica a vu. Elle, seule, en train de sauter du bord du monde.

Je pense à David. Pourquoi avez-vous filmé ça ? Pourquoi ne l'avez-vous pas aidée ? Il n'y a aucune panique après qu'elle a sauté. La caméra ne tombe pas, pas une exclamation de choc ou d'horreur. L'appareil ne tremble même pas. Il s'y attendait, il guettait. L'image reste statique pendant quelques secondes, puis la vidéo s'arrête sur un fondu au noir au moment où son corps a dû toucher l'eau.

Non. Non. Ça ne peut pas être vrai. Et pourtant, quelle autre explication peut-il y avoir ? Elle a sauté. C'est aussi simple que ça. Elle n'a pas été poussée ; ce n'était pas un accident. Elle n'a pas inventé la scène. Elle a avancé jusqu'au bord et s'est laissé tomber dans le néant.

Mais alors, qui m'a agressée ? Qui m'adresse ces messages, si ce n'est pas elle ? Comment a-t-elle pu me faire parvenir une vidéo des sévices qu'elle a subis, de sa propre terreur ? Comment m'a-t-elle envoyé la carte postale qui m'a attirée ici, au départ ?

Est-il possible qu'elle ait survécu à son saut ? J'imagine son corps caché dans la pénombre avec les poissons, se cramponnant aux rochers avec les berniques et les crabes, nageant sous la surface.

Mais jusqu'où ? Même si elle a survécu à la chute, les courants sont puissants ; ça fait une grande distance à parcourir seule et de nuit. À moins que...

Je me lève et je m'approche du bord. Je fais un pas de plus et je regarde en bas. Est-ce possible ?

L'eau est noire, piquetée d'une mousse blanche qui étincelle dans le clair de lune. Elle bouillonne. Et pourtant, la hauteur n'est pas vertigineuse, franchement. Liz a raison. Un peu après la limite du village, la côte s'incurve nettement, et après la paroi rocheuse remonte, doucement d'abord, mais avec une pente de plus en plus marquée. Daisy n'aurait pas eu à aller loin pour trouver une falaise bien plus haute, un à-pic bien plus escarpé qui se terminerait sur des rochers, pas dans l'eau. Pourquoi choisir cet endroit, juste devant la maison de David ?

Qu'a dit Liz, déjà ? *Il me semble qu'il y a de meilleures façons de faire, si on veut vraiment mourir. À moins qu'elle n'ait voulu faire passer un message.*

Daisy. Tu es maligne.

Je me mets à genoux et je m'approche encore. J'enfonce mes doigts dans le sol et je regarde en bas en me penchant vers l'avant autant que mon audace me le permet. Le vent hurle à mes oreilles, l'eau est déchaînée, et je me demande ce qui se passerait si je sautais, moi aussi. Mais ce n'est pas une bonne idée, il fait trop noir. Je ne vois rien.

Il faut que j'examine cet endroit de plus près.

51

J'attends l'aurore. Elle annonce une belle journée d'hiver, exactement dix ans après la disparition de Daisy. J'ai l'impression que ça n'est pas une coïncidence.

J'ai fini par comprendre hier soir. David l'a aidée, comme il a aidé Kat et Ellie. Et Zoe. Il a filmé Kat et Ellie mangeant des chips et fumant un joint pour essayer de me faire comprendre qu'il se passait quelque chose, et il a filmé la chute de Daisy du haut de la falaise au cas où quelqu'un émettrait des doutes sur son suicide. Et c'est la raison pour laquelle il voulait me voir, le soir où je l'ai découvert à côté du phare. Il voulait me donner la vidéo qu'il avait enregistrée avec son Caméscope. La preuve.

Donc Daisy n'est pas morte. La seule pièce manquante, c'est comment elle a réussi à survivre. Et pourquoi elle est revenue, pourquoi elle rôde dans l'ombre et pourquoi, si elle veut me tuer, elle ne le fait pas, tout simplement.

Je me retourne et je regarde mon portable. Il est 8 h 30 et j'ai convenu de retrouver Gavin à 10 heures. Je lui ai promis que nous irions voir la police pour leur dire ce que nous avions découvert ; il a raison, nous n'avons pas le choix.

Mais j'ai encore une chose à faire avant.

Je rejoins Bryan près de la cale. La marée est haute, le bateau est déjà sur l'eau. Il a l'air plus petit que dans mon souvenir, plus fragile.

« Ça va ? me demande-t-il quand j'arrive.

– Bien » dis-je, même si c'est faux. Mes mains tremblent, ma voix est éraillée. J'espère qu'il pensera que c'est à cause du froid.

« Vous avez découvert quelque chose sur Daisy ? »

Je feins de sourire. « J'y travaille.

– Vous êtes bien couverte ? Il va faire froid sur l'eau. Vous savez nager, n'est-ce pas ? »

Je lève les yeux vers les nuages duveteux suspendus au-dessus de Bluff House. Pas la peine de dire la vérité.

« Je sais nager, oui. C'est juste que je n'aime pas l'eau. Si je tombe, il faudra que vous sautiez pour venir me sauver. »

Il me dévisage avec circonspection ; il ne sait pas trop si je plaisante ou non. Mais il y a quelque chose dans son regard. Il le ferait. Si on devait en arriver là, il me sortirait de l'eau ; je sais qu'il le ferait.

Mais comment puis-je en être aussi certaine ? Je le regarde droit dans les yeux. Je reconnais leur éclat métallique. Je m'en souviens, d'il y a longtemps, d'autrefois. Mais pourquoi tous les autres souvenirs de lui sont-ils effacés ?

« On y va ? »

Il empoigne une corde et hale le bateau pour le rapprocher de la cale. La mer est plate, presque immobile. Les oiseaux sont partis.

« Montez. »

Je m'exécute et il me suit. Je m'assois à l'arrière du bateau pendant qu'il nous détache et met le moteur en marche. Nous nous dirigeons vers le large et, de temps en temps, il lance un regard de mon côté. Je souris sans conviction. Je frissonne de plus en plus, en partie à cause du froid, et surtout à cause de la peur. Je ne peux pas m'en empêcher. Une terreur indicible s'est emparée de tout mon corps. Tout ce que je vois, c'est l'eau, son immensité salée, glaciale. Tout ce qui occupe mes pensées, ce sont les profondeurs infinies sous moi, attendant de m'avaler. Les créatures planquées dans les ténèbres.

Il accélère un peu et nous commençons à rebondir sur l'eau, plus vite que je ne l'aurais cru possible, plus vite que je ne le voudrais. Est-ce qu'il serait en train de frimer ? Au bout d'une minute, je n'en peux plus. La nausée me remue les entrailles.

« Est-ce qu'on pourrait ralentir ?

– Pardon ? »

Je crie plus fort pour couvrir le bruit du moteur. Je tapote ma caméra, que j'ai rangée dans son étui étanche.

« Je veux filmer ! »

Il baisse le régime du moteur qui adopte un ronronnement calme et je fais la mise au point. Je filme le Ship, la cale, les brise-lames alignés sur la plage. Des images qui pourront s'avérer utiles, mais c'est une considération secondaire. Je m'applique à bien simuler. Je lève les yeux vers Bluff House. La maison paraît plus lointaine, vue d'ici ; les falaises, plus hautes.

« Est-ce qu'on peut aller par là ?

– Ouais. »

Il nous dirige vers la falaise, accélérant à nouveau. Mon cœur bat aussi fort que le rugissement du moteur. Je suis incapable de regarder l'eau qui s'ouvre devant nous, et incapable de regarder vers la falaise d'où ma meilleure amie s'est jetée. Du coup, je lève les yeux vers le ciel bleu, la mince couche de nuages. Loin, très loin, un oiseau apparaît, trop loin pour être identifiable, et se met à décrire des cercles comme un charognard.

Je pense à Daisy, ici dans l'eau, les yeux levés vers le ciel nocturne. Qu'a-t-elle aperçu ? La lune peut-être, ou les étoiles d'Orion, de Pégase et d'Andromède. Bételgeuse la supergéante rouge, si lointaine et déjà morte. Le noir infini au-dessus et en dessous.

Mais après, qu'a-t-elle fait ? A-t-elle nagé, finalement ? A-t-elle réussi à se mettre à l'abri ?

Bryan regarde de mon côté.

« Ça va ?

– Est-ce qu'on peut s'approcher ? »

Nous quittons la partie abritée de la baie. L'eau est plus agitée ici ; des embruns glacés m'inondent le visage. L'odeur écœurante de l'essence me retourne l'estomac. Nous approchons de la maison, maintenant. La falaise est découpée, striée, son histoire lisible dans les couches successives. Il y a un surplomb ; je la vois tomber, directement dans l'eau.

« C'est bon comme ça ? »

Je lève la caméra accrochée autour de mon cou. Je filme la maison, les rochers. Je filme Malby au loin, ses lumières qui clignotent. Pourquoi ne sommes-nous pas allées là-bas, Daisy et moi ? Pourquoi ne nous sommes-nous pas enfuies ensemble ? Que t'ai-je fait qui t'a poussée à sauter ? À nouveau, j'essaye de comprendre s'il était éventuellement possible qu'elle survive à cette chute, qu'elle contourne ensuite la baie à la nage, jusqu'à la cale peut-être, ou dans l'autre direction, jusqu'à la plage la plus proche. La distance semble trop grande, même pour une bonne nageuse comme Daisy.

« Plus près ? »

Nous continuons, et là, je vois une forme sous la surface de l'eau. Rien de plus qu'une ombre noire creusée dans la roche ; un trou aux contours dentelés, où l'eau scintille. Une grotte, pas plus d'un mètre à sa plus grande largeur, mais quand même une grotte. Un endroit où se cacher. J'imagine Daisy là, piégée sous le niveau de l'eau, se tortillant comme un ver de terre au bout d'un hameçon. Attendant d'être secourue, mais par qui ?

Bryan coupe le moteur.

« Tu sais que ça fait dix ans ? » dit-il.

Je le regarde d'un air ahuri, mais il n'est pas idiot, il voit bien ce que je suis en train de filmer, que je me concentre sur Bluff House et la grotte en dessous. Il sait qu'il ne s'agit pas d'enregistrer des séquences pour un film qui portera sur la vie quotidienne à Blackwood Bay, un film que je ne pense pas pouvoir finir un jour. Il sait exactement de quoi il s'agit.

« Je veux dire, aujourd'hui ça fait dix ans qu'elle a sauté. »

Nous dansons sur l'eau à l'ombre de la falaise. Il est en train de me dévisager. Son visage est paisible, sa voix calme, mais il y a quelque chose d'artificiel, comme s'il était plus contrarié qu'il ne voulait le laisser croire, comme s'il lui fallait déployer un effort pour paraître aussi serein.

Soudain, je comprends.

« Vous la connaissiez, dis-je. Mieux que vous ne le prétendez.

– Tu ne comprends pas, on dirait. »

Je ne réponds pas et il ne bouge pas. Son regard est dur, ses yeux sont comme des galets noirs. J'ai peur, même si je n'arrive pas à savoir pourquoi. Tout ce qui occupe mes pensées, c'est l'eau sous moi, lisse malgré les rafales de vent. Déjà vu.

Il se penche et, sans se relever, se dirige vers moi.

« Tu n'aurais pas dû revenir ici. »

Revenir ici. Il sait.

« Monica vous a dit ? »

Ma voix ne trahit aucune émotion, mais il m'ignore quand même.

« Qu'est-ce que tu fais, là ? demande-t-il. Ton documentaire ? » Au ton de sa voix, je sais qu'il se moque.

« Non. » Je le regarde droit dans les yeux. « Je cherche la vérité.

– Sur quoi ?

– Vous le savez. »

Il rit, doucement, mais sa voix est noire de sarcasme, pleine d'amertume. Je la reconnais. Je l'entends, c'était il y a longtemps, le même rire.

Tu sais ce que tu es. Tu sais ce que tu as toujours été.

Mon cerveau commence à flancher, à me lâcher. Je m'agrippe au bord du bateau.

« Pourquoi tu mens ? » reprend-il.

Je le connaissais, me dis-je. *Avant.* Je le connaissais.

« Vous essayez de finir ce que vous avez commencé ?

– Ce que *j'ai* commencé ? »

Il rit.

« Je ne comprends pas de quoi vous parlez. ». Mon esprit tourne à toute allure. « Je veux savoir ce qui est arrivé à mon amie.

– Ton amie ? Celle que tu as tuée ?

– *Non !* »

Mon cerveau se recroqueville, essaye de se réfugier dans un coin sombre, mais maintenant, je ne peux plus me soustraire aux souvenirs. Je vois Daisy, comme dans le film. Elle supplie. *Aide-moi ! S'il te plaît ! Tu avais dit qu'ils ne me feraient pas de mal.*

Et je suis là. Je tiens la caméra. Je suis là.

Je ne te ferai pas de mal, dis-je, mais je ne sais pas si c'est vrai, parce qu'il y a quelqu'un derrière moi qui nous regarde, Daisy et moi, et il veut que je lui fasse du mal, il veut que je la tue. J'ai une terrible envie de me retourner, de lui dire que j'ai changé d'avis et que ce n'est pas possible, il est fou, il faut qu'on la laisse partir, mais je ne peux pas. C'est la seule façon d'obtenir ce dont j'ai absolument besoin, la seule façon de faire disparaître ma nausée.

Je m'entends sangloter. Je ne suis pas certaine de savoir si c'est moi – Alex – qui me trouve ici sur le bateau, ou la Sadie d'autrefois.

Fais-le, dit une voix. Je suis à nouveau là-bas. Je pose la caméra en m'assurant que mon amie reste dans le cadre. Je fais un pas vers elle. J'entends quelqu'un rire et je sursaute ; je suis toujours sur le bateau, et c'est Bryan, ici et maintenant, devant moi.

Je chancelle sous l'effet conjugué des vagues et du violent va-et-vient entre le passé et le présent. Je me mets debout et le bateau oscille, je suis giflée par les embruns, des aiguilles glaciales. Je manque de glisser, mais je me rattrape à temps. Le choc me ramène dans mon corps.

« Tu ferais bien de faire attention, bébé. »

Bébé ? Malgré le venin qu'il crache, le mot se pose sur ma peau aussi doucement qu'une chute de neige, comme si c'était un mot dans lequel je pouvais me réfugier. Je me souviens de lui m'appelant ainsi, avant. Je me souviens de lui me donnant le Caméscope. Un cadeau, a-t-il dit-il, pour ma chérie si spéciale. Si seulement j'avais su comment il m'ordonnerait un jour de l'utiliser.

Les images vacillent. Je vois Daisy ; elle est à genoux. La caméra tourne. Mais que s'est-il passé ensuite ? Le souvenir refuse de remonter, il est perdu, l'événement a été écrasé par la décennie qui a suivi.

Il se met debout, il avance vers moi. Le bateau oscille une fois de plus et il rit de me voir perdre l'équilibre.

Bryan. C'est Bryan qui rit, comme c'était Bryan qui riait, avant. Bryan qui m'a dit que ma meilleure amie devait mourir.

« *Toi !* Tu l'as tuée ! »

Il secoue la tête, mais il ne cesse pas de sourire.

« Je m'en souviens maintenant, je le sais. Tu l'as tuée. Et tu m'as obligée à filmer la scène. »

Son sourire est noir. « Non, bébé. C'est toi. »

Je tombe, je le sens. Attaqué par les embruns salés, mon esprit se corrode, mon corps est rongé. Le peu d'équilibre que j'avais est compromis. Tout mon être se révolte. *Non ! Je n'ai tué personne !* clame-t-il. Mais alors même qu'il le crie, je me rends compte que c'est vrai.

J'ai obtenu ce que je voulais, me dis-je, ironiquement. Je voulais la vérité, et la voici.

Je me cramponne au bateau et je regarde derrière lui. Le soleil est plus haut, mais les nuages s'amoncellent.

« Ramène-moi.

– Pour que tu puisses raconter aux gens ce qui s'est passé ? »

Je m'écarte le plus possible, mais assez vite, je suis acculée. Mon pied cogne contre quelque chose – une corde enroulée, peut-être – et je manque de tomber une fois de plus.

« Tu devrais faire attention », fait-il, mais sans la moindre empathie.

Il s'avance plus près et me pousse, pas fort, mais assez pour que je sois forcée de m'asseoir lourdement sur le rebord du bateau. L'eau transperce mon pantalon, tellement froide qu'elle m'engourdit.

« Il ne s'agirait pas que tu tombes à l'eau, n'est-ce pas ? Un tragique accident… »

Je me rappelle mon amie.

« Qu'est-ce que tu lui as fait ?

– Nous l'avons enterrée. Tu le sais. »

Il faut que je pose la question, bien que je connaisse déjà la réponse.

« Où ?

– Tu le sais, ça aussi. »

J'essaye de comprendre. Elle aurait sauté, mais aurait survécu, seulement pour que Bryan la tue, finalement ? *Salaud*, me dis-je. *Salaud.* Mais d'une certaine façon, je sais d'instinct qu'il vaut mieux ne pas l'énoncer à haute voix. Je le vois, debout au-dessus de moi ; il a sa ceinture dans sa main. Il l'a enroulée autour de mon cou. Il va me donner une leçon, dit-il. Ce sera amusant. Je dois apprendre à me tenir. Je dois apprendre qui, parmi tous ces hommes, m'aime le plus.

Non, ça ne m'aidera pas de l'insulter. Je me rappelle maintenant. La seule chose qui ait jamais fonctionné avec lui, c'était le supplier à genoux, l'implorer. Et même ça, ça ne fonctionnait plus, vers la fin.

« Laisse-moi partir.

– *Alex*, crache-t-il avec un petit sourire malveillant. Tu sais bien que je ne peux pas faire ça.

– S'il te plaît... »

Il secoue la tête. « Je croyais vraiment que tu étais partie pour de bon. On le croyait tous. Et pourtant, te voici. Et nous ne pouvons pas commettre la même erreur une seconde fois.

– Je ne dirai rien. Je le promets.

– Si seulement je pouvais te croire. »

Il est debout au-dessus de moi. Il tient la gaffe dans sa main. Je sais ce qu'il a l'intention de faire. Me tuer, comme il a tué Daisy.

« Bryan, s'il te plaît.

– Elle est tombée », dit-il, la voix soudain sinistre, lourde de chagrin, moqueuse. Il parle de moi, imaginant les questions qu'on lui posera lorsqu'il annoncera ma mort, et comment il y répondra. « J'ai essayé de la sauver. Mais elle a dû se cogner la tête.

– Bryan, non. S'il te plaît...

– À mon avis, elle s'est suicidée...

– Non…

– Elle voulait partir. La culpabilité, peut-être ? Non, je n'avais aucune idée de qui elle était en réalité. Personne parmi nous ne s'en doutait. Elle avait tellement changé.

– Bryan, je t'en prie », dis-je dans un souffle, comme si ça pouvait l'amadouer.

La main qui tient la gaffe tressaille.

« C'est mieux comme ça », dit-il en levant l'arme au-dessus de sa tête, comme si c'était une batte de base-ball. Je le regarde dans les yeux et je comprends, avec une certitude absolue, qu'il veut me tuer.

Je n'ai pas le choix. Il vaut mieux me noyer, mourir de mon propre fait, que de lui laisser la victoire. Je prends une grande inspiration.

Je saute dans l'eau froide, noire.

52

Je coule. Mes oreilles s'emplissent d'un rugissement cacophonique ; il fait tellement froid que mon cœur s'arrête et je suis persuadée qu'il ne redémarrera jamais. Le sel me pique la gorge et je me force à ne pas respirer. Je dois lutter, mais j'ignore comment, dans quelle direction est la surface, dans quelle direction je pourrais retrouver la vie. Je bats des jambes dans le vide tout en pensant à Daisy, me demandant si c'est ce qui lui est arrivé, comment elle est passée de cet instant dans la cave où elle implorait qu'on l'épargne à celui où elle a sauté de la falaise. Les questions ne cessent de tourner dans ma tête. Est-elle vivante ou non ? Comment peut-elle l'être, si je l'ai tuée ?

Je ne parviens pas à me concentrer longtemps. Je suis trop lourde. Mon jean et mon blouson m'entraînent vers le fond, mais j'ignore si le fait de les enlever m'aidera ou sera une perte d'énergie ; un temps crucial passé à sombrer au lieu d'essayer de remonter. Je n'arrive pas à réfléchir. Je me sens à la fois légère comme une plume et lourde comme une pierre.

Puis quelque chose – l'instinct de survie peut-être – s'empare de moi et mes jambes se mettent à battre énergiquement. Je tends les bras et les tire en arrière dans l'eau glaciale, comme si je me hissai sur une corniche. Je sens un élan m'entraîner vers l'avant et je commence à avancer dans la pénombre. Je fends la surface de l'eau et je sors, haletante, à la lumière.

Il me faut un moment pour m'orienter. Le bateau est derrière moi ; devant moi, les falaises. Je dois nager, mais je ne sais pas comment, et une seconde plus tard, quelque chose heurte l'eau à côté de moi. Bryan est penché par-dessus le bord de son embarcation, les yeux écarquillés, la gaffe dans la main. Il la brandit, et au moment où il l'abat une fois de plus, cette fois en effleurant le côté de ma tête, j'essaye de bouger. Je plonge.

Je gesticule dans l'eau, me dirigeant vaguement vers la côte. Lentement, je progresse. Derrière moi, le moteur démarre, crachote, se tait. Un peu de chance, enfin, mais pour combien de temps ? Je tire avec plus d'énergie, encore et encore, et mes mouvements commencent à être plus naturels, j'adopte le rythme de la nage, l'alternance entre la propulsion et la sensation de glisse. On dirait presque que j'ai toujours su nager, j'avais juste oublié.

Au bout de six ou sept brasses, je remonte pour prendre de l'air. Le bateau est derrière moi, à présent, à bonne distance, mais je ne sais pas combien de temps Bryan va encore batailler avant de parvenir à démarrer le moteur. Et quand il aura réussi, je serai perdue, il se lancera à ma poursuite et terminera ce qu'il a commencé. La même pensée que celle que j'ai formulée ce premier soir dans la voiture me revient – ce n'est pas ainsi que ça va finir, que je vais mourir –, sauf que, cette fois, la conviction manque de consistance et une autre voix s'élève. La voix de Daisy. *Et si tu avais tort ?* dit-elle. *Et si c'était ce que tu méritais, après ce que tu m'as fait ?*

Je mets plus de force dans mes mouvements. Il me sera impossible de rejoindre la plage à la nage, alors je me dirige vers la falaise. Je me sens anesthésiée par le froid, épuisée. Le courant m'aide un peu maintenant, mais même si j'y arrive, il n'y a rien là-bas. Ce n'est pas comme si je pouvais grimper et rejoindre la maison de David.

C'est à ce moment-là que je l'aperçois. La grotte, une minuscule fente à moitié submergée creusée dans la paroi rocheuse. On dirait bien que c'est ma seule chance. Je me dirige vers elle au moment où le moteur du bateau se réveille en rugissant. Une dernière goulée d'air et je plonge. Les jambes, les bras. Les jambes, les bras. Le vrombissement du bateau grandit, féroce, et je me dis que je ne vais pas y arriver, mais soudain il semble s'atténuer, comme si Bryan avait renoncé, décidé de retourner dans la baie, finalement. Peut-être qu'il pense que j'ai coulé, enfin. De toute façon, cela ne fait aucune différence.

Les jambes, les bras. Encore et encore. J'y suis. L'entrée de la grotte est à peine plus large que moi ; il faut que je plonge sous l'eau pour passer. Je me faufile dans les ténèbres. Il fait complètement noir, mais lorsque je tâtonne avec mes pieds, j'entre en contact avec la pierre. Je peux me tenir debout dans la grotte. Le silence se referme autour de moi comme une tombe.

Je respire. Inspire, expire. Je suis vivante. J'ai froid, mais je suis vivante. L'épuisement me guette ; le sommeil est sur le point de m'envelopper comme une vague. Je ne peux pas laisser cela arriver.

Mon corps est dans l'eau jusqu'à la poitrine. Mes membres se mettent à crier de douleur. Je tends les bras, d'abord vers le haut, pour repérer les contours de ma cellule. Le plafond est à une quinzaine de centimètres de ma tête, la roche est couverte d'algues gluantes. Les parois à gauche et à droite sont un peu plus éloignées, mais pas de beaucoup. On dirait un cercueil vertical. J'ai des visions où l'air se raréfie, où la grotte se remplit d'eau à mesure que la marée monte. Je me vois en train de me noyer. Et je sais ce que Bryan dira, si on se donne la peine de l'interroger.

Je n'ai aucune idée de l'endroit où elle est allée. Je ne l'ai pas vue.

Daisy, me dis-je. Est-ce cela qui t'est arrivé ?

Une voix féminine retentit dans le noir.

« Tu vas rester longtemps plantée là ? »

Elle me transperce comme une lance. Je la reconnais. Je la reconnaîtrais n'importe où. C'est elle.

« Daisy ? »

Le soulagement déferle en moi à l'instant où la vérité m'apparaît clairement. J'avais raison depuis le début. Je ne l'ai pas tuée. Bryan mentait. Elle a dû sauter de la falaise, puis, une fois dans l'eau, nager jusqu'à la grotte. Elle s'est enfuie. Je ne l'ai pas tuée. Elle est ici, pas enterrée dans la lande.

Mais depuis combien de temps est-elle dans cette grotte creusée dans la roche, à m'attendre ?

« Tu es venue. Je le savais. Sauf que tu n'es pas encore arrivée. »

Je prends une goulée d'air. J'ai tellement froid que mes dents claquent douloureusement. Je la supplie.

« Aide-moi.

– Retourne-toi. »

J'obéis. Je me tourne vers sa voix.

« Tends le bras. Vers la gauche. Tu sens l'ouverture ? »

Je trébuche dans le noir, mais je trouve l'étroit passage dans la roche.

« Faufile-toi. »

L'entrée d'un tunnel, peut-être ? Elle n'est guère plus large qu'une fissure.

« Daisy ? dis-je d'une voix hésitante. Je ne peux pas.

– Si, tu peux, répond-elle. Forcément. J'y suis bien arrivée, moi. »

Je me tourne de profil. L'air est rance, mêlé du goût piquant du sel. S'il n'y avait pas eu sa voix, j'aurais été certaine qu'il s'agissait d'un cul-de-sac.

« Daisy ?

– Tout va bien. Fais un effort. »

Je tends le bras. Elle est tout près, mais comment est-elle arrivée ici ? Il doit y avoir un tunnel, un accès par le dessus. C'est la seule explication.

Je repense aux légendes sur les contrebandiers qui apportaient leurs marchandises et les montaient jusqu'au sommet de la falaise sans qu'elles soient jamais exposées à la lumière du jour. Ceci doit être une des voies qu'ils empruntaient.

Soudain, c'est comme si je connaissais cet endroit, comme si je l'avais toujours connu.

« Daisy, s'il te plaît ? »

Elle ne dit rien, et je me rends compte qu'elle n'avait aucun moyen de savoir que je trouverais l'accès à cette grotte ce matin. À moins que…

Je vois ce que j'ai manqué. Bryan a dû lui dire qu'il m'amènerait jusqu'ici ; ils doivent travailler ensemble. Même s'il y a à peine quelques minutes, il faisait de son mieux pour me tuer, le but devait être uniquement de m'obliger à sauter dans l'eau, à nager jusqu'à la grotte, pour finir coincée dans ce boyau.

« Allez, dit-elle. Tu peux passer. Tu l'as déjà fait, après tout.

– Ah bon ? »

Même si j'ai l'air de douter, je sais qu'elle a raison. Je me suis déjà trouvée ici, piégée dans cet étroit conduit. Me demandant si j'arriverais à le franchir. J'inspire ; je me tortille. La paroi rocheuse égratigne mon visage et l'arrière de mes jambes ; j'ai un goût de sang dans la bouche. Mais je passe et je débouche presque en tombant dans un espace plus vaste.

« Et voilà », dit Daisy, que j'entends mieux, maintenant que je suis dans la même partie de la grotte. C'est comme si elle me voyait dans le noir. « Avance un peu. »

Je me dirige vers sa voix. Mes mains trouvent une corniche et je me hisse hors de l'eau.

« Je suis là. »

Elle est tout près maintenant. J'entends sa respiration, qui se mêle à la mienne. Après tout ce temps, elle est assez proche pour que je la touche, mais je ne bouge pas les mains.

« Qu'est-ce que tu attends de moi ?

– Je suis là depuis le début. Je t'observe.

– La carte postale. C'est toi qui l'as envoyée.

– Oui.

– Les vidéos. Elles venaient de toi.

– Certaines, oui. »

J'écoute l'obsédant *ploc, ploc, ploc* de l'eau qui tombe du plafond de la grotte. J'avais raison.

« *Pourquoi ?* Pourquoi as-tu fait ça ?

– Tu ne comprends pas, on dirait. Tu ne sais toujours pas.

– Pour te venger ? Mais tu es vivante. Je n'ai rien fait. »

Elle soupire. « Je croyais que nous étions amies.

– Nous l'étions. Nous le sommes. Tu es ici, n'est-ce pas ?

– Et tu l'as filmé. Tu l'as filmé.

– Je n'avais pas le choix. »

Sa voix est moqueuse. « Pas le choix ? *Ils m'ont obligée à le faire.* Toi et ton petit ami, Bryan. » Elle rit. « Tu croyais qu'il t'aimait. Tous ces cadeaux ; tu croyais que c'était gagné. Jusqu'à ce qu'il te donne ce petit rail de poudre blanche. Et qu'il commence à te vendre à ses amis.

– Non. Ça, c'était plus tard, après mon arrivée à Londres. »

Elle rit à nouveau. Un ricanement méchant. J'ai tellement froid. Je sens que mon corps est sur le point de lâcher. J'ai envie de fermer les yeux, de dormir.

« Vraiment ? Tu ne peux pas continuer à croire ça, quand même ? Même toi, tu n'es pas aussi stupide.

– Si, c'est vrai », dis-je, mais tout en le disant, je vois la scène, d'un réalisme choquant. Bryan et moi, au lit ; il me dit qu'il m'aime, alors je suis heureuse, mais en même temps, j'ai mal au ventre. De petits insectes rampent dans mes veines ; j'ai envie de vomir. Il me donne quelque chose. « Avec ça, tu te sentiras mieux, bébé. Ça te fera les mêmes sensations que la première fois. »

La voix de Daisy fait irruption dans mon souvenir. « Tu te souviens maintenant ? »

Des forces opposées me déchirent de l'intérieur, la nausée monte de mes entrailles, le vertige me cloue sur place. *Ça ne peut pas être vrai. Impossible.*

Mais elle a raison. Il a commencé à me partager. D'abord avec son dealer, ou le type qu'il m'a présenté comme son dealer, en tout cas. Il a dit qu'il ne pouvait pas payer, qu'il n'avait pas assez d'argent.

« Mais il y a un autre moyen. Tu as une dette envers moi, après tout. » Et même si j'ai dit que non, je n'ai pas pu résister longtemps. À ce stade, j'en avais désespérément besoin, je me tortillais au bout de l'hameçon et j'aurais fait n'importe quoi.

« N'importe quoi, répète Daisy ; c'est comme si elle pouvait entendre mes pensées. Y compris embarquer ta meilleure amie. La livrer à ces hommes. La rendre accro elle aussi. D'abord à l'amour, puis à la drogue.

– Non, non. » Je nie, mais en même temps, je le sais ; c'est vrai.

« Ensuite, quand elle a menacé de parler, ils t'ont obligée à la tuer.

– Mais je ne l'ai pas fait, dis-je entre deux sanglots. Tu n'es pas morte. Daisy, tu n'es pas morte.

– Non, c'est vrai. Je ne suis pas morte. Mais elle, si.

– Qui ? Qui est morte ?

– Tu le sais. » Elle marque une pause, et une partie de moi sait ce qui s'annonce.

La vérité me fend en deux. *Non. Non.* Ce n'est pas possible. Je n'arrive pas à comprendre. Je nous vois toutes les deux, dans la cave. J'ai la caméra ; mon amie est ligotée, elle est à genoux. Je l'ai amenée ici, je lui ai dit qu'il y avait quelqu'un qui voulait la rencontrer. Je lui ai promis qu'on s'amuserait bien, qu'on allait essayer quelque chose de nouveau, que mon petit ami avait tout organisé et que ce serait génial, encore mieux que la dernière fois, nous n'avions qu'à nous laisser aller.

« Je ne savais pas ce qu'ils avaient prévu. Je le jure.

– Mais tu es quand même allée au bout. »

Je me rappelle avoir posé la caméra par terre. Elle m'a regardée ; il y avait de la morve qui lui coulait du nez. *Non. Ne me fais pas de mal.*

Elle était à genoux, par terre, et me suppliait de l'aider. Et je ne pouvais pas l'aider, parce que je faisais partie de la mise en scène.

Je suis obligée, ai-je sangloté.

Alors, la voix de Bryan s'est élevée. *Vas-y. Sinon, on le fera et on te mettra tout sur le dos. Alors, tu ferais aussi bien d'obéir.*

Et j'ai obéi. Je me suis avancée vers elle, tenant la ceinture à bout de bras. Je me demandais pourquoi il voulait le film, si c'était juste pour me garder à sa botte, ou s'il avait trouvé quelqu'un qui était prêt à payer pour l'avoir. Je ne savais pas. Mais j'ai obéi. J'ai enroulé la ceinture autour du cou de ma meilleure amie. Et ensuite...

Non !

« Tu comprends, maintenant ? » fait Daisy, mais à ce moment-là, une espèce de porte s'ouvre plus loin dans le tunnel et la grotte s'éclaire brutalement.

Je réagis sans réfléchir et je ferme mes yeux habitués à la pénombre pour me protéger de la brûlure, sans succès. Je les force à s'ouvrir et je fouille la pièce des yeux pour retrouver mon amie, mais il n'y a personne. Il n'y a jamais eu personne. C'est comme si quelqu'un avait libéré la bonde et que ce qui restait de moi était parti dans les tuyauteries.

Je vois tout avec des détails précis, en haute résolution. Je regarde les parois de la grotte – les murs humides, dégoulinants, qui montent vers la source de l'éblouissante lumière, les marques laissées par les burins aux endroits où le tunnel a été élargi pour être plus praticable.

Je me sens légère, vivante comme jamais depuis des années. Mais la béatitude temporaire implose. C'était moi qui parlais ; la voix se trouvait dans ma tête. Daisy est vivante, ici, avec moi, maintenant, comme elle l'était à Hope Cottage, à Londres, quand je me suis enfuie. Comme elle l'est depuis le début.

Parce que Daisy n'est pas morte. Elle est moi.

AVANT

53

Le lit est froid, les draps sont lourds. David a le chauffage central, mais il ne l'allume pas. Il a laissé un radiateur soufflant dans le coin de la pièce, qui émet une faible chaleur et une odeur de cheveux brûlés.

Je suis couchée et je tremble. Je ne vaux rien, de toute manière.

Il frappe à la porte. « Daisy ? »

Ne m'appelle pas comme ça, me dis-je. N'importe quoi d'autre, mais pas ça.

« Je peux entrer ? »

C'est pour ce soir. Il est presque l'heure. La marée est comme il faut. C'est mon projet depuis le début, mais maintenant que nous y sommes, mes certitudes sont ébranlées.

« Daisy ? Ça va ? Je t'ai préparé de la soupe. »

Je me mets sur mon séant. J'ai faim. Et je vais avoir besoin de toutes les forces que je peux rassembler.

Je sais qu'il faut que je m'enfuie ; je ne peux pas rester ici. Mon plan a commencé à se former dès qu'ils sont revenus après avoir enterré Sadie dans la lande. Bryan m'a dit que je lui appartenais, désormais, que si je n'obéissais pas, il enverrait le film de moi en train de tuer Sadie à la police. Et je sais qu'il tiendra parole. Et tout sera fini pour moi. Le fait que je me déteste déjà n'y changera rien, comme le fait qu'ils m'ont obligée, que je n'ai pas eu le choix. Ce n'est pas seulement une impression, mais la réalité : je n'avais pas le choix. Sadie avait commencé à se rebeller, avait menacé de tout raconter, alors Bryan a pris la décision. Il devait lui donner une bonne leçon, et si je refusais de l'aider, il serait obligé de m'en donner une, à moi aussi.

Peut-être que ç'aurait été mieux ainsi, je me dis maintenant. Au moins, je ne serais pas forcée de vivre avec moi-même, avec ce que j'ai fait.

Ce plan est mon idée, mais maintenant que l'échéance approche, je suis terrifiée. Ce n'est pas seulement le saut, le plongeon dans l'eau glaciale, le retour à la nage dans la grotte et le passage par le tunnel qui me font peur. Même si je réussis, même si je m'enfuis et que personne ne me recherche parce que tout le monde ici pense que je suis morte, je ne serai pas pour autant tirée d'affaire. Il va falloir que je me débarrasse de mon addiction. Je vais avoir besoin d'aide et je ne sais pas où la trouver. Avant de s'améliorer, la situation va empirer ; jusqu'à quel point ?

Peut-être que je devrais rester ici et mourir. Peut-être que c'est ce que je mérite.

David pose tout doucement le bol de soupe sur la table de chevet. « Mange.

– J'ai peur. »

Ma voix est faible. On dirait la petite fille que je suis, tout au fond, et je me déteste de réagir ainsi.

« Je sais. Mais tout se passera bien. Il y aura des gens pour t'aider. Tu es forte. »

Il a toujours cru en moi. C'est sa voix que j'ai entendue quand j'ai eu envie de sauter pour de vrai. Sa voix me disant que j'étais une bonne personne, malgré les apparences. Qu'il l'avait toujours su.

« Tu penses que je vais y arriver ? »

Il pose la main sur mon bras. « J'en suis sûr. » Il est doux, gentil. L'homme le plus gentil que j'aie jamais connu. Plus gentil que je ne le mérite. « Tu as écrit ta lettre ?

– Oui.

– Je ferai en sorte qu'on la trouve.

– Tu la montreras à maman ?

– Nous sommes obligés. Il faudra qu'elle confirme qu'il s'agit bien de ton écriture.

– Mais tu lui diras la vérité ? Plus tard ? Tu lui diras que je vais bien. »

Il hoche la tête, doucement. « J'essayerai. Mais ce sera peut-être trop dangereux. »

Je le remercie. Si seulement je pouvais lui dire pourquoi il faut vraiment que je m'en aille, pourquoi simuler ma propre mort est la seule solution pour qu'ils renoncent à me traquer. Si seulement je pouvais lui dire comment Bryan a menti au début, disant que je n'aurais qu'à faire semblant, que ce ne serait pas pour de vrai. « Il faut qu'on lui fasse peur, c'est tout », et quand j'ai compris qu'il mentait, c'était trop tard. Il m'a obligée à serrer la ceinture plus fort, même après qu'elle a cessé de pleurer et de se débattre. Il m'a obligée.

Néanmoins, c'est moi qui ai commis l'acte. Moi qui n'ai pas été assez forte pour refuser, pour lutter, pour lui dire à quel point il était malfaisant. Plus que tout au monde, je souhaiterais remonter le temps et tout changer. Si seulement je pouvais effacer le moment où je l'ai présentée à Bryan, le moment où je l'ai rencontré, moi. Sadie et moi serions encore amies ; elle ne serait pas enterrée dans la terre froide et je ne serais sur le point de mettre en scène mon suicide, ou de mourir pour de vrai.

« Alors, quand tu sauteras..., dit David. Tu sais ce que tu dois faire.

– Oui. » Le tunnel remonte dans la roche et débouche dans la cave de la maison de David. « Et tu filmeras ? Juste au cas où. »

Il acquiesce. Nous en avons parlé. Mon corps ne sera pas retrouvé ; je vais jeter une de mes chaussures et mon blouson dans l'eau, mais il se peut que cela ne suffise pas à convaincre les gens. Si cela s'avère nécessaire, il faut qu'il puisse prouver que je me suis vraiment jetée de la falaise.

« Et on attendra ? On attendra jusqu'à ce qu'il y ait quelqu'un qui assiste à la scène ?

– Oui. Je surveillerai avec le télescope jusqu'à ce que je voie quelqu'un approcher. Tu auras largement le temps. Ensuite, nous serons certains qu'il y aura un témoin. Tout ce que tu as à faire, c'est sauter, puis revenir à la nage dans la grotte. »

Je lui annonce que je suis prête. Le plan est que je reste cachée dans le tunnel. Nous y avons mis des serviettes, des vêtements de rechange, une lampe torche, des couvertures et de la nourriture. Il est trop risqué que je remonte aussitôt chez David, au cas où ils fouilleraient la zone, mais quand le moment sera venu, il viendra me chercher. Il me fera sortir.

« Où est-ce que tu iras ? » demande-t-il.

Je réponds aussitôt. J'y réfléchis depuis des jours.

« Londres.

– Tu ne peux pas te servir de ton vrai nom.

– Je sais.

– Tu as choisi ton nouveau nom ? »

Sadie, me dis-je. Pendant longtemps, j'ai rêvé d'être elle, imaginé que c'était moi qui vivais dans cette grande maison avec sa maman, plutôt que dans cette caravane merdique avec la mienne. Je faisais semblant d'être aussi intelligente qu'elle, et bonne à l'école, et d'avoir des perspectives d'avenir. C'est devenu une habitude, et du coup, même quand sa vie a commencé à se déliter, je n'ai pas pu m'arrêter. Chaque fois qu'un de ces hommes me prenait de force, chaque fois que j'étais obligée de m'allonger à une de leurs soirées pendant que, l'un après l'autre, ils défilaient pour me prendre, je me détachais en pensée. Je me persuadais que j'étais elle. À la maison, en train de regarder la télé ou avec un petit ami qui l'aimait vraiment, qui ne se contentait pas de le dire en attendant qu'elle lui soit complètement soumise. Même en train de faire ses devoirs ou d'aider sa mère à faire un gâteau. De vivre une vie normale. C'est devenu une habitude de faire semblant d'être Sadie chaque fois que je me trouvais en mauvaise posture, pour que la vraie moi, Daisy, puisse ne rien ressentir.

J'étais jalouse, je m'en rends compte aujourd'hui. Autrement, pourquoi, lorsque Bryan a dit que c'était mon tour d'amener quelqu'un de nouveau, je l'ai choisie, elle ? Maintenant, je sais que je ne peux pas la faire revenir, mais je peux essayer de vivre la vie qu'elle aurait vécue. Pour lui rendre hommage, à défaut d'autre chose.

J'ouvre la bouche pour dire à David quel nom je vais utiliser, mais il m'interrompt.

« Non. Il vaut mieux que je ne sache pas.

– Mais... »

Il secoue tristement la tête. « Nous ne pouvons pas rester en contact, Daisy. »

Je baisse les yeux.

« OK. »

Il me donne la cuillère. « Mange. »

J'essaye de prendre une bouchée, mais elle me brûle la langue.

« Tu vas retrouver Sadie ? » demande-t-il, et je me rends compte que les gens croient à l'histoire que Bryan a racontée, qu'elle s'est enfuie, qu'elle a été vue en train de monter dans une voiture qui se dirigeait vers le sud.

Je ne peux pas, je ne peux pas lui mentir. Je baisse la cuillère.

« Elle est morte. »

Il se tait. Je m'attends à ce qu'il soit fâché, au moins choqué, mais il ne dit rien. Peut-être qu'il le soupçonne depuis le début. Pendant une seconde, je crains qu'il m'objecte que je ne peux pas mettre mon plan à exécution, qu'il faut que j'aille parler à la police.

« Mais elle a envoyé une lettre à sa maman.

– Ils m'ont forcée à l'écrire.

– Et les gens qui l'ont vue faire du stop ?

– Une invention. Ou peut-être qu'ils ont été payés pour le dire. En tout cas, ce n'était pas elle. »

Si seulement ç'avait été elle. Mais non. Ils ont emporté son corps et l'ont enterrée sur la lande.

Je sens mon cœur se serrer.

« Je ne peux rien te dire de plus. »

Il touche mon bras. « Tu n'es pas obligée. »

Je ferais n'importe quoi pour la faire revenir. N'importe quoi pour changer ce qui s'est passé, absolument n'importe quoi. J'ai l'impression d'entendre sa voix à ce moment-là, très loin. *Tu ferais quoi ?* dit-elle. *Tu te frotterais le bras avec de l'eau de Javel ? Tu brûlerais le tatouage, celui qui te marque comme Daisy, la meurtrière ? Tu le découperais ?*

Peut-être. Même les cicatrices sont préférables à cette marque sur mon avant-bras, ce cercle, ce O parfait. J'ai été tellement idiote de le faire tatouer là où je pouvais le voir, où je ne pouvais pas oublier sa présence. Bryan m'avait donné le choix, après tout. *Où tu veux*, avait-il dit. Mais je pensais que je le faisais par amour, je voulais que tout le monde le voie, alors j'avais choisi cet endroit-là.

Je regarde la soupe. Un petit nuage de vapeur monte du bol comme de la fumée. Le brûler ? Si c'est le seul moyen, alors, oui.

AUJOURD'HUI

54

Et maintenant, je suis revenue ici. Attirée par une carte postale que j'ai dû garder dix ans avant de l'envoyer à Dan, puis j'ai oublié que je l'avais fait. Je suis dans le tunnel humide qui mène à la cave de David, tremblante de froid. Il a dû me reconnaître la première fois que je l'ai vu. Et me reconnaître vraiment, reconnaître Daisy, pas Sadie, comme je le croyais, comme je le craignais. Il a dû en être suffisamment certain pour s'introduire dans ma chambre et fouiller mes affaires à la recherche d'une preuve. Pas étonnant qu'il m'ait demandé pourquoi j'étais revenue. Pas étonnant qu'il ait essayé de me faire partir, avant qu'il soit trop tard. Pas étonnant qu'il ait essayé de me montrer la vidéo de moi en train de sauter.

Sauf que Bryan est arrivé le premier. L'a fait taire avant qu'il ait le temps de me confier ce qu'il savait. Avant qu'il puisse me donner le film de mon propre suicide. Mais il a commis une erreur. Il l'a laissé là et je l'ai trouvé.

J'entends une voix dont l'écho rebondit sur les parois de la grotte.

« Alex ? »

Elle me ramène brusquement dans le présent, mais elle me semble inconnue. *Alex ?* Qui est-ce, Alex ?

Il me faut un moment pour me souvenir. La voix se fait entendre à nouveau. « Tu es là ? »

Non, me dis-je. *Non. Tu n'es pas réelle.* Mais ce n'est pas la voix de Daisy, ni la mienne. Elle appartient à quelqu'un d'autre, quelqu'un que je connais.

« Alex ! Réponds-moi ! »

Je cligne des yeux dans la nuit. Je lutte pour me concentrer et, ce faisant, je sens les derniers lambeaux de Sadie qui disparaissent. Je me force à parler.

« Oui ? »

Ma voix fait des ricochets sur la roche. Un peu au-dessus de moi, j'aperçois une silhouette, une lampe torche qui s'agite dans tous les sens.

« Monica ? »

Une crainte affreuse me submerge. Elle est mêlée à tout ça ; j'ai du mal à imaginer qu'elle croie pour de bon que les filles vont juste à ces fêtes pour séduire les hommes, les faire chanter ensuite, qu'elles ne sont pas forcées à coucher. Est-elle venue pour m'achever ? Il se peut que je doive à nouveau me battre, même si je pense que, face à elle, mes chances sont meilleures. C'est alors que je me souviens : c'est elle qui était la préférée de Bryan avant moi, elle qui m'a embarquée en me promettant de l'alcool et des cigarettes et un endroit où aller quand la situation devenait merdique à la maison. Et toutes ces années, elle a dû demeurer sa complice.

Et elle l'aide aussi aujourd'hui. Je me demande ce qui est arrivé à Zoe ; je suppose qu'ils l'ont piégée, ainsi que Kat et Ellie et les autres, de la même manière qu'ils l'ont fait avec moi.

« Alex ? Tu es là ? »

Je ne bouge pas. Je suis coincée ; pas d'échappatoire. Je la connaissais, je pense. Tout comme je connaissais Bryan. Elle avait quelques années de plus que moi, elle m'a présentée à un de ses amis, un homme plus âgé dont j'ai effacé le nom, le petit ami avec le blouson en cuir qui me donnait à boire, m'achetait des cadeaux et me disait que j'étais belle. Nous couchions ensemble et c'était bon, sauf qu'au bout d'un moment il m'a dit que je devais gagner mes récompenses et a commencé à me partager avec d'autres hommes, des hommes qui payaient. Il m'emmenait et m'attendait dehors, c'étaient toujours des squats à Malby, des maisons en travaux, la salle de jeux à Blackwood Bay et l'étage au-dessus du pub. J'ai essayé de m'enfuir, mais chaque fois Monica me disait que j'avais dû chauffer les hommes en question, que j'étais mineure et trop impliquée, et que si je parlais, j'irais en prison. Je la croyais. Puis, lorsqu'il ne m'est plus resté la moindre estime de moi-même, elle m'a présentée à son petit ami. Bryan. Il m'a fallu du temps pour comprendre que c'était lui qui contrôlait tout, mais quand j'y suis parvenue, c'était trop tard. J'étais amoureuse.

Je retiens mon souffle. Je ne dois pas la laisser me voir. Puis une autre voix se fait entendre.

« Sadie ? »

Gavin ?

Le faisceau de la lampe éclaire la paroi rocheuse. Finalement, il s'arrête sur moi.

« Merde. La voici ! Sadie ! » Sa voix exprime un immense soulagement. « Tu es là ! » dit-il. Puis il se tourne vers Monica. « Elle est là ! »

Est-ce qu'il peut être mêlé à tout ça, lui aussi ? Il faut que je me sauve. Je retourne vers l'eau et je glisse. Je tombe ; l'eau glaciale m'engloutit, je suis tétanisée. Je dois m'enfuir, mais où ?

Il n'y a qu'un seul endroit. Je dois repartir dans le noir, vers la grotte, vers la mer.

Mon hésitation me coûte un temps précieux. Gavin tend la main et m'attrape par le bras.

« Arrête ! Qu'est-ce que tu fais ? »

J'essaye de me libérer, mais il me tient fort. Juste derrière lui, Monica escalade les rochers, une autre lampe torche à la main.

« Laisse-moi ! »

Je me débats, je réussis enfin à me libérer, mon pied glisse sur les algues et je retombe, tête la première, dans l'eau. Les profondeurs noires m'avalent ; je ne peux pas respirer. Gavin m'attrape à nouveau et essaye de me sortir de l'eau.

« Daisy ! dit Monica. Attends ! »

Le nom me serre comme un étau. Mon envie pressante de m'échapper s'évanouit ; je cesse de lutter. Je suis inerte, le choc, peut-être. Gavin me tient et j'entends sa voix, incrédule.

« *Daisy ?* »

Le temps s'arrête. Je ne sais pas combien de secondes il reste suspendu, mais c'est Monica qui brise le silence.

« Oui, c'est elle. Allez ! » Gavin hésite, des questions plein la bouche, mais elle m'attrape par l'autre bras. « Aide-la. »

Ils me hissent sur l'étroite corniche, me sortent de l'eau glacée, puis se penchent sur moi. Je tousse et de l'eau de mer chaude coule de mon nez, mêlée de morve. Gavin soutient ma tête ; Monica aussi. Elle me tient par le cou et j'ai l'impression qu'elle veut le serrer, le serrer, sans jamais me lâcher.

« Daisy, souffle-t-elle en se penchant plus près. Il faut que tu viennes avec nous, tout de suite. »

Je secoue la tête. Je sens que mon corps lâche. Je ne peux pas retourner là-bas, à Blackwood Bay. Pas maintenant. Pas après ce que j'ai fait à Sadie.

« Daisy. Allez ! Tu n'es pas en sécurité ici. Fais-moi confiance. »

Elle parle de Bryan, je suppose. Il va ramener son bateau à quai, puis il viendra dans le tunnel. Mais pourquoi m'aide-t-elle ?

Je ne parviens pas à trouver la volonté de poser la question. Rien n'a plus d'importance, maintenant que je sais ce que j'ai fait. Je me fiche de ce qui m'arrive.

Quelques secondes après, elle se tourne vers Gavin. « Aide-moi à la remonter. Ensuite, va chercher quelqu'un au village. »

Il se tient à côté d'elle, nous regarde toutes les deux. Il semble hésiter, il n'arrive pas à comprendre ce qui se passe, s'il doit me laisser là avec Monica.

« J'essaye de l'aider ! » insiste Monica, et il finit par bouger.

Ensemble, ils me soulèvent, et tous les trois nous remontons le tunnel jusqu'à la cave de la maison de David. La sortie est cachée dans le coin le plus sombre, une porte décrépite derrière des cartons de papiers. Une seule ampoule suspendue au plafond, festonnée de toiles d'araignées.

Elle se tourne vers Gavin. « Bon sang, va chercher des renforts. »

Je tente de parler entre deux claquements de dents, mais Monica me fait taire. « Tu dois avoir confiance en moi. Je vais tout arranger. » Elle se tourne vers Gavin. « *Vas-y ! Maintenant !* »

Il se décide. Il part, montant les marches deux par deux, et Monica et moi, nous nous écroulons contre le mur poussiéreux, trop épuisées pour parler. Je grelotte ; mes vêtements trempés collent à ma peau, mes bras et mes jambes sont à vif. Je pourrais mourir là, m'endormir et ne jamais me réveiller. C'est tout ce que je mérite. Mais dans un petit coin de ma tête, tout au fond, je sais que je ne dois pas. J'ai du travail ; je ne peux pas laisser Bryan s'en tirer.

« Monica ? »

Au départ, rien n'indique qu'elle m'ait entendue, mais elle finit par briser le silence.

« Tu avais raison sur toute la ligne. Je suis une idiote. Tout ce temps, j'ai refusé de voir la réalité. Il me soutenait qu'il ne se passait rien du tout. Que les filles allaient aux soirées parce qu'elles aimaient bien. Elles séduisaient les hommes, prenaient des photos. Ensuite, il faisait chanter les gars. Les filles étaient dans le coup. Voilà ce qu'il me racontait. » Elle craque ; elle enfouit son visage et sa honte dans ses mains et ne peut retenir ses larmes. « Je l'aimais, avoue-t-elle entre deux sanglots. Je l'ai toujours aimé. Je le croyais. Mais il se servait de moi. »

Elle continue, en chuchotant : « Il a réalisé que tu étais revenue. Il a remarqué que tu avais une drôle de façon de tenir ta cigarette, comme Daisy. On allait devoir résoudre le problème. Il m'a obligée à faire cette vidéo depuis Bluff House où je te demande de venir me rejoindre. Mais ensuite… il a décrété que la seule manière de t'empêcher de parler, c'était de te tuer. C'est là que j'ai compris. Que j'ai compris que la mort de Sadie n'avait pas été un accident. Qu'il l'avait tuée, elle aussi. »

Je la regarde et la honte que je partage avec elle me transperce. « Non, c'est moi. » Mon aveu sort au milieu des sanglots. J'ai envie de m'enfoncer dans le sol, qu'il m'engloutisse complètement.

« Daisy, ma chérie. Il t'a forcée. Tu n'avais pas le choix. »

J'essaye de la croire. Je n'y parviens pas, mais il se passe quelque chose lorsque j'entends mon vrai nom à nouveau. Le choc me réveille de ma torpeur. Je commence à éprouver des choses. Du chagrin, pour Sadie, pour toutes les filles. Pour Monica.

« Tu es toujours amoureuse de lui. »

Elle secoue la tête, mais je le vois bien dans ses yeux. « Je suis tellement stupide. Pour moi, il m'avait sauvée.

– Sauvée ?

– De mon père. »

C'est à peine plus qu'un coassement, mais je l'entends. La maltraitance fonctionne par cycles, le Dr Olsen me l'a appris. Mais peut-être que sa chance de rompre la série est arrivée.

Et n'est-ce pas ce que je dois faire, moi aussi ? Lentement, je sens que je redémarre, que je repars en cahotant comme mon antique ordinateur.

« Comment tu as su où me trouver ?

– Nous avons réfléchi, Gavin et moi. Si tu avais survécu après avoir sauté, il devait y avoir un moyen de revenir. Il a lu beaucoup de choses sur les contrebandiers et il a compris. »

Puis elle me demande : « Quand tu es venue me voir hier… tu croyais vraiment que tu étais Sadie ?

– Oui. » C'était ma vérité, du moins, même si je ne la partageais avec personne.

« Mais tu savais qu'elle était morte. »

Je repense à l'épisode que j'ai vécu, la fugue dissociative. J'ai dû fabriquer de toutes pièces la plupart des souvenirs qui me sont revenus après, mes propres fictions, mes propres croyances sur la vie de Sadie. Et l'élément le plus important – le fait qu'elle était morte et que c'était moi qui l'avais tuée –, je l'ai complètement effacé.

« Mon cerveau… s'est cassé. Cela fait des années que je crois que je suis elle. »

S'est cassé en deux, me dis-je. *Moitié Sadie, moitié moi.*

C'est alors que je m'en rends compte. Je n'ai aucune idée de qui je suis.

Sauf que ce n'est pas vrai. Je suis Alex. Je fais des films. Je réussis ; enfin, j'ai réussi.

« Est-ce que tu vas aller voir la police ? »

Elle garde les yeux rivés au sol. Elle ne veut pas, bien sûr.

« Je suppose que oui, répond-elle. Il le faut. Je leur dirai ce qui s'est passé ici.

– Et ce que j'ai fait. »

Elle secoue la tête. « Ce n'était pas ta faute. Tu étais jeune.

– Assez âgée pour comprendre.

– Ne t'en veux pas, Daisy. Tu n'avais aucun moyen de la sauver.

– Mais je suis quand même celle qui l'a tuée. »

Elle est sur le point d'ajouter quelque chose, lorsqu'une autre voix se fait entendre.

« Oui, Daisy. C'est bien toi. »

Elle vient d'au-dessus, de l'accès à la cave. Ensemble, nous essayons de nous mettre debout, mais je suis lente, et avant que nous ayons le temps de retrouver notre équilibre, il nous a rejointes. Il tient quelque chose dans sa main, un objet métallique, et d'un mouvement vif, il frappe Monica sur le côté de la tête. Elle s'écroule, le souffle coupé, en s'accrochant à moi et manque de me faire tomber, moi aussi. Elle atterrit dans un bruit atroce. Je me jette sur lui, mais il est trop fort et il a l'avantage de l'agilité ; il me repousse violemment et je bascule. Ma tête heurte douloureusement la paroi, mais le choc semble ouvrir quelque chose en moi, réveiller une envie furieuse de le défier. Comment ose-t-il ? Comment ose-t-il penser qu'il peut me détruire ? Il est pathétique. J'étais une enfant à l'époque, mais maintenant je ne le suis plus ; plutôt mourir que de le laisser à nouveau me faire du mal. Mes yeux me brûlent et je vois ce qu'il tient dans sa main. Un pistolet, petit et court, comme un jouet. Un pistolet lance-fusées.

« Bryan, dis-je, du sang plein la bouche. Ne fais pas ça. »

Il rit, avance vers moi. Je regarde du côté de Monica ; elle est par terre. Elle bouge, mais ses yeux sont fermés.

Je la supplie : « Monica. Debout.

– Elle ne t'aidera pas. Pas pour l'instant. » Il lève les yeux vers le plafond. « Gavin non plus. Il n'y a que toi et moi. »

Le sang coule sur mon menton.

« Daisy..., commence-t-il, mais je l'interromps.

– Ne m'appelle pas comme ça.

– Pourquoi pas ? C'est ton nom. Tu es bien la même.

– Non, j'ai changé.

– Tu as un autre nom. Ça ne change pas la personne que tu es, ni ce que tu as fait. »

Ses yeux sont froids comme la mer.

« Tu m'as obligée.

– Ah, d'accord. *Je t'ai obligée.* Et comment j'ai fait ça ? »

Je ne dis rien.

« De quoi ça aura l'air, Daisy ? J'ai encore tous les messages que tu m'as écrits. Disant à quel point tu m'aimais. J'ai toujours toutes ces photos de nous deux. » Il marque une pause. « En train de... enfin... tu sais ce que je veux dire. » Il secoue la tête. Tristement. « Et de toi avec tous ces types. Il ne sera pas difficile de convaincre les gens que tu étais une traînée, que tu étais jalouse quand j'ai commencé à préférer Sadie. C'est pour ça que tu l'as tuée, n'est-ce pas ? Tu ne supportais pas de me voir avec quelqu'un d'autre. »

Il a tort. Nous étions censées nous enfuir ensemble. Elle devait me sauver.

Je me jette sur lui à nouveau. Il est pris de court, mais il est costaud ; il ne tombe pas. Nous nous empoignons, dans un équilibre de forces, lui plus puissant, moi plus enragée. Il essaye de me projeter contre le mur, mais je me cramponne à son blouson et nous luttons, jusqu'à ce que son visage soit à deux centimètres du mien.

« Tu ne vaux rien, crache-t-il. Ça a toujours été comme ça. »

C'est comme si je recevais une injection d'adrénaline dans les veines. Je ne suis pas la Daisy qu'il se rappelle, j'ai survécu à trop de combats, trop de situations dangereuses. Ma jambe droite se trouve entre les siennes et je monte mon genou aussi violemment que je peux, tout en tirant sur son blouson d'un geste brusque. Il laisse échapper un cri de douleur et je le repousse vers l'arrière en criant. Il s'écroule sur le sol dans un nuage de poussière et, une fois qu'il est par terre, je lui donne un coup de pied avant de m'emparer du pistolet. Mes mains tremblent tandis que je le pointe sur sa poitrine.

« Tu m'as détruite. »

Il rit, un ricanement faux, dément, et il crache du sang. « Tu t'es détruite toute seule. J'ai toujours la vidéo, tu sais ? Celle de toi en train de tuer Sadie. Et ça suffit comme preuve, hein, Daisy ! »

Je ne peux pas respirer. L'air est saturé de poussière. Je vois le film, moi au-dessus de mon amie, la ceinture autour de son cou.

Cela me frappe à nouveau. Il a raison. Je l'ai tuée. J'ai tué Sadie. J'aurais dû dire non, j'aurais dû me battre, même si cela signifiait que c'était moi qui allais mourir.

Je ne peux pas me pardonner. Je ne le pourrai jamais. Le pistolet tremble dans ma main. Je le vois en train de m'observer attentivement, attendant le bon moment. Pendant une seconde, je crois entendre des sirènes, mais même si c'est vrai, elles sont très loin, et de moins en moins audibles. C'est juste mon imagination, un dernier tour horrible que me joue mon esprit.

« J'avais quinze ans.

– Et alors ? »

J'entends la voix de Sadie. *Reviens. Nous pouvons nous enfuir. Nous pouvons gagner contre lui, et ensuite rentrer et faire notre film et rien de tout ceci ne sera arrivé.*

Non.

Laisse-la ici. Laisse Daisy ici, au fond de la mer, où tu croyais qu'elle était. Viens avec moi, on rentre.

« Je ne peux pas.

– Tu ne peux pas quoi, Daisy ? »

J'ai parlé à haute voix. Bryan ne sait pas qu'il y a deux personnes à l'intérieur de moi, deux adolescentes terrorisées qui se disputent.

« Je suis désolée », dis-je.

C'est la voix de Daisy qui répond. *Non. Tu n'es pas venue ici pour t'excuser. Tu es venue pour enfin accepter ta punition. Alors, accepte-la.*

Je regarde le pistolet dans ma main. Elle a raison. J'ai tué Sadie et je n'ai jamais payé pour mon crime. Je ne suis pas là pour gagner. Je ne suis même pas là pour m'excuser. Mais pour accepter ma responsabilité.

Je suis presque tentée de lui lancer le pistolet, de le laisser terminer. Mais je m'abstiens. Après ce qu'il a fait ? Mes yeux se ferment. Il m'a avilie, puis il m'a obligée à tuer mon amie. Ce n'est pas ma faute. Le laisser gagner ne résoudra rien. Et je ne dois pas oublier Ellie, et Kat, et qui sait combien d'autres filles.

Je lève le pistolet, trop tard. Il est debout, il a attrapé le canon. Je serre autant que je peux, mais il est trop fort ; il me repousse violemment et je trébuche en arrière. C'est lui qui tient l'arme.

Il sourit. Le même sourire tordu que je me rappelle d'il y a si longtemps. Je me laisse tomber sur les genoux et je baisse la tête, contente de savoir au moins qui je suis, avant de mourir.

« Finissons-en », dis-je, et pour une fois je suis totalement dans mon corps – alors que j'aimerais tant être ailleurs. Je sens le sol rugueux sous mes pieds et mes genoux. J'ai sur la langue le goût de la poussière et je hume l'odeur de la moisissure exsudée par les murs. J'entends la respiration irrégulière de Monica, comme une bête à l'agonie.

Je ferme les yeux, attendant mon jugement, attendant la mort.

« Non, fait-il à mi-voix. Lève-toi. Cette fois, tu vas sauter. Cette fois, tu vas sauter pour de vrai. »

55

Le ciel s'est assombri, les vagues battent la falaise en dessous. Je regarde en direction de Blackwood Bay, du Ship, de la cale de lancement, de la courbe douce de la côte vers Crag Head, mais il n'y a personne en vue. Personne qui puisse m'aider. Tout est exactement comme il y a dix ans. Comme dans mon souvenir.

Je m'approche du bord. Il devrait faire nuit, normalement, le ciel mort devrait être ponctué d'étoiles. Quinze pas, peut-être vingt. J'avance, Bryan sur mes talons. Dans une main, il tient un tisonnier en acier qu'il a récupéré dans le salon de David après avoir ligoté Monica à la main courante de l'escalier, et dans l'autre, le pistolet lance-fusées. Mais ils ne lui servent qu'à se protéger. Je sais ce qu'il a l'intention de faire. On avance jusqu'au bord de la falaise et je saute, ou, si je refuse, il me pousse. D'une manière ou d'une autre, j'y passe. On croira à un accident, à un autre suicide. Il dira au monde qu'il m'a vue tomber; il n'a pas pu m'en empêcher.

Je finis par comprendre que c'est trop tard. J'ai sauté il y a dix ans parce que j'essayais de m'enfuir de Blackwood Bay, et je me suis appelée Sadie pour échapper à moi-même. Je voulais faire comme si elle n'était pas morte, parce que cela signifiait que je ne l'avais pas tuée et que je n'étais pas une meurtrière. Que je n'étais pas un monstre.

Puis il y a eu la fugue dissociative. Le coup de fil à Dev, qui m'a appelée par le nom qu'il m'avait toujours entendue utiliser. Et à partir de ce moment-là, j'ai cru que j'étais vraiment Sadie. Sauf que Daisy n'est jamais complètement partie. Ni quand j'ai eu mes diplômes, ni quand je suis retournée dans la rue pour faire *Black Winter*. Elle se cachait, elle entretenait sa culpabilité et attendait son heure. Ensuite, au bout de dix ans, j'ai commis une erreur. Je suis revenue et je l'ai amenée avec moi.

J'aurais dû rester loin pour toujours. Mais comment étais-je censée savoir ?

Je baisse les yeux. Au moins, j'ai vu ma mère. Au moins, j'ai vu Geraldine une dernière fois, et je me rends compte maintenant qu'elle m'a reconnue, elle aussi. Malgré le fait que j'aie beaucoup changé, elle a compris qui j'étais. Tout ce qu'elle a dit est logique.

Et David. Mon ami. Lui aussi m'a reconnue. Il essayait de m'avertir.

Je suis tout au bord. J'avais les yeux ouverts, la dernière fois que j'ai sauté. Je m'en souviens maintenant. Je lève la tête. Je regrette de ne pas pouvoir voir Bételgeuse une dernière fois. L'étoile morte. Mais il me suffit de savoir qu'elle est là.

« Arrête-toi », dit Bryan. Il désigne quelque chose à mes pieds. « Tu vois ces cailloux ? Remplis-toi les poches. »

Plus que des cailloux, ce sont des pierres. Elles sont lourdes ; elles m'entraîneront vers le fond. Cette fois, il veut être certain que je vais mourir. Être certain que ça ressemble bien à un suicide.

Je me penche et je ramasse la première. Elle est mouillée et elle manque de m'échapper.

« Dans ta poche. »

Je fais ce qu'il me dit. La cicatrice sur mon bras me démange. Le fait d'effacer le tatouage ne m'a pas aidée. Évidemment, je suis Daisy, que ça me plaise ou non ; je suis coupable et je vais devoir payer.

Maintenant ? Comme ça ?

« Et Monica ? Et Gavin ? Même si je meurs, tu ne t'en sortiras pas. À moins de les tuer. »

Il sourit, un rictus cruel, tordu. « Oh, ne t'inquiète pas pour eux. Monica comprendra dans quels ennuis elle se mettrait et elle me reviendra. Pour ce qui est de Gavin… »

Il laisse la phrase en suspens. Je me demande ce qu'il fera. Il mettra le feu à Bluff House avec Gavin à l'intérieur ? Cela ne me surprendrait pas. Après tout, il a fait emmener Ellie en pleine campagne et l'a laissée retrouver seule son chemin, juste pour la terroriser et qu'elle garde le silence. Il a forcé David à prendre une trop forte dose pour l'empêcher de parler. Je sais de quoi il est capable.

Je lui demande : « Qui t'aide, dans cette affaire ? Est-ce que tout le monde est complice ?

– Pas tout le monde, répond-il avec un haussement d'épaules désinvolte. Mais pas mal de monde. C'est étonnant ce que les gens sont prêts à faire une fois qu'on a une vidéo d'eux avec une jolie petite nana comme Zoe.

– Zoe. Est-ce qu'elle est...

– Quoi ? Morte ? Non. Elle s'est enfuie. Sans laisser la moindre trace, ni dans un sens ni dans l'autre. À mon avis, elle ne reviendra jamais. Elle était maligne. »

J'ignore sa moquerie. Je pense aux filles dans la vidéo tournée à l'écurie. Je pense aux filles listées dans le cahier de Monica, et à Kat avec le tatouage que clairement elle ne voulait pas porter, qui est inscrit sur moi, sur Monica, et sur qui d'autre encore ? Il a dû nous marquer toutes.

« Combien y en a-t-il eu ? Combien de filles ?

– Quelques-unes. »

Il gesticule avec le tisonnier. « Une autre pierre. »

J'en prends une autre. Peut-être a-t-il raison, peut-être est-ce ce que je mérite. Mais est-ce vraiment mieux si je meurs ? Sadie est déjà partie ; ma mort ne la fera pas revenir. Elle signifiera seulement qu'il a gagné.

Si je disparais, si je saute, il sera libre de poursuivre. Qui sait combien de filles encore seront détruites avant qu'il cesse, qu'il soit pris ou qu'il meure. Je défais la fermeture éclair de mon autre poche pour y glisser la pierre. Il y a quelque chose dedans. Mon portable. Je le tripote, ma mémoire se réveille et je trouve le bouton. J'appuie sur *Enregistrer*. C'est un modèle étanche, malgré tout je suis inquiète ; il risque de ne pas fonctionner. Même s'il enregistre, il n'y aura que le son, étouffé par ma veste ; mais je n'ai pas besoin de plus.

« Pourquoi ? dis-je.

– Pourquoi quoi ?

– Pourquoi tu as fait ça ? Pourquoi tu *fais* ça ? »

Il ne dit rien.

« C'est pour le sexe ? »

Il éclate de rire. « Non, pas du tout.

– Pour l'argent ? Les hommes te payent ?

– Bien sûr qu'ils me payent. Mais non.

– Alors pourquoi ? »

D'un grand geste, il balaie le village. « Regarde. Cet endroit m'appartient. Ainsi que la moitié de Malby. J'ai quelque chose sur à peu près tous les hommes d'ici, tu sais, ça ? Eux, ou leur père, ou leur frère, ou leur ami. Ils ont tous des secrets. Ils ont tous des choses qu'ils ne veulent pas voir sortir. Et comme j'ai dit, c'est étonnant ce que les gens sont capables de faire pour vous quand ils ont peur.

– Tu disais que tu m'aimais. »

Il rit. Un rire méchant, méprisant. « Ah bon ? Tu avais quinze ans. Tu étais une gamine. Tu ne représentais rien pour moi. Aucune de vous, d'ailleurs. »

Malgré tout, ça fait mal.

« Tu le disais, pourtant.

– J'ai dit plein de choses.

– Mais... pourquoi ?

– C'était la solution la plus simple pour obtenir que tu fasses ce que je voulais.

– Tous ces hommes...

– Ne me sors pas ce couplet. Tu es une salope. Tu adorais ça. »

Je le regarde fixement. À ce moment-là, ma haine est aussi pure, aussi blanche que du magnésium qui brûle, et j'ai envie de me jeter sur lui, de lui arracher les yeux, la langue, mais je ne bouge pas. Je cache ce que je ressens, comme je l'ai toujours fait, comme j'ai appris à tout cacher.

« Tu m'as rendue accro à la drogue.

– Tu aimais ça aussi.

– Non. Tu m'as contrainte. Et tu m'as obligée à gagner mes doses.

– Rien n'est gratuit. Et tu avais ce qu'ils voulaient. L'offre et la demande, c'est tout.

– Mais Sadie ? Pourquoi la tuer ? »

Je le pense très fort dans ma tête. *Dis-le. Dis-le.* Il garde le silence.

« C'était pour t'amuser ? »

Il ricane. « Pour m'amuser ? Elle devenait dangereuse. Elle avait commencé à parler. Elle avait confié quelque chose à David, j'en suis sûr. À sa mère aussi. Il fallait qu'on se débarrasse d'elle. Et en t'obligeant à la tuer, je gagnais sur les deux tableaux. Je vous faisais taire toutes les deux.

– Pauvre David... tu prétendais être son ami.

– Tu sais ce qu'on dit sur le fait de garder ses ennemis près de soi...

– Il ne savait pas ?

– Non. Il n'avait pas la moindre idée de ce qui se passait. Il pensait qu'il s'agissait de quelqu'un d'autre, quelqu'un de Malby. Même la petite Sadie refusait de lui dire que c'était moi. Elle savait ce que je ferais à sa meilleure amie si elle parlait.

– Tu veux dire... moi ?

– Oui.

– Qu'est-ce qui est arrivé à David ? Son overdose ?

– Tu connais la réponse à ça. Arrête, on perd du temps.

– Tu croyais qu'en écrivant une lettre où il avouait les deux meurtres, tu t'assurerais qu'ils ne te seraient jamais imputés.

– Peut-être.

– Tu es un monstre. Un grand malade.

– Le monde est malade, bébé. »

J'ai les idées claires maintenant. Je vois très bien. Je vois comment l'extrait que je viens d'enregistrer s'insérera dans le film que je prévois toujours de faire. Sa voix, sur des images de moi, de moi à quinze ans, m'approchant du bord du monde. Peut-être pas ce à quoi s'attendait la production, mais on s'en fiche. C'est le film que j'ai besoin de faire, depuis toujours.

« Retourne-toi, Daisy.

– Non, dis-je en sortant mon portable. C'est terminé. Je suis pratiquement sûre que j'ai tout ce qu'il me faut. »

Lorsqu'il identifie l'objet que je tiens dans ma main, son regard s'embrase ; il essaye de me le prendre, mais je l'écarte d'un mouvement vif. Soudain, tout se fige, il n'y a plus que le bruit de la mer en dessous ; même le vent semble s'être calmé.

« Donne-moi ça.

– Non.

– Tu ne peux pas t'échapper. Il n'y a nulle part où aller.

– Je n'irai nulle part, Bryan. Pas besoin. J'ai tout enregistré. » J'appuie sur la commande de la page d'accueil. « Et maintenant, l'enregistrement se trouve sur le serveur. Quoi qu'il se passe ici, ce n'est pas moi qui suis fichue. »

Je souris. Ses yeux partent d'un côté, de l'autre. Il sait que c'est fini. Ses crimes vont être rendus publics. J'inspire au moment précis où il brandit le tisonnier et, à l'instant où il l'abaisse, je fais un pas de côté, hors de sa portée. Je suis près du bord, mais cette fois, je ne perds pas l'équilibre. Je ne tombe pas, je ne disparais pas.

« Même si je meurs maintenant, il restera la bande. Tes aveux. Et tout le monde les entendra. »

Dans son regard brûlant, je vois que quelque chose s'éteint. Il sait qu'il n'y a pas de fuite possible. Il sait que ça ne peut se terminer que d'une seule façon. Il lâche le tisonnier, le bruit se répercute sur les rochers. Sa tête se baisse un instant, puis se relève. Il plante ses yeux dans les miens et tout à coup, d'un bond, il s'avance vers moi. J'ai l'impression qu'il veut m'attraper pour essayer de me faire tomber de la falaise ; et peut-être est-ce le cas.

« Daisy… *Bébé…* »

Je pense à ce qu'il m'a fait, à ce qu'il a fait à Daisy, à Zoe, et à je ne sais combien d'autres. Je rassemble toute la force qui me reste et je le pousse. Il trébuche, puis il tombe avec un cri sardonique qui pourrait presque passer pour un éclat de rire. Je le regarde dégringoler. Son corps choit sans élégance, en roulant, et s'écrase dans l'eau grise et profonde. Il coule. Ressurgit une fois, deux fois, trois fois. Je respire à fond, la bouche ouverte dans l'air froid, pur, et j'attends, les yeux rivés sur la mer en dessous.

Les vagues l'engloutissent une fois encore, puis se referment. Cette fois, il ne réapparaît pas.

APRÈS

56

Je gare la voiture et je sors. Il est tôt le matin, peu après l'aube. La lumière de cette fin d'été est faible, mais j'ai la certitude que la journée sera belle. Je vérifie l'adresse. Des marches de pierre conduisent à une porte imposante ; je trouve la sonnette.

Le Dr Olsen a pris sa retraite, mais elle a accepté de me voir. Je lui ai raconté la vérité, tout ce que j'avais réussi à reconstituer ; je sais enfin ce qui s'est passé. Quelques instants plus tard, elle commande l'ouverture de la porte.

« Alex, ma chère », fait-elle en m'accueillant. Elle est tout à fait la même que dans mon souvenir. Elle prend mes mains dans les siennes. « Je suis tellement contente de vous voir ! »

Elle m'étreint et me serre contre son cœur.

« Je suis Daisy, maintenant », dis-je, et elle me présente ses excuses. Je lui réponds que cela n'a pas d'importance. Je commence seulement à m'y habituer.

« Eh bien, appelez-moi Laure. Entrez donc ! Je ne vous aurais jamais reconnue ! »

Je souris. Son appartement est plus petit que ce à quoi je m'attendais, mais confortable. Elle me prépare une tasse de thé, puis s'assoit sur le canapé pendant que j'installe ma caméra. Je fais un nouveau film. Il s'agit de ce qui s'est passé à Blackwood Bay. Il est question de trauma, d'abus sexuels et des effets qu'ils peuvent produire. Il est question de vies détruites. Il est question de moi.

Je lui ai dit qu'il reste des choses de cette époque-là que je ne me rappelle pas, et il y a encore des jours où je me surprends en train de faire quelque chose sans avoir le moindre souvenir de l'avoir décidé.

« Vous avez une tendance à la dissociation. Vous l'avez peut-être toujours eue, mais il est probable qu'elle ait été exacerbée par les terribles sévices que vous avez subis. C'est relativement courant.

– Vous voulez dire, les gens qui font semblant d'être quelqu'un d'autre ?

– Pas tout à fait. La dissociation peut prendre plusieurs formes, et bien sûr, il est rare que les symptômes correspondent strictement à un diagnostic. Pour beaucoup de patients, c'est comme s'ils n'habitaient plus leur propre corps. Ou ils ont l'impression d'être sous l'eau et que leurs membres ne répondent pas. Et pour vous... Je soupçonne qu'au moment où vous subissiez ces mauvais traitements, vous vous dissociiez pour éviter la souffrance. Vous vous imaginiez en train de vivre la vie de Sadie, plutôt que la vôtre, et il est possible que, lorsque la dissociation avait lieu pendant les moments traumatisants, vous deveniez presque elle.

– Est-ce la raison pour laquelle je l'ai tuée ? Parce que j'étais jalouse ? »

Sa voix est douce.

« Daisy, ma chère. Vous étiez victime d'une terrible cruauté. Vous buviez, vous vous droguiez, souvent contre votre volonté. On vous disait que si vous n'obéissiez pas, vous alliez mourir. Et n'oublions pas, vous m'avez dit que, selon Bryan, l'idée était seulement de faire peur à Sadie, pour qu'elle ne révèle rien à votre ami...

– David ?

– Oui, David. Pour qu'elle n'en dise pas plus à David. Il est probable qu'après la mort de Sadie vous ayez éprouvé une culpabilité affreuse, allant probablement jusqu'à la détestation de vous-même. J'ai le sentiment que vous avez dû mobiliser absolument toutes les forces qui vous restaient pour aller voir David et lui dire qu'il fallait que vous disparaissiez. Après cela, votre esprit s'est fracturé. Inconsciemment, vous avez essayé de tuer Daisy – la personne qui avait assassiné Sadie – et, en même temps, vous avez ressuscité Sadie pour lui donner à nouveau la vie dont vous saviez qu'elle avait été privée. Vous vous êtes enfuie à Londres en ayant pris cette décision en toute conscience, celle de vous faire appeler Sadie, mais lorsque la maltraitance a recommencé à Londres, vous avez continué à vous dissocier jusqu'à croire que vous étiez elle, pour finir par trouver de plus en plus difficile de déterminer lesquels de vos souvenirs étaient réels, les expériences vécues par Daisy, et lesquels étaient imaginés, les souvenirs de Sadie.

– Et ensuite, j'ai agressé ce type, Gee.

– Et vous avez été obligée de vous enfuir à nouveau. Pourquoi vous avez choisi Deal, je pense que nous ne le découvrirons jamais. Il est possible que vous ayez choisi la côte, tout simplement, et il est possible aussi que vous ayez eu l'intention de vous suicider. Bref, vous avez vécu une expérience appelée "fugue dissociative", ainsi qu'une amnésie dissociative, ce qui signifie que vos souvenirs d'avant votre fugue ne sont pas revenus. Après, quand vous avez eu Dev au téléphone et qu'il vous a appelée Sadie...

– J'ai cru que j'étais elle.

– Oui. Vos souvenirs de Sadie sont devenus réels. Et vos souvenirs de Daisy ont été complètement effacés.

– Par la suite, j'ai changé de nom, de toute manière. Pour devenir Alex.

– Ce qui enfouissait la vérité encore plus profondément. »

Je soupire et, par-dessus son épaule, je contemple le paysage par la fenêtre. La culpabilité n'a pas disparu, cette impression que j'aurais pu en faire davantage pour leur échapper, que j'aurais dû me battre plus, essayer de sauver la vie de Sadie, même si cela m'avait coûté la mienne. Bien que je sache, au fond, que c'était inutile. Bryan nous aurait tuées toutes les deux.

« Est-ce courant ?

– Vous êtes un exemple particulièrement extrême. Mais la dissociation dans le but de se soustraire à la maltraitance est assez bien documentée. »

Je hoche la tête. J'ai posé la question pour la caméra surtout. Le Dr Olsen m'a déjà communiqué les statistiques pertinentes et a approché quelques-uns de ses anciens patients pour leur demander s'ils accepteraient de faire une apparition dans mon film. Deux ont déjà dit oui, et un troisième semble sur le point de les rejoindre.

Je m'en réjouis. Je ne sais pas quelle proportion de ma propre histoire je pourrai utiliser, finalement. Monica et moi avons tout avoué à Heidi Butler, ou presque tout. Monica attend son procès, mais le Service des poursuites judiciaires de la Couronne a annoncé la semaine dernière qu'après une enquête approfondie et un examen détaillé ils avaient décidé de ne pas porter d'accusations contre moi dans l'affaire du meurtre de Sadie. La bande contenant les aveux de Bryan a joué un rôle majeur, ont-ils expliqué, ainsi que le fait que j'étais mineure quand cela s'était passé, et vulnérable à la coercition et à l'intimidation. Bryan n'est plus de ce monde.

Je me rends compte maintenant que Kat devait savoir que Sadie était morte; peut-être l'avait-elle appris par David. C'est ce qu'elle m'a dit lorsque je lui ai montré la vidéo devant la caravane, que je pensais être un film sur Daisy. *C'est la fille qu'ils ont tuée.*

Je croyais vraiment que j'étais Sadie et que la vidéo montrait Daisy. J'ai dû commettre la même erreur chaque fois que j'ai vu une photo de mon amie, tellement j'étais convaincue d'être qui j'étais.

Le Dr Olsen et moi parlons un peu, puis je coupe la caméra et je la remercie.

« Restez donc, dit-elle. Je prépare le dîner. C'est tout simple, mais je vous invite volontiers à partager mon repas. »

Je secoue la tête. Je vais rejoindre Gavin tout à l'heure ; il a trouvé un nouveau restaurant où il a très envie de m'emmener. Ce n'est que le début de notre relation, mais je crois que nous sommes en train de tomber amoureux.

« J'aimerais beaucoup, mais je ne peux pas. Je suis désolée.

– Ce n'est pas grave. »

Je range mon matériel et elle me raccompagne jusqu'à la porte.

« Qu'est-il arrivé à David ? demande-t-elle.

– Il s'est remis.

– Bien. Vous le voyez toujours ?

– Non. »

Je ne suis retournée qu'une fois à Blackwood Bay, quand Gavin et moi sommes allés chercher ma mère pour la ramener près d'ici. J'ai vu David brièvement ; je l'ai remercié et je lui ai dit que je n'oublierais jamais ce qu'il avait fait pour moi. Pour nous.

« Vous ne devez pas vous sentir coupable, dit le Dr Olsen en me prenant les deux mains à nouveau. Vous le savez, n'est-ce pas ? Sans vous, des filles continueraient à souffrir. »

Je lui réponds que je comprends.

Lors de ce voyage à Blackwood Bay, je suis allée sur la tombe de Sadie, là où elle est restée dix ans enroulée dans une bâche en plastique. On n'a jamais cherché son corps, parce qu'un policier véreux – encore un sur lequel Bryan avait un moyen de pression – a prétendu qu'elle avait été vue en train de faire du stop, puis a rapporté qu'elle avait été repérée à Londres et avait refusé d'être contactée.

Sadie repose à St Julian, désormais. En paix. C'est ce que je me plais à penser.

« Je suis désolée, lui ai-je dit ce matin-là. Pour tout. »

À ce moment-là, j'ai compris que j'étais contente d'être retournée à Blackwood Bay pour mon film. Si je ne l'avais pas fait, elle serait toujours dans la lande. Je serais toujours Alex. Bryan aurait réussi à briser Ellie et serait passé à la fille suivante.

Monica serait toujours amoureuse de lui et choisirait toujours de croire que les filles agissent de leur plein gré.

Je suis restée là quelques instants. Le soleil s'est levé ; la mer scintillait au loin. J'aurais tant voulu la ramener, mais c'est impossible. J'ai été bête de penser que je pouvais.

J'avais un bouquet de fleurs – des pivoines roses – et je les ai laissées pour elle.

« Au revoir, Sadie. »

Et je suis rentrée.

REMERCIEMENTS

Je remercie Clare Conville et tout le monde chez C+W, Frankie Gray, Larry Finlay, Alison Barrow, Sarah Day et toute l'équipe de Transworld, Jennifer Barth, Mary Gaule et tous chez HCUS, Iris Tupholme ainsi que toute l'équipe de HC Canada, Michael Heyward, David Winter et tout le monde chez Text. Merci à tous mes éditeurs et traducteurs étrangers.

Merci à Maria A. et Bill M., Alice Keens-Soper, Rebecca Kinnarney et Sue C.-J.

Merci à Richard, Amy et Antonia, Gabriel Cole, Sam Lear et Reuben Cole, et Helene. Merci également à Charles et, surtout, à Andrew Dell.

Enfin, toute ma gratitude va à ma famille et à mes amis, grâce à qui, ces dernières années, je n'ai pas basculé dans la folie.

Blackwood Bay est un lieu fictif. Il reprend certaines caractéristiques géographiques et topographiques de Robin Hood's Bay dans le Yorkshire du Nord, mais toute ressemblance s'arrête là, et les événements décrits ici sont entièrement fictifs.

CET OUVRAGE
A ÉTÉ ACHEVÉ D'IMPRIMER
SUR ROTO-PAGE
PAR L'IMPRIMERIE FLOCH
À MAYENNE EN MARS 2021

MIXTE
Papier issu de sources responsables
FSC® C003309

L'éditeur de cet ouvrage s'engage dans une démarche de certification FSC® qui contribue à la préservation des forêts pour les générations futures.

Pour en savoir plus :
www.editis.com/engagement-rse/

N° d'impression : 97975
Imprimé en France